BASTEI
LÜBBE

JASON DARKS SONDERAUSGABEN IM TASCHENBUCH-PROGRAMM:

Paperback
73500 Hexenküsse

Jumbo-Bände
73 953 Grüße aus dem Fegefeuer
73 955 Jenseits der Angst
73 956 Wenn aus Freunden Monster werden
73 957 Hexen – Geister – Teufelsdiener
73 958 Wenn die Hölle dich verschlingt
73 959 Rückkehr aus dem Reich der Toten
73 960 Baphomet II
73 961 Das Schicksal des Templers
73 962 Im Namen des schwarzen Tods
73 963 Hexenfluch
73 964 Der dunkle Gral
73 965 Morganas wilde Meute

Kultausgaben
73 966 Wie alles begann
73 967 Die Conollys
73 968 Suko und Shao
73 969 Jane Collins – Privatdetektivin
73 970 Die Hexe Jane Collins
73 971 Glenda Perkins
73 972 Kommissar Will Mallmann
73 973 Mallmann und der schwarze Tod
73 974 Mallmanns letzte Fälle
73 975 Myxin, der Magier
73 976 Die Schöne aus dem Totenreich

JASON DARK

Die Welt des JOHN SINCLAIR

ARKONADA UND DER PLANET DER MAGIER

VIER SPANNENDE KULTGESCHICHTEN

BASTEI LÜBBE

BASTEI LÜBBE TASCHENBUCH
Band 73 977

1. Auflage: März 2009

Vollständige Taschenbuchausgabe

Bastei Lübbe Taschenbücher
in der
Verlagsgruppe Lübbe

Lektorat: Rainer Delfs
Titelbild: Jed & Kaoru Share / CORBIS
Umschlaggestaltung: Tanja Østlyngen
Satz: Wildpanner, München
Druck und Verarbeitung:
Norhaven A/S
Printed in Denmark
ISBN 978-3-404-73977-6

Inhalt

IM BANN
DER HÖLLENSTEINE

Ellen Behan schaute auf die Tasse in ihrer Hand und sah, dass der Tee überzuschwappen drohte. So sehr zitterte sie. Aber sie brauchte den Tee, sie hatte schon immer Tee getrunken. In den letzten fünf Jahren war die Menge um das Dreifache gestiegen, denn fünf Jahre lag es zurück, dass ihr Mann Morg ihr eines Abends erklärt hatte, er wollte nur mal eben weg, um Zigaretten zu holen, obwohl seine Schachtel noch halb voll gewesen war. Aber er hatte gesagt, dass er damit nicht auskommen würde. Er ging auch und kehrte nicht zurück.

Seit fünf Jahren war er bereits verschwunden. Auf den Tag genau. Es war wieder Januar und wieder kalt. Schnee rieselte vom Himmel. Er hatte den kleinen Garten bereits mit einem weißen Tuch überzogen und ließ die krummen Bäume aussehen wie erstarrte Eisdämonen.

Wie jeden Abend schaute Ellen in den Garten, wenn sie an dem kleinen Tisch nahe des Fensters hockte und ihren Tee trank. Daneben lag die Schachtel mit den Zigaretten. Gefüllt mit zwanzig Glimmstängeln. Wenn Ellen zu Bett ging, war die Schachtel stets leer. Die Kanne mit Tee ebenfalls.

Vor genau fünf Jahren hatte sie mit dem Rauchen angefangen. An dem Abend, als Morg verschwand. Und nun rauchte sie innerhalb von drei bis vier Stunden eine Schachtel leer.

Nur so konnte sie die Einsamkeit überwinden. Vielleicht war es auch eine Rache an ihm, der sie so schmählich im Stich gelassen hatte, und das nach einundzwanzig Jahren Ehe.

Eine Schönheit war Ellen nicht mehr. Mit sechsundvierzig sahen andere Frauen noch attraktiv aus. Sie nicht mehr. Gezeichnet von den Sorgen des Lebens, hatten sich in ihrem Gesicht die Falten schlagartig vermehrt. Die Haut war grau geworden. Auch das einst so weiche Haar mit dem feuerroten Farbton zeigte eine unnatürliche Blässe.

Nein, an ihr war nichts mehr attraktiv. Deshalb konnte sie sich gut vorstellen, dass Morg inzwischen eine andere Frau gesucht und gefunden hatte, eine jüngere, hübschere.

»Cheerio, Morg! Auf den Tag deines unseligen Verschwindens«, sagte sie und hob die Tasse.

An diesem Abend hatte sie den Tee mit Rum »gewürzt«. Ein Verhältnis, das ihrer Ansicht nach stimmte.

Eins zu eins.

Sie trank. Zur Hälfte leerte sie die Tasse, stellte sie ab und griff nach der ersten Zigarette. »Auch die qualme ich auf dich, du verfluchter Bastard!« Sie war verbittert, sauer und müde, und sie dachte daran, dass sie keine Freunde mehr hatte. Sie alle hatten sich von ihr abgewandt, nachdem Morg Behan verschwunden war. Vielleicht wussten sie nicht, was sie mit einer Frau anfangen sollten, der der Ehemann weggelaufen war.

Nichts mehr.

Das billige Wegwerffeuerzeug warf eine große Flamme. Knisternd fraß sich die feurige Spitze in das Ende der Zigarette. Es waren filterlose Glimmstängel. Pechschwarz der Tabak, sehr stark. Eigentlich etwas für Männer.

Ellen lachte hart auf, als sie daran dachte.

»Für Männer, das ist gut«, flüsterte sie. »Ist wirklich gut. Die hasse ich doch, die verdammten Kerle. Sie sollen sich zum Teufel scheren und in der Hölle braten. Mein Morg an erster Stelle. Cheerio, du Hundsfott!« Wieder hob sie die Tasse. Diesmal leerte sie das kleine Gefäß bis zum Grund. »Ich möchte auf dich spucken, ich will dich nicht mehr sehen ...« Sie spie die Worte zusammen mit dem Rauch aus, der seinen Weg durch die Lunge längst hinter sich hatte.

Es schneite noch immer. Lautlos sanken die Flocken der Erde entgegen.

Und Morg blieb verschwunden.

Schon oft hatte sich die Frau die Frage gestellt, wie sie wohl reagieren würde, wenn er plötzlich zurückkam. Eine Antwort hatte sie nicht gefunden. Wahrscheinlich würde sie gar nichts tun und ihn nicht mal danach fragen, wo er gewesen war. Morg war erwachsen, er konnte tun und lassen, was er wollte.

Seinen Job als Kraftfahrer war er los.

Er hatte seiner Frau auch nichts hinterlassen, so war Ellen froh gewesen, in einer Fabrik, die Teile für Videospiele herstellte, Arbeit zu bekommen. Zum Glück lief das Geschäft. Die Nachfrage wuchs sogar.

Ellen drückte die erste Zigarette aus und griff automatisch nach der zweiten. Die Fingerspitzen berührten schon fast die Stäbchen, als sie von der Straße her ein Geräusch hörte.

Ellen wohnte in einem winzigen Haus, das sie von ihren Eltern geerbt hatte. Zudem war es eine ruhige Gegend. Da fiel es auf, wenn ein störendes Geräusch die Stille unterbrach.

Wie dieses Motorbrummen!

Morg war Trucker gewesen. Oft genug hatte einer seiner großen Wagen vor dem Haus gehalten, und Ellen hatte es im Laufe der Zeit gelernt, aus den Geräuschen Unterschiede herauszuhören.

Das, was da vor dem Haus aufgeklungen war, gehörte zwar zu einem Lastwagen, aber nicht zu einem großen Overland Truck.

Für einen Moment hatte sie die wahnwitzige Idee, dass ihr Mann zurückgekommen wäre. Sie verwarf den Gedanken gleich wieder. Nein, das konnte nicht sein. So etwas tat ein Kerl wie Morg nicht. Dafür war er viel zu feige.

Jawohl, feige, denn er wich den Problemen lieber aus, als sich ihnen zu stellen.

Die Geräuschkulisse war verstummt. Ellen hatte sich mittlerweile daran gewöhnt. Nun empfand sie die Stille als äußerst bedrückend. Sie hörte das Schlagen ihres Herzens. In der Küche tickte eine Uhr. Auch das vernahm sie überdeutlich.

Und die Schritte.

Nicht innerhalb der Wohnung, sondern draußen vor der schmalen Haustür mit den beiden Steinstufen als Treppe.

Da war jemand aus dem Lastwagen gestiegen. Eine andere Möglichkeit gab es für sie nicht.

Und er wollte zu ihr.

Noch saß sie angespannt auf dem Stuhl. Allerdings in einer schrägen Haltung. Sie hatte ihren linken Arm angewinkelt und über die hohe Lehne gelegt, die rechte Hand verdeckte noch immer die Zigarettenschachtel, ohne jedoch ein Stäbchen entnommen zu haben.

Wollte der oder die wirklich zu ihr?

Das konnte sich Ellen Behan einfach nicht vorstellen. Sie erhielt so gut wie nie Besuch. Schon gar nicht in den Abendstunden. Es war sehr merkwürdig. An Einbrecher wollte sie nicht glauben, die hätten nicht solchen Lärm gemacht.

Ellen Behan musste sich überwinden, aufzustehen. Mit wackligen Knien durchquerte sie den kleinen, fast spartanisch eingerichteten Wohnraum, ging in die schmale Diele und hatte sie kaum betreten, als sie hörte, wie von außen her ein Schlüssel ins Schloss geschoben wurde.

Einen Schlüssel besaßen nur sie und ihr Mann!

Auf einmal konnte Ellen nicht mehr weitergehen. Sie blieb stehen, presste ihre Hand dorthin, wo das Herz schlug, und starrte auf die Tür. Über der Frau brannte eine kleine Lampe. Sie warf ihr Licht auf den Körper, ließ einen Schatten entstehen, der zitterte und damit bewies, in welch einer Verfassung sich die Frau befand.

Es war kaum zu glauben.

Da kam jemand in ihr Haus, schloss auf – und …

Mit einem ziemlich heftigen Ruck wurde die Tür in den schmalen Flur gestoßen. So heftig hatte auch Morg das Haus immer betreten. Die Lampe vorn brannte nicht, deshalb blieb die Gestalt auf der Türschwelle im Dunkeln.

Eine große Gestalt …

Morg war ebenfalls groß.

»Verdammt, du könntest die Tür auch mal ölen, Ellen. Sie klemmt noch immer.«

Die Stimme! Himmel, das war Morgs Stimme! So wie er vor fünf Jahren gesprochen hatte. Ellen glaubte, im Boden zu versinken. Ihre Knie wurden noch weicher, die Beine gaben nach, und sie hatte Mühe, überhaupt noch Luft zu bekommen.

Rücklings rutschte sie an der alten Tapete nach unten. Sie hörte das Schaben und die schweren Tritte, die sich ihr näherten, wobei hinter dem Mann die Haustür allmählich wieder zuschwang.

Ellen Behan wusste selbst nicht, wie sie es schaffte, sich wieder unter Kontrolle zu bekommen. Jedenfalls war es ihr möglich, den Körper hochzudrücken und stehen zu bleiben.

Morgan Behan kam. Und er stoppte, als er den Lichtkreis der Dielenleuchte erreichte.

Langsam hob Ellen den Blick. Sie musste blass wie eine Leiche sein, aber das störte sie in diesen Augenblicken nicht. Ihr gesamtes Augenmerk galt einzig und allein dem verschollenen und jetzt zurückgekehrten Morgan Behan.

Er hatte sich überhaupt nicht verändert. Noch immer wuchs der dunkle Bart auf seiner Oberlippe. Die Nase stach schief aus seinem Gesicht, nur das schwarze Haar hatte einen grauen Schimmer angenommen, und um die Mundwinkel herum hatten sich Falten gebildet.

»Morg?«, fragte Ellen.

»Wieso?«

»Du bist es wirklich?«

»Mein Geist bestimmt nicht.«

»Kann ich dich anfassen?«

Der kräftige Mann hob die Schultern. »Wieso willst du das?«

»Nur so«, erwiderte Ellen und streckte ihre Hand vor. Die Finger erwischten Morgan Behan über dem Gelenk. Sie hielten es fest, und die Frau nickte. »Es ist wahr!«, flüsterte sie. »Du bist ein Mensch und kein Geist. Lieber Himmel, das ist unmöglich …«

»Ich bin da.«

»Und wo warst du?«, hauchte sie.

Morg grinste. »Zigaretten holen.«

Ellen hatte die Antwort sehr deutlich verstanden, aber sie wollte sie nicht akzeptieren, denn sie fühlte sich auf den Arm genommen.

»Das kannst du mir nicht erzählen«, erwiderte sie mit rau klingender Stimme. »So etwas gibt es in schlechten Witzen, aber nicht in Wirklichkeit. Hast du verstanden?«

»Klar, das habe ich.«

»Wo warst du also wirklich, Morg?« Ihre Hand krallte sich jetzt in den wattierten Jackenstoff.

Eine akustische Antwort gab Morg nicht. Er befreite sich mit einem Ruck und steuerte die schmale Treppe an, die nach oben führte.

»Ich muss mir mal die Hände waschen«, erklärte er seine Reaktion. Die harten Tritte warfen Echos. Ellen sah die Hand ihres Mannes über das Geländer gleiten und aus dem äußeren Lichtschein der kleinen Dielenleuchte allmählich verschwinden, als hätte sie sich aufgelöst.

War er doch ein Geist?

Nein, sie hatte mit dem Mann gesprochen, der sie vor fünf Jahren verlassen hatte. Ohne ein Wort der Erklärung und der Entschuldigung. Aber das musste er, das war er ihr schuldig. Sie würde darauf bestehen.

Er hatte ihr nicht gesagt, wie lange er sich im Bad aufhalten wollte. Die Zeit musste Ellen nutzen. Ihr Mann war mit dem Wagen gekommen. Vielleicht gab er ihr darüber Auskunft, wo Morgan so lange gesteckt hatte. So leise wie möglich huschte die Frau auf die Haustür zu. Sie war nicht wieder ins Schloss gefallen, stand einen Spalt offen, sodass Kälte und Schneeflocken in den Flur dringen konnten.

Ein wenig musste die Frau die Tür noch aufdrücken, bevor sie sich nach draußen schieben konnte. Auf den beiden Treppenstufen lag bereits eine weiße Haube. Auch die kleine Zufahrt war nicht mehr zu erkennen. Alles hatte der feine Schnee bedeckt.

Ellen Behan schaute in das Führerhaus des am Rand der Straße parkenden Lastwagens. Es war ein kleines Gefährt mit kleiner Ladefläche. Da sie im Führerhaus nichts entdeckte, wandte sie sich der Ladefläche zu. Die Plane umgab sie wie ein Dach.

Ellen ging bis zum Heck des Fahrzeugs und schaute dort nach, wo die Plane festgezurrt war. Auf den Lederbändern und Kunstoffschleifen lag der Schnee. Es würde nicht einfach sein, die verknoteten Riemen zu lösen.

Ellen besaß darin Routine, denn sie hatte ihrem Mann früher oft geholfen. Angst, dass sie beobachtet wurde, brauchte sie auch nicht zu haben. Das nächste Haus lag fast hundert Yards entfernt. Zwischen den beiden Häusern befand sich Brachgelände, und gegenüber lagen die Rübenfelder eines Farmers.

Morg hatte alles fest verknotet. Ellen musste hart arbeiten. Beinahe hätte sie sich einen Fingernagel abgebrochen, doch sie gab nicht auf. Sie musste wissen, was sich unter der Plane verbarg.

Minuten dauerte es, bis sie die ersten Knoten gelöst hatte. Die Bänder hingen jetzt lose nach unten, auch Lederriemen wurden vom leichten Wind bewegt.

Die Frau wandte sich der rechten Seite zu. Hier musste sie die Verschnürung ebenfalls lösen, danach war alles okay.

Schneeflocken trafen sie und schmolzen auf der Haut schnell zu Wassertropfen.

Ellen Behan blieb für einen Moment stehen, bevor sie die Plane an zwei verschiedenen Stellen fasste und in die Höhe wuchtete. Sie fiel ihr wieder entgegen, wurde aufgefangen, und Ellen schleuderte sie erneut hoch. Diesmal mit mehr Kraft.

Die Plane blieb liegen.

Jetzt hatte die Frau freie Sicht.

Im selben Augenblick hörte sie das Schleifen der Haustür, fuhr herum und sah ihren Mann auf der Schwelle stehen. Er wirkte wie eine Statue und hatte die Arme vorgestreckt.

»Bist du verrückt, Ellen? Was hast du getan?«

»Nichts, ich …«

Morg drehte durch. »Weg da, Ellen! Verschwinde von der Ladefläche. Du darfst nicht ...«

Er sprach nicht mehr weiter, denn beide vernahmen plötzlich das unheimlich klingende Rumoren ...

Ellen hatte sich so gedreht, dass sie zum Haus hin schauen konnte. Dort hielt es ihren Mann keine Sekunde länger.

Er jagte los wie ein Sprinter beim Start. Nur vergaß er die glatten Stufen, rutschte aus, konnte sich nicht mehr fangen und landete am Boden.

Er fiel unglücklich auf seine rechte Kehrseite und kam auf einmal nicht mehr hoch. Mit verzerrtem Gesicht hockte er im Schnee, während Ellen ihn ungläubig anstarrte.

»Ellen!«, presste er hervor. »Du darfst da nicht länger bleiben! Es wird dich vernichten. Lauf!«

Sie ging zwei zögernde Schritte, starrte durch den Flockenwirbel und fragte: »Was wird mich vernichten?«

»Der, der ...« Morg Behan sprach nicht mehr weiter, weil es bereits zu spät war.

Ellen aber dachte nicht mehr an die Warnung ihres Mannes. Außerdem war ihre Neugierde viel zu groß. Sie wollte endlich sehen, was Morg da mitgebracht hatte – und das so fürchterlich sein sollte.

Sie trat direkt hinter die offene Ladefläche, legte ihren Kopf in den Nacken und schaute hoch.

Fast hätte sie gelacht, denn das, was die Plane bisher verborgen hatte, war ein Stein.

Rund in seiner Form, dennoch außen kantig. Aber auch sehr hoch, sodass er fast die Plane erreichte.

Und davor sollte sie sich fürchten?

Nein, niemals.

Das war lächerlich, das war ...

»Ellen, verdammt!«

»Ach, halt den Mund! Ich will mir nur ansehen, was du da wieder angeschleppt hast.«

»Der Stein, er ist gefährlich ...«

Ellen Behan grinste nur. Sekunden später verging es ihr, denn sie hörte nicht nur das unheimliche Rumoren, sie sah auch den Grund des Geräusches.

Der Stein bewegte sich. Er rollte ...

Weder nach rechts noch nach links. Auch nicht nach hinten, sondern nach vorn, auf die Öffnung der Ladefläche zu. Und es schien so, als würde hinter ihm jemand stehen, der ihn mit aller Kraft schob.

Ellen erlebte die folgenden Sekunden wie in einem Traum. Sie war so geschockt, dass sie es nicht schaffte, von der Stelle zu kommen. Wie angewurzelt blieb sie stehen und dachte darüber nach, wie es möglich war, dass sich der Stein von allein in Bewegung setzte.

Weiter und weiter.

Dunkel, drohend, wie ein Berg kam er ihr vor. Ein Berg, der alles zu vernichten drohte, was sich ihm in den Weg stellte. Sehr deutlich vernahm die Frau das Knirschen, als würde unter dem rollenden Stein etwas zermalmt.

Bis jetzt hätte sie für dies alles noch eine normale Erklärung gefunden, was aber dann geschah, überstieg ihr Begriffsvermögen.

Der langsam heranrollende Stein veränderte sich. Von innen her begann er zu leuchten.

Zu Beginn war es nur ein goldgelbes Flimmern, das sich allerdings bei jedem Stück, das der Stein hinter sich brachte, um einiges verstärkte.

Es wurde intensiver, strahlender, und es nahm auch innerhalb des Steins Konturen an.

Da erschien plötzlich ein Gesicht.

Eine Fratze, dämonisch und wild aussehend. Sie schwebte innerhalb dieses Gefüges und erreichte in ihren Ausmaßen die Ränder des unheimlichen Felsbrockens.

»Das, das ...«, hauchte die Frau. »Himmel, das gibt es doch nicht! Das kann es nicht geben!« Ihre Stimme wurde schrill. »Nein, ich muss mich täuschen.« Sie schlug beide

Hände vor ihr Gesicht, hörte auch nicht auf das warnende Rufen ihres Mannes, sondern schüttelte den Kopf, während sie die Augen weiterhin verdeckt behielt.

Doch da war die innere Stimme, die sie warnte. Sie durfte den Blick nicht länger verschließen, sondern musste zusehen, dass sie der mörderischen Gefahr auswich.

Deshalb rutschten ihre Hände auch nach unten.

Ihr Gesicht verzerrte sich im nächsten Augenblick zu einer Maske des Schreckens. Namenloses Grauen überkam sie, denn Ellen merkte, dass es bereits zu spät für sie war.

Der Stein hatte die Kante erreicht. Es gab kein Zurück mehr. Er würde einen Herzschlag später kippen …

Er fiel.

Ein Schrei.

Kurz und gellend, dann verstummend.

Von Ellen Behan war nichts mehr zu sehen. Der schwere Felsen hatte sie unter sich begraben!

Morgan Behan war so hart auf die rechte Seite gefallen, dass er nicht mehr hoch konnte. Er musste sich etwas gezerrt oder gebrochen haben, jedenfalls war es ihm unmöglich, sich von allein wieder auf die Beine zu stellen.

Sein Rücken schien in Flammen zu stehen. Wenn er ihn durchdrückte, wollte er glauben, dass er sich das Rückgrat gebrochen hätte.

Es war schrecklich …

Und ausgerechnet seine Frau hörte nicht auf die Warnungen. Sie stand da und starrte das an, was er fünf Jahre lang gesucht und endlich gefunden hatte.

Sie würde es nicht überleben. Er kannte die Steine, wusste von ihrem Schrecken und …

»Ellen …« Der Name drang schwer über seine Lippen. Warum verschwand sie denn nicht? Verdammt, weshalb war sie denn nur so stur? Jetzt schlug sie noch die Hände vor ihr Gesicht, anstatt sich umzudrehen und wegzulaufen.

Da war nichts mehr zu machen.

Aber er musste ihr helfen, auch wenn es ihm in diesen Augenblicken unsagbar schwer fiel.

Aufstehen konnte er nicht. Deshalb gab es für ihn nur eine einzige Chance.

Kriechen!

Morg Behan streckte den Oberkörper. Auch dabei zuckte es heiß durch seinen Rücken. Diese Schmerzen waren jedoch zu ertragen. Bei anderen Bewegungen empfand er sie als schlimmer. Er brauchte sich zum Glück nicht hochzustemmen.

Schneeflocken wirbelten aus den tief hängenden, dicken Wolken, und die vorgestreckten Hände des kriechenden Mannes schaufelten den pappigen Schnee auf dem kleinen Zugangsweg in die Höhe. Mit den Knien drückte er sich ab, auch wenn er immer wieder ausrutschte. Dabei hielt er den Kopf so hoch, dass er seine Frau sehen konnte, die nun ihre Arme nach unten sinken ließ und zum ersten Mal das erlebte, was der Mann schon kannte.

Jetzt sah sie das Gesicht im Stein. Sie sah die Färbung, das Leuchten, das seinen Schimmer so weit abstrahlte, dass er schon nach draußen und in Ellens Gesicht fiel.

Kippte er?

Ja, er fiel!

Morgan kroch nicht mehr weiter. Ihm kam die Szene vor wie in einem schrecklichen Film, wo alles im verzögerten Tempo ablief. Der schwere Brocken fiel, und Ellen streckte in einer verzweifelt wirkenden Geste noch ihre Arme aus, um den Felsen aufzuhalten.

Es war einfach lächerlich. Sie konnte und sie würde es nicht schaffen.

Der Stein rollte über die Kante.

Nur kurz war der Schrei, dann hörte der am Boden liegende Mann ein Knirschen, das ihm durch Mark und Bein schnitt. Für einen Moment blieb der gewaltige Brocken liegen. Er war fast zwei Yards hoch, und in seinem Innern wurde es schlagartig dunkel, bis im nächsten Augenblick wieder das goldgelbe Licht erschien und den Felsbrocken erhellte.

Genau da rollte der unheimliche Mörderstein weiter.

Abermals walzte er nach vorn, und eigentlich hätte Morg Behan die Leiche seiner Frau am Boden liegen sehen müssen, aber das war nicht der Fall. Nur nasser Schnee schien dort zu sein, in dessen Mitte sich eine Wasserlache gebildet hatte.

Sonst nichts.

Der Stein walzte weiter.

Strahlte er heller, oder täuschte Morg sich?

Nein, er konnte gut in das Innere hineinschauen, obwohl er jetzt weiter entfernt lag als vorhin, als der Stein von der Ladefläche nach unten gerollt war.

Besser sehen und besser erkennen.

Morg erkannte etwas innerhalb des Gefüges.

Nicht nur das Gesicht, sondern auch eine Gestalt, die der Stein geschluckt hatte.

Es war seine Frau Ellen!

Und der unheimliche Felsen rollte weiter die Straße entlang …

Schnee in Belgien, Schnee in London.

Der in meiner Heimatstadt war mir lieber, denn nach langer Zeit sah es endlich mal wieder danach aus, hier mehr als nur ein paar Stunden verbringen zu können.

Was lag nicht alles hinter uns! Mir wurde richtig schwindlig, wenn ich darüber nachdachte.

In Belgien waren wir auf die Spur eines Diamanten gestoßen, der sich die Träne des Teufels nannte, und wir hatten eine Welt kennen gelernt, in der getötete Hexen aufgefangen und deren Geister wieder regeneriert wurden. Allein durch die Kraft des Diamanten war dies möglich gewesen, und ich hoffte, dass mein Kreuz es geschafft hatte, ihn zu zerstören.

Wir hatten all das Grauen erlebt, zu dem Dämonen fähig waren, aber auch erfahren, wie schnell sie ein Mitglied fallen ließen, wenn es nicht genau das tat, was sich die oberen vorgestellt hatten. Jane Collins war das beste Beispiel.

Sie hatte der Oberhexe Wikka mit einer nahezu hündischen Treue gedient und all das getan, was man von ihr verlangte. Einmal nur hatte sie versagt und sich nicht genau an die Regeln gehalten. Das war ihr Fehler gewesen.

Die Gesetze der Bestrafung traten in Kraft, und da gab es für Dämonen nur eine Alternative.

Tod!

Jane Collins sollte sterben. Auf schreckliche Art und Weise umkommen. Was sie zuvor alles für ihre dämonischen Brüder und Schwestern getan hatte, zählte nicht mehr. Nur das eine Versagen wurde aufgerechnet. Dabei hatte sie überhaupt nicht anders gekonnt, denn es war für sie unmöglich gewesen, mich daran zu hindern, die Formeln auszusprechen.

So paradox es klingt, es beruhte auf einer Tatsache, dass ich Jane Collins das Leben gerettet hatte. Es war mir gelungen, sie vor einem schrecklichen Ende zu bewahren, und nun musste ich mich auch weiter um sie kümmern, denn das Leben, das sie vor ihrer Veränderung geführt hatte, war vorbei.

Sie war das große Problem, das ich lösen musste, denn ich wusste nicht, wohin mit ihr.

Momentan saßen wir zusammen in meinem leeren Büro. Es war Abend, die Nachtschicht hatte ihren Dienst aufgenommen, und auch Glenda Perkins war längst nach Hause gegangen.

Ich durfte überhaupt nicht daran denken, was geschah, wenn sich die beiden Frauen trafen.

Glenda war gewissermaßen zu einer intimen Freundin meinerseits geworden, wir hatten einige Male miteinander geschlafen, und als Jane noch ihrem Job als Detektivin nachging, hatten sich die beiden Frauen nicht gut verstanden. Es gab da Eifersüchteleien. Ob sich Jane heute noch darüber ärgern würde, wusste ich nicht, wollte es aber nicht glauben, denn sie lebte in einer anderen Gedankenwelt.

Wie dem auch war. Im Büro konnte Jane nicht leben und auch nicht in meiner Wohnung. Ihr Apartment war längst an einen Nachmieter vergeben worden, Jane stand gewissermaßen auf der Straße. Allerdings besaß sie ihre Habseligkeiten noch. Möbel, Kleidung und einige persönliche Dinge. Ich hatte dafür gesorgt, dass sie in einem Lager unter Verschluss standen.

Es war ruhig. Die Tür zum Vorzimmer hatte ich ebenfalls geschlossen, und wir beide saßen uns gegenüber. Jane dort, wo Suko sonst seinen Platz hatte. Der Inspektor war zu seiner Freundin Shao gefahren. Ich gönnte es ihm.

Jane und ich schauten uns an. Sie hatte sich so gut wie nicht verändert. Vielleicht hatte sie ein paar Fältchen mehr, sonst aber sah Jane so aus wie früher.

Nur ihr Blick war ein anderer geworden. Nicht mehr offen und klar, sondern lauernd, abschätzend, taxierend.

Es fiel mir schwer, ein Gespräch zu beginnen. Ich fühlte mich unwohl, war nervös und musste trotzdem etwas sagen, denn Jane Collins tat es ja nicht.

»Du bist dir über deine Lage im Klaren, Jane?«, fragte ich leise.

»Sicher.«

»Dann hast du dir auch sicherlich darüber Gedanken gemacht, wie es jetzt weitergehen soll.«

»Muss ich das?«

Ich grinste schief. »Natürlich. Du bist eine Hexe, die unter Menschen leben will.«

»Wer sagt das?«

Ich wischte ihren Einwand weg und schaute sie ernst an. »Etwas darfst du nicht vergessen, Jane. Nicht nur eine Hexe bist du, sondern auch eine Mörderin. Hast du verstanden? Eine Mörderin! Du hast Menschenleben auf dem Gewissen. Dafür gehörst du vor Gericht gestellt und verurteilt.«

Jane lehnte sich auf dem Stuhl zurück. Sie schlug ein Bein

über das andere. »Bitte«, sagte sie. »Du kannst mich vor Gericht stellen. Menschen wollen eine Hexe verurteilen. Da kann ich nur lachen. Wo sind denn die Beweise für meine Taten? Zeig sie mir, und ich werde mich sofort der irdischen Gerichtsbarkeit stellen. Aber du kannst die Beweise nicht herbeischaffen. Alles beruht nur auf deinen Aussagen. Zeig mir die Leichen, zeig mir noch einmal die Tatorte und führ eine Spurensicherung durch! Nein, John, das alles wirst du nicht schaffen, und deshalb kann mich auch kein irdisches Gericht verurteilen.«

Sie redete wie ein Geschäftsmann. Kalt und ohne erkennbares Gefühl. Emotionen kannte sie überhaupt nicht. Und dies bewies mir, dass Jane Collins nicht zu uns gehörte. Sie hatte das Hexensein nicht abgelegt.

Äußerlich war sie die Detektivin von früher, doch in ihrem Körper steckte ein böser Geist.

Die Seele des Rippers!

Er war in sie gefahren und hatte sie überhaupt zu dem gemacht, was sie heute war. Konnte ich dann Jane Collins für die schrecklichen Taten verantwortlich machen? Sie hatte gemordet, doch es war nie sie selbst gewesen, sondern ein anderer, der sie leitete.

Eben der Ripper!

»Dein Problem, John Sinclair«, sagte sie kalt. »Du hast mir das Leben gerettet, jetzt sieh zu, wie du damit fertig wirst.«

Mit diesen Worten hatte sie den Nagel auf den Kopf getroffen. Ich wusste wirklich nicht, wohin mit ihr. Jane hing gewissermaßen als Klotz an meinem Bein. Um eine Denkpause zu bekommen, zündete ich mir eine Zigarette an.

Jane rauchte ebenfalls. Durch den Rauch schauten wir uns an. Ihre Lippen kräuselten sich spöttisch. »Na, schon eine Lösung gefunden?«

»Möglich.« Ich streifte die Asche ab und legte meine Stirn in Falten. »Eigentlich geht es gar nicht so sehr darum, wohin zu ziehst oder dich verbirgst. Das tatsächliche Problem liegt ganz woanders.«

»So?«

»Ja, und zwar will ich, dass der Geist des Rippers wieder aus deinem Körper fährt.«

Sie lachte. Es klang hart. »Ein frommer Wunsch, Geisterjäger. Aber das wirst du wohl kaum schaffen.«

»Wenn du mir hilfst.«

Sie tippte gegen ihre Stirn. »Ich dir helfen, John? Wie käme ich dazu?«

»Dann willst du nicht wieder so wie früher werden?«

»Mir gefällt mein Dasein.«

Damit hatte ich zwar gerechnet, dennoch insgeheim gehofft, dass sie sich anders entscheiden würde. Das war nicht geschehen. Jane wollte so bleiben.

»Du stehst auf der Abschussliste«, erklärte ich ihr. »Man wird es nicht hinnehmen, dass eine Verräterin lange überlebt. Daran solltest du immer denken.«

»Ich kann mich wehren.«

»Das habe ich gesehen.« Meine Stimme klang spöttisch.

»Sei nicht so arrogant!«, fuhr sie mich an. »Ich kann mich tatsächlich wehren, denn nicht alles ist verkümmert. Ich besitze Kräfte, die dir überlegen sind. Wikka war eine gute Lehrmeisterin.«

»Wirst du die Kräfte gegen mich anwenden?«

»Wenn es sein muss ...«

»Dann sind wir also Gegner, Feinde«, spann ich den Faden weiter.

»Partner bestimmt nicht.«

»Okay, ich kann von dir nicht verlangen, dass du mir um den Hals fällst, aber ich bitte dich doch, nachzudenken. Was hätte es für einen Sinn, mir Steine in den Weg zu legen? Du kannst es dir nicht erlauben, gegen mich zu arbeiten.«

Jane hob die Schultern. »Wer hat dir denn gesagt, dass ich gegen dich arbeite?«

»Aber auch nicht mit mir.«

Sie fixierte mich lauernd. »Stimmt, Geisterjäger. Du steckst in einer Klemme, denn du weißt nicht, wie ich mich verhalten werde. Ich kann der letzte Nagel zu deinem Sarg werden. Das solltest du nie vergessen.«

Ich hörte Schritte und drehte mich auf dem Stuhl sitzend um. Bevor ich mich erheben konnte, wurde die Tür meines Büros aufgestoßen, und auf der Schwelle stand Sir James.

Sein Kommen hatte ich erwartet, nur früher, nicht mehr zu dieser Stunde.

Er stand da und hielt den Hut in der Hand. Den Mantel ließ er an. Seine Brillengläser waren beschlagen, sodass er nicht viel sehen konnte. Sir James nahm die Brille ab, holte ein Tuch hervor und begann damit, die Gläser zu putzen. Über seine Lippen drang kein Wort. Er stand da und putzte. Das Schweigen konnte einen sensiblen Menschen nervös machen.

Ich beobachtete Jane Collins. Sie hatte ihre Lippen spöttisch verzogen. Sir James schien es nicht wahrzunehmen. Er hatte seine Stirn in Falten gelegt, schaute aus seinen eulenhaften Augen noch einmal die Brillengläser an und parkte sein Nasenfahrrad schließlich ordnungsgemäß.

»Sie sind also wieder da, Miss Collins«, stellte er sachlich fest.

»Wohl kaum zu übersehen.«

»Natürlich, auch ohne Brille war mir das klar. Was das bedeutet, wissen Sie selbst. Mr. Sinclair wird Ihnen klargemacht haben, wie wir reagieren könnten.«

»Ja, vor ein Gericht stellen.«

»Unter anderem.«

»Da haben Sie sich geschnitten, Meister. Ich lasse mich nicht vor Gericht stellen. Wo kämen wir denn hin, wenn Sie eine Hexe verurteilten.«

»Sind Sie das noch immer?«

»Natürlich. Ich habe mich nicht geändert.«

»Aber die Situation.«

»Was spielt das für eine Rolle?«, erwiderte Jane Collins lässig und hob die Schultern. »Außerdem fehlen Ihnen ganz einfach die Beweise. Sie können alte Fälle nicht mehr aufrollen. Es gibt keine Spuren …« Jane winkte ab. »Aber das habe ich Sinclair schon alles erzählt. Ich möchte es nicht wiederholen.«

»Ich verstehe.« Sir James nickte. »Nur – wie haben Sie sich eigentlich Ihre weitere Zukunft vorgestellt, Miss Collins? Darüber hätte ich gern Auskunft.«

»Weshalb sollte Sie das interessieren?«

»Weil wir uns darauf einrichten müssen.«

»Mit Ihnen habe ich nichts zu tun. Auch mit Sinclair nicht. Wir können uns aus dem Weg gehen.«

»Dennoch wird es Ärger geben.« Zum ersten Mal, seitdem Sir James eingetreten war, übernahm ich wieder das Wort. »Wir werden unweigerlich aufeinandertreffen, denn auf dich, Jane, werden sie zur großen Jagd blasen.«

»Und was hat das mit dir zu tun?«

»Kannst du nicht mehr denken?«, verhöhnte ich sie. »Überleg mal. Du bist der ideale Lockvogel. Wikka will deine Vernichtung. Durch dich kann ich auf ihre Spur kommen. Gut, nicht wahr?«

»Für dich ja, Sinclair, weniger für mich.« Das gab sie alles zu. »Dennoch werde ich nicht vor dir auf die Knie fallen. Nein, den Gefallen tue ich dir nicht. Ich habe zu kämpfen gelernt, und ich werde meine Fähigkeiten auch einsetzen. Ich bin nicht mehr so wie früher. Wikka kann sich an mir die Zähne ausbeißen.«

»Wäre mir recht.«

»So kommen wir nicht weiter«, sagte Sir James. An seinem Gesichtsausdruck erkannte ich, dass er ziemlich ungehalten war. »Das ist alles noch Theorie. Bleiben wir bei der Praxis. Wie sieht sie aus, Miss Collins? Wo wollen Sie hin?«

»Das brauche ich Ihnen nicht zu sagen.«

»Stimmt. Es wäre aber besser, wenn Sie mit uns zusammenarbeiteten. Auch in Ihrem Interesse.«

Jane hob die Schultern. »Interesse«, sagte sie spöttisch und begann zu lachen. »Sie haben an mir kein Interesse, und ich …«

Sir James unterbrach sie. »Was haben Sie jetzt vor?«

»Ich gehe.« Kaum hatte Jane die Worte ausgesprochen, als sie sich erhob.

Auch ich stand auf.

»John«, sagte Sir James. »Sie bleiben bei ihr.«

»Sicher, Sir. Falls sie mich lässt.«

»Es wird ihr nichts anderes übrig bleiben, als Sie zu lassen. Besorgen Sie ihr eine Unterkunft.«

»Sie könnte in einem Zelt …«

Als ich den Blick meines Chefs sah, wusste ich, dass er keine Zeit für Scherze hatte. »Geben Sie mir Bescheid, wenn Sie eine Unterkunft für Miss Collins gefunden haben.«

»Gern, Sir.«

Wir verließen das Büro. Im Vorzimmer lag noch der Duft von Glendas Parfüm. Auch Jane Collins nahm ihn wahr und runzelte die Stirn, bevor sie sagte: »Wie würde wohl deine kleine Glenda reagieren, wenn sie erführe, dass ich wieder …«

»Sie würde gar nichts tun.«

Jane lachte hässlich. »Du hast dich mit ihr eingelassen, wie?«

»So kann man es nicht sagen.«

»Also doch.«

Ich blieb an der Tür stehen. »Komm, Jane, wärm nicht die alten Geschichten auf. Außerdem hast du Glenda schon sehr großen Schaden zugefügt. Ich denke nur daran, dass du sie aus der Wohnung vertrieben hast.«

»Sie hätte bleiben können.«

»Bei dem Psychoterror? Nein!« Ich schüttelte den Kopf. »Für die Zukunft merk dir eins, Jane. Glenda ist für dich tabu. Und jetzt komm.« Ich öffnete die Tür.

»Wohin?«

»Das sage ich dir noch.« Mir war tatsächlich eine relativ gute Idee gekommen …

»Bei diesem Wetter schleppst du mich nicht noch mal raus«, sagte Earl Brown und setzte einen Fluch hinter die Worte.

»Konnte ich wissen, dass es anfängt zu schneien?«, beschwerte sich Polly, seine Frau.

»Man hätte damit rechnen können. Ich habe die Wetterberichte verfolgt.«

»Die lügen sich doch auch was zusammen.«

Earl löste eine Hand vom Lenkrad und deutete auf die Frontscheibe. »Aber für heute haben sie recht gehabt. Und wir müssen noch acht Meilen fahren, mit einer Geschwindigkeit, bei der du die Reifen aufpumpen kannst.«

Polly grinste nur und räkelte sich auf dem Beifahrersitz. Sie gehörte zu den Personen, die nichts so leicht erschüttern konnte. Vielleicht lag es auch daran, dass sie sich selbst als bequem und etwas tranig bezeichnete. Sie brachte über zweihundert Pfund auf die Waage und sah die Welt mit anderen Augen. Kommst du heute nicht, dann eben morgen. Nach dieser Devise handelte sie. Als sie nach drei Abmagerungskuren noch immer das gleiche Gewicht behalten hatte, war sie überzeugt, das Leben anders angehen zu müssen.

Nicht so ihr Mann. Earl bezeichnete sich selbst als sehnigen, agilen Burschen, der wusste, wo es langging. Er war in seinem Beruf spitze, joggte jeden Tag und bezeichnete sich selbst als Action-Man. Schlechte Umwelteinflüsse störten ihn, denn sie brachten all seine Pläne durcheinander.

So auch hier.

Earl musste den Wagen durch eine grauweiße wirbelnde Wand steuern. So kam ihm der Flockenvorhang jedenfalls vor. Da wirbelte und kreiselte es vom Himmel. Außerdem hatte der Wind aufgefrischt, kam nun von vorn und trieb den Schnee gegen die Frontscheibe, wo es die Wischer kaum noch schafften, das Glas zu säubern.

Zum Glück kannte er die Strecke und wusste genau, wann Kurven kamen, die er vorsichtig nehmen musste.

Es war ein sehr feiner Schnee, der vom Himmel rieselte.

Zudem war der Boden gefroren, sodass die weiße Schicht nicht so leicht wegtauen konnte.

In langen Fahnen wehte der Wind den Schnee über den Grund, wirbelte ihn wieder hoch und schleuderte die Massen dann gegen Bäume, Mauern und Häuser, wo es bereits die ersten Verwehungen gegeben hatte.

»Ich hoffe, dass es nicht so wie in den Staaten wird«, sagte Earl und beugte sich noch weiter vor, um besser sehen zu können.

Seine Frau winkte ab. »Die haben doch ein ganz anderes Klima.«

»Was weißt du denn davon?«

»Einiges.«

»Das ist mir aber neu.«

»Du unterschätzt mich eben.«

Earl Brown schwieg. Es hatte überhaupt keinen Sinn, seiner Frau zu widersprechen, weil sie stets das letzte Wort haben wollte und es auch immer hatte.

Ausgerechnet jetzt holte Polly noch eine Zigarette aus der Schachtel. Earl war Nichtraucher, er konnte den Qualm nicht vertragen.

»Musst du unbedingt paffen?«, beschwerte er sich.

»Dann lass ich es eben bleiben.«

»Danke.«

Wütend steckte Polly die Schachtel wieder ein. Es herrschte wenig Verkehr. Wenn ihnen mal ein anderes Fahrzeug entgegenkam, tauchte es zumeist wie ein Schemen aus dem wirbelnden Vorhang auf. Zwei gelbe Augen, die in der Luft zu schweben schienen und von tanzenden Flocken umhüllt waren.

Es ging alles gut. Auch auf der schmalen, rutschigen Straße berührten sie sich nicht.

»Gleich kommt eine kleine Steigung«, murmelte Earl. »Ich hoffe, dass wir sie packen.«

»So schlimm ist es schon nicht.«

»Du fährst ja nicht«, knurrte der Mann.

»Lass mich mal.«

»Von wegen. Ich will nicht im Graben landen.«

»Bisher bin ich unfallfrei gefahren«, erklärte Polly und nickte heftig.

Earl winkte nur ab.

Die Gegend wurde bald einsamer. Hatten sie vorhin noch Häuser gesehen, so war dies nicht mehr der Fall. Zu beiden Seiten der schmalen Straße breiteten sich Felder aus. Auf ihnen lag eine dicke Schneeschicht, die wie Zuckerguss aussah. Auch über dieser Fläche wirbelten und tanzten die Flocken.

Da Earl sich auf das Fahren konzentrieren musste, hielt Polly den Mund. Erst nach einer Weile übernahm sie wieder das Wort und sagte etwas, das Earl aus seiner Konzentration riss.

»Was ist da vorn für ein Schimmer?«

»Wo?«, fragte Earl.

»Hinter der nächsten Kurve. Ich habe es genau gesehen.«

»Vielleicht ein Wagen. Was kümmert es uns?«

»Das ist kein Wagen!«

»Dann ein Gespenst.«

Polly hob die Schultern. Sie hatte noch etwas sagen wollen, aber um des lieben Friedens willen ließ sie es bleiben. Dennoch war sie neugierig und konzentrierte sich auf dieses seltsame Licht.

Es stand nicht still.

Im ersten Augenblick hatte Polly an eine Laterne oder Warnleuchte gedacht. Sie änderte ihre Vermutung jedoch, als sie feststellte, dass sich das Licht bewegte.

Jemand trug es wahrscheinlich.

»Was hast du?«, fragte Earl.

Polly hob die speckigen Schultern. In ihrer Kaninchenfelljacke wirkte sie noch massiger. »Ich beobachte das komische Licht.«

»Das habe ich inzwischen auch gesehen.«

»Und?«

»Nichts und. Es ist da und fertig.«

Polly schüttelte den Kopf. »So würde ich das nicht sehen.«

»Wie denn?«

»Das Licht ist nicht normal. Wenn du genauer hinschaust ...«, Polly beugte sich vor, »... kannst du sogar erkennen, dass es fast die gesamte Breite der Straße einnimmt.«

»Das bildest du dir ein.«

»Nein, Earl.«

»Und was sollen wir machen?«

»Weiterfahren.«

»Das hätte ich auch ohne deinen Ratschlag gewusst. Ich dachte, du wolltest mir raten, es auszublasen.«

»Spar dir deine komischen Scherze.«

Die Kurve tauchte vor ihnen auf. Weit geschwungen, gut ausgebaut. Im Normalfall stets sicher und bequem zu durchfahren, trotz der leichten Steigung. Aber die Straße war nicht trocken. Eis und Schnee bedeckten die Fahrbahn.

Earl Brown konzentrierte sich voll auf diese Strecke. Wenn er sie geschafft hatte, bereitete ihm der weitere Weg keine Schwierigkeiten mehr.

Die Flocken wirbelten wie unzählige kleine Tänzer. Zusammen bildeten sie eine Wand, die kein winziges Guckloch mehr freiließ, aber das Schimmern war zu sehen.

Diesmal erschrak sogar Earl, denn es nahm tatsächlich, von ihm aus gesehen, die gesamte Breite der Straße ein.

Der Mann schluckte. Seine Haut wurde weiß. In der Kehle kratzte es. Nervös huschte die Zunge über die Lippen. Das alles sah auch Polly. Sie wollte etwas sagen, verschluckte die Worte jedoch, denn sie ahnte, dass sie Earl jetzt nicht stören durfte.

Einmal drehten die Räder durch. Der Mann hatte zu viel Gas gegeben, wurde vorsichtiger, und der Wagen zog wieder an.

»Frontantrieb wäre jetzt besser!«, knirschte er.

»Stopp lieber«, sagte Polly.

»Wieso?«

»Ich habe Angst vor dem Licht. Es ist so geheimnisvoll, man sieht auch niemanden, der es trägt.«

»Das stimmt.«

»Bitte, Earl ...«

Der Mann schüttelte den Kopf. »Da fahren wir durch. Was soll schon so eine Laterne ...?«

»Es ist doch keine Laterne!« Polly wurde nervös. Die Luft im Fahrzeug schien plötzlich zu knistern. »Das ist was anderes, Earl, wirklich.«

»Und was?«

»Ich weiß es nicht«, stöhnte die Frau. »Ich weiß es wirklich nicht. Ich will nur, dass du stoppst.« Sie schluckte. »Es ist heller geworden, und es kommt näher. Du!« Ihre Stimme wurde leicht schrill. »Du, das bewegt sich auf uns zu.«

Earl erwiderte nichts. Er gestand durch sein Schweigen ein, dass er seiner Frau recht gab.

Beide starrten in den Flockenwirbel. Und beide erkannten, dass die Schneeflocken bereits einen goldenen Schimmer angenommen hatten. So nahe war dieses Licht schon.

»Wir müssen raus!«, flüsterte Polly. »Das hält nicht an!«

»Unheimliche Begegnung der vierten Art«, hauchte Earl und erntete von Polly nur ein Kopfschütteln.

Der Mann bremste. Auch er war ängstlich geworden, denn der Schein hatte bereits die Kühlerhaube des Wagens erreicht und wollte weiterwandern.

Die Browns stießen die Türen auf. Sie konnten einfach nicht mehr im Wagen bleiben, drehten ihre Oberkörper, schwangen die Beine nach draußen, bekamen Kontakt mit der Straße und wären fast auf der glatten Fläche ausgerutscht. Polly ging einen Schritt zu weit. Den Straßengraben an der linken Seite sah sie nicht. Sie bemerkte ihn erst, als sie bereits im Schnee versank.

»Verdammt!«, schimpfte sie, drehte sich um und vernahm den erschreckten Ruf ihres Mannes.

Er stand ebenfalls im Graben, war eingesackt und hatte die Arme halb erhoben.

Für seine Frau hatte Earl keinen Blick. Er starrte dem Gegenstand entgegen, der über die Straße rollte, goldgelb leuchtete und in dessen Gefüge sich ein Gesicht abmalte.

Eine riesige Fratze, die zu einem Grinsen verzogen war. Aber noch mehr war zu sehen.

Ein Mensch.

Eine Frau. Sie steckte innerhalb des Steins, lag nach hinten gedrückt, hielt die Arme angewinkelt und die Hände gespreizt. Der Hals stand seitlich ab, als wäre er gebrochen. Mund und Augen standen offen. Aus ihnen sprach die Panik, die die Frau in den letzten Sekunden ihres Lebens erlebt hatte.

Das Ehepaar Brown spürte weder Kälte noch Schnee. Beide starrten nur auf den leuchtenden Stein, der menschengroß war und sich von allein bewegte.

Jetzt hatte er den Wagen erreicht. Er würde ihn zermalmen, und Earl glaubte schon, das Knirschen des Blechs zu vernehmen, denn der rollende Stein berührte bereits die Stoßstange des Fahrzeugs.

Er musste einfach …

Die Gedanken des Mannes stockten. Was er und seine Frau zu sehen bekamen, war nicht nur unheimlich, auch unerklärbar und gleichzeitig unfassbar.

Der Stein überrollte den Wagen, ohne dass auch nur ein Geräusch entstand.

Ein lautloser Vorgang, der gerade wegen dieser Geräuschlosigkeit einen so großen Schrecken verbreitete.

Der Opel wurde von dem Stein gefressen!

Der runde Felsbrocken walzte ihn nieder. Noch immer entstand kaum ein Geräusch. Nur der Schnee knirschte. Kein Blech verbog sich kreischend, keine Scheibe platzte, dennoch wurde das Fahrzeug aufgesaugt, und für einen Moment verzog sich das Gesicht innerhalb des Steins zu einem widerlichen Grinsen.

Noch eine weitere Drehung.

Das Dach und somit das Oberteil des Wagens waren längst

verschwunden. Jetzt wühlte sich der Stein weiter bis zum Kofferraum. Und auch ihn schluckte er, während um ihn herum der Schnee tanzte, sodass die Flocken durch das helle Licht einen Schein bekamen wie Goldtaler.

Die Browns waren total verwirrt. Sie schauten dem Stein nach, der seinen Weg unbeirrt fortsetzte, als wäre nichts geschehen. In seinem Innern jedoch hatte sich einiges verändert.

Da steckte nicht nur eine tote Frau fest, sondern auch ein Fahrzeug. Zusammengepresst, aber deutlich zu erkennen.

Nichts hielt den Stein auf.

Er walzte vorwärts, drehte sich dabei, taute den Schnee in seiner Bahn weg und näherte sich bereits der nächsten Kurve.

Der Stein mit dem verzerrten Gesicht behielt die Richtung bei. Wenn er so weiterrollte, würde er bald die Riesenstadt London erreichen. Zumindest die ersten Vororte.

Polly fing sich früher als ihr Mann. Sie schaute über die Straße, und nichts außer dem wirbelnden Schnee verdeckte ihren Blick.

Kein Wagen mehr.

»Das darf doch nicht wahr sein!«, flüsterte sie. »Verdammt, das darf doch nicht wahr sein.« Sie schüttelte den Kopf und begann im nächsten Augenblick zu schreien …

Es war fast so wie früher!

Ich hatte zuerst die Scheiben vom Schnee gesäubert und Jane danach die Tür geöffnet, damit sie in meinen Wagen steigen konnte. Noch immer rieselte es vom Himmel.

Feine, kleine Körner, die nicht wegtauten, wenn sie einmal auf der Straße lagen. Deshalb wurden die Fahrbahnen zu regelrechten Rutschbahnen. Es würde bestimmt eine Höllenfahrt werden, die leicht mit einem Unfall enden konnte, wenn ich nicht achtgab.

Als ich eingestiegen war und die Tür zugehämmert hatte, grinste mich Jane von der Seite her an.

»Ist was?«, fragte ich sie.

»Nein, nichts.«

»Aber du hast Spaß, nicht?«

Jane hob die Schultern.

Ich startete. Der Bentley war lange Zeit nicht mehr benutzt worden, der Motor sehr kalt, deshalb dauerte es seine Zeit, bis er richtig lief. Auch das Radio hatte ich eingeschaltet. Nachrichten wurden gesendet, und ich erfuhr von den ungeheuren Schneefällen im Norden unseres Landes. Da gab es nur noch wenige Straßen, die befahrbar waren.

»Da oben willst du doch nicht hin?«, fragte Jane.

»Nein.«

»Und wo dann?«

»Lass dich mal überraschen.« Ich hatte das Gebläse und die Heizung eingeschaltet, um die Scheiben zu enteisen.

Bald konnte ich besser sehen und starten. Der große Parkplatz war vom Schnee freigehalten worden. Dafür die Straßen nicht. Auf den Hauptverkehrsadern lief es ja noch einigermaßen glatt, in den Nebenstraßen sah es schlechter aus. Ich musste mit einigen bösen Überraschungen rechnen.

Dennoch wollte ich Jane dorthin schaffen. Und das so rasch wie möglich.

»Ist es noch in London?«, fragte sie mich.

»Ja.«

»In der City?«

»Nein.«

Sie lachte. »Weshalb bist du so einsilbig?«

»Ich muss mich auf den Verkehr konzentrieren.«

»Natürlich.« Sie bog die Finger durch und erkundigte sich, ob ich sie vielleicht zu den Conollys schaffen würde.

»Das auf gar keinen Fall«, gab ich zurück.

»Hätte mir aber Spaß gemacht.«

»Ja, ich weiß. Du hast schon immer eine seltsame Art von Humor gehabt, Jane.«

»Das würde ich nicht so behaupten, John, wirklich nicht. Ich habe nur gesehen, dass ich über die Runden kam.«

»Auch bei Wikka?«

»Natürlich.«

Ich musste langsamer fahren, denn vor uns hatten sich zwei Wagen ineinander verkeilt. »Ist Wikka nicht viel stärker als du?« Es war mehr eine Feststellung als eine Frage, und Jane Collins runzelte die Stirn.

»Wenn du mit stärker die körperlichen Kräfte meinst, dann wohl nicht«, sagte sie.

»Aber die Hexenkräfte.«

»Natürlich.«

»Wenn sie will, Jane, kann sie dich umbringen. Das sollte dir immer klar sein.«

»Ich weiß.«

»Dann wundert es mich, dass du dich nicht auf meine Seite stellst und mitmachst.«

»Ich bin eine Hexe, John!«

»Hast du eigene Pläne?«

»Möglich.« Sie ließ ein leises Lachen folgen, das bei mir leichtes Magendrücken verursachte. Ein Duell der beiden Hexen, auf dem Rücken der Menschen ausgetragen, passte mir überhaupt nicht in den Kram. Es konnte Opfer geben.

»Jane, ich warne dich«, sagte ich leise und deutlich zu verstehen. »Ich warne dich wirklich. Solltest du wieder Verbrechen auf deine Schultern laden, werde ich einem Gericht die Beweise liefern. Dann kannst du mir nicht mit den Ausreden kommen, die du vorhin gebraucht hast. Haben wir uns verstanden?«

»Ja, das haben wir.«

»Dann ist ja alles klar.«

Wir schwiegen. Es war mir auch recht, denn ich musste mich voll auf das Fahren konzentrieren. Mein Bentley war mit Winterreifen ausgestattet. Das half mir ein wenig über die Tücken der Fahrbahnen hinweg. Leider rutschte ich an manchen Stellen dennoch weg, konnte aber der Gefahr durch Gegenlenken immer ausweichen.

Die entgegenkommenden Wagen schlichen nur so an uns

vorbei. Wenn der Schnee am nächsten Morgen nicht weggetaut war, und damit konnte man rechnen, würde es ein Chaos auf den Straßen geben.

Ich hatte vor, Jane in eine Pension am Stadtrand zu bringen. Wenn Menschen geschützt werden sollten, brachte man sie dort unter. Die Wirtsleute arbeiteten eng mit Scotland Yard zusammen, und ihr Sohn war ebenfalls dort beschäftigt.

Ich hoffte nur, dass Jane sich zusammenriss und die Leute in Ruhe ließ. Dabei setzte ich auf die Furcht der ehemaligen Detektivin vor der Oberhexe Wikka.

Es sollte auch keine Lösung für immer sein, sondern nur eine vorübergehende. Wenn Zeit war, würden Sir James und ich gemeinsam überlegen, was weiter geschah.

Jane saß in einer Haltung neben mir, als würde sie das alles gar nichts angehen. Hin und wieder schaute sie aus dem Fenster in den grauen Schneevorhang, der allmählich dünner wurde. Meine Hoffnung, dass es bald aufhörte zu schneien, wuchs.

Ich sollte mich nicht getäuscht haben.

Minuten später schneite es tatsächlich nicht mehr. Als ich einen Blick zum Himmel warf, erkannte ich, dass der Wind die Wolken vertrieben hatte.

Sogar vereinzelte Sterne sah ich auf der unendlich wirkenden Fläche verteilt.

Das alles ließ hoffen.

Plötzlich stieß Jane Collins ein zischendes Geräusch aus und setzte sich gerade hin.

Ich merkte natürlich die Veränderung ihrer Haltung und schaute kurz nach links.

Jane hatte die Hände zu Fäusten geballt. Ihr Mund stand offen. Der Blick ihrer Augen war starr. Dass sie mir nichts vorspielte, wusste ich genau. Ich wollte dennoch wissen, was der Grund für ihr Benehmen war.

»Ist etwas geschehen?«

»Ich weiß nicht.«

»Lüg nicht.«

»Irgendwas ist anders, John«, sagte sie mit leiser Stimme. »Ich fühle den Einfluss einer fremden Magie.«

»Wikka?«

Sie schüttelte den Kopf. »Nein, nicht Wikka. Sie hat damit nichts zu tun.«

»Was kann es dann sein?«

»Ich weiß es nicht«, gab sie ehrlich zu. »Tut mir leid. Aber du solltest achtgeben.«

Wenn Jane so sprach, hatte es keinen Sinn, noch länger zu fragen. Deshalb schwieg ich, konzentrierte mich auf die Fahrt und warf der ehemaligen Detektivin nur hin und wieder einen forschenden Blick zu.

Ihre Haltung änderte sich nicht. Manchmal nur drehte sie den Kopf und schaute sich um.

»Hast du etwas entdeckt?«

»Nein.«

Mit diesen einsilbigen Antworten konnte ich nichts anfangen. Es war helle Nacht geworden. Der weiße Schnee reflektierte das Licht. Ich sah auch den Mond am Himmel.

Ein Ball, der nicht ganz mit Luft aufgepumpt war und an einer Seite platt wirkte.

Noch kein Vampirwetter.

Weit hatten wir es nicht mehr. Ich musste bis zu einer Kreuzung und dann nach links in eine kleine Straße fahren. Dort lag die Pension.

»Nur noch Minuten«, sagte ich zu Jane.

»Ja, ja, okay.«

»Und du willst noch immer nichts darüber sagen, was dich so beunruhigt hat?«

»Nein. Das kann ich auch nicht, weil ich es einfach nicht weiß. Da ist irgendetwas, das fühle ich, aber es hat mit Wikka nichts zu tun. Glaub mir doch.«

»Schon gut, schon gut. Wir sind ja gleich da.«

»Hier ist es?«

»Genau.«

Das Haus lag auf der linken Seite etwas zurückversetzt und hatte einen großen Vorgarten, der durch einen breiten Weg geteilt wurde. Am Anfang des Wegs standen zwei Laternen. Ihre großen Kugeln leuchteten wie gelbe Monde. Durch die Lichtwärme war der Schnee auf ihnen getaut.

Der Pensionswirt schaufelte den Schnee vom Weg.

Als ich den Bentley stoppte, stellte er den Schneeschieber zur Seite und schaute uns an, als wir aus dem Wagen stiegen.

Er kannte mich. »Ah, Mr. Sinclair, wie geht es Ihnen denn?«

»Den Umständen entsprechend.«

»Sie bringen wieder Besuch?«

»Ja.« Ich deutete auf Jane. »Eine junge Dame. Sie wird für einige Zeit bei Ihnen bleiben.«

Der Mann ging auf Jane zu und reichte ihr die Hand, die sie nur zögernd nahm.

»Ich bin Sam Delrose«, stellte er sich vor. »Bei mir sind Sie sicher wie in Abrahams Schoß, Miss.«

»Natürlich …«

Sam Delrose war ein Mann, auf den man sich verlassen konnte. Mit seinen fünfzig Jahren stand er in der Mitte des Lebens. Er hatte helle, lustige Augen und sah die Welt sehr optimistisch.

»Dann wollen wir mal reingehen«, schlug er vor und wandte sich an mich. »Warum haben Sie denn nichts gesagt, Mr. Sinclair? Dann hätten wir alles vorbereiten können.«

»Dazu blieb mir leider nicht die Zeit. Sie wissen ja, wie das ist, Mr. Delrose. Da überstürzen sich manchmal die Ereignisse.«

»Natürlich, wem sagen Sie das?« Er hielt uns die Tür auf. »Kommen Sie erst mal ins Warme.«

»Ja, danke.«

Auf einem Rost traten wir uns den Schnee von den Füßen, bevor wir die kleine Halle betraten, wo es so etwas Ähnliches wie eine Rezeption gab.

»Leider ist meine Frau nicht da. Sie ist bei einer Nachbarin und wird sich festgeredet haben. Ich sage ihr aber Bescheid, dass sie kommen soll.« Die Hand des Mannes lag bereits auf dem Telefonhörer, als er meinen Widerspruch hörte. »Nein, bitte nicht, Mr. Delrose! Lassen Sie Ihre Frau ruhig reden.«

»Es dauert auch nicht mehr lange.«

»Kann ich das Zimmer mal sehen?«

»Natürlich, Mr. Sinclair.« Der Mann drehte sich um und holte einen Schlüssel vom Bord. In der ersten Etage befanden sich vier Gästezimmer. Über eine Bogentreppe schritten wir in die Höhe. Die Pension war sehr sauber. Alle Zimmer hatten eine Dusche und eine Toilette.

Mr. Delrose öffnete die erste Tür auf der rechten Seite. »Hier können Sie wohnen«, sagte er zu Jane.

Sie betrat als Erste das Zimmer, wir folgten und sahen Jane in der Mitte des Raumes stehen. Sie schaute sich mit unbewegtem Gesichtsausdruck um. Ein Wort drang dabei nicht über ihre Lippen.

»Hat sie kein Gepäck?«, fragte mich der Mann leise.

»Nein.«

Er runzelte die Stirn, hob die Schultern und wandte sich an Jane Collins. »Gefällt es Ihnen hier?«

»Ja, doch, man kann es aushalten.«

Überzeugend klang die Antwort nicht. Wir befanden uns eben nicht in einem Luxushotel.

Jane schaute mich an. »Du kannst ruhig wieder gehen, John«, sagte sie und drehte mir den Rücken zu.

»Ich sehe dann später nach dir.«

»Brauchst du nicht.«

Kaum hatten wir den Raum verlassen, als Jane ans Fenster ging, es öffnete, die Scheibe ein wenig vom Schnee säuberte und nach draußen schaute.

In der Ferne sah sie ein seltsames Leuchten, und sie wusste auch, woher es stammte.

Es war die Quelle der Gefahr …

Jane lächelte kalt. Sie hatte die Gefahr gespürt, doch sie wusste nicht, wie sie sich darstellte.

Auf jeden Fall unheimlich …

Ich verabschiedete mich von Mr. Delrose und reichte ihm die Hand.

Er hielt sie fest. »Gibt es noch irgendetwas, das ich unbedingt beachten muss?«

»Eigentlich nicht. Tun Sie sich aber selbst einen Gefallen und lassen Sie der Frau ihren Willen.«

»Wieso?«

»Stellen Sie sich nicht gegen ihre Wünsche.«

»Auch wenn sie gehen will?«

»Ja.«

»Das ist aber ein seltsamer Gast, den Sie uns da gebracht haben, Mr. Sinclair.«

»Sie bleibt nur für kurze Zeit.« Ich wollte gehen.

Mr. Delrose hatte noch eine Bemerkung auf der Zunge. »Hat es vielleicht etwas mit dem Polizeieinsatz zu tun, der hier in der Nähe ablief?«

Ich runzelte die Stirn. »Von welch einem Polizeieinsatz sprechen Sie?«

»Genaues kann ich Ihnen nicht sagen, aber ich sah zahlreiche Streifenwagen, die diese Gegend hier durchkreuzten. Der Schein huschte geisterhaft über die Felder.«

»Nein, ich glaube nicht.«

»Vielleicht geraten Sie selbst an eine Sperre.«

»Kann es nicht wegen des Schnees sein?«

»Glaube ich nicht.«

»Ich werde mal den Polizeifunk abhören. Vielleicht erfahre ich dann mehr.«

»Das wäre gut.«

Winkend ging ich zu meinem Wagen zurück. Der Weg zum Haus war freigeschaufelt worden. Auf dem Gehsteig versank ich wieder bis zu den Knöcheln im Schnee.

Ich stieg in den Wagen. Eigentlich hätte ich drehen müssen. Das tat ich nicht, sondern fuhr geradeaus weiter, um die nächste Straße zu nehmen. Der Schnee knirschte unter den breiten Reifen. Manchmal hatte ich das Gefühl, über der weißen Pracht zu schweben. Der Bodenkontakt war wirklich nicht der beste.

Ich erinnerte mich daran, dass ich den Polizeifunk einschalten wollte, und tat es auch.

Quäkende Stimmen drangen durch den Lautsprecher. Man sprach von einer Absperrung, die auch die Hauptzufahrtsstraße in die City betraf.

»Dort müsste er doch herkommen«, sagte jemand.

Meine Neugierde war geweckt worden. Ich hatte genau zugehört und wusste, welche wichtigen Straßen gesperrt werden sollten. Und die Hauptzufahrtsstraße kannte ich auch.

Mir fiel ein, dass Jane von einer Gefahr gesprochen hatte. Sollten ihre Vermutungen und die Absperrung vielleicht in einem unmittelbaren Zusammenhang stehen?

Eine Theorie, für die ich keine Beweise hatte, aber die Neugierde trieb mich voran.

Menschen sah ich keine. Wer es sich leisten konnte, blieb bei diesem Wetter zu Hause.

Der Bentley kroch nur so voran. Der Wind wirbelte die Schneewolken in die Höhe und schleuderte die kleinen Flocken gegen die Scheibe.

Ich erreichte die Einmündung zur Hauptstraße. Wenn man den Weg in die entgegengesetzte Richtung fuhr, gelangte man an die Themse und in die Nähe von Schloss Windsor.

Nicht weit entfernt hatten Polizisten eine Absperrung aufgebaut. Ich sah das rote Warnlicht. Es flackerte intervallweise auf, und auf den Dächern der beiden Wagen drehten sich ebenfalls die Leuchten. Ein anderes Fahrzeug sah ich nicht und ließ meinen Bentley nahe an den Ort des Geschehens heranrollen.

Kaum hatte ich den Wagen gestoppt, als der Ärger auch

schon losging. Ein Polizist kam herbei. Ich ließ die Scheibe nach unten fahren und hörte schon die Stimme des Mannes. »Drehen Sie um, Sir. Hier können Sie nicht weiter.«

»Was ist denn geschehen?«

»Eine Sache, die nur die Polizei etwas angeht.«

»Dann bin ich ja richtig«, erwiderte ich und holte meinen Ausweis hervor.

Der Beamte schaute auf die Legitimation und schluckte zweimal.

»Natürlich, Sir«, sagte er mit rauer Stimme. »Bitte, kommen Sie, Mr. Sinclair! Vielleicht ist das sogar ein Fall für Sie.«

»Kennen Sie mich?«

»Man hat einiges gehört.«

»Ach so.« Ich öffnete die Tür und lachte leise. Es war leider unvermeidlich, dass ich immer bekannter wurde, das lag nun mal an meinem nicht alltäglichen Job. Verständlich, dass ich dagegen etwas hatte, aber es war nicht zu ändern.

Der Schnee war auf der Straßenmitte schon fast weggetaut. Er sah dort schmutzig aus. Reifen hatten tiefe Spuren hinterlassen. Der Beamte brachte mich zum Einsatzleiter.

Er stand vor dem rotweißen Gitter der Straßensperre und hatte seine Hände auf die obere Kante gelegt. Andere Wagen sah ich nicht. Erstens fuhr bei diesem Wetter sowieso kaum jemand, und außerdem hatten die Männer die Straßen gesperrt.

»Das ist Oberinspektor Sinclair, Sir«, stellte mich der begleitende Polizist vor.

»Der Geisterjäger?«

»Genau der.«

Der Mann reichte mir die Hand. »Ich bin Detective Sergeant Ross Ganner und trotz meiner Glatze nicht mit Kojak zu verwechseln.«

»Ist der nicht out?«

»Fast.«

»Und Sie sind in.«

Ganner, ein Mann in meinem Alter, nur breiter in den Schultern, strich über sein Kinn. »Ich würde auch lieber im Bett liegen, als diesem Hirngespinst nachzulaufen.«

»Hat das auch einen Namen?«

Ganner nickte. »Und wie. Wir haben ihm den Namen *fressender Stein* gegeben.«

Ich schaute Ganner so verblüfft an, dass der Mann lachen musste. »Ja, so ist es.«

»Klingt wie in einem Indianerroman.«

»Das kann man sagen. Aber es ist so. Ich selbst habe den Stein nicht gesehen und muss mich da auf die Aussagen von Zeugen verlassen.«

»Mit denen Sie nicht persönlich gesprochen haben?«

»Nein.« Ganner hüstelte. »Aber dieser Stein rollt auf London zu und nimmt alles mit, was sich ihm in den Weg stellt. Menschen, Autos, vielleicht auch Bäume. Sogar ein Gesicht soll in dem Felsbrocken zu sehen sein, das jedenfalls hörte ich.« Ganner erwartete, dass ich ihn auslachen würde, doch den Gefallen tat ich ihm nicht.

»Hat man eine genaue Beschreibung des Gesichts gegeben?«, fragte ich stattdessen.

»Nein. Eine Fratze eben.«

»Wer hat das Gesicht denn beschrieben – oder vielmehr den Stein?«

»Ein Ehepaar, das seinen Wagen verloren hat. Der Felsbrocken hat ihn aufgesaugt.« Ganner lachte. »Wenn die Leute nicht gelogen haben, wäre das natürlich ein Hammer.«

»Aber kein guter.«

»Da haben Sie recht, Sir.«

Ich deutete die Straße entlang. In der Nähe standen Häuser. Zwar nicht so dicht wie in der Stadt, doch die Menschen hatten natürlich bemerkt, dass etwas nicht stimmte, und sie hielten sich deshalb auch vor ihren Häusern auf.

»Aus der Richtung soll der Stein also kommen?«, hakte ich nach.

»So ist es.«

»Und wer schiebt ihn?«

Ganner und die übrigen vier Polizisten in der Nähe lachten kratzig. »Keiner, der rollt von allein.« Über die Schulter deutete der Sergeant nach hinten. »Fahren Sie Ihren Wagen lieber zur Seite. Sonst wird er auch noch gefressen.« Ganner hatte dies ernst gemeint, das sah ich seinem Gesicht an.

Ich ging wieder zurück zum Bentley und setzte ihn so, dass er auf einem Gehsteig stand.

So ganz wollte mir die Sache noch nicht in den Kopf. Da sollte es also einen oder mehrere Steine geben, die von allein ihren Weg fanden und alles, was sich ihnen als Hindernis entgegenstellte, einfach fraßen.

Das war für mich unbegreiflich und unfassbar. Ich hatte es mir längst abgewöhnt, mich zu wundern, ich wollte nur den Felsbrocken oder die Steine sehen, denn bei dem Begriff Steine dachte ich auch an etwas anderes. An die *flaming stones,* die Flammenden Steine, die einmal so wertvoll für Myxin, den kleinen Magier, gewesen waren und nun unter die Kontrolle eines Dämons namens Arkonada geraten waren. Dies war auch ein Grund mit dafür gewesen, dass Myxin auf die andere Seite gewechselt war, weil er bei uns keine Chancen mehr sah.

Ich ging wieder zurück.

Einer der Beamten, er schaute durch ein Fernglas, ließ es plötzlich sinken und deutete nach vorn.

»Sir«, wandte er sich an Ganner. »Ich glaube, er kommt.«

»Wo?«

»Ich sah einen Schein.«

Ganner nahm das Glas an sich und schaute hindurch. »Ja, verdammt, das stimmt. Da ist etwas Helles. Wie die Leute es beschrieben haben. So ein goldgelbes Schimmern, das sich zudem bewegt.«

»Auf uns zu?«, wollte ich wissen.

Der Sergeant nickte. »Scheint so, Sir. Na, dann haltet mal eure Waffen bereit.«

Sie wollten den Stein mit Kugeln stoppen. Ich war

gespannt, ob dies klappte. Eine bessere Lösung hatte auch ich bisher nicht gefunden.

Die Männer holten Maschinenpistolen aus dem Wagen. Sie waren wirklich für alle Fälle gerüstet.

Die vier Polizisten legten die Läufe der Maschinenpistolen auf den Rand der Barriere. Ganner war nicht mit einer MPi bewaffnet. Er würde nur die Befehle geben.

Es vergingen vielleicht zwei Minuten, da konnten wir den Schein bereits mit dem bloßen Auge erkennen.

Er leuchtete dort auf, wo die Straße allmählich mit der Dunkelheit verschmolz. Schon jetzt sahen wir, dass er sehr breit war und fast die ganze Straße ausfüllte.

»Das ist wirklich nicht gelogen«, flüsterte Ganner.

Ich erwiderte nichts. Auch die Polizisten standen still. Nur der Atem dampfte vor unseren Lippen. Matt glänzte der Waffenstahl.

War das Licht bisher breit und auseinander fächernd gewesen, so konzentrierte es sich beim Näherkommen direkt auf die Abgrenzungen der Straße.

Ganner schaute wieder durch das Glas. Seine Stimme klang brüchig, als er einen ersten Kommentar gab.

»Verdammt, das ist wirklich ein gewaltiger Felsbrocken.«

»Mit einem Gesicht?«, fragte ich.

»Und wie.«

»Können Sie das genau sehen?«

»So ungefähr.« Der Sergeant trat zurück und wandte sich an seine Männer. »Seid ihr schussbereit?«

»Ja. Sir.«

»Okay, Kameraden, dann passt höllisch auf. Und gebt acht, dass keiner von euch in die Nähe des Steins gerät. Alles klar?«

»Yes, Sir!«

Die vier Beamten verließen ihre Plätze an der Barriere und stellten sich zu beiden Seiten dicht am Straßenrand auf.

Ihre Gesichter waren unbeweglich, doch in den Augen las ich so etwas wie Angst. Wahrscheinlich wurden sie hier zum ersten Mal in ihrem Leben mit einem Phänomen konfrontiert, für das es keinerlei rationale Erklärung gab.

Und der Stein rollte. Für uns war er gut zu erkennen, und auch ich bekam eine Gänsehaut, denn es sah unheimlich aus, wie er immer näher heranwalzte.

»Das ist doch nicht möglich!«, hauchte Ganner. Er stand in meiner Nähe, hatte einen starren Blick bekommen und schüttelte zusätzlich noch den Kopf. »Der ist ja größer als ein Mensch.«

»Deshalb kann er sie auch verschlingen«, erwiderte ich.

»Ob man den stoppen kann?«

»Ihre MPis werden es kaum schaffen.«

»Gibt es denn eine andere Möglichkeit?«

Ich hob die Schultern. »Wahrscheinlich ist der Stein mit Magie gefüllt. Um ihn zu stoppen, muss man auch Magie einsetzen, wenn Sie verstehen, was ich meine.«

»Nein.«

»Ist auch nicht weiter tragisch. Ich verstehe es selbst fast nicht mehr«, erwiderte ich.

»Und was tun wir, wenn wir den Stein nicht stoppen können?«, fragte er mich.

»Dann lassen wir ihn weiterrollen.«

»Damit er noch mehr Menschen umbringt?«

»Warten Sie es ab!«, sagte ich.

Unbeirrt setzte der Stein seinen Weg fort. Er walzte durch den Schnee, als würde es in seinem Innern einen Motor geben, der ihn antrieb. Vielleicht war es auch so. Nur eben einen Motor, der nicht nach den Gesetzen der Physik lief, sondern nach denen der schwarzen Magie.

»Achtung!«, sagte Ganner. Seine Stimme zitterte leicht, weil er nervös war.

Die Männer hoben die Waffen.

»Erst schießen, wenn ich es befehle!«

»Okay, Sir!«

Mich kümmerten die Polizisten nicht, mein Interesse galt einzig und allein dem Stein.

Es war ein gewaltiger Klotz. In seinem Innern so weit erhellt, dass ich hineinschauen und die Gegenstände erkennen konnte, die eingeschlossen waren.

Natürlich war es nicht gerade richtig, einen Menschen als Gegenstand zu bezeichnen, aber mir fiel zuerst ein Wagen auf, den der Fels umkrallt hielt. Es war ein deutsches Fabrikat, ein Opel, und er befand sich mitten in dem seltsamen Gesicht, das den Stein in sämtliche vier Richtungen hin ausfüllte.

Grauenhaft …

Eine Höllenfratze. Augen, Mund, Nase, es war alles vorhanden. Ich hatte das Gesicht noch nie zuvor in meinem Leben gesehen. Es zeigte menschliche Züge, obwohl es, wie ich annahm, sicherlich von einem gefährlichen Dämon stammte. Vielleicht steckte in ihm die Kraft, die den Stein antrieb.

Wenn uns der Felsen die Rückseite zuwandte, sah ich auch die in ihm eingeschlossene Frau. In einer liegenden Haltung hing sie fest. Sie hatte die Arme halb erhoben. Das Gesicht konnte ich noch nicht sehen, dazu war es zu klein.

Neben mir bewegte sich Ganner. Vielleicht noch zehn Yards war der Fels entfernt.

»Feuer!« Ganners Befehl durchbrach die gespannte Stille, und die Polizisten reagierten sofort.

Ihre Finger hatten am Abzug gelegen. Jetzt schossen sie.

Vor den Mündungen blitzte es auf. Das fahle Feuer begleitete die harten Abschüsse. Das Knallen zerriss die Stille.

Ich schaute genau hin, sah die Einschläge der Kugeln, und meine Vermutung wurde bestätigt.

Wir konnten den rollenden Fels auf diese Art und Weise nicht stoppen.

Er bewegte sich weiter.

Die Kugeln prallten ab. Sie wurden zu gefährlichen Querschlägern.

Das merkte auch Ganner.

»Deckung!«, schrie er und reagierte gleichzeitig mit mir.

Wir warfen uns in den Schnee, denn keiner hatte Lust, von einem Querschläger getroffen zu werden.

Es wäre übertrieben gewesen, zu behaupten, das Pfeifen der Kugeln zu hören, aber sie zischten ziemlich nahe an uns vorbei und hieben in den Schnee. Dort rissen sie Löcher, stäubten das Zeug in die Höhe und spritzten uns Kristalle in die Gesichter.

»Feuer einstellen!« Ganner hatte seinen Kopf erhoben und gab den Befehl.

Die Waffen schwiegen.

Dafür schrie einer der Männer. »Verdammt, der Stein nimmt die Barriere mit!«

Wir hörten es knirschen, sprangen wieder auf, und unsere Augen weiteten sich.

Jetzt sahen wir den Fels aus der unmittelbaren Nähe. Zuerst die Rückseite, und ich erkannte auch das verzerrte Gesicht der im Gefüge eingeschlossenen Frau.

Weit hatte sie die Augen aufgerissen. Die Zunge hing noch aus dem Mund hervor, und in der nächsten Drehung sahen wir wieder die Vorderseite des Steins.

Damit auch das Gesicht des Dämons.

Verzerrt, unheimlich, mit offenen Augen, in denen ein Ausdruck zu lesen stand, den ich mit dem Begriff wissend umschreiben möchte. Und die Barriere verschwand.

Sie wurde nicht nur zerbrochen, sondern, wie auch der Wagen und die Frau, aufgesaugt.

Verschluckt …

Wir sahen die einzelnen Teile im Innern des Steins und konnten es nicht fassen.

Der Fels ließ sich nicht aufhalten. Yard für Yard legte er drehend zurück, walzte durch den Schnee, plättete ihn und drehte sich immer weiter.

Wir standen da und schauten ihm nach. Ich dachte nicht einmal an den Fels und an die Kraft, die ihn antrieb, sondern daran, dass ich meinen Bentley in Sicherheit gebracht hatte, sodass er nicht überrollt werden konnte. Auch die Streifenwagen waren verschont geblieben.

Ganner schüttelte den Kopf. »Ich kann es nicht fassen«, stöhnte er. »Verdammt, ich begreife es nicht. Das ist doch Wahnsinn, der pure …« Er schlug gegen seine Stirn und starrte dem davonrollenden Fels nach.

Seine Leute gaben keinen Kommentar ab. Allerdings stand in ihren Gesichtern zu lesen, was sie dachten, und das waren keine guten Gedanken.

»Sagen Sie doch was!«, fuhr mich der Sergeant an. »Sie sind der Geisterjäger.«

»Der in diesem Augenblick keinen Rat weiß.«

Ganner streckte den Arm aus. »Wissen Sie überhaupt, wohin der Weg führt?«

»Natürlich, nach London.«

»Genau, in die City. Dort gibt es Beute genug für diesen verfluchten Felsen. Wir müssen weitere Absperrungen errichten, bevor es noch zu einer Katastrophe kommt.«

»Haben Absperrungen einen Sinn?«, fragte ich. »Sie sehen die Trümmer noch im Stein.«

Ganner nickte und ballte die linke Hand. »Es stimmt, die Trümmer befinden sich noch im Stein. Ach, verdammt, ich weiß auch nicht, was ich machen soll.«

»Ich verfolge ihn!«

»Sie wollen …?«

»Ja, ich bleibe ihm auf den Fersen.«

Ganner blies den warmen Atem aus. »Aber Sie werden sich selbst vernichten. Gegen diese Macht kommen Sie nicht an.«

»Warten Sie es ab!«

Bevor Ganner noch weitere Fragen stellen konnte, war ich bereits auf dem Weg zum Bentley. Leider konnte ich nicht schnell laufen, zu glatt war die Fahrbahn.

Der Stein hatte bereits einen beunruhigenden Vorsprung gewonnen. Wollte ich den Felsen einholen, musste ich schneller und auch risikoreicher fahren.

Jetzt ärgerte ich mich, dass ich den Wagen nur zur Seite gefahren und nicht gedreht hatte. Aber man kann nicht alles perfekt machen. Ich stieg ein und startete.

Die Straße war zum Glück breit genug, um auch einen Bentley herumzubekommen.

Ich erhaschte bei diesem Wendemanöver auch einen Blick auf Sergeant Ganner. Er stand neben der offenen Tür eines Streifenwagens und hielt einen Telefonhörer ans Ohr gepresst.

Um mit irgendeiner Dienststelle zu telefonieren, fehlte mir einfach die Zeit. Der Stein war wichtiger. Nach dem dritten Versuch und vorsichtigem Rangieren bekam ich den Bentley in die korrekte Fahrtrichtung und nahm die Verfolgung auf.

Der Schnee taute schon auf der Straße. In der Mitte befand sich nur mehr ein Matschfilm. Die Reifen schmatzten und schleuderten das Zeug zur Seite.

Trotz der Eile fuhr ich behutsam und war froh, dass die Entfernung zwischen mir und dem Fels allmählich schmolz.

Auf demselben Weg rollte ich wieder zurück. Dabei musste ich auch die Pension passieren, in der ich Jane Collins untergebracht hatte. Jane war in diesen Augenblicken zweitrangig geworden, obwohl sie ja etwas von einer Gefahr bemerkt hatte.

Wusste sie vielleicht mehr?

Sollte ich stoppen oder nicht?

Die Entscheidung wurde mir abgenommen, denn als ich in die Nähe des Hauses gelangte, sah ich, wie eine Gestalt durch den Vorgarten lief. Es war Jane Collins.

Sie winkte sogar.

Vorsichtig drückte ich das Bremspedal nach unten und hielt den Bentley an. Die Beifahrertür war nicht verschlossen. Jane öffnete sie und schob sich in den Wagen.

»Fahr los!«, sagte sie.

»Du weißt Bescheid?«

»Nicht genau.«

Ich wusste, dass es nicht der richtige Zeitpunkt war, um Informationen aus Jane Collins herauszuholen. Wenn sie etwas nicht sagen wollte, hielt sie den Mund. So gut kannte ich sie immerhin.

»Kennst du das Ziel des Steins?«, wollte ich dennoch von ihr wissen.

»Das Ziel heißt Vernichtung!«

»Kann ich mir vorstellen. Ich meine aber das eigentliche Ziel. Was bezweckt der Stein?«

»Das weiß ich nicht.«

Das nahm ich ihr nicht ab. Mir fiel etwas anderes ein. »Jane, du weißt mehr, das ahne ich. Deshalb eine Frage: Ist dieser Stein allein, oder gibt es noch mehr von seiner Größe?«

»Er ist nicht allein.«

Ich schluckte. »Und wie viele sind noch unterwegs?«

»Keine Ahnung.« Sie lächelte spöttisch. »Stopp erst mal den einen, Geisterjäger. Oder versuche es zumindest. Ich bin gespannt.«

»Ja, das bin ich auch.«

Der Fels rollte weiter, der magische Motor in seinem Innern kannte keine Pause. Bisher hatten wir Glück gehabt, denn es war uns kein anderer Wagen begegnet, das aber konnte sich ändern, je weiter wir uns Londons City näherten.

Eine Kreuzung tauchte auf.

Der Stein rollte hinüber. Ich wollte ihm folgen, als von links ein Wagen heranfuhr. Es war eines dieser Abschleppfahrzeuge, die bei so einem Wetter Hochbetrieb hatten.

Der Fahrer nahm kaum Rücksicht. Das Fahrzeug war mit Reifen ausgerüstet, die jeder Witterung trotzten. Das Hupsignal erreichte auch meine Ohren.

Ich bremste.

Leider ein wenig zu hart, sodass der Bentley noch weiterrutschte und ich befürchten musste, den anderen Wagen zu rammen.

Das Schicksal wurde mir zum Glück erspart. Haarscharf glitt der Abschleppwagen vorbei. Auf seiner Ladefläche stand ein dunkler Volvo, bedeckt mit einer Haube aus Schnee.

Die Reifen des Fahrzeugs schleuderten als letzten Gruß noch Schneematsch gegen die Frontscheibe, die ich mit den Scheibenwischern wegputzte.

»Der fuhr viel zu schnell!«, schimpfte ich.

»Den Grund kannst du sehen«, erwiderte Jane Collins trocken. »Schau nur mal nach links.«

Das tat ich.

Meine Augen weiteten sich. Ach, du lieber Himmel! Jane hatte davon gesprochen, dass vielleicht mehrere Steine unterwegs waren.

Einen zweiten sah ich. Er rollte auf uns zu und war bereits so nahe, dass ich ihm nicht mehr ausweichen konnte.

Morg Behan torkelte ins Haus. Im Flur ließ er sich gegen die Wand fallen, drückte die Stirn an einen kleinen Spiegel und flüsterte immer wieder: »Das habe ich nicht gewollt. Verdammt, das habe ich nicht gewollt. Hätte sie doch nur auf mich gehört!«

Aber Ellen hatte es nicht getan. Jetzt war sie verloren. Eingeschlossen in diesem verdammten Stein, und er, Morgan, trug daran die Schuld. Er hatte den Zauber ausgelöst. Was für ihn als Spielerei begann, war zu einem tödlichen Ernst geworden, denn die Steine nahmen keinerlei Rücksicht.

Die Tür stand noch offen. Der Wind wehte Schnee in den Flur. Es waren die feinen Körner, die auf der Schneedecke lagen. Vom Himmel fiel die weiße Pracht nicht mehr.

Es dauerte Minuten, bis sich Morg Behan wieder gefangen hatte. Dann begann er zu überlegen.

Das Grauen war nicht mehr zu stoppen. Es würde London erreichen und alles vernichten, was sich ihm in den Weg stellte. Aber konnte er das mit seinem Gewissen vereinbaren? Musste er die Menschen nicht vor den verfluchten Steinen warnen?

Eigentlich wäre es seine Pflicht gewesen. Tat er dies, war seine große Aufgabe natürlich infrage gestellt.

Da er zu keinem Entschluss gekommen war, warf er zunächst einmal die Haustür zu. Behan hoffte nur, dass es keine Zeugen gegeben hatte, denn zunächst musste er einen

Plan gefasst haben, danach wollte er weitersehen. Morg Behan war kein großer Trinker, als Berufsfahrer konnte er sich das nicht erlauben, aber wenn er zu Hause war, wusste er genau, wo der Schnaps stand.

Auch wenn fünf Jahre vergangen waren ...

Er ging in die Küche. Dort stand noch immer der alte, von ihm mit heller Farbe angestrichene Schrank, der aus zwei Teilen bestand. Einem Ober- und einem Unterteil.

Morg Behan zog die rechte Tür des Oberschranks auf, sah Porzellan und auch eine Flasche.

Leider war es kein Whisky. Nur Rum. Ihn hatte sich Ellen in den Tee gekippt.

Behan nahm sich nicht erst die Zeit, ein Glas zu holen. Er schraubte die Flasche kurzerhand auf und setzte sie an den Mund. Der Rum gluckerte in seinen Hals und verbreitete eine wohlige Wärme in der Magengegend.

Besser wurde es ihm auch nicht. Mit einem angeekelten Zug um den Mund stellte er die Flasche wieder zur Seite und stützte beide Hände auf das Unterteil des Schranks.

Schwer drang der Atem über seine Lippen. Sogar Speichel floss heraus und tropfte nach unten. Das alles interessierte ihn nicht. Er dachte nur darüber nach, was er unternehmen sollte.

Er selbst konnte nicht viel tun. Behan hatte Wind gesät und Sturm geerntet. Die Steine waren losgelassen, nun musste sie jemand stoppen.

Aber wer?

Er lachte rau. »Verdammt, es gibt keinen. Sie sind einfach zu mächtig, viel zu stark. Die kann keiner aufhalten, die vernichten alles. Ob Mensch, Tier, ob Häuser, ob ...« Ihm fiel nichts mehr ein. Er drehte den Kopf und sich selbst, damit er die Küche verlassen konnte. »Ellen«, stöhnte er, »warum bist du nur so dämlich gewesen? Weshalb hast du nicht auf mich gehört, verflucht!« Voller Wut schlug er mit der Faust gegen die Wand.

Erst als der Knochen schmerzte, hörte er auf, wankte zu einem Sessel und ließ sich hineinfallen.

»Fünf Jahre!«, keuchte er. »Fünf Jahre habe ich gebraucht, und dieses Weib macht mir durch seine verfluchte Neugierde alles kaputt.« Er schüttelte den Kopf und stemmte sein Kinn auf beide Handflächen. »Fünf Jahre habe ich benötigt, um die Meteoriten zu finden. Ich wusste, dass es sie gibt, und wollte endlich die Früchte ernten.« Er setzte wieder einen wilden Fluch hinterher, ohne allerdings eine Lösung zu finden.

Der Sessel ließ sich kippen. Morg Behan betätigte die Mechanik und fiel nach hinten. In dieser Stellung konnte er besser nachdenken. Sein Mund bewegte sich dabei, als wollte er etwas essen, dann hob er die Schultern und drehte sich nach links, um den Sessel verlassen zu können. Ein wenig unsicher stand er auf den Beinen und musste zugeben, dass er doch einen Schluck zu viel genommen hatte. Normalerweise hätte er die Menge leicht verkraftet, aber in seiner Verfassung war der Alkohol nicht gut gewesen. Deshalb fühlte er sich auch schwindlig, und als er ging, hatte er das Gefühl zu schweben.

Es schellte.

Morg Behan zuckte zusammen. Ausgerechnet jetzt kam jemand. Sollte er so tun, als wäre niemand zu Hause? Nein, das hatte keinen Sinn, der Wagen stand vor der Tür.

Also öffnete er.

Eine Nachbarin schaute ihn an. Ihre Augen waren groß. Das Gesicht zeigte einen Ausdruck, der zunächst Erschrecken, dann aber das Entsetzen widerspiegelte.

»Mr. Behan«, flüsterte die Frau und ging zwei Schritte die Treppe hinab.

»Ja. Und?«

»Wie kommt es, dass Sie …?«

»Dass ich hier bin?«

Die Frau im dicken Wintermantel und mit dem Tuch um den Kopf nickte heftig.

»Ich hatte keine Lust mehr.«

»Aber wo waren Sie denn?«

Behan reckte drohend den Kopf. »Das will ich Ihnen sagen. In der Hölle«, erklärte er dumpf.

Die Nachbarin schlug ein Kreuz. »Sie versündigen sich!«, erwiderte sie flüsternd, machte auf dem Absatz kehrt und rannte fluchtartig davon. Mit diesem Mann wollte sie nichts mehr zu tun haben.

Morg Behan grinste schief und schlug die Tür zu. Das neugierige Weib war er los.

Die anderen Probleme nicht!

Wie sollte er jetzt reagieren? Es blieb ihm nichts anderes übrig, als die Polizei einzuschalten. Die Geister, die er gerufen hatte, wurde er nicht mehr los. Da erging es ihm wie Goethes Zauberlehrling.

Die Polizei! Er lachte selbst darüber, denn gute Erfahrungen hatte er nicht mit ihr gemacht. Mehrmals schon war er angehalten worden, hatte Strafzettel bekommen und sich den Beamten gegenüber stets als renitent gezeigt.

Da gab es auch andere. Die Kriminalen, wie er immer behauptete. Im Klartext hieß dies Scotland Yard. Wenn er sich mit denen in Verbindung setzte, war das vielleicht besser. Von dem Verschwinden seiner Frau brauchte er ja nicht gerade etwas zu erwähnen, die Leute sollten nur seinen guten Willen sehen.

Ja, die Idee war gut. Sogar ausgezeichnet!

Die Nummer wusste er nicht auswendig. Er musste sie erst heraussuchen. Das Telefon stand im Wohnraum. Als Behan wählte, merkte er, wie die Hand zitterte. Er war doch nervös. Eine nett klingende Frauenstimme meldete sich und fragte nach den Wünschen des Anrufers.

»Hör zu, Mädchen, was ich dir jetzt sagen werde, haut dich vom Sessel. Und spitz die Ohren …«

Morg Behan wusste genau, dass er mit seinem Anruf eine Lawine in Gang gesetzt hatte.

Was konnten wir noch tun?

Der Stein rollte von links heran, also von der Beifahrerseite. Bei normalen Straßenverhältnissen hätte ich sicherlich gut, schnell und sicher ausweichen können. Hier sah es anders aus, da gelang mir nur ein langsames Anfahren.

Der Wagen war zumindest verloren.

»Raus, Jane!«, rief ich.

»Natürlich«, erwiderte die Hexe, wobei sie noch lachte, als sie den Wagenschlag aufstieß.

Ich verstand Jane Collins nicht und hatte auch nicht die Zeit, länger darüber nachzudenken. Ich musste raus aus dem Bentley und mich vor dem Felsen in Sicherheit bringen.

Adieu, altes Schätzchen, dachte ich und drückte die Tür auf. Gleichzeitig drehte ich mich schon nach rechts, damit ich schnell aus dem Fahrzeug kam. Ich hatte sofort Kontakt, stützte mich noch ab und katapultierte mich nach vorn, der gegenüberliegenden Straßenseite zu, wobei ich auf dem Schneematsch ausrutschte.

Ich wollte nach Jane schauen, rechnete sogar damit, sie irgendwo in der Nähe zu finden, und riss die Augen auf, als ich sah, was sie tatsächlich tat.

Sie stand auf der Straße. Im rechten Winkel zum Bentley, hatte beide Arme ausgestreckt und schaute dem heranrollenden Stein entgegen.

Sie wirkte so, als wollte sie ihn aufhalten. Ein Zwerg gegen einen Goliath aus Fels.

Ich verstand sie nicht.

»Jane, weg!«, brüllte ich.

Sie dachte nicht daran. »Nein, Geisterjäger, ich werde nicht gehen. Ich bleibe.«

»Aber der Stein!«

Da lachte sie und verspottete mich. »Jetzt kannst du erleben, wozu eine Hexe fähig ist, und du wirst bestimmt verstehen, dass ich keine Lust mehr habe, wieder so zu werden wie früher. Wikka hat mir tatsächlich einiges beigebracht. Dieser Stein ist eine gute Übung für mich.«

Ich tat nichts. Mein Erstaunen war unbeschreiblich, als ich Jane beobachtete, während der Stein seine letzte Drehung hinter sich brachte, um Jane Collins zu erreichen.

Kontakt!

Jetzt musste er sie niederwalzen.

Ich vergaß zu atmen, denn die Vorgänge waren nicht nur rätselhaft, auch unbegreiflich.

Jane Collins stoppte den Fels!

Dieses Ding, das fast doppelt so groß wie die ehemalige Detektivin war, wurde von ihr angehalten. Dabei blieb Jane so, wie sie war, sie änderte nicht ihre Stellung. Nur etwas geschah.

Ihre Hände wurden grün.

Eine widerliche giftgrüne Farbe nahmen sie an, als sie den Fels berührten und Jane ihren Oberkörper nach vorn drückte, als wollte sie den Stein nach hinten schieben.

Mein Blick glitt über ihren Kopf hinweg, denn nun wollte ich das Gesicht innerhalb des Felsens sehen.

Es war noch immer vorhanden, doch es hatte sich verzerrt. Qual und Schmerz zeichneten sich auf ihm ab. Von beiden Seiten wirkten Kräfte auf das Gesicht und drückten es so zusammen, dass es eine flaschenähnliche Form annahm. Für mich ein kaum zu fassender Vorgang. Ich wusste nicht, welche Magie Jane Collins eingesetzt hatte. Es musste aber eine sehr starke sein, sonst hätte sie den Stein nicht stoppen können.

Wirklich phänomenal.

Und sie sprach dabei.

Urige, heisere Worte, ausgestoßen in einer Hexensprache, die ich zum ersten Mal hörte.

Jane Collins war wirklich eine gelehrige Schülerin gewesen.

Das Gesicht konnte dieser magischen Beschwörung nichts entgegensetzen.

Es zerfloss und zerfaserte immer stärker, wurde noch mehr zusammengedrückt und war schließlich nur noch ein blasser schmaler Fleck innerhalb des Felsens.

Keine Bösartigkeit mehr, keine grausamen Blicke. Vor mir stand ein normaler Felsblock, dessen Leuchten zurückging – und der plötzlich zerplatzte.

Es begann mit einem Knacken und Reißen im Gestein. Risse und Spalten zeigten sich, zuerst nur fingerbreit, dann die Stärke einer ganzen Hand annehmend.

Auch das Gesicht wurde zerrissen. Die Spalten drangen tief ein, wie mit einem Messer hineingeschnitten. Stirn, Augen, Nase – das alles zerbrach, wurde auf schaurige Art und Weise demontiert, sodass zum Schluss das Gesicht zusammenkrachte.

Zurück blieb Staub …

Kein Felsen mehr, kein Gesicht. Nur ein grauer Belag im Schnee, der kein goldenes Schimmern mehr aufwies. Jane Collins hob den rechten Fuß und stach die Spitze in den Staub. Sie rührte mit dem Fuß herum, drehte sich und schaute mich an.

Ich nickte anerkennend.

Sie tat überheblich. »Tja, Geisterjäger«, erklärte sie mit arroganter Stimme. »So macht man das. Ich kann sagen, es war eine meiner leichtesten Übungen. John, du hättest es nicht geschafft, nicht wahr?«

»Nein, das gebe ich zu.«

Sie kam so weit vor, bis sie mich erreichte. Lässig tippte sie gegen meine Brust. »Man sollte dir den Titel Geisterjäger aberkennen, du Versager«, erklärte sie mir. »Ich habe dich wirklich für stärker gehalten.«

»In der Träne des Teufels hat es anders ausgesehen«, konterte ich.

»Das ist vergessen.«

»Für mich nicht.«

»Das kannst du halten wie ein Dachdecker, John.« Noch einmal grinste sie mich an und trat gegen den linken Vorderreifen. »Sei froh, dass ich dir deine alte Schaukel gerettet habe.« Ein kratziges Lachen fügte sie noch hinzu.

Dann ging sie weg.

Einfach so …

Ich stand da wie ein dummer Junge. Erst als Jane den Bentley passiert hatte, rief ich sie an. »He, Moment, wo willst du jetzt hin?«

Ohne sich umzudrehen, erwiderte sie: »Geisterjäger können und dürfen alles essen, aber nicht alles wissen.«

Ich hielt sie nicht auf. Eine Person wie Jane Collins konnte man zu nichts zwingen. Sie hatte mir nur beweisen wollen, was in ihr steckte, und das hatte sie tatsächlich geschafft, wobei sie nebenbei auch noch den Bentley gerettet hatte. Vielleicht eine kleine Wiedergutmachung für meine Lebensrettung in der Träne des Teufels, als man sie in einen Topf mit heißer magischer Flüssigkeit hatte werfen wollen.

Wie es mit Jane weitergehen würde, stand in den Sternen. Wahrscheinlich wusste es nur sie selbst. Ich hätte natürlich gern erfahren, was sie für Pläne hatte, dafür war jetzt allerdings nicht die Zeit. Andere Probleme drängten sich in den Vordergrund.

Die Steine!

Wo kamen sie her? Wer hatte sie geschickt? Brennende Fragen, auf die ich unbedingt Antworten finden musste. Ein Stein war vernichtet worden, aber wie viele dieser magisch aufgeladenen Felsen noch durch die Straßen rollten, wusste ich nicht zu sagen.

Zudem musste es auch jemanden geben, der die Verantwortung für all den Schrecken trug.

Zwei Zeugen waren mit dem Leben davongekommen. Hatte es Sinn, sie zu befragen? Wahrscheinlich wussten sie nicht mehr als ich. Ich hörte einen Piepton und wurde in Alarmstimmung versetzt, denn das Geräusch war aus meinem Wagen geklungen. Wenn es ertönte, dann »brannte« es irgendwo lichterloh.

Mehr rutschend als gehend näherte ich mich dem Wagen, hämmerte zuerst die Beifahrertür zu, stieg dann ein und sah zu, dass mein Bentley kein Verkehrshindernis mehr war. Langsam ließ ich ihn vorrollen und stoppte neben einem

Schneehaufen, in den sich die vordere Stoßstange hineindrückte.

»Sinclair!«, meldete ich mich.

»Na endlich!«, vernahm ich die metallisch klingende Stimme meines Chefs. »Wo treiben Sie sich herum?«

Wenn der Alte so redete, dann war ihm etwas schwer auf den Magen geschlagen und sein Pillenverbrauch stieg wieder. »Ich hatte Jane Collins weggeschafft.«

»Vergessen Sie die Hexe. Andere Dinge sind wichtiger. Haben Sie schon einmal von fressenden Steinen gehört?«

»Ich bin ihnen soeben begegnet, Sir.«

Jetzt war er sprachlos. »Was?«, ächzte er.

»Ja. Sie können es als Schicksal oder als Zufall betrachten. Jedenfalls hatte ich das Glück, den Weg der Steine zu kreuzen.«

»Sie sprechen in der Mehrzahl.«

»Ja, Sir, es sind mehrere.«

»Wie viele genau?«

»Das habe ich leider noch nicht feststellen können. Aber alle Steine scheinen sich der City von London zu nähern, was natürlich fatal werden kann.«

»Ja, da haben Sie ein wahres Wort gesprochen. Wenn Sie keine Spur haben, wir kleben bereits an einer.«

Ich horchte auf. »Welche ist das, Sir?«

»Haben Sie schon mal von einem Mann namens Behan gehört? Morgan Behan?«

Ich dachte kurz nach. »Nein, Sir, ein Morgan Behan ist mir noch nicht untergekommen.«

»Mir bisher auch nicht. Aber dieser Mann scheint über das Rätsel der Steine Bescheid zu wissen. Er hat uns sogar angerufen. Wir lassen ihn momentan abholen. Ein Hubschrauber ist unterwegs. Kommen Sie so rasch wie möglich zum Yard. Suko ist auch unterwegs. Und beeilen Sie sich.«

»Sie kennen das Wetter, Sir?«

»Keine Ausreden. Sie haben freie Bahn. Zudem sind wir dabei, die wichtigsten Straßen in Richtung City sperren zu lassen. Diese Felsen sind unberechenbar.«

»Sir, das habe ich bemerkt.«

»Okay, ich erwarte Sie also.«

»Natürlich.« Damit war das Gespräch beendet. Ich startete wieder und gab Gas.

Der Schnee taute langsam weg. Er bildete eine graue Masse, die zu einer gefährlichen Rutschfläche wurde.

Sir James hatte von einem Hubschrauber gesprochen, mit dem der Zeuge abgeholt werden sollte.

Die Maschine sah ich sogar. Sie flog links von mir und schwebte dicht über die Dächer der Häuser hinweg. Die Positionsleuchten blinkten intervallweise wie Glühwürmchen, die eine dunkle Nacht erhellen wollten. Eins wusste ich.

Der Zeuge würde früher beim Yard sein als ich.

Suko traf ich auf dem oberen Gang. Er stand neben einem Automaten und holte Tee.

»Da bist du ja«, begrüßte er mich. »Alles wartet auf dich.«

»Ihr hättet mir ja auch einen Hubschrauber schicken können.«

Suko nickte. »Wäre wirklich am besten gewesen. Ist die Fahrt ohne Blechschaden verlaufen?«

»So einigermaßen.«

Ich schaute zu, wie Suko seinen Becher unter dem Automaten wegnahm. Die paar Sekunden hatte ich noch Zeit, um mir einen Kaffee zu holen.

»Sag mal«, sagte Suko zwischen zwei Schlucken und dem Verziehen seines Gesichts. »Ist dir unterwegs noch ein Stein begegnet?«

»Nein.«

»Und die sehen wirklich so aus, wie sie beschrieben worden sind?«

Ich zog mit spitzen Fingern den Becher weg. Er war wieder viel zu heiß. »So sehen sie aus, mit Gesichtern und alles verschluckend, was sich ihnen in den Weg stellt.«

Nebeneinander schritten wir auf Sir James Powells Büro zu. »Hat der Zeuge schon was gesagt?«, fragte ich.

»Nur Angaben zu seiner Person.«

»Das wird sich hoffentlich ändern.« Mit diesen Worten stieß ich die Tür zum Büro meines Chefs auf.

Zwei Augenpaare schauten uns an. Eines davon durch Brillengläser. Das war Sir James.

Der andere Mann musste demnach Morg Behan sein.

Er war ein kräftiger Typ. Man sah ihm an, dass er sich viel an der frischen Luft bewegte. Die Lederjacke hatte er ausgezogen und hinter sich über die Stuhllehne gehängt. Er trug eine Cordhose und ein Hemd aus dickem Baumwollstoff. Wohl fühlte er sich nicht, das war ihm genau anzusehen.

»Da sind Sie ja«, empfing mich Sir James und stellte mich Morg Behan vor. Wir reichten uns die Hand. Ich lächelte knapp, knöpfte meine Jacke auf und nahm ebenfalls Platz.

Sir James kam sofort zur Sache. »Wir haben nicht viel Zeit zu verlieren«, erklärte er. »Bisher hat uns Mr. Behan nicht viel berichtet. Ich hoffe, dass sich dies ändern wird. Nicht wahr?«

Der Mann hob die Schultern.

»Aber Sie wissen über die Steine Bescheid?«, fragte ich.

»Ja, natürlich. Ich habe ja einen Stein mitgebracht.«

Zuerst wollte ich die Antwort nicht glauben, bis ich in die ernsten Gesichter der übrigen beiden Anwesenden schaute. »Wie war das möglich? Sie konnten ihn doch nicht tragen?«

»Nein, das nicht. Ich transportierte ihn auf einem Lastwagen her.«

»Und von wo?«

»Mr. Behan kommt aus Kanada«, erklärte mir Sir James, »das haben wir inzwischen erfahren.«

Jetzt war ich es, der Überraschung zeigte. »Kanada!«, murmelte ich. »Das kann ich mir kaum vorstellen. Und Sie haben den Stein mitgebracht?«

»Ja, auf einem Frachter.«

»Nur den einen?«

Er senkte den Kopf und schüttelte ihn. »Nein, es waren sechs Steine!«

Tief atmete ich durch. Einen Stein hatte Jane Collins vernichtet, demnach waren noch fünf übrig, die London in eine Hölle verwandeln konnten.

»Wissen Sie, was Sie damit angerichtet haben, Mr. Behan?«, fragte ich weiter.

Er nickte. »Natürlich. Die Sache ist mir über den Kopf gewachsen.«

»Haben Sie die anderen Steine auch transportiert?«

»In Containern.«

»Okay, dann waren Sie in England«, nahm Suko den Faden auf. »Aber wie haben Sie die Steine weiterbefördert?«

»Einen nahm ich mit auf einen Lastwagen. Die anderen ließ ich in den Containern.«

»Wo sie nicht mehr sind!«, erklärte ich scharf. »Ich habe schon zwei Steine gesehen.«

»Ich hätte vorher wissen müssen, dass sie sich selbstständig machen.«

»Wie ist das möglich?«

Jetzt hob Behan die Schultern. »Ich kann Ihnen keine genaue Erklärung geben. Vielleicht würden Sie mir nicht glauben, weil es einfach zu unwahrscheinlich ist.«

»Versuchen Sie es trotzdem.«

»Nun ja, es ist so. Ich war in Kanada. Fünf Jahre lang. Ein Freund hatte mich angerufen. Er ist vor Jahren ausgewandert, weil er das Abenteuer liebte. Wir standen jedoch weiterhin in Verbindung, denn er hatte mir damals gesagt, dass er einem Geheimnis auf der Spur sei. Er redete von dämonischen Steinen und von außerirdischen Wesen.«

»Soll das heißen, dass die Steine nicht von dieser unserer Erde stammen?«

Sir James hatte die Frage gestellt und erhielt ein Nicken zur Antwort, das der Mann sofort relativierte. »Es ist durchaus drin. Das alles wollte mir mein Freund erklären. Er kam aber nicht mehr dazu, weil er plötzlich starb.«

»Und Sie hatten die Steine«, sagte Suko.

»Richtig. Ich wusste nicht, was ich damit machen sollte. Erst als ich eine Art Testament meines Freundes las, wurde mir einiges klar. Darin stand etwas von einer Macht. Dass die Steine mehr als außergewöhnlich waren und aus dem Weltall stammten oder einer anderen Dimension, wie er schrieb. Von einem Planeten der Magier.« Behan schaute uns an. »Das stand da wörtlich drin.«

»Und Sie haben es geglaubt?«, fragte Sir James.

»Warum sollte ich es nicht?« Behan hob die Schultern. »Mein Freund war kein Aufschneider. Er vermachte mir Gold, sodass ich sein Testament erfüllen konnte.«

»Wieso?«

»Ich musste die Steine nach England schaffen. Das war sein letzter Wunsch. Es war zwar mühevoll, aber für Geld bekommt man eben fast alles. Die Steine wurden auf die Insel gebracht.«

»Und dann?«

»Wie gesagt, ich nahm einen mit auf die Ladefläche eines Lastwagens und fuhr damit nach Hause. Die anderen ließ ich in den Containern. So viel zu den Steinen.«

»Das reicht mir nicht«, erklärte ich. »Denn ich hätte gern gewusst, wie es möglich ist, dass sich die Steine selbstständig gemacht haben. Das will mir einfach nicht in den Sinn.«

»Da kann ich Ihnen auch nicht helfen.« Behan senkte bei dieser Antwort den Kopf.

Er log.

Sir James, Suko und ich schauten uns an. Es gab für uns keinen Zweifel, dass er nicht die Wahrheit sprach. Er musste sich mit den Steinen beschäftigt haben.

»Weshalb sagen Sie uns nicht die volle Wahrheit, Mr. Behan?«, fragte Sir James. »Das Kind ist bereits in den Brunnen gefallen. Sie tragen daran einen Großteil der Schuld. Jetzt sollten Sie uns helfen und alles tun, was in Ihren Kräften steht.«

»Das habe ich.«

»Nein, Mr. Behan. Sie haben die Steine zu uns geschafft. Sie wissen über sie Bescheid. Sie kennen ihre Funktion. Sie müssten auch wissen, wie man sie stoppen kann. Überlegen Sie! Es sind sechs unterwegs. Das Grauen mal sechs…«

»Fünf«, präzisierte ich. »Ein Stein wurde vernichtet.«

Sir James war überrascht. »Von Ihnen? Wie haben Sie das denn geschafft, John?«

»Ich war es nicht, sondern Jane Collins.«

Mein Chef nickte. »Darauf kommen wir später noch zu sprechen.«

»Natürlich.«

»Wieder zu Ihnen, Mr. Behan. Dass Sie die Steine nach London geschafft haben, muss doch einen Grund gehabt haben. Man schleppt keine Felsen einfach so mit.«

»Ich wollte das Testament meines Freundes erfüllen. Er bat darum, die Steine nach England schaffen zu lassen.«

»Und weshalb?«

»Er selbst stammte aus diesem Land.«

»Das ist doch kein Grund«, warf ich ein. »Hat er das Land gehasst?«

»Nein. Aber in seinem Testament stand, dass es dort einige Menschen geben würde, die sich die Zähne an diesen Steinen ausbeißen. Klar?«

Eine Weile schwiegen wir, bis Sir James nickte. »Da hatte Ihr toter Freund sogar recht. Hier gibt es tatsächlich einige Menschen, die sich die Zähne daran ausbeißen könnten. Nämlich wir. Waren wir gemeint? Hat er Namen genannt?«

»Ja, den Namen dieses Mannes hier!« Während der Antwort deutete Behan auf mich.

Ich war überrascht. »Dann hätte er mich kennen müssen.«

»Vielleicht.«

»Hat er den Namen John Sinclair erwähnt?«

»Nein, er sprach von einem Geisterjäger, der in London wohnen soll. Das war alles.«

»Wie hieß Ihr Freund denn?«

»Simon Garfield.«

Ich schüttelte den Kopf. »Den Namen habe ich nie gehört. Darunter kann ich mir nichts vorstellen. Du etwa, Suko?«

Auch mein Freund verneinte.

»Weshalb sollen wir uns die Zähne daran ausbeißen?«, erkundigte sich Suko. »Er muss doch einen Grund gehabt haben, uns zu hassen.«

»Das kann ich Ihnen nicht sagen. Es hing vielleicht mit dem Planeten der Magier zusammen, von dem er immer sprach.«

»Und auch Aufzeichnungen hatte.«

»Ja.«

»Wo sind die jetzt?«

»In meiner Wohnung. Ich habe sie nicht mitgebracht, weil es für mich nicht interessant war. Ich will Ihnen ehrlich sagen, dass ich auch nicht zu Ihnen gekommen wäre, wenn das nicht passiert wäre ...« Er schüttelte den Kopf und schwieg.

Wir aber hakten nach. »Wenn was passiert wäre?«

»Ach, es ist nichts.«

»Legen Sie die Karten auf den Tisch, Mr. Behan!«, fuhr Sir James den Mann an. »Sie wissen selbst, welch ein Unheil Sie angerichtet haben. Ich will nun von Ihnen volle Auskünfte. Also, was genau ist da passiert?«

»Der Stein hat einen Menschen geschluckt«, erwiderte Behan mit leiser Stimme.

»Das habe ich bemerkt«, sagte ich. »Und zwar war es eine Frau, die ihm zum Opfer fiel.«

»Ja«, flüsterte Behan. »Meine Frau. Ich konnte sie nicht mehr retten.«

Wir waren sprachlos. Dann hatte dieser Mann zugesehen, wie seine Frau starb! Unwahrscheinlich, unglaublich.

»Haben Sie denn nicht den Versuch unternommen, wenigstens etwas zu tun?«, wollte ich wissen.

»Schon, aber ...«

»Reden Sie weiter!«, forderte Sir James.

»Ich konnte nicht.« Behan berichtete uns die Geschichte.

Wenn er nicht ein hervorragender Schauspieler war, dann tat es ihm tatsächlich leid, was da geschehen war. »Ich kann mich von einem Arzt untersuchen lassen. Der Doc wird Ihnen erklären, dass ich Sie hier nicht anlüge. Ich bin gestürzt und konnte mich kaum bewegen.«

»Wir können Ihnen das Gegenteil nicht beweisen«, fasste Sir James zusammen, »und wollen das erst einmal so hingestellt sein lassen. Aber zu etwas anderem. Die Steine bewegen sich auf London zu. Haben Sie ein bestimmtes Ziel?«

»Ich weiß es nicht …«

»Mr. Behan, Sie haben sich damit beschäftigt«, sagte Sir James. »Sie müssen etwas wissen.«

»Nein!« Die Antwort klang gequält. »Ich hörte nur von einem Planeten der Magier. Die Steine sollen aus ihm herausgefallen sein. Es sind Meteoriten, das hat auch mein toter Freund immer behauptet. Er sagte ferner, dass sie aus einem Material bestünden, das es auf der Erde nicht gibt.«

So kamen wir nicht weiter. Das war Sir James, Suko und mir klar.

Der Superintendent hob einen Bleistift auf und spielte mit ihm. »Wissen Sie, John, dieser Mann kann oder will uns nichts sagen. Wir müssen uns darauf einstellen, die Steine zu vernichten.« Er drehte den Bleistift, sodass die Spitze auf mich zeigte. »Diese Aufgabe werden Sie übernehmen. Die Steine sind praktisch Ihre Freunde im negativen Sinne. Verstehen Sie mich da richtig.«

»Natürlich, Sir.«

»Dann unternehmen Sie etwas, denn Sie haben ja erlebt, wie ein Stein zerstört werden konnte.«

»Das war nicht ich, sondern Jane Collins.«

»Gut. Setzen Sie sich mit Jane Collins in Verbindung. Sie wird uns zur Seite stehen.«

»Glauben Sie wirklich, Sir?«

»Natürlich. Weshalb hat sie dann den einen Stein vernichtet?«

»Es sollte eine Demonstration der Macht werden«, antwortete ich. »Sie tat es nicht aus reiner Menschenfreude oder irgendwelchem Mitleid.«

Der Superintendent winkte ab. »Die Motive spielen hier keine Rolle mehr. Für mich ist wichtig, dass sie die Steine zerstört. Bringen Sie die ehemalige Detektivin dazu!«

»Ich werde es versuchen«, sagte ich und stand auf. »Darf ich mal Ihr Telefon benutzen?«

»Natürlich.«

Die Nummer der kleinen Pension kannte ich zwar nicht auswendig, aber unser Computer in der Zentrale hatte sie gespeichert. Ich war gespannt, ob es klappte.

Verbindung bekam ich. Nur als ich nach Jane Collins fragte, erhielt ich von Mr. Delrose eine negative Antwort. »Tut mir leid, Sir, Ihr Schützling hat sich nicht wieder blicken lassen.«

Das überraschte mich nicht einmal mehr. »Ja, damit habe ich gerechnet«, sagte ich leise. »Haben Sie keinen Anhaltspunkt, wohin Miss Collins gegangen sein könnte?«

»Nein, den habe ich nicht.«

»Sie hat also nichts gesagt?«

»Wirklich nicht, Sir!«

»Ich danke Ihnen.«

Als ich mich umdrehte, schaute ich in betretene Gesichter. Selbst Morg Behan zeigte sich zerknirscht.

»Damit ist diese Hoffnung geplatzt«, erklärte ich. »Jane Collins hält sich bewusst zurück. Wir dürfen nicht vergessen, dass wir es bei ihr nicht mit einem Menschen, sondern mit einer Hexe zu tun haben. Jane steht nicht voll auf unserer Seite.«

»Man hätte sie in der anderen Dimension lassen müssen«, erwiderte Sir James hart.

»Das sagt sich so leicht.«

Mein Chef ging auf meine Worte nicht näher ein. Er wandte sich wieder Morg Behan zu. »Und Sie haben wirklich nicht die Spur eines Verdachts, wo sich die Steine konzentrieren könnten?«

»Nein, Sir.«

Das Telefon meldete sich. Sir James hob ab, hörte zu und wechselte seine Gesichtsfarbe. Wenn er blass wurde, war wirklich etwas im Busch, das kannte ich.

»Was ist geschehen?«, fragte ich, nachdem er aufgelegt hatte.

»Die Steine haben London erreicht«, erwiderte er leise.

»Und? Hat es Opfer gegeben?«

»Bisher noch nicht. Die Warnungen haben gefruchtet. Andere Autofahrer konnten ihnen wohl ausweichen, aber sie nähern sich immer mehr der City.«

»Auch dieser Straße?«

Sir James nickte. »Auch dieser. Vielleicht sogar ganz besonders. Möglicherweise ist Scotland Yard ihr Ziel. Das wäre fatal.«

Ich wollte mehr von Morg Behan wissen. »Hören Sie zu«, sagte ich zu ihm. »Was verschlingen die Steine eigentlich? Gibt es irgendwelche Dinge, die sie nicht ...«

»Sir, Sie verschlingen alles. Sie machen vor nichts halt. Auch nicht vor Häusern oder anderen toten Gegenständen. Es gibt keine Mittel, um sie aufzuhalten.«

Hatte er recht, hatte er unrecht?

Aus seiner Sicht hatte er bestimmt recht. Aber ich kannte jemanden, der sie stoppen konnte. Jane Collins. Sie mussten wir finden und sie irgendwie zu ihrer Aufgabe zwingen.

Das erklärte ich auch.

»Und wer will Miss Collins suchen?«, fragte Sir James.

»Ich nicht«, erwiderte ich, »denn ich muss in der Nähe der Steine bleiben. Das wäre eine Aufgabe für Suko.«

»Und wer steht dir bei?«

Ich winkte ab. »Irgendwie werde ich das schon schaffen. Sieh du zu, dass du Jane findest.«

Mein Freund schaute Sir James an, um seine Meinung zu erfahren. Der Superintendent wusste selbst, dass wir jetzt handeln mussten und schon zu viel Zeit verloren hatten. Deshalb nickte er. »Suko, Sie werden Jane Collins suchen.«

»Denken Sie an die Zustände draußen.«

»Das spielt jetzt keine Rolle. Sie nehmen den Hubschrauber. Wenn Jane Collins nicht will, sind Sie dann in der Lage, Sie zu zwingen?«, fragte der Superintendent.

»Das kann ich Ihnen jetzt nicht sagen.«

»Versuchen Sie es dennoch.«

»Natürlich, Sir.« Mein chinesischer Freund stand auf, schlug mir aufmunternd auf die Schulter und verließ den Raum. Wir wussten, dass er alles daransetzen würde, um Janes Collins zu finden.

Zurück blieben Sir James, Morg Behan und ich. Die Stimmung war natürlich gedrückt, und Behan hob seine Schultern. »Ich weiß, dass ich an allem schuld bin. Hätte ich vorher gewusst, dass das Testament meines Freundes diese Früchte trägt, hätte ich die Steine nie nach England schaffen lassen. Aber wer kann das alles ahnen?«

»Ja, wer«, murmelte ich. »Das Testament werden wir uns natürlich genau ansehen.«

»Das ist klar. Wenn alles vorbei ist.«

»Versteht sich«, sagte ich. »Haben Sie das Schriftstück nicht so genau durchgelesen, dass Ihnen etwas aufgefallen ist?«

»Doch, schon. Es war nur ein wenig kompliziert.«

»Inwiefern?«

»Es standen Namen und Begriffe darin, die schwer auszusprechen waren und mit denen ich nicht viel anfangen konnte. Glauben Sie mir, Sir, das war nicht einfach zu lesen.«

»Können Sie sich denn an einen Namen erinnern?«, hakte der Superintendent nach.

Morg Behan überlegte. »Es ist schwer«, murmelte er, »so verdammt schwer, weil es viele waren.«

»Versuchen Sie es!«, drängte ich.

»Ja, da war ein Name genannt worden. Er verschwand aber zwischen so vielen Begriffen.« Behan zog ein gequältes Gesicht. »Sie müssen mich verstehen …«

»Meinen Namen haben Sie nicht gelesen?«, fragte ich.

»Nein. Den hörte ich heute zum ersten Mal.«

Sir James wollte das seiner Ansicht nach fruchtlose Gespräch abbrechen und sagte: »Wir werden den oder die Namen finden, wenn wir das Testament gelesen haben.«

»Halt, da fällt mir doch einer ein«, sagte Behan plötzlich und war aufgeregt. »Er ist zwar außergewöhnlich, dennoch habe ich ihn behalten können.«

»Und?«, fragte ich gespannt.

»Arkonada hieß er.«

Ja, den Namen kannte ich. Auch Sir James hatte ihn schon gehört. Uns beiden strich es kalt über den Rücken, denn Arkonada gehörte zu den Großen Alten. Es war des Satans Tätowierer und einer von Myxins absoluten Todfeinden.

Arkonada!

Ich sah ihn noch vor mir. So grausam, so brutal, mit einem gefährlichen Messer ausgerüstet. Und ihm war es auch gelungen, sich in den Besitz der Flammenden Steine zu setzen, ihre Magie zu zerstören und die seine dagegenzusetzen.

Da hatten wir die Verbindung zu den Steinen. Arkonada steckte also dahinter.

Mir wurde kalt und heiß zugleich. Ich begann zu schwitzen, und auch auf der Stirn des Superintendenten hatten sich Schweißperlen gebildet. Wir wussten beide, was uns bevorstand, wenn Arkonada tatsächlich in den Kampf mit eingriff.

Da gab es kein Erbarmen!

Behan schaute Sir James und danach mich an. »Ist Ihnen nicht gut?«, fragte er.

»Doch, doch«, erwiderte ich schnell. »Sie haben uns nur mit dem Namen einen ziemlich großen Schrecken eingejagt.«

»Dann kennen Sie ihn?«

»Ja.«

»Und?«

»Es ist am besten, wenn wir das Gespräch abbrechen«, schlug Sir James vor. »Sie werden bestimmt nichts dagegen haben, Mr. Behan, wenn Sie bei uns bleiben.«

»Nein, nein, nicht. Ähm – wo denn?«

»Es gibt hier Zellen, die schon fast so komfortabel sind wie Hotelzimmer«, machte Sir James ihm den Aufenthalt schmackhaft. »Wir bringen dort unsere Schutzhäftlinge unter.«

»Und wie lange soll ich bleiben?«

»Das hängt von den Umständen ab.«

»Aber verhaftet bin ich nicht ...«

»Natürlich nicht, Mr. Behan.« Sir James griff zum Telefonhörer und ließ einen Mann kommen, der sich um Behan kümmerte.

Behan machte einen zerknirschten Eindruck. Er hatte mittlerweile bemerkt, was er da nach England geschafft hatte. Und er wusste nicht, wie er sich aus dieser Sache wieder herauswinden sollte.

Wenig später war er verschwunden.

Sir James hatte eine Idee. »Ich werde Suko über Funk zu erreichen versuchen, damit er sich in der Wohnung oder im Haus der Behans einmal umschaut. Wir brauchen das Testament.«

»Soll Suko nicht nach Jane Collins ...?«

»Natürlich, John. Er kann beides erledigen. Wir müssen eben das Unmögliche machbar machen.«

Das war gut gesagt. Sir James schaffte es tatsächlich, die Verbindung herzustellen. Der gesamte Fall artete zu einem Großeinsatz aus, bei dem wir die Spitze des Eisbergs bildeten.

Ich war wirklich gespannt, wie es weitergehen würde. Hoffentlich fanden wir eine Möglichkeit, die Steine zu stoppen. Wenn nicht, nein, daran wollte ich gar nicht denken.

»Er wird es versuchen«, sagte Sir James.

»Gut, Sir. Und was tun wir?«

Der Superintendent verzog das Gesicht. »Ich bleibe hier, und Sie stoppen die Steine, John. So einfach ist das.«

»Ja, Sir, so einfach.« Ich stand auf und verließ den Raum. Kaum hatte ich die Tür hinter mir geschlossen, als ich die beiden Uniformierten sah, die über den Gang liefen.

»Sie sind John Sinclair, Sir?«

»Ja.«

»Kommen Sie mit.«

»Was genau ist los?«

Einer der Beamten breitete die Arme aus. »Steine, Sir. Steine, gewaltig und riesig ...«

Ich fasste ihn hart an. »Wo?«

»Schon hier, Sir. An der Victoria Street. Ich glaube, Sir, das gibt ein Chaos ...«

Jane Collins hatte sich von der Pension entfernt, in die man sie hatte schaffen wollen. Um ihre Lippen spielte ein kaltes Lächeln. Endlich hatte sie es dem Geisterjäger einmal gezeigt. Sinclair sollte sehen, zu was sie alles fähig war. Ihr war es gelungen, den Stein zu stoppen, denn sie hatte gespürt, dass diese Felsen mit einer Hexenkraft gefüllt waren. Es war eine Kraft, die ihrer ungefähr gleichkam, die jedoch nicht von Wikka stammte, sondern von einer anderen Hexe.

Wer das war, wusste Jane nicht genau, aber sie schwor sich, es herauszufinden.

Aufmerksam wurde sie, als sie in der Luft ein bekanntes Geräusch vernahm.

Ein Hubschrauber flog in Richtung Innenstadt. Jane war geschult genug, um trotz der Dunkelheit erkennen zu können, dass es sich bei der Maschine um einen Polizeihubschrauber handelte.

Und der flog in Richtung City. Weshalb? Was hatte er in dieser Gegend gewollt? Es konnte sich natürlich auch um einen Rettungsflug handeln, daran wollte Jane aber nicht so recht glauben. Sie setzte die Kräfte ein, die man ihr mitgegeben hatte.

Auf telepathischem Weg suchte sie die Gedanken des

Piloten, hatte dort kein Glück und fing einen anderen Impuls auf. Den eines Mannes, der auch im Hubschrauber saß.

Eines gewissen Morgan Behan!

Jane Collins schaffte es, ihn unter ihre Kontrolle zu bekommen. So erfuhr sie einiges. Unter anderem die Adresse des Mannes, und sie fand heraus, dass er der Verwalter eines Testaments war, in dem mehr über die Steine stand.

Das wollte Jane haben!

Ihr angespanntes Gesicht nahm wieder einen anderen Ausdruck an. Er war nicht viel weicher, und das Lächeln, das auf ihren Lippen lag, zeigte Triumph.

Jane wusste Bescheid.

Dass Sinclair sie in einer Pension hatte unterbringen wollen, erwies sich nun für sie als günstig, denn sie hatte die Bewegungsfreiheit, die sie brauchte.

Dennoch verspürte Jane so etwas wie Furcht. Sie wusste genau, dass man Jagd auf sie machte und Wikka, ihre ehemalige Meisterin, alles daransetzen würde, um sie wieder für eine Bestrafung in ihre Klauen zu bekommen.

Dass Wikka kein Pardon kannte, war ihr klar. Da zählte nicht mehr, was zuvor gewesen war, sondern nur der eine Fehler.

Aber Jane wollte sich wehren. Noch stand sie allein. Vielleicht erhielt sie Unterstützung. Dieses seltsame Testament schien ihr ein Schlüssel dazu zu sein.

Man würde sehen.

So rasch es die Witterungsverhältnisse erlaubten, bewegte sich die Collins voran. Leider war sie nicht perfekt. Sie beherrschte nicht die Gabe der Teleportation, und so blieb ihr nichts anderes übrig, als sich auf Schusters Rappen dem Ziel zu nähern.

Das Glück war ihr hold, denn Morg Behan wohnte in einer ziemlich ruhigen Straße. Jane Collins lief kaum Gefahr, irgendwelchen Leuten zu begegnen, die sie aufhalten wollten. Sehr genau schaute sie sich um. Sie hatte durch ihren telepathischen Kontakt auch die genaue Hausnummer erfahren und stellte fest, dass das Haus ziemlich am Ende der einsamen Straße lag, nicht eingekeilt zwischen anderen Bauten, sondern neben einem großen Brachgelände stehend.

Auf der Straße glänzte der Schnee. Das matschige Zeug fror an der Oberfläche, sodass die große Gefahr, nämlich Glatteis, durchaus gegeben war. Die ehemalige Detektivin musste sich vorsehen.

Lauernd näherte sie sich dem Ziel und erkannte vor dem Haus einen geparkten Lastwagen.

Ihn schaute sie sich genauer an. Die hintere Plane der Ladefläche war geöffnet worden. Für Jane war es leicht zu erraten, was der Wagen transportiert hatte.

Zumindest einen Stein.

Jetzt war er leer. Auch im Führerhaus hielt sich niemand auf. Jane lief im Schatten des Wagens zur Haustür, blieb dort für einen Moment stehen und stellte fest, dass die Tür nicht verschlossen war, denn sie konnte den außen angebrachten Knauf drehen.

Rasch huschte sie in den Bau.

Er sah nicht gerade modern aus. Alles war sehr klein, die Decke niedrig, zudem roch es muffig. Zwar heizten einige Öfen, aber die Feuchtigkeit steckte zu tief in den Wänden und verbreitete diesen penetranten Geruch.

In der Küche hatte sich Jane zuerst umgesehen und sie auch rasch durchsucht.

Sie fand nichts von Bedeutung. Weder im Schrank noch in den Schubladen. Papiere sah sie nicht.

Deshalb nahm sie sich den Wohnraum vor. Hier kontrollierte und suchte sie intensiver.

Auch keinen Erfolg. Selbst die Kissen von der alten Couch hob sie in die Höhe, ohne etwas zu entdecken.

War es alles ein Bluff gewesen? Hatte man sie auf hinterlistige Art und Weise reingelegt?

Fast glaubte sie daran, aber sie wollte nicht aufgeben und auch in den oberen Etagen nachschauen.

Über eine schmale Treppe gelangte sie dorthin. Der Gang

in der ersten Etage war nicht viel breiter. Obwohl sich Jane allein im Haus befand, bewegte sie sich auf Zehenspitzen. Wenn es eben ging, wollte sie unnötige Geräusche vermeiden.

Die Beleuchtung strahlte von einer Wandlampe. Ihr schwaches Licht erreichte nicht alle Ecken und Winkel. Jane schritt über einen alten Teppich und sah eine im rechten Winkel offen stehende Tür. Sekunden später hatte sie bereits die Schwelle überschritten, stand in dem dunkeln Raum und machte Licht.

Ein Wohn- oder Schlafzimmer war es nicht. Mehr eine Hobbywerkstatt. Sie befand sich normalerweise im Keller eines Hauses. Aus welchen Gründen sie hier oben eingerichtet worden war, wusste wohl nur der Besitzer des Hauses zu sagen.

Jane entdeckte eine kleine Drehbank und an der Wand einen aufgehängten Werkzeugkasten.

Lange Zeit musste hier niemand mehr gebastelt haben, denn die Werkzeuge zeigten allesamt eine dicke Rostschicht.

Der linke Teil des Raumes war belegt von einer Couch, einem Tisch und einem Schrank, der mehr die Form eines alten Schreibsekretärs aufwies. Eine Klappe stand offen.

Auf der Klappe lag ein brauner Umschlag. Janes Augen leuchteten auf. Ihre Hand fasste den Umschlag. Sie stellte fest, dass er wattiert und nicht verschlossen war.

Jane Collins griff in die Öffnung und holte etwas hervor, das sie fast aufjubeln ließ.

Es waren Papiere!

Das Testament?

Die ehemalige Detektivin schaute genauer nach.

Sie blätterte die Papiere durch und fand einige ziemlich eng beschriebene Seiten. Mit der Hand geschrieben, nicht mit der Maschine.

Das musste das geheimnisvolle Testament sein!

Jane Collins machte sich nicht die Mühe, die Zeilen zu

lesen. Sie überflog die Seiten nicht einmal. Dazu war später noch genug Zeit. Sie knickte die Tüte nur so zusammen, dass sie in die Innentasche der Kostümjacke passte.

Was dieser Fund für sie bedeutete, würde sich später herausstellen. Wichtig war nur, dass er sich in ihrem Besitz befand, denn sicherlich waren auch andere Personen hinter diesem Testament her.

Sinclair und Co.

Jane lachte leise. Sie fühlte sich wohler. Und sie ahnte auch, dass in diesem Testament etwas über die geheimnisvollen Steine stand, um die sich alles drehte.

Eine fremde Hexenmagie …

Vielleicht ebenso mächtig wie die der Wikka!

Es wäre fantastisch gewesen, und Jane knöpfte ihre Jacke hastig wieder zu.

Mitten in der Bewegung erstarrte sie, denn sie hatte das ihr bekannte Geräusch gehört.

Hubschrauberdröhnen!

Kam der Helikopter wieder zurück? Wenn ja, weshalb so schnell? Jane dachte daran, dass der Besitzer des Hauses unter Umständen von dem Testament berichtet hatte und andere es ebenfalls holen wollten. Sie sollten sich geschnitten haben.

Jane Collins löschte zunächst das Licht und huschte an das kleine Fenster.

Sie schob die im Laufe der Zeit schmutzig und brüchig gewordene Gardine zur Seite und peilte nach draußen.

Getäuscht hatte sie sich nicht. Der Hubschrauber landete soeben hinter dem Haus. Es war nicht die Maschine, die sie auf dem Flug in Richtung City gesehen hatte.

Kaum hatte die Maschine mit ihren Kufen den Boden berührt, wurde der Ausstieg schon geöffnet. Die Positionsleuchten blendeten Jane so stark, dass sie nicht genau erkennen konnte, wer ausstieg. Ein Freund war es sicherlich nicht.

Rasch zog sie sich zurück. Wenn die Person das Haus betrat, wollte sie es verlassen. Sie dachte darüber nach, dass der Hubschrauber auf der Rückseite des Gebäudes gelandet war und der Mann wahrscheinlich auch durch die Hintertür treten würde. Deshalb rechnete Jane damit, vorn hinaus freie Bahn zu haben.

Sie ließ die Treppe hinter sich. Dabei musste sie bei den schmalen Stufen achtgeben, damit sie nicht fiel. Die letzten beiden nahm sie mit einem Sprung, federte in den Knien ab und drehte sich sofort nach links, um sich der Tür zuzuwenden.

Hart wurde sie aufgestoßen.

Zu spät, dachte Jane und sah den Mann auf der Schwelle.

Es war Suko!

Dass die Meldung nicht gelogen war, lag auf der Hand. Sir James war mir gefolgt. Er stand in der offenen Tür und hatte die letzten Worte verstanden.

»Sind Sie sicher?«, wandte er sich an die beiden Beamten.

»Natürlich, Sir.«

»Ich fahre mit nach unten!«, erklärte er und nickte mir zu. »Los, John, wir dürfen keine Zeit mehr verlieren!«

Selten hatte ich meinen Chef so in Action erlebt. Er hatte sogar einen Teil seiner Bierruhe verloren, und das wollte bei einem Mann wie Sir James schon etwas heißen.

Ein Lift stand bereit. Wir huschten in die Kabine und drückten den Knopf zum Erdgeschoss.

»Fünf Steine«, sagte Sir James mit schwerer Stimme. »Fünf verdammte Steine, die können alles vernichten.«

Ich gab ihm recht.

»Sehen Sie eine Chance, diese Felsen aufzuhalten?«, erkundigte sich der Superintendent.

»Im Augenblick nicht.«

»Und Ihr Kreuz?« Das fragte Sir James schon, als wir gerade den Lift verließen.

»Ich habe keine Ahnung. Es ist vieles möglich. Ob das

Kreuz allerdings auf die Magie reagieren wird, die innerhalb der Steine steckt, das ist die große Frage.«

»Es wäre einen Versuch wert.«

In der Halle hatte sich einiges getan. Natürlich hatte es sich herumgesprochen, welche Gefahr sich da näherte. Von draußen her klang das Heulen der Polizeisirenen bis in das Innere. Menschen hatten hier ihre Fluchtmöglichkeit gesehen. Wildfremde Personen redeten miteinander, vermuteten und sprachen das aus, was sie dachten.

Da war von einer außerirdischen Invasion die Rede, von grauenhaften Dingen, von magischen Kräften. Das alles stimmte im Prinzip, nur genaue Zusammenhänge wusste keiner.

Ich auch nicht.

Sir James und ich drängten uns durch die Menge. Ungewöhnliche Ereignisse und Vorfälle sprechen sich eben schnell herum. So war es auch einigen Reportern nicht verborgen geblieben, was hier geschah. Sie hatten sich in das Yard Building eingeschlichen, fotografierten oder sprachen erste Lageberichte auf die Diktiergeräte.

Auch mich entdeckte man.

Schon flammten Blitzlichter auf. Sir James und ich zogen die Köpfe ein, und der Superintendent verwahrte sich mit lauter Stimme gegen die Fotos.

Das hörten einige Beamte der Wachmannschaft. Sie griffen rasch ein und drängten die aufdringlichen Presseleute zurück.

Endlich erreichten wir den Ausgang.

Auch auf der Treppe standen Menschen. Ich kannte sie fast alle. Es waren Kollegen vom Yard.

Als sie mich erkannten, reagierten zwei von ihnen sauer. »Haben Sie uns diesen Mist eingebrockt, Sinclair?«

Erst jetzt sahen sie Sir James und dessen eisigen Gesichtsausdruck. Er hatte sich dem Wetter angepasst, denn durch die Straßen pfiff ein böiger Wind, der Schnee und Hagel mitbrachte, die in die Gesichter der Menschen bissen.

»Verschwinden Sie«, sagte Sir James.

»Natürlich.«

Der Mann drängte sich an uns vorbei. Wir hatten ein besseres Sichtfeld und schauten nach links und rechts die Victoria Street hoch und runter. Niemand hatte gelogen. Die Steine waren inzwischen da.

Und wie!

Schaute ich nach links, so sah ich drei gewaltige, goldgelb schimmernde Felsen, die heranwalzten. Rechts waren es zwei. Zusammen also fünf. Und niemand wusste, wie sie zu stoppen waren, auch ich nicht.

Wir erlebten eine unheimliche Szene.

Polizisten hatten dafür gesorgt, dass die breite Fahrbahn leer geräumt worden war. Dort hatten die Steine also keine Gegenstände mehr finden können, die sie mitnehmen konnten. Vor allen Dingen keine Menschen mehr. Dennoch war es schlimm genug, denn sie hatten auf dem Weg zu ihrem Ziel Menschen gefunden.

Bei jeder Drehung, die die Felsen zurücklegten, sahen wir die Gestalten. Männer und Frauen, winterlich gekleidet und in einer Lage hängend wie Turner im Rhönrad.

»Die wollen Sie!«, sagte Sir James dicht neben mir. Er hatte nicht mal einen Mantel übergezogen. Die feinen Schneekörner peitschten gegen seine Kleidung und in sein Gesicht. »Sie allein, John, das ist mir klar geworden.«

»Weshalb?«, fragte ich.

»Arkonada! Steht da nicht noch eine Rechnung offen?«

»Klar.« Mehr sagte ich nicht, sondern schaute auf die Gesichter in den Steinen.

Große Fratzen, menschliche Züge, aufgerissene Augen und Mäuler, um alles gierig zu verschlucken.

Dass es mir kalt den Rücken hinablief, daran trug nicht allein das Wetter die Schuld. Es war vor allen Dingen der Anblick der Steine, die zwar schaurig aussahen, doch auf irgendeine Art und Weise auch faszinierend wirkten.

Näher und näher rollten sie.

Keiner war schneller als der andere. Sie behielten samt und sonders die Geschwindigkeit bei. Für mich waren ihre Bewegungen beinahe provozierend langsam, als würden sich die Sendboten einer fremden Magie bewusst die Zeit nehmen.

»Ich gestehe, John, dass ich ratlos bin«, sagte Sir James. »Vielleicht können wir nur noch beten.«

»Mal sehen ...«

Ein Austin war doch nicht so geparkt, dass er den Steinen entgehen konnte. Wenn die drei weiterrollten, würde einer von ihnen das Auto zumindest berühren.

So geschah es auch.

Der Stein hatte plötzlich Kontakt. Wir hörten kein Geräusch, aber der Wagen verschwand zur Hälfte. Bei der nächsten Umdrehung sahen wir ihn verkleinert im Innern des Steins.

Einfach geschluckt ...

»Unfassbar!«, hauchte Sir James. »Und so ist es auch den Menschen ergangen. Man kann es kaum glauben.«

Da gab ich meinem Chef recht. Aber wir hatten es mit eigenen Augen gesehen, es gab nichts daran zu rütteln, und die Felsen dachten überhaupt nicht daran, die Todesfahrt zu beenden.

»Wir müssen etwas tun!«, murmelte Sir James gedankenverloren. »Nur was, das ist die Frage.«

»Ich werde mich ihnen stellen!«, erklärte ich.

»Sie, John?«

»Sehen Sie eine andere Chance?«

»Nein, aber ...«

»Keine Widerrede, Sir. Sie haben selbst gehört, dass es sich in dem Testament auch um einen Geisterjäger dreht. Und an einen Zufall möchte ich nicht mehr glauben. Das war alles Berechnung.«

»Wenn Suko wenigstens schon mit Jane hier wäre«, sagte mein Chef.

Ich lachte bitter. »Wenn Sie sich auf Jane Collins verlassen, dann sind Sie verlassen.«

»Scheint mir auch so.«

»Okay, Sir«, sagte ich. »Wir haben lange genug geredet. Ich muss handeln.«

Der Superintendent versuchte noch, mich zurückzuhalten. »Was versprechen Sie sich davon?«

»Die Rettung der anderen.«

»Und Ihren Tod?«

»Das ist nicht sicher.«

»Ich kann Sie also nicht umstimmen?«

»Nein.«

»Dann gehen Sie jetzt!«

Die Stimme meines Chefs klang kratzig. Seit Langem erlebte er einen Einsatz mal wieder so hautnah mit.

Vor mir lag eine geräumte Straße. Ich passte trotzdem auf, dass ich nicht ausrutschte.

Sehr langsam bewegte ich mich auf die Straßenmitte zu. Kleine Schritte machte ich nur. Manchmal verschwand der Belag unter Eisbuckeln, die zu gefährlichen Rutschfallen wurden. Noch einen Blick warf ich zurück.

Sir James war verschwunden. Vielleicht wollte er die nächsten Minuten nicht miterleben.

Auf der Straßenmitte blieb ich stehen. Ich hatte mich so gedreht, dass ich dem Yard Building meine Frontpartie zeigte. Unter Umständen war das Gebäude das letzte Bild, das ich im Leben sah. Die Menschen hatten sich nicht aus dem breiten Eingang zurückgezogen. Noch immer standen sie da und starrten.

Schräg peitschte der Wind den dünnen Schneefilm über die Straße. Deshalb sah ich die Gesichter der Zuschauer nur mehr als verschwommene blasse Ovale.

Ich spürte auch nicht die Kälte des feinen Schnees. Ich hatte nur Augen für die Steine.

Von links her rollten die beiden an. Sie nahmen nicht die gesamte Breite der Straße ein. Zwischen ihnen befanden sich noch größere Lücken. Die drei nebeneinander rollenden Felsen jedoch ließen mir keinen Platz mehr auf der Straße.

Da musste ich schon über die Gehsteige laufen, wenn ich flüchten wollte.

Immer stärker schrumpfte die Distanz zusammen. Es waren nur mehr wenige Yards rechts und links, die mich von den Steinen trennten. Die Chance, ihnen auszuweichen, wurde immer geringer.

Ich tat etwas, das in meinen Augen sehr wichtig war. Vor all den Zuschauern holte ich mein Kreuz hervor, streifte die Kette über den Kopf und behielt das Kruzifix in der Hand.

Wenn es eine höllische Magie war, dann konnte es mir vielleicht gelingen, die Steine zu stoppen. Schließlich hatte Jane es auch geschafft.

Ich aber hatte Pech.

Obwohl ich mein Kreuz einmal gegen die zwei und dann wieder gegen die drei Steine hielt, geschah nichts.

Der wertvolle Talisman reagierte nicht ein einziges Mal. Er leuchtete weder an den Enden auf, noch entstand eine Aura.

Und Hexenkräfte besaß ich nicht.

Allmählich kriegte auch ich Angst. Da standen zahlreiche Menschen in der Nähe, und keiner von ihnen konnte mir helfen. Ich schaute die Steine an. Wie Berge kamen sie mir vor, als sie näher und näher walzten. Jede Umdrehung brachte mich dem Ende ein Stück näher.

Wie starre Puppen hingen die Menschen in dem Gefüge. Die gewaltigen Gesichter erinnerten mich an Monsterwesen, obwohl sie menschlich aussahen.

Wer diese Steine geschaffen hatte, der wusste genau über die Menschheit Bescheid.

Ich hatte von einem Planet der Magier gehört und von Arkonada. Hatte er die Felsen wirklich geschickt?

Ich zog die Beretta. Eine fast hilflose Geste, denn viel erreichen konnte ich mit den geweihten Silberkugeln nicht. Wahrscheinlich würden sie wie normale Bleigeschosse als deformierte Querschläger durch die Gegend sausen.

Ich machte mir bereits darüber Gedanken, wie es wohl im

Innern der Steine aussah. Vielleicht erstickte ich ganz allmählich, oder ich wurde sofort getötet.

Hinein kam man immer. Nur nicht zurück!

Vielleicht noch vier, fünf Umdrehungen, dann hatten sie mich. Von zwei Seiten würden sie mich einkesseln und verschlucken.

Noch konnte ich weglaufen, noch hatte ich die Chance. Meldete sich die Feigheit?

Nein, keine Feigheit. Jeder Mensch hängt am Leben. Auch ich. Nur brauchte ich jetzt starke Nerven, denn ich wollte wirklich bis zum letzten Augenblick warten und erst dann verschwinden.

Sekunden vergingen.

Schnee jagte gegen die Steine, wo er sofort taute. Demnach mussten sie eine gewisse Wärme abgeben.

Noch eine Umdrehung, die nächste, die übernächste.

Schon fühlte ich mich eingeschlossen wie in einem engen Tal. Ich vernahm das Knirschen, das die Bewegungen der unheimlichen Felsbrocken begleitete, und achtete genau auf den richtigen Zeitpunkt.

Auf der Stelle drehte ich mich. Als die Steine nur noch eine Umdrehung zurückzulegen hatten, startete ich.

Von einem großartigen Spurt konnte man natürlich nicht sprechen, dafür war es zu glatt. Mir gelang es dennoch, gut von der Stelle zu kommen.

Und ich war trotz der widrigen Umstände schnell genug. Die Kante des Bürgersteiges hätte ich fast übersehen, hüpfte über sie hinweg, befand mich auf dem Gehsteig und drehte mich erst jetzt um.

Eigentlich hätten die Steine zusammenprallen müssen, und dies geschah tatsächlich.

Nur lief der Vorgang lautlos ab. Die fünf Steine verschmolzen zu einem einzigen, der sich im nächsten Moment wie ein gewaltiger Ballon aufblähte.

Es gab keine fünf Steine mehr, nur noch einen!

Und die Menschen?

Ich hatte mich mit dem Rücken gegen eine Hauswand gepresst und schaute nach vorn. Mein Blick wollte den Stein durchdringen, ich schaffte es nicht mehr, weil ich nichts sehen konnte.

Keine Menschen, keine Fahrzeuge – es gab nur noch diesen einzigen Stein, der in seinen fünf Teilen einmal so goldgelb geschimmert hatte und sich nun auch im Innern völlig veränderte.

Er wurde dunkler, ganz grau. Diese Farbe drang von allen Seiten gegen das Zentrum vor. Dort vereinigte sie sich zu einer dichten, zuckenden Wolke, die sich aufblähte und wieder zusammenfiel, sodass der Vergleich mit einem Ballon tatsächlich zutraf.

Erinnerungen wurden wach.

Ich hatte schon einmal in eine ähnliche Wolke geschaut. Und zwar im Gebiet der *flaming stones*. Dort hatte sich Myxin Arkonada zu einem verzweifelten Kampf gestellt, und aus der Wolke war dann ein hässliches Gesicht erschienen, das den Gastkörper des Arkonada ausspie, den Tätowierer namens Gregg.

Sollte mir hier ein ähnlicher Vorgang bevorstehen?

Ich wartete ab, obwohl ich besser hätte fliehen sollen, aber nun wollte ich es bis zum Ende durchstehen.

Tiefblau präsentierte sich die eingeschlossene Wolke. Sie war dreidimensional, sodass ich das Gefühl hatte, in einen langen Kanal zu schauen.

Dort tat sich etwas.

Bewegung entstand, eine lautlose Unruhe, und ich erkannte im nächsten Augenblick eine Fratze. Ganz nah war sie und dennoch meilenweit entfernt.

Das fratzenhafte Gesicht schob sich nach vorn. Es war eine regelrechte Höllenvisage. Je näher es kam, umso mehr Einzelheiten erkannte ich und begriff, dass ich einen der Großen Alten vor mir hatte – eben Arkonada. Wenn auch eingeschlossen in diesem unheimlichen Stein.

Mitten in London zeigte er sich. Dass er so etwas überhaupt tat, bewies mir, wie sicher und überlegen er sich mir und anderen gegenüber fühlte.

Das konnte er auch. Die Macht und die Kraft der Steine hatte er deutlich demonstriert.

Eigentlich gibt es nur wenige Gegner, die mir eine direkte Angst einjagen. Zu diesen wenigen zählte ich Arkonada. Er war ungemein mächtig und auch brutal. Zudem befand sich der Würfel des Unheils in seinem Besitz, und er konnte damit den Todesnebel produzieren.

Ich musste mit Erstaunen feststellen, dass die Fratze immer größer wurde und dennoch nicht näher zu kommen schien. Es war ein mathematisches Raumphänomen, das ich hier erlebte. Ein Weltall in Verkleinerung, denn so ähnlich musste es wirken, wenn sich das All oder seine Kräfte ausdehnten.

Für mich existierte nichts anderes mehr. Nur eben Arkonada, der sich mir wieder einmal zeigte.

Jede Einzelheit des Gesichts sah ich. Es war breit und flächig, gleichzeitig tief, fest und auch durchsichtig, da es von den blauen Schatten umkreist wurde. Diese Schatten veränderten den Ausdruck ständig, sodass es einmal breit, dann wieder lang, beim nächsten Mal oval und wenig später kugelig wirkte.

Eine scheußliche Sache.

Dabei schien das Gesicht nur mehr aus Falten und Stücken zu bestehen, die man hineingeklebt oder -gefräst hatte. Wer dieses Gesicht zum ersten Mal sah, der wusste genau, wie grausam es sein konnte. So schrecklich menschenverachtend, aber darin waren sich die Großen Alten einig.

Arkonada wollte mich. Daran gab es nichts mehr zu rütteln. Und er hatte sich mir auf eine spektakuläre Weise genähert, wie es eben seiner würdig war.

Das gab er mir auch zu verstehen. »Sinclair!«, hörte ich eine hallende, gleichzeitig flüsternde und böse klingende Stimme. »Sinclair, ich will dich. Dich ganz allein! Hast du verstanden?«

»Natürlich!«, gab ich zurück. Der Schnee peitschte von

der Seite gegen mein Gesicht, nässte die Haut, und die sich dort sammelnden Tropfen rannen in langen Bahnen an den Wangen entlang nach unten.

»Entkommen kannst du aus eigenen Kräften nicht mehr. Und andere können dir auch nicht helfen. Bevor ich dich mitnehme, will ich dir noch sagen, wohin es geht. Zu mir, auf meinen Planeten. Auf den Planeten der Magier …«

Für einen Augenblick waren Suko und Jane gleichzeitig überrascht. Keiner von ihnen hatte wohl mit dem Auftauchen des anderen gerechnet. Und wenn, dann nicht so plötzlich.

Jane dachte nur an ihre Beute. In einer instinktiven Bewegung schlug sie ihre Hand dorthin, wo das wertvolle Testament steckte. Natürlich registrierte der Inspektor die Bewegung und schüttelte den Kopf, als er sah, dass Jane einen Schritt zurückwich.

»Bleib stehen!«

»Nein!« Die Detektivin funkelte Suko an. »Du wirst verschwinden, denn du hast hier nichts zu suchen.«

Suko lächelte nur. »Ist es bei dir anders?«, fragte er und ging einen Schritt vor. »Oder hast du das bereits gefunden, wonach du gesucht hast, Hexe?«

Jane konnte nicht verbergen, dass Suko mit dieser Frage genau ins Schwarze getroffen hatte. Sie zuckte zusammen, wollte antworten, verschluckte die Erwiderung jedoch und tat dafür etwas völlig Überraschendes.

Sie floh.

Bevor der sonst so reaktionsschnelle Suko irgendetwas unternehmen konnte, war Jane Collins seinen Blicken bereits entschwunden. Sie hatte sich um die eigene Achse gedreht und schon die ersten Stufen des Treppenaufgangs hinter sich gebracht.

Suko ärgerte sich. Er durfte Jane nicht entkommen lassen, denn nur sie kannte ein Mittel gegen die Steine.

Nicht eine Sekunde wartete der Inspektor länger. Er nahm die trennende Distanz zur Treppe mit zwei gewaltigen Sätzen und vernahm über sich schon die Schritte der flüchtenden Hexe.

Suko jagte ihr nach.

Er wusste nicht, wie groß die Distanz war, deshalb traute er sich noch nicht, seinen Stab einzusetzen, mit dem er die Zeit für fünf Sekunden anhalten konnte. War Jane zu weit weg und hätte er mehr als fünf Sekunden benötigt, um sie zu erreichen, wäre die Wirkung des Stabs praktisch gepufft.

Natürlich wusste Suko auch über Janes außergewöhnliche Kräfte Bescheid. Nur war er nicht darüber informiert, was sie alles konnte. Deshalb war er vorsichtig und stürmte nicht wie ein Wilder die Treppe hinauf.

Im Gang der ersten Etage brannte das Licht. Bevor Suko die Treppe hinter sich gelassen hatte, konnte er in den Korridor hineinschauen, ohne jedoch eine Spur von Jane Collins zu sehen. Unter Umständen verbarg sich die Hexe in einem der Zimmer.

Jedenfalls stand eine Tür offen.

Das machte Suko misstrauisch. Er schob seine Hand bereits unter die gefütterte Jacke und umfasste dort den für ihn so wertvollen Stab. Jetzt kam es nur darauf an, ihn so günstig wie möglich einzusetzen.

Auf Zehenspitzen huschte er vor, erreichte die offene Tür, drehte sich nach links und schaute in den Raum.

Im selben Augenblick zerklirrte eine Fensterscheibe. Zahlreiche Glasstücke wirbelten Suko entgegen. Und Scherben konnten scharf wie Messer sein.

Er hörte das Lachen, warf sich zu Boden und sah hinter dem auseinanderfächernden Scherbenvorhang das schrecklich verzerrte Gesicht der Hexe Jane Collins.

Ihre Haare hatten sich aufgerichtet. Sie standen ihr regelrecht zu Berge, und in ihren Augen leuchtete ein schockgrünes Licht, dessen Kraft nicht nur die Scherben bewegte, sondern auch hypnotische Fähigkeiten besaß und Suko erfasste.

Er lag am Boden, spürte den Anprall der Magie und konnte sich für einen ihm schrecklich lang vorkommenden Augenblick nicht mehr bewegen. Er war hilflos.

Jane hatte es eilig, kletterte durch das Fenster, und die einzelnen Glasstücke hieben hinter Suko gegen die Wand.

Suko hörte das Klirren, Splitter fielen nach unten, erreichten auch seine Haut und bissen hinein.

Und Janes Vorsprung vergrößerte sich.

Mit einem kräftigen Satz stand Suko wieder auf den Beinen und jagte in das Zimmer.

Von Jane keine Spur.

Dafür sah er das offene Fenster. Kalter Wind wehte herein und brachte Schnee mit. Die kleinen Flocken tauten sofort weg und hinterließen nasse Flecken.

Den Piloten des Hubschraubers konnte und durfte er keinesfalls mit hineinziehen. Jane war ihm immer überlegen, und sie würde es ihm gnadenlos beweisen.

Kaum hatte Suko das Fenster erreicht, als er schon das Schlagen der Tür vernahm.

Suko wusste, was das bedeutete.

Jane Collins hatte den Helikopter geentert!

Das war in der Tat der Fall. Selten in ihrem Dasein hatte sich die Detektivin so rasch bewegt. Sie war förmlich aus dem Fenster gestürzt, hatte sich in der Luft fast überschlagen und verdankte es mehr oder weniger einem Zufall, dass sie auf den Beinen gelandet war.

Der Hubschrauber war für sie wie ein Geschenk des Himmels oder der Hölle. Je nachdem, aus welchem Blickwinkel man die Sache betrachtete. Der Pilot hatte Anweisung erhalten, zu warten.

Sie wusste nicht, ob der Pilot sie gesehen hatte, wenn ja, es spielte keine Rolle.

Jane sprang und streckte ihren Körper. Es gelang ihr, den Einstieg zu öffnen, dann schnellte sie in die Kanzel und hockte bereits auf dem Sitz, als der Pilot endlich merkte, dass er sich gewissermaßen eine Laus in den Pelz gesetzt hatte.

In seine wütende Frage erklang das Hämmern, als Jane Collins die Tür zuknallte.

»He, Sie! Was erlauben Sie sich?«

Jane starrte ihn nur an. Ihre Augen veränderten sich dabei. Für einen winzigen Moment wurden die Pupillen schockgrün, und der Pilot nickte nur.

»Sie wünschen?«

»Starten Sie!«

Jane hatte den Befehl kaum gegeben, als ihr einfiel, dass sie noch die Tür verriegeln musste. Rasch legte sie den Hebel um. Damit war Zeit gewonnen, jetzt würde es der Chinese nicht mehr schaffen, die Maschine zu entern.

Die ehemalige Detektivin freute sich diebisch. Sie hatte allen ein Schnippchen geschlagen. So einfach war es nicht, sie zu übertölpeln. Da mussten schon andere kommen.

Die Maschine hob ab. Über dem Dach bildeten die Rotorblätter einen rasenden Wirbel, der wahre Wolken von Schnee vom Boden her in die bleigraue Luft schleuderte.

»Und wohin?«, fragte der Pilot.

Jane lehnte sich zurück, spürte einen Ruck an den Kufen, war für einen Moment irritiert und sagte: »Zum Yard, mein Lieber. Fliegen Sie zu Scotland Yard. Ich will einen Logenplatz bei Sinclairs Tod …«

Suko fiel halb geduckt aus dem Fenster und hörte das wilde Knattern der Rotorblätter, als er sich noch in der Luft befand. Er kannte die Maschinen. Sie konnten schnell starten und waren flink. Hoffentlich nicht flinker als er.

Als Suko landete, trat bei dem Hubschrauber genau das Gegenteil ein. Er startete.

Plötzlich hob er ab. Der Chinese setzte alles auf eine Karte. Er schnellte wie ein Raubtier vor, streckte die Arme aus und versuchte, mit kräftigen Sprüngen die trennende Distanz zu überwinden.

Fast hätte er es geschafft.

Der Helikopter schwebte bereits über seinem Kopf, als sich Suko noch einmal streckte. Mit der rechten Hand schlug er gegen eine Kufe, krümmte sofort die Finger, denn er hatte einen Wahnsinnsplan gefasst.

Das Pech verfolgte ihn. Vielleicht auch das Glück, denn einen Flug an den Kufen des Hubschraubers, zudem bei dieser verfluchten Kälte, hätte auch ein Mann wie Suko kaum überstanden.

Durch Schnee und Eis waren die Kufen glatt geworden, sodass der Chinese den Halt verlor und nach unten fiel.

Er landete im weichen Schnee.

Suko fluchte nicht oft. Die Verwünschung, die ihm nun aber über die Lippen drang, kam von ganzem Herzen. Er stand auf und schaute der Maschine nach, deren Positionsleuchten blasser und blasser wurden, ehe sie vom dunkelgrauen Himmel verschluckt wurden …

Jetzt war es heraus. Ich wusste endlich Bescheid. Man wollte mich auf einen Planeten schaffen. Ein Planet der Magier stand für mich bereit. Was sollte ich dort? War es eine Falle, ein ewiges Gefängnis oder ein Todesurteil?

Da traf wohl alles ein wenig zu. Auf jeden Fall hatte man mich so aus dem Verkehr gezogen.

Die weißgraue Fratze innerhalb der dichten Wolke zeigte ein Grinsen, das man mit dem Wort diabolisch beschreiben konnte. Wahrscheinlich hatte Arkonada mein Erschrecken bemerkt, denn völlig hatte ich mich nicht unter Kontrolle.

Er lachte. Böse, widerlich gemein, und die blaue Wolke begann sich heftiger zu bewegen. »Hast du noch nie von einem Planeten der Magier gehört, Geisterjäger?«

»Nein!«

»Dann wird es Zeit, dass du ihn kennen lernst.«

»Wo befindet er sich?«

»Du bist zu neugierig. Denk an die goldene Pistole und den Todesnebel, John Sinclair!«

Wieder zwei Begriffe, die er so einfach dahergesagt hatte, die mich aber erschreckten.

Natürlich kannte ich die goldene Pistole. Sie stammte aus der Dimension der Ghouls. Ein widerliches Schleimwesen hatte sie mit auf die Erde gebracht. Die Pistole war mit einer Flüssigkeit gefüllt, die gleiche Eigenschaften aufwies wie der Todesnebel.

Sie war eine furchtbare Waffe. Zum Glück hatte Suko sie dem Ghoul abgenommen, doch die Waffe war zerstört worden, als wir gegen Shimada und dessen Ninja kämpften.

Wir hatten den Verlust der Waffe sehr bedauert. Nun hatte ich eine neue Spur.

Der Planet der Magier und die goldene Pistole schienen irgendwie miteinander in Verbindung zu stehen.

Auch die Steine?

Ich begann zu pokern. Schon oft hatte ich mich in ähnlichen Situationen wie dieser befunden. Ich war es gewohnt, die Nerven zu behalten und alles für mich herauszuholen, wenn es eben ging. Deshalb fiel es mir auch nicht schwer, meine Forderungen zu stellen. Ich sagte: »Okay, ich bin bereit, mit dir zu gehen, aber lass zuvor all die Menschen frei, die sich in diesem verdammten Stein befinden.«

»Du willst Bedingungen stellen?«, drang die dumpfe Stimme aus der Fratze. »Du wagst es wirklich und stellst Bedingungen? Nein, Geisterjäger, das kannst du nicht. Hier entscheide ich. Und was willst du mit Menschen, die schon längst tot sind?«

»Dann würde ich auch sterben, wenn ich mich in diesem verdammten Stein befände?«

»Das kann ich bestimmen. Für dich ist der Planet der Magier reserviert. Gewissermaßen als Verbannung. Du kennst vieles. Schon im Vorhof der Hölle bist du gewesen, aber nicht auf dem Planeten, den ich für dich ausgesucht habe.«

»Weshalb hast du die Menschen getötet?«, fragte ich. »Es wäre nicht nötig gewesen. Sie haben dir nichts getan.«

»Sie standen im Weg!«

Ich hörte die Antwort und dachte darüber nach. Sie standen im Weg! So einfach war es für dämonische Wesen, Menschen umzubringen. Es war von Arkonada nicht nur so dahingesagt worden. Fünf Steine hatten Kurs auf London genommen. Weshalb? Ich wollte noch den Grund wissen.

»Weshalb bist du mit fünf Steinen gekommen?«, fragte ich. »Was haben sie zu bedeuten?«

»Jemand hat sie gefunden! Sie sind ein Überrest gewesen, abgespalten vom Planeten der Magier. Lange haben sie verborgen gelegen, doch es kam ein Mann, der Simon Garfield hieß. Er hat die Steine wieder zu einem für dich so furchtbaren Leben erweckt. Sechs Steine waren es, daraus ist einer geworden ...«

»Und die Gesichter?«, fragte ich.

»Es waren die des Menschen, der die Steine ...«

»Simon Garfield also!«

»Genau! Nur sein Gesicht war in ihnen zu sehen. Sechsmal dasselbe Gesicht.«

Davon hatte mir Morg Behan nichts erzählt. Simon Garfield hatte Tribut zahlen müssen. Er war eingeschlossen worden, obwohl er schon nicht mehr lebte.

In den Steinen hatte sich sein Gesicht gezeigt.

Allmählich wurde mir dieser Mann unheimlich. Ich konnte mir vorstellen, dass er einiges in seinem Testament hinterlassen hatte, und ich hätte es gern gelesen.

»Das hast du nicht gewusst, Geisterjäger!«, rief Arkonada und lachte hallend. »Ich weiß. Vieles ist dir noch ein Rätsel und wird dir auch ein Rätsel bleiben. Du wirst nie hinter das der Großen Alten kommen und hinter all die Geheimnisse, die dazugehören. Dem Teufel kannst du trotzen, diesem Narr. Uns aber nicht. Wir sind mächtiger, viel mächtiger. Wir haben ...«

»Eine Gegenpartei aufgebaut!«, sagte ich.

»Das stimmt!«

»Vielleicht werdet ihr euch gegenseitig zerfleischen. Täuscht euch nicht in der Kraft des Satans. Asmodis hat noch nicht aufgegeben. Er wird euch weiterhin bekämpfen und …«

»Weshalb machst du dir seinetwegen Sorgen, Geisterjäger? Deine Zeit ist vorbei. Ich bin gekommen, um dich zu holen. Du wirst ebenso in diesen Stein hineingerissen, wie es mit den anderen Menschen geschehen ist. Verstehst du?«

Ich senkte den Blick und schaute auf mein Kreuz. Sollte ich es aktivieren? Hatte ich dann noch eine Chance?

Kaum. Der weise Hesekiel hatte an vieles gedacht, doch gegen die uralten Magien und Mythologien kam er auch nicht an. Er hatte möglicherweise davon nichts gewusst, denn schon zu seiner Zeit lag Atlantis im Dunkel der Geschichte.

»Es gibt keine Chance mehr für dich! Arkonada holt sich immer, was er haben will …«

Er hatte kaum das letzte Wort gesprochen, als ich die Kraft spürte, die mich packte.

Es war eine Zugkraft, und sie wollte mich genau auf den Stein zuschleudern, damit das wahr wurde, was mir Arkonada bereits angekündigt hatte. Schon beim ersten Anprall hatte ich bemerkt, dass ich dem Druck nichts entgegensetzen konnte.

Die Steine und Arkonada waren stärker.

Ich sah den schräg fallenden Schnee nicht mehr, spürte auch nicht die beißende Kälte, sondern sah nur die wallende blaue Wolke, in deren Zentrum sich das Gesicht des Dämons hervorschälte.

»Nein, Sinclair!«, vernahm ich ihn zischen. »Du entkommst nicht mehr. Ich bin in der Lage, dich und alles andere zu zerstören. Arkonada ist immer der Gewinner. Sogar ohne den Todesnebel …«

Etwas riss meine Füße weg. Ich fiel nach hinten, schlug noch mit dem Kopf gegen die Mauer, bevor ich zu Boden prallte.

»Sinclair, ich habe gewonnen!«

»Nicht ganz, Arkonada!«

Da war die zweite Stimme.

Und auch sie war mir bekannt.

Myxin!

Der Pilot befand sich unter der Kontrolle der Hexe. Sein eigener Wille war gebrochen, aufgehoben worden. Jane Collins hatte die volle Regie übernommen.

Er tat genau das, was man ihm geheißen hatte. Starr hielt er den Kurs und flog die Londoner City an.

Unter ihnen wirkten die Häuser wie in weiße Watte gepackt. Das war sogar trotz der Dunkelheit zu erkennen. Der Schnee reflektierte das Mondlicht und schuf ein seltsames Dämmerlicht.

Jane Collins hatte noch Zeit. Ihre Gedanken beschäftigten sich mit dem Testament. Sie spürte, dass sie damit einen Schlüssel zur Macht besaß, denn dieser Mann, der das Testament hinterlassen und herausgefunden hatte, war phänomenal gewesen. Ohne Einzelheiten zu kennen, wusste Jane schon jetzt, dass sie an einem entscheidenden Wendepunkt ihres Daseins stand.

Und sie würde sich nicht beugen!

Wikka sollte sich an ihr die Zähne ausbeißen. Mit dem Testament war sie diesem Vorsatz wieder ein erhebliches Stück näher gekommen. Sie würde die Kenntnisse gegen ihre Feinde einsetzen, egal, auf welcher Seite sie standen.

Auf der menschlichen oder auf der dämonischen, das spielte überhaupt keine Rolle.

Sie lachte auf, als sie an den Geisterjäger John Sinclair dachte. Er hatte sie regelrecht abschieben wollen. In einer kleinen Pension sollte sie bleiben. Welch ein Irrsinn! Mit ihr, einer Hexe, konnte man so etwas nicht machen. Sie war kein normaler Verbrecher, und einsperren ließ sie sich erst recht nicht.

Dann dachte sie an Suko, der zurückgeblieben war. Dieser Wahnsinnige hatte doch tatsächlich noch versucht, sich an die Kufen zu hängen. Nun, es war ihm nicht gelungen. Vielleicht hatte ihm dies sogar das Leben gerettet. Wer konnte das alles wissen?

Der Pilot saß wie eine Puppe in seinem Sitz. Unbewegt das Gesicht, von dem Jane nur einen kleinen Ausschnitt erkannte, denn der größte Teil des Kopfes wurde vom Helm verdeckt und auch von dem vor den Lippen hängenden Mikrofon.

Jane hatte ihm nicht laut gesagt, wohin er zu fliegen hatte. Das Ziel war nur mehr allgemein angegeben worden, aber sie schaltete sich wieder in die Gedanken des Mannes sein und befahl ihm, Kurs auf das Yard Building zu nehmen.

Jane wollte sich mit eigenen Augen ein Bild von den Vorgängen machen. Außerdem würden sich einige Leute wundern, wenn sie wie aus heiterem Himmel erschien.

Noch war die Sicht gut. Das allerdings änderte sich rapide. Jane und der Pilot hörten das leise Prasseln gegen das große Sichtfenster trotz der Motorengeräusche.

Schnee fiel aus den dichten Wolken!

Und kleine Eiskörner. Sie wurden vom Wind erfasst und in langen Fahnen schräg gegen die Maschine gepeitscht.

Es war kälter geworden, und Jane hatte das Gefühl, wie durch einen dicken Nebelvorhang zu fliegen, der sich schräg und hektisch bewegte.

»Geh tiefer!«, befahl sie dem Piloten.

»Gefährlich – Häuser …«

Mehr verstand Jane nicht, denn der Lärm war zu groß.

»Ich will, dass du tiefer gehst. Die Victoria Street ist breit genug. Da kannst du hineinstoßen!«

»Aber man kann nichts sehen!«

»Für uns wird es reichen, verdammt!«

Jane wunderte sich, dass der Mann noch widersprochen hatte. Demnach musste seine Angst noch größer als die hypnotische Kraft der Hexe sein.

»Geh tiefer!«

Jetzt gehorchte der Pilot, denn für den Bruchteil einer Sekunde hatte es in den Augen der Hexe wieder schockgrün aufgeflammt. Ihr Befehl wurde verstanden.

Der Helikopter sackte ab.

Fast ein wenig zu schnell, und von der rechten Seite her tauchte der Schatten eines Hauses auf, dem der Pilot zum Glück im letzten Augenblick hatte ausweichen können.

Er jagte darüber hinweg.

Die Schneeflocken wirbelten mit den sich drehenden Rotorblättern um die Wette. Windböen fuhren gegen die Maschine und rüttelten an ihr.

Sie mussten bereits den größten Teil der Strecke hinter sich haben. Jane Collins beugte sich vor, um besser sehen zu können.

Leider schaute sie nur in diesen wirbelnden Vorhang aus Schnee. Hin und wieder erschien der Schatten eines Hauses oder eines Dachs, das war auch alles.

Die Sicht war wirklich bescheiden.

Jane Collins biss sich auf die Lippen. Das Blut rauschte in ihren Ohren. Die Hände hatte sie geballt, und der Pilot senkte die Maschine noch tiefer.

Eigentlich war es Wahnsinn, was sie taten, das sah sogar die ehemalige Detektivin ein, aber sie wollte unbedingt dabei sein, wenn es zum Finale kam. Das sah sie auch als Selbstbestätigung ihrer eigenen Kräfte an.

London lag nicht im Dunkeln. Sie sah oft genug Licht. Zu beiden Seiten schimmerten helle Flecken, huschten herbei und verschwanden ebenso schnell in der trüben Suppe.

»Victoria Street!«, meldete der Pilot.

Jane nickte. Sie konnte einen Blick auf den im Cockpit eingebauten Bordkompass werfen und stellte fest, dass sie sich von Süden her näherten. Auf der rechten Seite musste Westminster Cathedral liegen. Ein Stück weiter befand sich auf der gegenüberliegenden Seite die Westminster City Hall, ein ebenfalls ehrwürdiges Gebäude.

Von beiden Bauten war nichts zu erkennen. Sie verschwanden in den wirbelnden Schneemassen.

Jane war noch gespannter geworden. Ihre Augen glänzten. Innerlich zitterte sie. Ihr Körper steckte voller Vibrationen, und sie ordnete an, noch tiefer zu gehen.

Der Pilot gehorchte.

Er behandelte den Hubschrauber wie ein rohes Ei.

»Scheinwerfer einschalten. Der Helikopter hat doch einen, oder nicht?«, fragte Jane.

»Ja.«

»Dann los!«

Wenig später wurde es heller. Die Lichtquelle befand sich unter der Maschine. Sie konnte vom Cockpit aus bewegt werden, sodass der Strahl in die graue Suppe hineinstach und sie wenigstens etwas erhellte.

Das Ziel war der Grund!

Geisterhaft huschte der gelbe Schein über ihn hinweg. Ein wenig wurde die Finsternis aufgehellt. Jane sah einen Teil der Straße, und sie erkannte, dass man die Fahrbahn leergeräumt hatte. Auf ihr befand sich kein einziges Fahrzeug mehr. Dafür entdeckte sie Sperren und auch Polizisten, die sich an den Barrieren aufhielten. Verwundert schauten die Beamten hoch, als sie den Hubschrauber sahen und hörten.

Hier hatte sich einiges verändert. Das war Jane Collins längst klar geworden.

Als sie daran dachte, begann sie zu grinsen. Der Mund zog sich in die Breite, ihre Augen begannen regelrecht zu glühen, die Hände hatte sie geballt, denn sie wollte es den anderen zeigen. Mit ihr hatte niemand gerechnet, sie war der Joker in diesem höllischen Spiel.

Aber wo befanden sich die Steine?

Das war die große Frage. Bisher hatte Jane Collins sie noch nicht entdecken können. Ob es sie überhaupt noch gab?

Sie wusste es nicht, und sie wartete ab, denn bald musste das Gebäude von New Scotland Yard auftauchen.

Dann würde man sehen …

Menschen bewegten sich hektisch über die Gehsteige. Einige deuteten auch in die Höhe, denn ihnen war der Hubschrauber aufgefallen. In dem gelben Lichtkegel wirkten sie schatten- und geisterhaft.

Das alles war für Jane Collins uninteressant. Sie entdeckte plötzlich einen gewaltigen Stein. Wesentlich größer als die fünf Felsen. Ihr Herz trommelte. Es war wie ein Fieber, das sie gepackt hielt. Sie sah sich dicht vor dem Ziel. Jetzt konnte sie endlich etwas unternehmen, und ihre Augen weiteten sich noch im selben Moment.

»Höher!«, schrie sie. »Los, verdammt, steig höher!«, fuhr sie den Piloten an. Es war nicht die Angst, mit der Maschine gegen den Stein zu prallen, sondern eine Entdeckung, die sie gemacht hatte.

Auf der Straße stand Myxin, der Magier!

Mit ihm hatte sie überhaupt nicht gerechnet …

Arkonada hatte nicht gewonnen. Das hatte ihm jemand deutlich erklärt.

Ein Wesen, das einmal mein Feind, dann ein Freund und jetzt wieder ein Feind von mir war, denn es hatte versucht, mich mit dem goldenen Schwert der Kara zu köpfen.

Eben Myxin, der Magier!

Aber er war auch ein Feind des Arkonada. Das hatte ich erfahren, als Myxin und Arkonada an den *flaming stones* gegeneinander kämpften. Dieser Kampf war gewissermaßen der Grund für Myxins Wandlung gewesen. Von dem Zeitpunkt an war er ein anderer geworden.

Er hatte vergessen, wer seine Freunde waren, und es kam schließlich so, wie es kommen musste. Myxin stellte sich auf die andere Seite, er verbündete sich mit Mandraka, dem Schwarzblut-Vampir.

Einen Pakt, dessen Sinn und Grund ich nicht verstand. Es war auch nicht der richtige Zeitpunkt, darüber nachzudenken, denn ich hatte durch Myxin eine Chance erhalten.

Nun war ich an der Reihe, und wieder griff Myxin ein.

Arkonada hatte mit dem Erscheinen des kleinen Magiers nicht gerechnet. Es musste ihn völlig überrascht haben, denn ich merkte, wie die Kraft, die mich gefangen hielt, für einen Augenblick nachließ.

Das war meine Chance!

Da ich mich wieder bewegen konnte, nutzte ich die Gelegenheit sofort aus und huschte zur Seite. Der Boden war glatt, ich rutschte, stolperte, fing mich wieder und lief parallel zu den Hauswänden über den Gehsteig weiter.

An die Stille auf der Straße hatte ich mich längst gewöhnt. Deshalb war ich so überrascht, als ich plötzlich ein anderes Geräusch vernahm, das überhaupt nicht hierher passte.

Das Dröhnen eines Hubschraubers, und ich sah etwas Helles über die Fahrbahn gleiten.

Es war der Lichtkegel eines Scheinwerfers. Zwischen den Häusern blieb die Maschine in der Luft stehen.

Ich stoppte.

Auf der gegenüberliegenden Seite befand sich das Gebäude von New Scotland Yard. Dort war Bewegung in die Menge der Neugierigen gekommen. Aber keiner traute sich, die Straße zu überqueren. Jeder hatte die Gefahr erkannt, und ein jeder war gespannt, wie sich die Sache entwickeln würde.

Ich warf einen Blick in die Höhe. Mich interessierte zunächst der Hubschrauber. Wer drin saß, wusste ich nicht, konnte es auch nicht erkennen, da nach wie vor Schneebahnen über die Fahrbahn geschleudert wurden. Dabei rechnete ich damit, von Suko Hilfe zu bekommen. Schließlich war er mit dem Helikopter geflogen. Dass es eine Maschine der Polizei war, konnte ich deutlich erkennen.

Jetzt schwang auch der Ausstieg auf.

Ich rechnete damit, meinen Freund und Partner zu sehen. Rasch stellte sich der Irrtum heraus, denn eine andere Gestalt erkannte ich in der offenen Tür.

Jane Collins!

Sie stand geduckt da, hatte einen Arm zurückgenommen und hielt sich an einem Haltegriff fest. Schnee peitschte gegen sie. Die Rotorblätter erzeugten einen fürchterlichen Wirbel und schleuderten Janes lange Haare hoch.

Ich wusste nicht, ob sie mich entdeckt hatte, jedenfalls schaute sie vorerst nicht in meine Richtung, sondern mehr nach vorn, wo sich der Stein befand – und Myxin, der kleine Magier.

Seine Stimme war also keine Einbildung gewesen. Bisher hatte ich ihn noch nicht gesehen, nun aber tauchte er aus der Deckung des Steins auf und schritt auf die Straßenmitte zu.

Ich hielt den Atem an.

Was hier ausgetragen wurde, das geschah ohne mich. Hier prallten zwei Gegner aufeinander, die sich schon im alten Atlantis bekämpft hatten, und ich wunderte mich ein wenig darüber, dass sich Myxin so frei und deckungslos seinem Gegner zeigte.

War er wahnsinnig?

Ich hatte die Szene bei den Flammenden Steinen noch in deutlicher Erinnerung und wusste genau, wie schwer es Myxin gefallen war, überhaupt sein Leben zu retten.

Nun stand er waffen- und deckungslos diesem mächtigen Dämon Arkonada gegenüber.

War Myxin zu einem Selbstmörder geworden?

Nein, das wollte ich nicht glauben. Auf keinen Fall. Es musste einen anderen Grund für sein Verhalten geben. Meiner Ansicht nach hatte er noch einen Trumpf in der Hinterhand.

Aber welchen?

Sosehr ich auch suchte, eine Waffe entdeckte ich nicht bei dem Magier. Er sah aus wie eine verloren wirkende kleine Figur auf der leeren Straße, nur umhüllt von einem rasenden Flockenwirbel. Wie immer trug der kleine Magier seinen grünen Mantel, der eigentlich viel zu weit war und fast bis an den Boden reichte.

Er hatte sich also äußerlich nicht verändert.

Ich zitterte vor Spannung, vergaß den in der Luft schwebenden Hubschrauber und wartete darauf, wie es nun weitergehen würde.

Myxin zeigte keine Furcht. Im Gegenteil, er übernahm sogar das Wort.

»Arkonada!«, rief er mit einer Stimme, die sogar die Lärmkulisse des Hubschraubers übertönte. »Arkonada, ich habe lange auf dich gewartet und dich oft genug gesucht. Jetzt ist es so weit. Ich habe dich!«

Arkonada erwiderte nichts. Nur der Stein veränderte sich. Er schrumpfte plötzlich zusammen. Ein magischer Prozess, der mich staunen ließ. Kleiner und kleiner wurde er, noch kleiner, als die einzelnen Steine gewesen waren, und zurück blieb, es war kaum zu fassen, nur die Wolke.

Blau, dunkel, wallend, sich stets verändernd, so stand sie vor dem kleinen Magier.

Ich befand mich hinter ihr und konnte dennoch hindurchschauen, denn ich sah den hinteren Teil des Schädels. Er schimmerte ebenso bleich wie die Vorderseite, nur fehlte das schreckliche Gesicht.

Der mächtige Dämon, der zu den Großen Alten gehörte, hatte mich vorerst vergessen. Myxin war wichtiger, denn er hatte mich so gut wie sicher, nahm er bestimmt an.

»Myxin, du wagst es!«, donnerte er dem kleinen Magier entgegen. »Hast du nicht gespürt, wie ich dich damals gedemütigt habe? Erinnerst du dich nicht mehr an die Flammenden Steine?«

»Doch, ich erinnere mich. Ich habe nichts vergessen, Arkonada, überhaupt nichts. Im Gegenteil, ich bekam die Zeit, die ich benötigte, um nachzudenken, und ich habe mich zu einer Tat entschlossen, die dir möglicherweise unbegreiflich erscheint.«

»Ich hörte davon. Du hast die Seite gewechselt.«

»Sicher.«

»Wolltest du mich damit überraschen? Hast du angenommen, dass deine Kraft wieder zunimmt? Mandraka, der Schwarzblut-Vampir, er steht jetzt auf deiner Seite. Was ist er schon gegen mich? Ein Nichts, ein Niemand, ebenso wie du. Ihr beide kommt gegen mich nicht an. Nur hat Mandraka einen Vorteil. Er lebt länger als du, denn dich, Myxin, werde ich hier vor aller Augen vernichten. Ich war einmal Gregg, der Tätowierer, doch ich bin jetzt nur noch Arkonada!«

Er hatte den letzten Satz kaum ausgesprochen, als ich auf die Straße lief und auch näher an die Wolke heranging. Schnee wurde mir entgegengewirbelt. Die Bahnen flogen wie Vorhänge über die Fahrbahn, und auch die Rotorblätter des Hubschraubers wirbelten die weiße Masse in die Höhe, sodass die Sicht immer schlechter wurde.

Ich zog automatisch den Kopf ein, während mein Blick weiterhin auf Myxin fixiert blieb, denn ich wollte nicht glauben, dass er sich Arkonada waffenlos gestellt hatte.

Das war in der Tat nicht der Fall.

Auch Myxin reagierte.

Blitzschnell griff er unter seinen Mantel und holte etwas hervor, das ich noch nie gesehen hatte. Ehe ich genauer hinschauen konnte, hielt er es gegen sein Gesicht.

War es ein Schild?

Verdammt, wenn nur nicht der Schnee gewesen wäre, dann hätte ich es sehen können, aber so …

Arkonada gab die Antwort.

Er schrie sie Myxin entgegen, und mit seinen Worten überraschte er sämtliche Anwesenden.

»Die Totenmaske!«, brüllte er. »Die Totenmaske aus Atlantis! Verdammt, er hat sie! Er hat sie! Ahhha…«

Meine Augen wurden groß, denn mit der Totenmaske geschah etwas. An fünf verschiedenen Stellen glühte sie auf, und ich hatte das Gefühl, in Augen zu schauen.

Waren es tatsächlich Augen?

Plötzlich lastete ein Druck in meinem Magen. Ich spürte eine seltsame Kraft, die auch mir entgegenschwang, und ich hörte einen Schrei, den aber nicht Arkonada ausgestoßen hatte, sondern Jane Collins. Gleichzeitig steigerte sich der Lärm des Hubschraubers, und der Schnee wurde in noch größeren Mengen gegen mich geschleudert.

Fast hätte mich die Kraft des Windes von den Beinen gerissen. Ich stemmte mich dagegen an, fiel inmitten der Fahrbahn auf die Knie und konnte sehen, wie noch einmal der Stein vor meinen Augen entstand.

Er schien aus dem Boden zu wachsen, wurde höher und höher, bis er eine unheimlich anmutende Größe erreicht hatte und dann anfing sich aufzulösen, während Myxin weiterhin die Maske vor sein Gesicht hielt und sich das Leuchten noch verstärkte.

Es blendete mich.

Ich ließ mich nach vorn sinken, fiel fast im Zeitlupentempo zu Boden und spürte auch nicht die Kälte des Schnees, der in meinem Gesicht klebte. Die Welt um mich herum war eine andere geworden. Ich glaubte, ein Zucken, ein Auf- und Abflammen zu spüren, und hörte ein hohles Pfeifen.

Gewaltsam riss ich mich zusammen, senkte die Arme und hatte freie Sicht. Den Stein gab es nicht mehr. Er war zerbrochen, vernichtet, doch er hatte ein schreckliches Erbe hinterlassen.

Menschen, die einmal in ihm gefangen gewesen waren, lagen starr im Schnee.

Sie waren tot …

Und auch die Fahrzeuge sah ich. Sie hatte der Stein ebenfalls ausgespien.

Arkonada?

Er war nicht mehr zu entdecken. Allerdings hatte ich das Gefühl, in der dunklen, wirbelnden Fläche einen blauen Streifen zu sehen, der sich blitzschnell entfernte.

Das war der Dämon!

Also hatte ihn Myxin wohl nicht endgültig vernichten können. Aber es gab eine Chance. Myxin besaß jetzt eine Waffe, die Totenmaske aus Atlantis.

Nie zuvor hatte ich davon gehört, und mir wurde in diesen Augenblicken klar, dass immer neue Dinge auf mich einstürmten und der alte Kontinent Atlantis nur allmählich seine Rätsel und Geheimnisse preisgab.

Schritte unterbrachen meine Gedanken. Ich hörte sie deshalb so deutlich, weil der Schnee zu schmatzen schien.

Als ich den Kopf anheben wollte, vernahm ich die Stimme des kleinen Magiers.

»Bleib so, wie du bist, John Sinclair. Schau nicht her!«

Er hatte sehr herrisch gesprochen und befehlsgewohnt. Ich musste wieder daran denken, dass er mich hatte ermorden wollen, und Angst peitschte in mir hoch.

Die Schritte verstummten.

Myxin war dicht vor mir stehen geblieben, aber ich wagte es nicht, den Kopf zu heben.

»John Sinclair«, sagte er, »du verstehst gar nichts. Du bist und bleibst zu sehr Mensch. Vielleicht wirst du irgendwann einmal verstehen. Die Zeit wird es ergeben …«

Stille.

Nur das Rauschen des Windes und das Prasseln der Schneekörper auf das Leder meiner Jacke hörte ich.

Dann hob ich den Kopf.

Myxin war verschwunden.

Aufgelöst, wie eine Schneeflocke in der Sonne. Keine Spur mehr war von ihm zu sehen.

Dafür kamen andere.

Die Männer riefen, sie schrien, ich sah mich umringt, und jemand drückte mir die Öffnung einer Flasche gegen die Lippen.

Es war Sir James persönlich.

»John«, sagte er, »verdammt, Sie leben!« Seine Augen glänzten dabei …

Die restlichen Stunden der Nacht waren an Turbulenzen kaum zu überbieten. Wir hatten zwar einen Fall irgendwie gelöst, aber dennoch waren mehr Fragen übrig geblieben, als wir überhaupt gedacht hatten.

Es gab auch keine Jane Collins mehr. Sie hatte sich zurückgezogen. Dafür erreichte uns ein Telefonanruf des deprimierten Suko. Er ärgerte sich furchtbar darüber, dass es Jane gelungen war, ihn reinzulegen.

Das konnte jedem von uns passieren. Schließlich waren wir keine Übermenschen.

Irgendwann saßen Sir James, Suko und ich wieder zusammen, während die Victoria Street für den Verkehr freigegeben worden war. Man hatte auch die Menschen weggeschafft, die von Arkonada getötet worden waren.

Wir sprachen über die neue Lage und tranken dabei Tee mit Rum. Sir James fasste zusammen.

»Da gibt es also einen Planeten der Magier, eine Totenmaske und ein Testament. Diese drei Rätsel müssen Sie lösen, meine Herren. Trauen Sie sich das zu?«

Ich hob die Schultern. »Es wird uns wohl nichts anderes übrig bleiben.«

»Und wo fangen Sie an?«, fragte Sir James.

Diesmal gab Suko die Antwort. »In Kanada werden wir beginnen. Mir scheint, dass wir dort noch einige Überraschungen erleben werden.«

Ich stimmte meinem Freund zu …

PLANET DER MAGIER

»Du wirst reden!«, flüsterte die Frau mit den blonden Haaren und den schillernden grünen Augen, wobei sie bestätigend nickte. »Wenn du nicht freiwillig das sagst, was ich will, helfe ich nach.« Sie lächelte zuerst kalt, bis dieser Ausdruck diabolisch wurde. »Ich kenne einige Methoden, die ich zu gern anwenden möchte …«

Der Mann vor ihr schwieg. Was hätte er auch sagen sollen? Er war der Verlierer in diesem Spiel.

Die Frau hatte ihn überrascht. Sie war in sein kleines Schloss gekommen und hatte so harmlos getan. Eine freundliche Person, bis sie ihr wahres Gesicht gezeigt hatte. Das Gesicht einer Hexe. Denn keine Geringere als Jane Collins hatte dem Schloss einen Besuch abgestattet und auch entsprechend reagiert.

Nägel mit Köpfen machen, hieß das wohl.

In den Keller des Schlosses hatte die Hexe den Mann getrieben und angekettet.

Sofort danach begann die Folter.

Eine alte, von den Völkern des Ostens übernommene Erfindung. Man stellte das Opfer unter einen gefüllten Wasserbehälter, aus dem etwa jede Sekunde ein Tropfen fiel. Die Tropfen mussten auf den Kopf des Opfers fallen. Zu Beginn eine lächerliche Prozedur. Was waren schon ein paar Wassertropfen? Waren jedoch Stunden vergangen, dachte das Opfer anders darüber.

Da wurden sie in ihrer Vorstellungskraft immer schwerer, sodass der Bedauernswerte das Gefühl haben musste, Felsbrocken würden auf seinen Schädel fallen. Irgendwann fing er dann an zu schreien, er konnte es nicht mehr aushalten und wurde so in den Wahnsinn getrieben.

Man musste nur Zeit haben.

Und die hatte Jane Collins. Für sie ging es um alles oder nichts. Gewissermaßen um ihre Existenz, denn sie, die Hexe, wurde von ihren eigenen Schwestern gejagt. Man hatte sie verstoßen. Diejenigen, die einmal ihre Freunde gewesen waren, machten nun erbarmungslos Jagd auf sie. Einen

Verräter konnten sie nicht dulden, sie mussten ihn ausmerzen.

Wikka, die Oberhexe, war plötzlich zu einer Feindin ihrer einst so guten Schülerin geworden.

Aber Jane Collins hatte gelernt. Noch immer dachte sie nicht wie ein normaler Mensch. In ihr steckte nach wie vor der Geist des unheilvollen Rippers, der damals in sie gefahren war und sie zu einer leichten Beute für Wikka gemacht hatte. Jane hatte sich zu sehr an das Leben als Hexe gewöhnt, sie wollte es nicht aufgeben und bekämpfte Wikka. Sie suchte ihren eigenen Weg, wollte noch stärker werden, um den Kampf bestehen zu können.

Dass sie dabei sehr schlimme Methoden anwandte, störte sie nicht. Der Erfolg heiligte bei ihr die Mittel. Davon ging sie jedenfalls aus. Gerade in der letzten Zeit war sehr viel geschehen. Es hatten sich völlig neue Konstellationen ergeben.

Mit den mordenden Steinen hatte es angefangen, nachdem Jane Collins aus der Träne des Teufels von dem Geisterjäger John Sinclair gerettet worden war.

Die mordenden Steine und ein geheimnisvolles Testament, dessen Inhalt sie kannte, führten zu einer Spur, die auch einen Namen hatte.

Planet der Magier!

Um ihn drehte sich alles. Jane wusste nicht viel davon, sie hatte ihn nur einmal gesehen, als Rakina, die Eismeer-Hexe, in Kanada eine Magie aufgebaut htte, die es ermöglichte, den Planeten sichtbar werden zu lassen.

Er war nur kurz erschienen und dann wieder verschwunden! Aber Jane hatte ihn gesehen, sie wusste also, dass er existierte, und sie war entschlossen, ihn zu finden.

Dazu brauchte sie den Mann, der vor ihr in den Ketten hing und von der Hexe mit kalten Blicken bedacht wurde.

Der Keller, in dem sie sich befanden, hätte auch ins Mittelalter gepasst. Ein unheimliches Gewölbe unter den eigentlichen Räumen des kleinen Schlosses. Mit dicken Mauern,

Schimmel und Moos an den Wänden sowie finsteren Gängen, durch die unsichtbar der Odem der Geschichte wehte.

Hier hätte sich selbst der Teufel wohl gefühlt.

»Zeit habe ich genug«, sagte Jane und lächelte. »Sehr viel sogar, mehr als du, Professor.«

Als der Angekettete so direkt angesprochen wurde, hob er den Blick. Seinen Kopf konnte er kaum bewegen, da der Hals in einer eisernen Manschette steckte, denn dem Gefangenen sollte es nicht gelingen, durch Drehbewegungen den Tropfen auszuweichen.

»Ich ebenfalls«, gab der Professor zurück.

Wieder lächelte Jane, während sie vor ihm wie ein Folterknecht auf und ab ging. »Natürlich hast du Zeit. Nur darfst du nicht vergessen, dass ich am längeren Hebel sitze. Irgendwann wirst du mich anflehen, meine Fragen beantworten zu dürfen.«

»Ich weiß die Antworten nicht.«

Jane stoppte ihren Schritt. »Ich könnte dich auch mit magischem Feuer kitzeln!«, flüsterte sie. »Aber ich will es nicht. Ich will dich nicht verbrennen, Professor, denn ich brauche dich, das weißt du. Mir geht es nur um eines: Wo befindet sich der Planet der Magier? Und wie komme ich zu ihm?«

»Und ich sage immer nur das eine: Ich kenne den Planeten nicht. Ich weiß nicht, wo er …«

»Lüge!«, kreischte Jane. »Du kennst ihn doch!«

»Nein!«

Jane ging zwei Schritte vor. Der Professor stand mit dem Rücken gegen die Wand gepresst. Seine Arme hatte er hochgereckt. Sie wurden von den Ketten gehalten, und er stand so, dass er sich kaum rühren konnte, während Tropfen für Tropfen auf seinen Kopf fiel und an seinem Gesicht nach unten rann.

»Professor Chandler!«, flüsterte Jane Collins. »Du magst gut sein. Vielleicht bist du sogar auf deinem Gebiet ein Ass. Aber auch ich habe immer das bekommen, was ich wollte, und du wirst reden, darauf kannst du dich verlassen.«

»Nein, nie!«

»Weshalb stellst du dich so an? Warum willst du die Schmerzen erleiden? Du weißt von dem Planeten!«

»Ich habe ihn nie gesehen!«

»Lüge!«, schrie Jane. Sie ballte die Hand, drückte den Arm zurück, und es sah aus, als wollte sie dem erschöpften Professor mit der Faust ins Gesicht schlagen.

»Es tut mir leid, aber …«

»Hör mit deinen verfluchten Ausflüchten auf. Du hast selbst diesem Planeten einen Besuch abgestattet. Ich habe es erfahren, als ich Rakina, der Eismeer-Hexe, gegenüberstand. Sie war über alles informiert. Es gibt diesen Planeten, und du kennst ihn genau.«

»Woher denn?«

Jane grinste schief. »Man hat dich auf ihm gefangen gehalten. Verstanden?«

»Mich?«

»Ja, denke nach. Du warst einmal verschollen, du …«

Da veränderte sich das Gesicht des Professors. Weit öffnete er die Augen, und selbst die misstrauische Jane Collins gab zu, dass dieser Mann nicht schauspielerte. Er hatte tatsächlich zuvor nichts gewusst und war erst jetzt durch Jane Collins darauf gestoßen.

Er blickte sich um. Fackeln erleuchteten das Verlies. Sie steckten in langen Haltern, bewegten sich zuckend und sonderten einen scharfen Pechgeruch ab, der dem Ausgang entgegentrieb, weil ihn ein leichter Durchzug davontrug.

»Du weißt Bescheid, nicht wahr?«, fragte Jane.

Hätte der Professor nicken können, er hätte es getan. So drang ein gehauchtes »Ja« über seine Lippen.

»Und?«, hauchte Jane.

»Es ist eine andere Dimension gewesen!«, lautete die leise Antwort. »Die Dimension der Ghoul-Parasiten …«

»Sie muss mit dem Planeten der Magier zu tun gehabt haben. Vielleicht war er es sogar!«

»Ich weiß es nicht.«

Jane trat wieder vor und stieß dem Professor die Hände vor die Brust. »Wem gehört der Planet?«

»Den Ghouls ...«

»Nein, das glaube ich nicht!«

»Xorron!«

Jane lachte schrill. »Der existiert nicht mehr. Er ist vernichtet worden. Es muss eine andere Größe geben, die diesen Planeten befehligt. Sag sie mir, spuck es endlich aus!«

»Ich kenne nur die Ghouls ...«

Jane blieb für einen Moment steif stehen. »Du glaubst mir nicht, wie? Oder du willst mir nicht glauben! Okay, ich habe Zeit, Professor, viel Zeit. Mehr als du. Ich werde dich jetzt allein lassen. Nach drei Stunden komme ich wieder. In dieser Zeit kannst du nachdenken. Vielleicht fällt dir noch etwas ein. Möglicherweise willst du mir dann, wenn dein verdammter Schädel dröhnt, den Weg zeigen, der zum Planeten der Magier führt. Ich an deiner Stelle würde es mir genau überlegen, sehr genau. Arbeite mit mir zusammen, und du wirst es nicht bereuen.«

»Ich weiß nicht mehr, als ich dir gesagt habe. So glaub mir doch, zum Teufel!«

»Lass ihn aus dem Spiel. Er wird dir nicht helfen. Im Gegenteil, wir müssen achtgeben, dass er nicht eingreift.« Jane winkte ab. »Wie gesagt, ich komme in einigen Stunden zurück, dann sehen wir weiter.« Sie lachte Professor Chandler ins Gesicht, drehte sich um und ging davon. Ihre Gestalt geriet in den Widerschein der Fackeln und schien für einen Augenblick mit ihm zu verschmelzen, bevor er sich wieder löste und Jane durch den Ausgang die Folterkammer verließ.

Zurück blieb der Professor.

Und die Tropfen, die auf seinen Schädel fielen ...

Der Mann war bis Wien geflogen, hatte sich einen Wagen geliehen und ging den restlichen Weg zu Fuß.

Der Mann hatte sich zu dieser Blitzaktion entschlossen, nachdem ihn ein Anruf aus Kanada alarmiert hatte.

Jetzt befand er sich im winterlichen Österreich.

Schnee hatte er genug zu Gesicht bekommen. Zwar nicht in Wien, aber die hügeligen Berge der Wachau lagen unter einer weißen Decke begraben. In den Tälern gab es nur noch Reste, hier waren die Straßen frei und gut befahrbar, doch auf den Höhen musste man schon Winterbereifung haben, wenn nicht Schneeketten.

Der Mann hatte sich den Weg zu seinem Ziel genau beschreiben lassen, deshalb brauchte er nur mit den Tücken der Natur zu kämpfen und nicht erst lange zu suchen.

Es ging bergauf.

Der Schnee wurde tiefer, ein Pfad war nicht zu sehen, dafür aber die Burg, die trutzig auf einer Hügelkuppe lag und deren voll erhaltener Westflügel noch Schutz und Sicherheit demjenigen bot, der auf dieser Burg manchmal wie ein Einsiedler lebte.

Es war der Professor Chandler, dieser geniale Wissenschaftler, der sich mit zwei völlig verschiedenen Gebieten beschäftigte. Mit Mathematik und Magie.

Ein blendender Denker, ein hervorragender Mathematiker, der ein ungeheures Wissen besaß und einem zweiten, wesentlich komplexeren Thema auf gewisse Art und Weise verfallen war.

Der Magie!

Professor Chandler hatte sich für diesen ungeheuren Themenkreis interessiert und versucht, ihn mit mathematischen Mitteln zu durchforschen. Er ging davon aus, dass beide Wissenschaften, so verschieden sie auch schienen, nicht unbedingt Gegner zu sein brauchten.

Professor Chandler vertrat diese Ansicht nicht nur vor sich persönlich, sondern konfrontierte damit auch seine Kollegen – und schockte sie.

Zunächst war man verwundert, dann wurde er belächelt und anschließend öffentlich angegriffen.

Chandler tat das, was aus seiner Sicht am besten war. Er sagte seinen Kollegen, der Universität und dem Heimatland England goodbye, um sich nach Österreich zurückzuziehen, wo er in der Wachau eine alte Burg erworben hatte.

Hier konnte er ungestört forschen und sich mit beiden Gebieten noch intensiver beschäftigen.

Er hatte zwei Bücher geschrieben, war verlacht worden, aber er dachte nicht daran, aufzugeben, denn es war ihm tatsächlich gelungen, die Dimensionen mathematisch zu berechnen. Als Hilfsmittel brauchte er die Magie und hatte so den Beweis angetreten, dass beide Wissenschaften miteinander harmonierten.

Und er hatte erstaunliche Dinge herausgefunden. So wusste er genau, dass er schon einmal gelebt hatte, und zwar in der Urzeit, als Bandor, der Dämonenjäger.

Es war sogar zu einem Treffen beider Existenzen gekommen, und Chandler war hineingeraten in den Kreislauf einer unfassbaren Magie, nachdem er den Ghoul-Planeten hatte verlassen können.

Alles Dinge, die einige Zeit zurücklagen, die der Mann aber, der sich auf dem Weg zum Schloss befand, nicht vergessen hatte.

Dieser Mann hatte sich selbst dieser Magie nicht entgegenstemmen können und war in der Urzeit verschollen gewesen, um dort die Anfänge der Wolfsmagie zu erleben.

Es war kein Geringerer als Bill Conolly, einer von John Sinclairs besten Freunden.

Und der Geisterjäger hatte ihn gerufen, damit er sich um den Professor kümmerte.

Bills Auftrag war klar. Nach Österreich fahren und den Professor so schnell wie möglich in Sicherheit zu bringen, denn nicht nur das Sinclair-Team würde sich für ihn interessieren, auch eine Gegnerin, die Hexe Jane Collins.

Sie hatte zudem einen Vorsprung.

Nicht nur, dass sie unter Umständen rascher reagierte, nein, sie schien auch mehr über einen geheimnisvollen

Planeten zu wissen, der durch die Dimensionen trieb und Planet der Magier genannt wurde.

Diese Informationen hatte Bill Conolly in Stichworten erfahren, bevor er sich auf den Weg machte.

Jetzt hatte er es fast geschafft.

Es war kalt geworden. Der Schnee zeigte auf seiner Oberfläche eine dünne Eisschicht. Sie zerbrach, als Bill sie betrat, und er sank in den Schnee.

Yard für Yard mühte er sich weiter. Im Sommer war dieser Weg kein Problem, der Winter jedoch brachte die Schwierigkeiten. Dabei hatte Bill Conolly einen herrlichen Blick über die weiße Hügelkette der Wachau. Irgendwo in der Nähe schob die Donau ihre nicht mehr blauen Fluten in Richtung Südosten der ungarischen Grenze zu.

Der Himmel hatte das Stahlblau des Winters. Nur weit im Süden erkannte Bill einige Schatten. Vielleicht kündigte sich dort ein Wetterumschwung an.

Bill Conolly fand plötzlich den schmalen Pfad, der in Windungen bergauf führte. Er schätzte, dass er noch mindestens zwanzig Minuten zu marschieren hatte, um das Ziel zu erreichen.

Es wurden einige Minuten mehr.

Je höher er kam, umso stärker spürte er den Wind. Der pfiff über die Kämme hinweg, schleuderte von dort winzige Schneekristalle in die Höhe, die er gegen den immer höher steigenden Bill warf.

Vor der alten Burg war kein Schnee geräumt worden. Der Wind hatte für Verwehungen gesorgt. Die weißen Massen waren gegen die dicken Mauern geklatscht worden.

Bill fand den Eingang. Ein stabiles Tor verschloss ihn, das aber nicht versperrt war.

Der Reporter wunderte sich über diese Tatsache und wurde zunächst einmal vorsichtiger. Bevor er das Tor weiter nach innen schob, zog er seine Beretta.

Mit Überraschungen musste man hier immer rechnen. Und Bill dachte da an Jane Collins.

Hinter seinem Rücken knarrte etwas. Sofort fuhr Bill herum und lächelte, als er den Grund erkannte, der ihn beunruhigt hatte. Die alte Laterne über dem Eingang schaukelte im Wind und erzeugte das seltsame Geräusch.

Auch der Reporter war ein sehr sensitiv veranlagter Mensch. Er merkte sofort, dass diese Burg nicht mit einer normalen zu vergleichen war. Hier atmete jeder Stein den Odem der Geschichte.

Ein Gang lag vor Bill. In zwei Kurven führte er tiefer in die Burg hinein. Nicht ein Bild bedeckte die Wände. Aber Strom war vorhanden, denn unter der Decke brannte und schaukelte eine trübe Glühbirne.

Auf leisen Sohlen durchschritt der Reporter den Gang, bis er eine Treppe erreichte, die vier Stufen aufwies. Dahinter lag eine breite Doppeltür, deren rechte Hälfte nur angelehnt war.

Auf der zweiten Stufe entdeckte Bill den Abdruck.

Ein Mensch hatte ihn hinterlassen, denn es war der Abdruck eines Schuhs.

Mit dem Finger fühlte Bill nach. Er spürte die Feuchtigkeit im Staub und stellte fest, dass die Vorderseite des Abdrucks in Richtung Ausgang wies.

Es hatte also jemand die Burg verlassen.

Doch im Schnee vor dem Gemäuer waren keine weiteren Spuren zu sehen gewesen, Bill hätte sie bestimmt entdeckt.

Mit noch immer schussbereiter Waffe drückte Bill die rechte Türhälfte auf und schob sich vorsichtig in den dahinter liegenden Raum, der die Größe eines kleinen Saals hatte.

Eingerichtet war der Raum mit kostbaren alten Möbeln, deren Verkaufswert Professor Chandler zu einem schwerreichen Mann gemacht hätte. Drei hohe Fenster hatte der Raum, einen offenen Kamin sowie einen Schreibtisch.

Bill musste den zahlreichen gusseisernen Leuchtern ausweichen, die im Raum verteilt standen, und er warf einen kurzen Blick über die mit Büchern bedeckte Platte des Schreibtischs.

Einen runden Tisch mit zwei Stühlen sah Bill ebenfalls, aber keine Spur von dem Bewohner des Schlosses.

Wo hielt sich der Professor auf?

Bill dachte an den von ihm entdeckten Fußabdruck und konnte ein kratziges Gefühl in der Kehle nur sehr schlecht hinunterschlucken. So harmlos die alte Burg wirkte, er glaubte fest daran, dass etwas nicht stimmte. Die Ruhe kam ihm unnatürlich vor. Vielleicht wäre es anders gewesen, hätte der Professor zuvor Bescheid gewusst, aber es war keine Zeit mehr geblieben, ihn zu benachrichtigen.

Mitten im Raum blieb der Reporter stehen und drehte sich um die eigene Achse.

Er nahm noch einmal die Atmosphäre in sich auf und suchte nach Spuren, die auf den Verbleib des Professors hinwiesen. Bill fand keine. Er machte sich allmählich mit dem Gedanken vertraut, die gesamte Burg durchsuchen zu müssen.

Jeder Schritt hörte sich unnatürlich laut an. Bill kriegte Herzklopfen, und er musste mehr als einmal daran denken, dass diese Burg sogar durch schwarze Magie in die Urzeit versetzt worden war.

John Sinclair hatte ihm von magisch-mathematischen Experimenten berichtet, die Chandler erfolgreich durchgeführt hatte, doch Hinweise darauf konnte Bill nicht entdecken.

Weder Zeichnungen noch Bannsprüche stachen ihm ins Auge.

Bill ging wieder zurück. Auf der Treppe, wo er den Abdruck entdeckt hatte, blieb er stehen, schaute in den Gang und entdeckte erst jetzt weitere Fußspuren, die in Richtung Ausgang führten.

Kein Zweifel, dort war jemand gegangen, und es lag nicht einmal weit zurück.

Der Professor?

Es war die einfachste Antwort auf die Frage gewesen, dennoch wollte Bill nicht so recht daran glauben. Seiner Ansicht nach hielt sich Chandler noch im Schloss auf.

Freiwillig oder unfreiwillig, das war hier die Frage.

Bill dachte wieder an das Telefongespräch mit seinem Freund John Sinclair. Dessen Stimme hatte unverhältnismäßig ernst geklungen. Er sah eine Gefahr für den Professor, und wenn tatsächlich Jane Collins in dem Fall mitmischte, war höchste Eile geboten.

Schaff den Professor aus der Burg und nach London!

So hatte John Sinclair gefordert. Alles andere wollte er dann übernehmen. Bill wusste selbst, dass er einen gefährlichen Job angenommen hatte, doch ein Zögern kannte er nicht.

John hätte für ihn das Gleiche getan.

Bisher hatte er sich so leise verhalten, wie es eben ging. Das änderte er nun, denn er rief mit lauter Stimme nach dem Professor. Dabei bildeten seine Hände noch einen Schalltrichter zu beiden Seiten des Mundes.

Die Stimme hallte durch das Schloss. Echos schwangen zwischen den Wänden. Falls es düstere Verliese gab, würde Bill sicherlich auch dort unten zu hören sein.

Er lauschte auf eine Antwort.

Es blieb ruhig. Keiner rief zurück, und Bill gelangte allmählich zu der Überzeugung, dass er wohl eine Niete gezogen hatte. Deshalb versuchte er es noch mal.

»Chandler – Chandler …«

Nur das Echo meldete sich.

Bill runzelte die Stirn. Er war es jetzt leid geworden und begab sich an die Durchsuchung des Schlosses. Einfach verschwinden wollte er nicht, so hätte er seinem Freund John Sinclair nicht gegenübertreten können.

Der Reporter begann bei der Durchsuchung mit den Kellern oder Verliesen des Schlosses.

Der Weg führte ihn in eine andere Welt. Über ausgetretene Steinstufen musste er laufen, gelangte an Türen und schritt an geheimnisvoll düsteren Nischen vorbei. Er hatte seine Taschenlampe mitgenommen, leuchtete in die Seitengänge und versuchte, Verliese zu erhellen.

Er fand den Atem der Vergangenheit, aber keine Spur von Professor Chandler.

Allmählich breitete sich in Bill Conolly die Überzeugung aus, dass er es umsonst versucht hatte. Der Professor schien es vorgezogen zu haben, die Burg zu verlassen. Während Bill in den unteren Gängen herumsuchte und, so gut es ging, die einzelnen Kammern ausleuchtete, war der Professor bestimmt schon unterwegs.

Noch einmal rief Bill.

Diesmal hallte seine Stimme nicht so laut wie in der Weite der Schlossräume.

Er rechnete eigentlich nicht mit einer Antwort, war dafür aber umso überraschter, als er dennoch etwas vernahm.

Ein lang gezogenes Stöhnen!

Plötzlich rieselte über den Rücken des Reporters eine Gänsehaut. Die Haltung wurde angespannt. Er knickte leicht in den Knien ein, bohrte seine Blicke in die Finsternis und rief noch einmal nach dem Professor, um sicher zu gehen, sich bei der ersten Antwort nicht getäuscht zu haben.

Abermals hörte er etwas.

Sehr leise und schwach, kaum zu verstehen. Man musste die Ohren schon spitzen.

Bill aber wusste Bescheid.

Die schwache Antwort kam von links. Aber da befand sich leider kein Gang. Bill ging so weit vor, bis er einen gefunden hatte. Schmal stach er in die Tiefe. Der Reporter musste sich bücken, um mit den Haaren nicht über die raue Decke zu streifen, an der Wassertropfen hingen.

Bill folgte dem Strahl der Lampe, der plötzlich ein Ziel fand. Es war eine sehr niedrige Tür, die aus dickem Holz bestand, das Moder und Schimmel zeigte, wie Bill Conolly beim Näherkommen erkannte.

Er blieb vor der Tür stehen, leuchtete das Schloss an und sah den Riegel, der von außen vorgeschoben war.

Wirkte die Tür auch noch so alt und brüchig, Schloss und Riegel waren es nicht.

Sie wirkten sehr gepflegt. Für Bill ein Zeichen, dass des Öfteren jemand die Tür benutzte.

Er war sehr vorsichtig und hatte die Lampe festgehakt, um seine Beretta halten zu können.

Die Taschenlampe konnte er ausschalten, denn kaum hatte er die Tür geöffnet, sah er den zuckenden Lichtschein, wie er nur von Fackeln abgegeben wurde.

Und Fackelschein erleuchtete tatsächlich in seiner gespenstischen Art und Weise einen unterirdischen Raum, der auch mit dem Wort Folterkammer umschrieben werden konnte.

Bill wunderte sich zunächst über die hoch angelegte Decke, die dem Verlies die Form eines Gewölbes gab. Er sah zahlreiche Folterinstrumente aus alter Zeit.

Knochenbrecher, Würgezangen, Kohlebecken, Klammern an den Wänden und Eisenketten.

Einige klirrten auch.

Sehr schnell entdeckte Bill Conolly den Grund. An den Ketten hing ein Mensch.

Professor Chandler!

Für einen Moment wollte Bill Conolly nicht glauben, was er da sah, und er fühlte sich tatsächlich ins finstere Mittelalter zurückversetzt.

Man hatte den Professor an die Ketten gebunden und um seinen Hals noch ein Würgeeisen geklemmt. So befand er sich in einer Lage, die kaum eine Bewegung zuließ.

Das Schlimmste folgte noch.

Über dem Professor stand auf einem im Fels angebrachten Holzregal ein Gefäß, aus dem Wasser tropfte, genau auf den Kopf des Bedauernswerten.

Bill kannte diese teuflische Foltermethode.

Plötzlich schrie der Professor auf. Er musste den an sich leichten Aufprall wie eine Explosion spüren. Anhand des mittlerweile aus dem Kessel gelaufenen Wassers konnte sich

Bill leicht ausrechnen, dass Chandler schon einige Zeit dieser teuflischen Methode ausgesetzt war.

Bill erkannte, dass er gerade noch zur rechten Zeit aufgetaucht war. Er zögerte nicht eine Sekunde länger, sprang vor und machte in den Schlauch, aus dem das Wasser tropfte, einen Knoten.

Chandler starrte ihn aus weit aufgerissenen Augen an. Sein Gesicht glänzte vor Nässe. Die Haare klebten auf seinem Schädel. Bill glaubte zu erkennen, dass ihn Chandler überhaupt nicht wahrnahm. Dessen Blick war in unendliche Fernen gerichtet.

Zum Glück befanden sich an den Manschetten der Ketten keine Schlösser. Um sie von den Gelenken des Mannes zu lösen, musste Bill sie aufschrauben. Mit den Händen schaffte er es nicht. Sein Blick suchte die Wände ab, und er war jetzt froh, dass dieses Verlies zahlreiche Folterwerkzeuge enthielt, unter anderem auch Zangen, die ihm jetzt von Nutzen waren.

Er riss eine von der Wand und nickte Chandler dabei zu.

»Das schaffen wir schon«, sagte er, »nur noch einen Moment Geduld, Professor.«

Chandler gab keine Antwort. Apathisch hing er in seinen eisernen Fesseln. Der Kopf schaute wie ein Fremdkörper aus der Halsmanschette hervor.

Diese Stelle nahm Bill Conolly zuerst in Angriff.

»Nur noch einen Moment«, sprach er dem Professor Mut zu. Er hatte die alte Zange aufgeklappt, führte die Backen wieder zusammen und umklammerte damit die Schraube.

Dann drehte er.

Der Reporter hörte das Knirschen, er spürte, wie sich der Verschluss allmählich öffnete. Mit den Händen bog Bill die beiden Hälften des Würgeeisens zur Seite und stellte fest, dass es tiefe Abdrücke im Hals des Professors hinterlassen hatten. Die Haut war aufgeraut und blutete sogar.

Haltlos fiel der Kopf des Professors zur Seite. Sein Atem ging schwer und stoßweise. Der Mann stand kurz vor einer Ohnmacht.

»Keine Sorge«, flüsterte Bill, wobei er Optimismus in seine Stimme legte, »den Rest schaffen wir auch noch.« Er hatte die Worte kaum ausgesprochen, als er schon die Handmanschetten löste.

Wenige Minuten später war Chandler auch von seinen Fußfesseln befreit, schaute den Reporter starr an, wollte etwas sagen und brach zusammen. Er fiel Bill Conolly genau entgegen, sodass dieser ihn auffangen und wegtragen konnte.

Nein, auf eigenen Füßen würde es der Professor wohl kaum schaffen, die Räume in den oberen Etagen zu erreichen. Da musste Bill Conolly ihn schon unterstützen.

Chandler war nicht schwer. Der Reporter bückte sich und ließ den Körper über seine linke Schulter fallen. Er winkelte den Arm an, legte ihn über den Erschöpften und trug Chandler weg.

Bill steckte der Fußmarsch noch in den Knochen. Es war für ihn eine Tortur, den Mann zu tragen, aber er gab nicht auf. Ohne Pause durchquerte er die unteren Verliese, ließ die finsteren Gänge hinter sich und erreichte schließlich wieder den Flur.

Am liebsten hätte er das Schloss sofort verlassen. Das aber war nicht möglich, denn der Professor musste sich erholen, damit er selbst gehen und nicht getragen zu werden brauchte.

Bill keuchte. Auch sein Gang war nicht forsch oder gleitend. Er schwankte von einer Seite zur anderen und war froh, endlich das große Zimmer des Professors erreicht zu haben, wo er den Mann vor dem Kamin in einen Lehnsessel setzte.

Apathisch blieb Chandler sitzen. Er hatte den Mund weit aufgerissen. Röchelnde Atemgeräusche strömten über seine Lippen. Sie hörten sich kratzend an, der Mund stand offen, und Bill suchte nach einer Flüssigkeit, die er dem Mann einflößen konnte.

In einem alten Schrank fand er Dinge, die auch in eine Bar

gepasst hätten. Zahlreiche Flaschen mit selbst gebranntem Schnaps, aber auch Mineralwasser.

Den Schnaps ließ der Reporter stehen, das Wasser war wichtiger. Ein Glas hatte er auch gefunden, es bis zur Hälfte eingeschenkt, und damit ging er zu dem Professor. Er setzte es ihm an die Lippen.

»Trinken Sie, Chandler, trinken Sie! Es wird Ihnen gut tun. Jetzt ist alles vorbei.«

Chandler schaute ihn an. Er wollte den Arm heben, fand jedoch nicht die Kraft, und so lief nur ein Zittern durch seine Hand.

Mit den letzten Worten hatte Bill versucht, sich selbst Mut zu machen, denn er wusste genau, dass noch nicht alles vorbei war. Es musste eine Person geben, die den Professor in diese schreckliche Lage gebracht hatte, und Bill glaubte, dass es sich bei dieser Person durchaus um Jane Collins handeln konnte.

Das würde ihm Chandler noch genauer sagen können.

Der alte Mann trank. Sein Adamsapfel bewegte sich hektisch. Das Glas wurde schnell leer. Als Bill fragte, ob er noch einmal trinken wollte, nickte Chandler.

Wieder füllte der Reporter das Glas.

Auch das zweite wurde geleert. Danach musste Chandler husten. Er hob wieder ein wenig die Arme. Die zitternden Finger suchten und fanden den malträtierten Hals. Als der Professor die Hände zurückzog, sah er das Blut an den Fingerkuppen.

»Wieder okay?«

Chandler nickte, öffnete den Mund und flüsterte mit rauer Stimme: »Geben Sie mir einen Selbstgebrannten.«

Bill war überrascht. »Wirklich?«

»Ja. Nur der bringt mich wieder auf die Beine. Das ist für mich die beste Medizin. Der macht sogar Dämonen den Garaus.«

Bill musste lachen. Wenn Chandler so sprach, hatte er seinen Humor wiedergefunden.

Auch Bill Conolly wollte nicht zurückstehen. Er kippte sein Glas nur zur Hälfte voll, denn mit Selbstgebranntem hatte er üble Erfahrungen gesammelt.

Chandler musste das Glas mit beiden Händen festhalten, führte es an die Lippen, schielte zu dem neben ihm stehenden Bill Conolly hoch und flüsterte: »Auf die Rettung!«

»Auf die Rettung!«, wiederholte der Reporter.

Er kippte den Schnaps, und auch Chandler schleuderte sich das Zeug in den Rachen.

Während Bill wie ein Karpfen nach Luft schnappte, die Augen verdrehte und hustete, zeigte das Gesicht des Professors ein verklärtes Lächeln.

»Ja«, sagte er mit einer Stimme, die an kratzendes Schmirgelpapier erinnerte. »Ja, so muss das sein. Dieser Schnaps gibt mir mein Lebensgefühl zurück. Jetzt geht es mir besser, sogar gut. Das habe ich gebraucht, kein Wasser.«

Bill musste lachen, danach husten, dann stellte er sein Glas zur Seite.

»Wollen Sie noch einen, Professor?«

»Nein, danke!«

»Ich auch nicht.«

Chandler verzog sein faltiges Gesicht und wischte noch einige Tropfen von den Wangen. »Ihr jungen Leute könnt einfach nichts mehr vertragen. Dieses Rezept stammt von meinem alten Chemieprofessor. Der Mann war nie krank, weil er jeden Abend seine Medizin nahm.«

»Und woran ist er gestorben?«, fragte Bill.

»Er hatte einmal vergessen, den abendlichen Schluck zu trinken. Das war leider sein Ende.«

Trotz der nicht gerade berauschenden Lage musste der Reporter lachen. Er freute sich darüber, dass es Chandler überstanden hatte.

»Hilft das auch gegen Kopfschmerzen?«, fragte Bill.

»Klar.«

»Wie fühlen Sie sich denn?«

»Besser.« Chandler hob den Blick und grinste verzerrt. Sein

dünnes Haar lag angeklatscht auf dem Kopf. »Trotzdem, vielen Dank! Ohne Sie, Bill, wäre ich wahrscheinlich …«

Conolly winkte ab. »Lassen wir das! Das ist vorbei und wird sich hoffentlich nicht wiederholen.«

»Das wünsche ich mir auch.« Chandler legte die Stirn in Falten. Er wirkte so, als müsste er scharf überlegen. »Sagen Sie mal, Bill, wie sind Sie eigentlich hergekommen?«

»Zu Fuß.«

Chandler lachte kratzig, bevor er hustete, um danach zu sprechen. »Aber nicht von London. Der Weg ist wohl zu weit.«

»Da haben Sie recht. John Sinclair hat mich geschickt.«

»Und weshalb ist er nicht selbst angereist?«

»Er hat mich von Kanada aus angerufen. Von dort ist es ein wenig weit.«

»Das stimmt allerdings.« Chandler nahm sein Glas von der Sessellehne und reichte es Bill. »Darf ich Sie bitten, mir noch einen Schluck zu geben, bevor Sie erzählen?«

»Natürlich, wenn Sie es vertragen.«

»Das ist meine Medizin.«

Während Bill ging, um einzuschenken, holte Chandler ein Tuch aus der Tasche, wischte über sein Gesicht und versuchte auch, seine Haare einigermaßen zu trocknen. Lächelnd nahm er das gefüllte Glas entgegen.

»Dann trinke ich auf die Rettung«, sagte er und leerte das Glas bis zur Hälfte. »So, und jetzt berichten Sie mal.«

Bill Conolly begann, während der Professor aufmerksam zuhörte. Hin und wieder schüttelte er den Kopf, als könnte er die Zusammenhänge überhaupt nicht begreifen. »Das ist doch nicht möglich«, murmelte er und lauschte weiter.

Bill kam zum Schluss. »Deshalb ist es besser, wenn Sie das Schloss verlassen, Professor.«

»Sinclair hat recht gehabt«, sagte Chandler.

»Wieso?«

Der Wissenschaftler verzog die Lippen zu einem Lächeln. »Diese Jane Collins war tatsächlich hier.«

»Dann verdanken Sie ihr die Kettenfesselung und die verfluchte Folter?«

»Genau!«

Bill ballte die Hände. Er hatte von John erfahren, dass Jane nicht mehr auf der Seite der Schwarzblüter stand, aber sie hatte sich um keinen Deut verändert. Noch immer kämpfte sie mit Methoden, die er und John Sinclair nicht gutheißen konnten. Und sie hatte sich in ein Spiel eingemischt, das sie nun leicht zum Kochen bringen konnte.

»Sie wollte zurückkommen, nicht wahr?«, fragte Bill.

»Natürlich. Schließlich will sie einiges über den Planeten der Magier erfahren.«

»Und? Wissen Sie etwas?«

»Kaum.«

»Aber Sie waren da, wie auch John Sinclair.«

»Ich weiß nicht, ob es dies der Planet der Magier gewesen ist. Ich habe damals die Koordinaten errechnet, die mich in eine andere Dimension schaffen konnten. Dieser Punkt hatte sich über der schottischen See befunden. Wir sind praktisch in das Dimensionsloch hineingeflogen und vielleicht auf diesem geheimnisvollen Planeten gelandet. Mehr kann ich dazu nicht sagen.«

Bill beschloss, auf das Thema später zurückzukommen. Ihn interessierte im Moment Jane Collins. »Die Hexe wollte also zurückkehren?«

»Ja.«

»Hat sie eine Zeit genannt?«

»Soviel ich weiß, sprach sie von drei Stunden.« Chandler griff wieder zum Glas und leerte es. »Leider habe ich nicht auf die Uhr geschaut, weil es nicht möglich war, aber ich könnte mir vorstellen, dass die Zeit inzwischen verstrichen ist.«

»Ja, das kann sein. Und was macht Ihr Kopf?«

»Nach den beiden Schnäpsen erholt er sich ein wenig. Aber richtig denken kann ich noch immer nicht.«

Bill lachte. »Das können Sie auch mir überlassen.« Dann

fragte er, wobei er Chandler stirnrunzelnd anschaute: »Wie lange brauchen Sie, um das Nötigste zu packen?«

»Das geht schnell.«

»Dann los!«

Chandler schüttelte den Kopf. »Nein, kommen Sie mir nicht damit, Bill. Ich räume nicht das Feld.«

»Sie müssen!«

»Weshalb?«

»Weil es hier für Sie viel zu gefährlich ist. Wenn Jane Collins zurückkehrt, ist es zu spät.«

»Sie soll nur kommen!« Chandler blieb stur. »Ich will ihr gegenüberstehen, und dann lasse ich mich nicht mehr reinlegen, das schwöre ich Ihnen.«

»Sie haben aber gegen sie keine Chance.«

Chandler lächelte. »Das will ich nicht sagen. Ich habe sie einmal unterschätzt, ein zweites Mal wird es mir nicht passieren. Außerdem bin ich viel zu neugierig, was es mit diesem Planeten auf sich hat. Die Collins weiß mehr, davon bin ich überzeugt. Vielleicht können wir uns sogar zusammentun.«

Der Reporter erschrak. »Das meinen Sie doch nicht im Ernst.«

»Sicher ist das ernst gemeint. Junge, hier geht es um gewaltige Dinge, die eventuell zukunftsweisend sein können. Das bringt meine Forschungen ungemein voran. Verstehen Sie das?«

Bill Conolly hatte es zwar begriffen, aber er konnte den Professor und dessen Handlungsweise nicht verstehen. Er jedenfalls hätte nicht so reagiert. Nicht nach diesen Vorfällen. Der Professor musste besessen von seiner Aufgabe sein, wenn er sich so anstellte.

Der Reporter versuchte es dennoch. »Es ist wirklich besser, Professor, wenn Sie von hier verschwinden.«

»Das mag im ersten Augenblick so aussehen, aber ich habe mich hier an diesen Ort zurückgezogen, weil ich in Ruhe forschen wollte. Und nur hier schaffe ich es.«

Bill verdrehte die Augen. Er kannte den Professor zwar nicht so genau, wusste aber, dass er manchmal sehr stur sein konnte, wenn es ums Prinzip ging.

Das war hier gegeben.

Chandler wollte forschen. Dabei setzte er alles ein und ging rücksichtslos seinen Weg, wobei es ihm nicht darauf ankam, wenn er sein eigenes Leben einsetzen musste. Er hatte schon zu viele Niederlagen einstecken müssen, war verlacht und verspottet worden. Jetzt wollte er es den anderen zeigen.

»Tut mir leid, Bill, aber ich werde das Schloss nicht verlassen.«

»John Sinclair und ich halten das für falsch.«

Chandler lächelte. »Kann ich mir vorstellen. Ich habe John Sinclair einiges zu verdanken und finde ihn, so wie er ist, toll. Aber auch ich muss meinen Weg gehen. Wobei sich die Spuren, die wir manchmal gemeinsam verfolgen, hinterher verzweigen, um schließlich ans selbe Ziel zu führen.«

Bill schüttelte den Kopf. »Sie wollen sich wirklich mit der Person zusammentun, die Sie in eine so schlimme Lage gebracht hat?«

»Gern tue ich es nicht. Aber was bleibt mir anderes übrig, als den Teufel mit dem Beelzebub auszutreiben?« Entwaffnend lächelnd schaute Chandler den Reporter an.

Bill wusste mittlerweile, dass er bei diesem Mann auf Granit biss. Der wollte und würde sich nicht überzeugen lassen, weil er immer ein Einzelgänger gewesen war und bei seinen Forschungen keinen anderen gebraucht hatte.

Nicht einmal einen Assistenten.

»Sie haben es sich auch genau überlegt?«, fragte Bill Conolly ein letztes Mal.

»Sehr genau sogar.«

Jemand klatschte. Im nächsten Augenblick erklang schon eine fast freudige Stimme.

»Bravo, Professor, so habe ich mir das gewünscht. Ich sehe, Sie werden vernünftig.«

Bill kreiselte herum. Er starrte auf die Hexe Jane Collins, die nahe der Tür stand …

Jane war sich ihrer Überlegenheit sehr wohl bewusst, das dokumentierte das Lächeln, das auf ihren Lippen wie festgeklebt lag. Die Augen erreichte es nicht, denn sie blieben kalt, und ihr Blick wechselte zwischen Professor Chandler und Bill Conolly.

In Bill stieg die Wut hoch. Automatisch kamen die Vorwürfe. Er hätte sich mehr beeilen müssen und nicht so lange warten sollen. Jetzt war es zu spät, denn Jane Collins hatte die Regie des Spiels übernommen.

»Pech für dich, Bill«, sagte sie, und ihr Lächeln vertiefte sich dabei, während sie auf ihn zuschlenderte. »Und gleichzeitig auch Pech für Sinclair. Es ist zu spät.«

»Was willst du von uns?«, fragte der Reporter.

Jane blieb neben dem runden Tisch stehen und legte eine Hand auf die Platte. »Von dir will ich nichts, Conolly. Nur von dem Professor. Er ist mein Ansprechpartner.«

»Er wird dir kaum helfen können.«

Janes Lächeln zerbrach, dafür nahm ihr Gesicht einen ärgerlichen Ausdruck an. »Rede doch nicht so einen Unsinn! Sinclair hat dich bestimmt informiert, dann weißt du auch, wie die Verhältnisse tatsächlich liegen. Ich bin hier am richtigen Ort, Bill Conolly. Der Professor weiß genau, was ich von ihm will. Meine kleine Methode war zwar nicht die humanste, aber sie hat gewirkt. Chandler ist bereit, mit mir zusammenzuarbeiten. Oder habe ich mich verhört?«

»Nein«, erwiderte Chandler. »Sie haben sich nicht verhört. Unter gewissen Umständen bin ich tatsächlich bereit, mich auf Ihre Seite zu stellen, Jane.«

»Professor, Sie …«

»Halt den Mund, Bill! Du störst. Und Störfaktoren radiert man normalerweise aus.«

Bill zog seine Waffe. Er richtete die Mündung auf Jane, die

es gelassen hinnahm. »Damit kannst du mich nicht schrecken. Auch wenn Wikka nicht mehr auf meiner Seite steht, ich besitze noch genügend Kräfte, um dich in die Schranken weisen zu können. Hast du das vergessen, Bill Conolly?«

»Nein.«

»Dann handle danach.«

Bill war stur. »Der Professor kommt mit mir. Ich denke nicht daran, ihn zu einem Versuchskaninchen deinerseits zu machen und ihn einfach zu opfern. Da bist du auf dem falschen Dampfer, Jane Collins.«

»Ich habe nicht von Opfern geredet, sondern von einer Zusammenarbeit. Gemeinsam werden wir mehr über diesen Planeten herausfinden, denn die Forschungen des Professors sind sehr weit gediehen.«

»Und woher weißt du das?«

»Hat dir John nichts von einem Testament erzählt?«

»Das schon ...«

Janes Lachen unterbrach den Reporter. »Ich sehe schon, dass er es nicht ausführlich genug getan hat. Er hätte auch eine Niederlage eingestehen müssen, denn ich hatte das Testament und habe es zum Schluss verbrannt. Er wäre so oder so nicht herangekommen. Schlimm für ihn ist nur, dass ich es vorher gelesen habe und eine Spur fand, die zu Professor Chandler führte.«

»Sie stand in dem Testament?«, vergewisserte sich Bill.

»Ich habe keinen Grund, dich anzulügen.«

»Wie soll er dir helfen können?«

Jane lächelte kalt. »Dir darüber eine genaue Auskunft zu erteilen ist nicht nötig. Ich werde mit dem Professor allein reden. Du würdest uns stören.«

Bill merkte genau, dass sich die Lage allmählich zuspitzte. Er schielte zu Chandler hinüber.

Der Professor hockte auf seinem Stuhl und rührte sich nicht. Sein Blick glitt an Bill vorbei. Er war starr auf Jane Collins gerichtet. Mit der Hilfe des Mannes konnte der Reporter nicht rechnen. Chandler war zwar nicht sein Feind, dennoch würde er alles tun, um seine Forschungen voranzutreiben.

Auch einen Pakt mit Jane Collins eingehen.

»Ich kenne deine Gedanken, Bill!«, fuhr Jane Collins fort. »Deshalb meine ich, dass du sie vergessen solltest. Es ist wirklich besser, mein Lieber. Vergiss alles.«

»Das kann ich nicht.«

»Du musst es. Es sei denn, du willst sterben.«

Bill Conolly hielt noch immer seine Beretta fest. Er hätte auch geschossen, wenn sich die Lage noch stärker zugespitzt hätte, doch er kam nicht mehr dazu.

Jane Collins griff an.

Sie setzte dabei ihre noch längst nicht verloren gegangenen Hexenkräfte ein.

Für einen Moment leuchteten ihre Pupillen in einem kräftigen Grün. Gedankliche Ströme trafen den Reporter.

Die Lähmung trat augenblicklich ein.

Als Bill es merkte und trotz allem den Zeigefinger krümmen wollte, war dies schon nicht mehr möglich.

Er war steif geworden, als hätte man ihn eingefroren.

»So«, sagte Jane nur. Sie setzte sich in Bewegung, ohne auf die erstaunten Blicke des Professors zu achten.

»Was – was haben Sie mit ihm gemacht?«, fragte Chandler.

»Nur gezeigt, wie sehr ich ihm überlegen bin und wie klein er im Vergleich zu mir ist.«

»Aber er lebt.«

»Natürlich.«

Chandler atmete auf, dann musste er niesen, denn eine Erkältung bahnte sich bei ihm an, was bei der feuchten Kleidung kein Wunder war. Jane Collins trat zu ihm. »Bevor wir anfangen, sollten Sie Ihre Kleidung wechseln, Professor.«

»Natürlich!« Der Mann stemmte sich aus dem Sessel. Er wies nickend zu Bill Conolly. »Was machen wir mit ihm?«

»Können Sie ihn nicht mehr gebrauchen?«

Nicht jeder hätte den Hintersinn der Frage verstanden.

Chandler aber begriff. »Doch, doch, ich kann es. Lassen Sie ihn am Leben, Jane Collins, sonst stelle ich mich gegen Sie!«

Janes Antwort klang überheblich. »Glauben Sie vielleicht, dass es mir etwas ausmachen würde?«

»Schon, denn Sie brauchen mich.«

Janes Augen wurden schmal. »Seien Sie sich da nicht zu sicher, Professor …«

Aus der arktischen Kälte Kanadas kamen wir und trafen wieder in London ein. Viel erreicht hatten wir nicht, es hatten sich stattdessen mehr neue Fragen ergeben, als alte gelöst worden waren.

Wir wussten mittlerweile, dass die mordenden Steine vom Planeten der Magier stammten und vielleicht bei einem Vulkanausbruch oder einer anderen Katastrophe abgespaltet worden und in einem gebirgigen Gebiet Kanadas niedergegangen waren. Die Magie der Steine hatte es anschließend ermöglicht, dass Rakina, die Eismeer-Hexe, erwacht war und in das Geschehen eingegriffen hatte. Mein Bumerang hatte sie erledigt, Rakina bildete keine Gefahr mehr, dafür aber Jane Collins, die uns nach Kanada gefolgt war.

Sie hatte einen zu großen Vorsprung. Zeitlich und auch anders gesehen, denn sie kannte den Inhalt eines geheimnisvollen Testaments, das von einem Mann namens Simon Garfield hinterlassen worden war.

An diesem Testament waren wir auch interessiert gewesen, doch Jane hatte es vor unseren Augen verbrannt, sodass wir wieder ganz von vorn anfangen mussten.

Trotz aller Niederlagen oder Depressionen hatten wir noch eine Spur gefunden.

Rakina hatte uns auf den Gedanken gebracht, denn sie berichtete von dem geheimnisvollen Planeten, den ich angeblich kannte, weil ich dort einmal verschollen gewesen war.

Bisher hatte ich geglaubt, auf einem reinen Ghoul-Planeten gewesen zu sein. Diese Ansicht musste ich nun revidieren. In dieser Dimension hatte ich Professor Chandler getroffen, der auch von der Existenz dieser Welt erfahren hatte und dem es gelungen war, gewisse Koordinaten zu errechnen, die einen Sprung auf den Planeten ermöglichten.

All diese Dinge liefen zusammen und ließen den Schluss zu, dass der Professor mehr wissen musste.

Über das gleiche Wissen wie wir verfügte leider auch Jane Collins, die sich ebenfalls in Kanada aufgehalten und Rakinas Worte gehört hatte. Jane war stark an dem Planeten interessiert und somit sicherlich auch an Professor Chandler.

Wir hatten ihn leider nicht warnen können, also musste Bill in die Bresche springen.

Auf der Fahrt vom Flughafen zum Yard Building sprachen wir nur davon. Suko und ich hockten im Fond des Wagens, und der Inspektor war im Prinzip der gleichen Meinung wie ich.

»Wahrscheinlich ist Bill schon zurück«, sagte Suko. »Ich kenne zwar die genauen Flugpläne nicht, aber von Kanada braucht man länger als nach Österreich und zurück.«

Ich gähnte. Die Zeitdifferenz hatte mir zu schaffen gemacht.

»Willst du schlafen?«, fragte Suko.

»Würde ich gern.«

»Das schmink dir mal ab, Alter. Schlafen ist nicht drin. Hier geht es rund.«

»Wie kommt es, dass du wieder so energiegeladen bist?«

»Training und mein gesunder Lebenswandel.«

»Ja, ja«, sagte ich und nickte nur müde.

Wir bogen in die Victoria Street ein, und mir rann es kalt über den Rücken, als ich daran dachte, wie es hier noch vor Kurzem ausgesehen hatte. Jetzt rollte der Verkehr wieder, aber vor fast zwei Wochen war die Straße in eine magische Zone verwandelt worden, in der die mordenden Steine alles an sich rissen.

Auch mich hätten sie fast verschluckt, wenn nicht Myxin, der kleine Magier, erschienen wäre und eingegriffen hätte. Wieder dachte ich an ihn. Er gab mir überhaupt das größte Rätsel auf.

Als er mit Mandraka, dem Schwarzblut-Vampir, zusammen war, wollte er mich umbringen, und bei den mordenden Steinen hatte er mir das Leben gerettet.

Noch nie hatte mir eine Person so große Rätsel aufgegeben wie Myxin. Zudem war er in den Besitz eines geheimnisvollen Gegenstandes gelangt, den er als die Totenmaske bezeichnete.

Eine Totenmaske aus Atlantis. Sie musste eine starke Waffe sein. Wie sie jedoch genau funktionierte und sich gegen das Böse stellte, wusste ich nicht zu sagen.

Leider konnte ich Myxin nicht fragen, denn er hielt sich im Hintergrund. So hatte er es auch gehalten, als er noch auf unserer Seite gestanden hatte und nicht auf der der Schwarzblüter.

Der Wagen hielt. Als ich die Rechnung begleichen wollte, sagte der Fahrer grinsend: »Sie haben Glück gehabt, Sir. Vor knapp zwei Wochen war hier noch die Hölle los.«

»Wirklich?«

»Ja, da ging es rund.«

»Da war ich nicht da.«

»Auch besser so.«

»Wenn der wüsste«, murmelte Suko, als wir den Eingang ansteuerten. Unser Chef, Sir James, wusste Bescheid, wann wir eintrafen, und er hatte am Empfang eine Nachricht hinterlassen.

Er ließ sich wegen einer dringenden Konferenz entschuldigen.

»Dann eben nicht«, sagte ich, als wir den Lift ansteuerten.

»Fahren wir nicht direkt zu den Conollys?«

Ich hob die Schultern. »Wir sollten zunächst einmal anrufen und fragen, ob alles in Ordnung ist.«

»Wie du meinst, John.«

Glenda war auch nicht da. Ich schaute auf die Uhr und stellte fest, dass Mittagspause war. Für uns jedoch nicht. Außerdem hatten wir im Flugzeug gut gefrühstückt.

Wir zogen unsere Mäntel aus, schoben gemeinsam Akten zur Seite, und ich griff zum Telefon, während Suko nach nebenan ging, um mit seiner Freundin Shao zu telefonieren.

Sheila hob schnell ab.

»Hallo, junge Hausfrau«, rief ich in die Muschel. »Wir sind wieder im Lande.«

»Wie schön für euch, John.«

»Klar. Jetzt brauche ich nur noch Bill.«

Sheila legte eine kleine Pause ein. »Der ist nicht da.«

»Wieso?«

»Noch nicht zurück.«

Nun schwieg ich. »Soviel mir bekannt ist, wollte er die nächste Maschine nehmen.«

»Das dachte ich auch, John.« Sheilas Stimme klang ziemlich leise. »Aber bisher hat sich da nichts getan.«

»Na ja, dann wird er noch kommen. Vielleicht hat das Flugzeug auch Verspätung gehabt. Ich rufe später noch einmal an. Und bestell Johnny einen schönen Gruß.«

»Moment noch, John. Halte mich bitte nicht für so naiv. Was kann Bill noch alles passieren?«

»Nicht viel …«

»Rede mir nichts ein. Du hast ihn nach Österreich zu diesem Professor Chandler geschickt. Ich kenne ihn auch und weiß, dass der Umgang mit ihm gefährlich ist. Oder wie siehst du das?«

»Nicht so direkt wie du, Sheila …«

»John, was wird da gespielt? Ich hätte nur gern gewusst, was. Befindet sich Bill in Gefahr?«

»Das weiß ich nicht.«

»Es könnte aber möglich sein.«

»Ja, unter Umständen. Aber Bill ist kein kleiner Junge. Der weiß sich schon seiner Haut zu wehren.«

»Hoffentlich«, erwiderte Sheila und unterbrach die Verbindung.

Ich legte auch auf.

Suko kam zurück. Meinem Gesicht sah er an, dass etwas nicht in Ordnung war. »Was ist denn geschehen?«

»Bill ist noch nicht zu Hause.«

»Verdammt.«

Ich hob die Schultern. »Das kann eine ganz normale Erklärung haben, vielleicht eine Verspätung der Maschine oder so …«

»Muss es aber nicht.«

»Richtig.«

»Jane Collins wird die gleiche Spur aufgenommen haben, und sie ist schneller als Bill.«

»Damit müssen wir leider rechnen.«

»Hast du Sheila etwas davon gesagt?« Suko fragte es, während er sich setzte.

Ich schüttelte den Kopf.

»Das ist natürlich nicht fair gewesen.«

»Weiß ich selbst, Suko, aber uns kam es darauf an, schnell zu reagieren. Und wir steckten in Kanada.«

»Leider.«

»Es wird uns wohl nichts anderes übrig bleiben, als selbst nach Wien zu fliegen, falls sich die Maschine nicht verspätet haben sollte, mit der Bill unterwegs sein müsste.«

»Ruf am Airport an!«

Ich nickte, ließ mir den Vertreter der österreichischen Fluggesellschaft geben und erhielt eine Auskunft, die mich im ersten Augenblick beruhigte.

»Die Maschine von Wien nach London hat tatsächlich eine halbe Stunde Verspätung.«

»Na, das ist gut«,sagte ich.

Die Dame lachte. »Die meisten ärgern sich darüber, Sir.«

»Ich nicht. Ach, eine Frage noch. Wann landet sie denn genau?«

»Wieso?«, klang es erstaunt zurück. »Sie ist doch längst gelandet. Wissen Sie das nicht?«

Ich atmete tief ein. »Doch, Lady, jetzt weiß ich es. Vielen Dank für die Informationen!«

Suko sah es wohl meinem bleichen Gesicht an, dass ich keine gute Nachricht erhalten hatte. Ohne dass er eine Frage stellen musste, begann ich mit der Erklärung. »Die Maschine ist schon gelandet.«

»Das heißt, Bill hätte zu Hause sein müssen.«

»Oder hier.«

»Richtig. Er hätte sich auch telefonisch melden können.«

»Vielleicht ist er noch unterwegs.«

Suko schaute mich unter hochgezogenen Augenbrauen her an. »Glaubst du daran, John?«

Ich stand auf und schlug mit der flachen rechten Hand auf die Schreibtischplatte. »Nein, ich kann es nicht glauben.«

»Und ich auch nicht.«

Neben dem Schreibtisch blieb ich stehen. Mein Blick glitt zum Fenster. Hinter der Scheibe lag ein grauer Wintertag. Nasskalt und mit Temperaturen knapp über dem Gefrierpunkt. »Bill wird in eine Falle gelaufen sein«, murmelte ich. »Und ich trage die Schuld.«

»Hör auf mit diesen Selbstvorwürfen.«

»Das sagt sich so leicht. Ich hatte schließlich die Idee. Das kannst du nicht abstreiten.«

»Natürlich.«

»Unserer Reise in die Wachau scheint nichts mehr im Wege zu stehen«, erklärte ich und wollte zum Hörer greifen, als der Apparat im selben Augenblick anschlug.

»Vielleicht Bill«, sagte Suko.

Er war es nicht, sondern der Kollege vom Empfang. Seine Stimme klang hektisch, ein wenig überdreht. Er atmete ein paarmal dazwischen, als er sagte: »Sir, Sir, Sie müssen sofort kommen.«

»Was ist denn passiert?«

»Hier unten ist jemand, der Sie sprechen will. Eine Frau, aber sie ist – sie bedroht uns!«

»Was?«

»Ja, mit einem goldenen Schwert!«

Ich wusste sofort Bescheid. »Das ist Kara!«, rief ich in den Hörer, vernahm im Hintergrund erschreckte Rufe und wies meinen Gesprächspartner an, die Frau in Ruhe zu lassen. »Sagen Sie ihr, dass ich komme.«

»Aber beeilen Sie sich.«

»Selbstverständlich.«

Suko zog mich an der Schulter herum, als ich den Hörer aufgelegt hatte. »Was sagst du da von Kara?«

»Sie steht unten.« Ich war schon auf dem Weg. »Warte du hier, ich hole sie hoch.«

»Ja, sicher.«

Mit Riesenschritten eilte ich zum Lift, jagte nach unten und atmete dabei tief durch. Das war eine Überraschung, mit der ich im Leben nicht gerechnet hätte. Was wollte Kara? Weshalb kam sie so plötzlich, um uns zu sprechen? Wieder dachte ich an Myxin, als er aufgetaucht war, um mich vor den mordenden Steinen zu retten.

Myxin und Kara. Sie hatten einmal eine Einheit gebildet. Und von den mordenden Steinen führte der Weg über die Eismeer-Hexe bis zum Planeten der Magier.

Möglicherweise gab es zwischen all den Dingen eine Verbindung, in deren Mittelpunkt unter Umständen einer der Großen Alten, nämlich Arkonada, stand, der den Würfel des Unheils besaß. Und dieser Würfel konnte einen Todesnebel produzieren, der die gleiche Wirkung hatte wie die Flüssigkeit, die von der goldenen Pistole verschossen wurde. Diese Pistole hatte ich auf dem Planeten der Magier bei den Ghoul-Parasiten entdeckt. Hier schien sich allmählich ein gewaltiger Kreislauf zu schließen.

Als der Lift stoppte und die Türen zur Seite wichen, jagte ich aus der Kabine.

In der Halle hatte es einen mittleren Aufruhr gegeben. Sicherheitsbeamte standen mit schussbereiten Waffen auf dem Fleck und hatten einen Halbkreis gebildet. Die Mündungen der Pistolen wiesen auf ein Ziel.

Es war eine schwarzhaarige Frau, die ihr Schwert mit der goldenen Klinge gezogen hatte und die Bewaffneten ein wenig spöttisch und amüsiert anschaute.

Natürlich, es war Kara!

Wie so oft trug sie ein bodenlanges Kleid, dessen Stoff in einem dunklen Grün schillerte. Normalerweise steckte das Schwert in einer schmalen Scheide, die in einer Falte unter dem Kleid verborgen war. Scheide und Schwert wurden durch einen Gürtel gehalten, der wie ein Netzwerk aus Leder wirkte.

Ich hatte keine Lust, mich zwischen die Kollegen zu drängen, deshalb umging ich sie und trat auf Kara zu.

»Hallo!«, rief ich.

Sie drehte den Kopf. »Endlich, John«, sagte sie. »Diese Ignoranten scheinen mich nicht zu mögen.«

Ich blieb neben ihr stehen und hauchte ihr demonstrativ einen Kuss auf die Wange. »Nimm es ihnen nicht übel. Du hättest wahrscheinlich auch nicht anders gehandelt.«

»Mag sein.«

»Ich habe dir ja viel zugetraut, aber dass du mitten in der Halle Frauen küsst, hätte ich nicht von dir gedacht.« Jemand sprach mich von der Seite her an, und als ich mich umschaute, sah ich Glenda Perkins, Sukos und meine Sekretärin.

Sie hatte die Pause beendet, trug den glockenförmigen Wollmantel noch offen, wobei sie, dem Wetter entsprechend, lässig einen modischen Schal um den Hals geworfen hatte.

»Nun«, sagte ich und grinste schief. »Manchmal bin auch ich für eine Überraschung gut.«

»Und so etwas will Vorbild für junge Kollegen sein.«

»Das habe ich nie behauptet«, erwiderte ich.

Glenda und Kara kannten sich, deshalb begrüßten sie sich auch wie alte Freunde, während ich die wartenden Kollegen beruhigte.

»Es hat alles seine Ordnung!«, rief ich. »Nur ein kleiner Scherz am Rande!«

»Über den wir nicht lachen können!«, erwiderte ein Kollege, der einen höheren Rang hatte als ich.

»Das bleibt Ihnen freigestellt.«

»Der hat sowieso Narrenfreiheit«, vernahm ich einen anderen Kommentar, allerdings leiser gesprochen.

Ich kümmerte mich nicht darum, sondern ging mit beiden Frauen zu einem der Lifte. Der, mit dem ich gekommen war, befand sich mittlerweile wieder in einer anderen Etage.

Wir mussten etwas warten. »Ist es Zufall oder Berechnung, dass du hier bist?«, fragte ich Kara.

»Kein Zufall.«

»Womit hängt es zusammen?«

»Später. Lass uns erst hochfahren.«

»Okay.«

Der Lift kam, wir fuhren hoch ins Büro.

»Soll ich Kaffee kochen?«

»Da fragst du noch?« Ich schaute Glenda erstaunt an.

»Kann ja sein, dass du in Kanada entwöhnt worden bist.«

»Das Gegenteil ist der Fall. Ich habe Entzugserscheinungen.«

Suko lachte, als wir das Büro betraten. »So was bringt nur John Sinclair fertig. Verlässt allein das Büro und kehrt mit zwei Frauen zurück. Kannst du hexen?«

»Nein, das überlasse ich Jane Collins.«

Wir nahmen Platz, ließen aber die Tür zum Vorzimmer offen.

Suko und ich warteten gespannt darauf, was uns Kara zu berichten hatte.

»Da bin ich also«, sagte sie.

»Nach so langer Zeit.«

Sie schaute mich an. »Ich war nicht untätig.«

»Hast du versucht, Myxin zurückzuholen?«

»Sagen wir so: Ich habe mich auf verschiedenen Feldern betätigt. Und ich weiß mittlerweile, dass Myxin dir gegen die mordenden Steine geholfen hat.«

»Aus welchem Grund?«

»Da bin ich überfragt. Mich interessierten nur die mordenden Steine und damit Arkonada.«

»Ja, er ist geschwächt worden, hatte ich das Gefühl.«

»Ich kann dein Gefühl bestätigen«, erwiderte Kara und lächelte.

»Wieso?«

»Arkonada hat durch diese kurze Attacke, die gegen ihn geführt worden ist, viel an Boden verloren. Seine Macht kann sich im Moment nicht mehr ausbreiten. Sie ist sogar eingeschränkt worden.«

»Und was bedeutet das?«, fragte Suko.

Auch ich lauerte auf eine Antwort, musste mich allerdings in Geduld fassen, denn Glenda brachte Kaffee, den wir alle drei dankend annahmen.

Kara schaute nachdenklich auf die braune Oberfläche. »Durch den Kraftverlust hat Arkonada zwangsläufig einen Stützpunkt hier auf der Erde aufgeben müssen.«

Die Nachricht war gut. Ich dachte sofort weiter. »Sag bloß, es sind die Flammenden Steine gewesen.«

»Genau, John!«

Suko pfiff durch die Zähne. »Na, wenn das mal keine angenehme Nachricht ist.«

»Und was haben wir konkret davon?«, wollte ich wissen.

»Wir können sie wieder einsetzen«, lautete Karas schlichte Antwort.

»Gegen wen?«

»Zunächst einmal gegen den, der sie uns genommen hat. Und das ist Arkonada, der zu den Großen Alten zählt.«

»Ich bin einverstanden«, erklärte ich. »Aber uns drückt ein ganz anderes Problem.«

»Welches?«

»Der Planet der Magier, Kara.« Ich berichtete, was wir in der letzten Zeit erlebt hatten.

»Damit könnte sich der Weg zu Arkonada schließen«, antwortete Kara nach einer Weile des Nachdenkens. »Schließlich hat Arkonada unmittelbar mit den Steinen zu tun gehabt, und sie stammen ja, wie du mir erzählt hast, von diesem Planeten.«

Suko nickte. »Kara hat recht, wir sollten zumindest den Versuch wagen.«

Auch ich war nicht dagegen, wollte nur mehr Sicherheit haben. »Bist du über den Planeten informiert, Kara?«

»Ja, ich weiß von seiner Existenz.«

»Und?«

»Es ist schwer, euch da Zusammenhänge begreiflich zu machen, denn die Existenz dieses Planeten hängt mit dem alten Atlantis zusammen. Er muss, ähnlich wie der Mond die Erde, den versunkenen Kontinent damals umkreist haben.«

»Wobei er nicht zerstört wurde?«

»Nein, sonst könnten wir ihn jetzt nicht sehen.«

»Das stimmt nicht so ganz«, hielt ich entgegen. »Wir haben den Planeten zwar gesehen, aber nicht in der Gegenwart, sondern in der Vergangenheit, denn durch die Magie der Eismeer-Hexe sind wir in eine andere Zeit geschleudert worden.«

»Dennoch bleibt seine Existenz eine Tatsache.«

»Die auch mit Arkonada zu tun hat?«, fragte Suko.

»Genau. Soviel ich weiß, war Arkonada der Dämon, der über den Planeten herrschte.«

Puh, das war wirklich eine Neuigkeit, obwohl mir Bedenken kamen, ob sie auch stimmte.

»Was hast du, John?«

»Ich weiß nicht, ob ich dir so ohne Weiteres folgen soll, Kara. Was du eben gesagt hast, steht im Gegensatz zu dem, was wir inzwischen erfahren haben.«

»Dann klär mich bitte auf!«

Ich trank die Tasse leer, beugte mich vor und schaute Kara scharf an. »Ich denke da an die Leichenstadt. Sie soll ja aus sechs Gebieten bestehen, und ein jeder Teil soll einem der Großen Alten gehören. Wie kann also Arkonada der Planet gehören? Dann müsste es ja sieben Große Alte geben.«

»Vielleicht gibt es die auch«, fügte Kara leise hinzu.

»Was?«

Ich hatte geschrien. Suko und ich schauten uns an, denn der Inspektor war ebenso überrascht wie ich.

»Sieben Große Alte? Das ist doch nicht möglich«, flüsterte mein Freund. »Wer kann der siebte sein?«

»Eine genauere Antwort weiß ich nicht. Aber es existieren Gerüchte …«

»Welcher Art?«

Kara lächelte mich an. »John«, sagte sie. »Das ist alles viel zu unausgegoren, um darüber sprechen zu können. Bitte, verstehe mich! Wenn wir mehr herausfinden sollten, wird sich bestimmt einiges ändern. Aber noch müssen wir abwarten.«

»Ungern, Kara. Was du eben angedeutet hast, kann von entscheidender Bedeutung sein.«

»Da stimme ich dir zu. Wir sollten dennoch nicht den übernächsten Schritt vor dem nächsten gehen. Also, alles der Reihe nach, auch wenn es euch manchmal schwerfällt. Wie mir, wie ich ehrlich zugeben muss. Ich habe gelernt, dass man gegen die Mächte der Finsternis nur mit unendlicher Geduld bestehen kann.«

»Das scheint mir auch so zu sein«, stöhnte ich.

»Vergessen wir Bill Conolly nicht«, sagte Suko und hatte damit einen Kernpunkt getroffen.

»Du hast recht.« Ich stand auf und legte Kara eine Hand auf die Schulter. »So gern wir mit dir zusammenarbeiten würden, aber wir müssen Bill rausholen.«

»Er kann warten.«

»Nein.« Ich trat zurück, denn solche Worte war ich aus dem Munde einer Kara nicht gewöhnt.

»Doch, John. Vielleicht hängt alles zusammen. Es würde euch Zeit kosten, in ein anderes Land zu fahren. Wir müssen dorthin, wo wir besser agieren können.«

»Das wäre?«

»John …« Sie schaute mich an, und ich nickte.

»Schon gut, Kara, die Flammenden Steine.«

»Genau. Wir werden sie aktivieren und können möglicherweise eine Brücke zu Arkonada und damit dem Planeten der Magier schlagen.«

Suko war unternehmungslustiger als ich. »Okay, John, worauf warten wir noch?«

Meine Waffen trug ich bei mir. Eine Zahnbürste würde ich wohl auf dem Planeten der Magier nicht benötigen und auch keinen Bentley. Außerdem drängte die Zeit.

Ich stimmte zu.

Wir machten es wie so oft, bauten uns im Kreis auf, und Kara zog ihr Schwert. Sie stellte es mit der Spitze zu Boden, während wir sie berührten. Dann konzentrierte sie ihre Gedanken auf das Erbe ihres Vaters Delios. Sie forderte die Kraft des Schwertes heraus, mit weißer Magie Entfernungen zu überbrücken. Gleichzeitig nahm sie gedanklichen Kontakt zu den Flammenden Steinen auf.

Einen Moment später schon spürte ich das seltsame Ziehen im Körper. Die Wände des Büros wurden plötzlich durchlässig, die Welt veränderte sich, und Glenda Perkins, die soeben den Raum betrat, sah nur noch, wie drei Menschen vor ihren entsetzt aufgerissenen Augen spurlos verschwanden …

Jane Collins hatte den Bann aufrechterhalten. Bill Conolly war zur Statue degradiert, deshalb wandte sich die Hexe ohne Sorge an Professor Chandler.

»Ich weiß, dass es dir gelungen ist, durch mathematische Berechnungen und einen Schuss Magie die Zeiten zu manipulieren. Wovon die Menschheit seit Langem träumt, das hast du erreicht. Und du wirst deine Fähigkeiten jetzt in unserer beider Sinne einsetzen.«

Chandler konnte stur sein. Er schüttelte den Kopf. »Ich möchte dich berichtigen. Nicht in unserer beider Sinne. In meinem Sinne. Ich bin ein Suchender, ein Forscher. Ich habe ein Motiv. Du besitzt auch eines. Aber unsere Motive trennen Welten.«

»Willst du aussteigen?«, fragte Jane.

»Nein, ich habe etwas versprochen, aber ich tue, was ich will, und lasse mir nicht von dir dazwischenfunken. Menschenleben sind dir egal. Für mich bedeuten sie das Höchste überhaupt.«

Jane winkte ab. »Rede nicht so ein Blech.«

»Dazu stehe ich.«

»Wir beide wollen auf den Planeten der Magier gelangen. Du warst einmal da …«

»Es ist nicht sicher.«

»Doch, ich habe es gelesen. Dein Name ist zudem gefallen. Die Spur ist heiß, ich werde sie nicht erkalten lassen. Du bleibst an meiner Seite, denn ich muss kämpfen, da meine Feinde zu groß geworden sind.«

»Weshalb arrangierst du dich nicht mit John Sinclair und seinen Freunden? Weshalb nicht?«

»Diese Feinde meine ich nicht, sondern die Schwarzblüter. Es gibt eine Oberhexe namens Wikka, der ich einmal sehr verbunden war. Das hat sich nun geändert. Sie steht auf der anderen Seite, ist meine Feindin geworden und drückt mich mit dem Rücken an die Wand. Alles, was ich tue, wird von einer zwingenden Notwendigkeit diktiert. Aus diesem Grunde gehe ich auch rücksichtslos vor und kann mich um keinerlei Argumente kümmern. Es sei denn, um diese.«

Noch während des Gesprächs war sie auf Bill Conolly zugegangen und hatte ihm die Beretta aus der Hand genommen. Sie steckte die Waffe allerdings nicht weg, sondern hob den Arm an und presste die Mündung gegen die Wange des steif dastehenden Reporters.

Das Fleisch wurde eingedrückt, dennoch rührte sich Bill Conolly nicht, da er nichts merkte.

»Soll ich abdrücken?«, fragte Jane. Sie hatte ihren Kopf dem Professor zugedreht.

»Das wäre Mord.«

»So etwas kann mir egal sein, wenn es um das große Ziel geht.«

Chandler schaute Jane an. Er kämpfte mit sich, überlegte und atmete schwer ein. »Was möchtest du noch alles, Jane Collins?«

»Nur eine Zusammenarbeit.«

»Und wenn nicht?«

»Drücke ich ab und werde dich zwingen, Professor. Denk an meine Methoden. Ich kann dir auch einen glühenden Flammenring um den Hals legen, der dich allmählich erwürgt. Bitte, du hast die Wahl.«

»Wenn ich das so betrachte, habe ich wohl keine mehr«, erwiderte Chandler.

»Sehr richtig.« Jane ließ die Waffe sinken und steckte sie ein. »Kommen wir also zur Sache. Wie gelangen wir auf den Planeten der Magier? Da du ihn bereits besucht hast, wird es für dich keine Schwierigkeiten geben.«

»Das habe ich von hier aus nicht geschafft.«

»Wieso nicht?«

»Der Punkt, den ich errechnete, lag über der schottischen See. Wir sind hingeflogen.«

»Und das stimmt?«

»Welchen Grund hätte ich, dich anzulügen?«

Jane deutete auf eine weitere Tür. »Ich habe den Raum dahinter gesehen. Dort ist ein magisches Labor. Erzähl mir nicht, dass du die Kräfte, die darin wohnen, nicht einsetzen kannst!«

»Nicht in dem Sinne, wie du es haben willst.«

»Wir sehen uns das Labor an!«

»Damit erreichen wir nichts«, erwiderte Chandler.

»Ich möchte mich gern selbst davon überzeugen. Steh auf, Professor!« Janes Stimme klang drohend.

»Ja, natürlich.« Chandler schüttelte den Kopf und erhob sich. Er hatte seine Kleidung noch immer nicht gewechselt. Nass klebten die Sachen am Körper.

Jane Collins blieb neben der Tür stehen und ließ dem Professor den Vortritt. Sie lächelte ihn an. »Öffnen Sie ruhig die Tür, Chandler, und gehen Sie vor!«

»Trauen Sie mir nicht?«

»Ich vertraue nur mir selbst.«

»Bitte, wie Sie meinen.«

Es waren seltsame Dialoge, die beide miteinander führten. Einmal duzten sie sich, dann waren sie per Sie. Und jeder von ihnen war nervös. Auch der Professor, das gab er freiwillig zu.

Er blieb für einen Moment neben der Tür stehen, streckte einen Arm aus und öffnete nur einen Spalt.

Jane drehte den Kopf, sie wollte in den Raum hineinschauen, konnte es aber nicht, weil er dunkel war.

»Kannst du kein Licht machen?«, zischte sie.

»Dort nicht«, erwiderte der Professor mit dumpfer Stimme. »Hinter dieser Tür herrscht die reine Magie!«

»Dann eben nicht.« Jane schaute zu, wie der Professor die Tür weiter aufdrückte. Er wirkte in diesem Moment wie ein Mensch, der eine Niederlage erlitten hat. »Hoffentlich geht es gut«, flüsterte er. »Hoffentlich. Ich garantiere für nichts.«

»Willst du mich reinlegen?«, fragte Jane lauernd.

»Nein, das käme mir nicht in den Sinn. Aber du hast den Raum betreten, wie du sagtest?«

»Ja.«

»Ich hoffe nur, dass du nichts verändert hast.«

»Es ist alles so geblieben.«

»Dann kann es klappen.« Chandler wollte die Tür weiter öffnen, aber jetzt hatte Jane etwas dagegen, streckte ihren Arm aus und hielt den Wissenschaftler an der Schulter fest. »Moment, was haben deine Worte zu bedeuten? Was, frage ich dich?«

»Hinter dieser Tür liegt ein magisches Zentrum. Es darf nicht entweiht werden.«

Jane lachte schrill. »Und du meinst, ich würde es tun?«

»Es wäre möglich.«

»Professor«, sagte Jane mit drohend klingender Stimme. »Wenn du mir irgendetwas verschweigst oder bewusst verschwiegen hast, kann ich für nichts garantieren. Dann vergesse ich mich, denn für mich zählen nur das reine Überleben und die Macht.«

»Das alles ist mir bekannt. Weshalb sagst du es?«

»Ich wollte dich nur noch einmal warnen.«

»Ach, lass es.« Chandler winkte ab. Er schaute zu Bill Conolly hin, der nach wie vor unter dem Bann der Hexe stand und nicht das kleinste Glied rühren konnte.

Bill tat ihm leid. Er hatte schließlich für Chandler sein Leben riskiert, und der Professor war sich nicht sicher, ob er noch einmal so reagiert hätte, würde man ihm die Wahl lassen.

»Geh jetzt!«

Chandler betrat den Raum. Die Tür schwang lautlos nach innen. Jane blieb im anderen Zimmer stehen. Sie war sehr sensitiv veranlagt und spürte sofort, wenn eine andere Magie in der Nähe lauerte. Das war hier der Fall. Etwas strich unsichtbar über ihren Rücken, pflanzte sich von unten nach oben fort, erreichte ihre Haare, und die ehemalige Detektivin vernahm ein seltsames Knistern, als wäre ihre blonde Pracht elektrisch geladen.

Da schien etwas nicht zu stimmen. Vielleicht sogar mit Chandler, denn es war ruhig, sehr ruhig in dem anderen Raum.

»Professor?«, rief Jane leise.

Sie erhielt keine Antwort.

»Chandler, melde dich!«

Jane hob ihren Kopf vor, starrte um die Ecke – in die Dunkelheit des Zimmers.

Sie sah und hörte nichts.

Auch nicht die Schritte des Professors. Ob Chandler sie reingelegt hatte?

Das wollte sie genau wissen, trat einen Schritt vor und kam zu spät, um dem Unheil noch ausweichen zu können, denn ein grüner, dünner Schlangenarm huschte aus dem Dunkel des Zimmers hervor und legte sich gedankenschnell um Janes Hals.

Eisenhart drückte er zu. Bevor Jane Collins etwas dagegen unternehmen konnte, spürte sie die unheimliche Kraft, die sie von den Beinen riss und in das Zimmer schleifte …

Jane Collins wehrte sich verzweifelt. Sie stemmte sich gegen den Druck, versuchte, Halt an der Tür zu finden, doch ihre gekrümmten Hände rutschten ab, während ihr gleichzeitig immer stärker die Luft abgeschnürt wurde und sie auch noch gegen diese Beeinträchtigung zu kämpfen hatte.

Jane gestand sich ein, dass sie den Professor unterschätzt hatte, was nicht mehr zu ändern war.

Wieder setzte sie ihre Hexenkräfte ein. Sie musste den Würgegriff um ihren Hals sprengen. Das konnte sie unter Umständen mit geistiger Hexenkraft, schließlich war sie eine gute Schülerin ihrer großen Lehrmeisterin Wikka gewesen, aber auch das war nicht möglich. Da gab es etwas, das die Hexenkräfte blockierte.

Dies machte Jane Angst.

Wer war so stark und blockierte ihre Kräfte? Eigentlich konnte es da nur eine Antwort geben.

An die wagte sie überhaupt nicht zu denken und kämpfte deshalb mit aller Verbissenheit weiter.

Die Füße stemmte sie gegen den Boden, hämmerte mit den Hacken, wollte sich drehen, schreien und wurde doch mit unwiderstehlicher Gewalt in das düstere Zimmer gezogen.

Sie schleifte über den Boden. Hörte seltsame Geräusche, ein Klatschen und Schmatzen und spürte den Aufprall eines glitschigen Arms an ihrer Schulter, der sofort weiterglitt und sich in Richtung Brust vorantastete.

Sie verlor das Gleichgewicht.

Bisher hatte sie sich noch auf den Beinen halten können, doch nun wurden auch diese umklammert und nach zwei verschiedenen Seiten weggerissen, sodass Jane Collins in einen Spagat hineinfiel und mit gestreckten Beinen liegen blieb.

Für einen Moment konnte sie sich in dieser Lage halten. Dann kippte sie nach hinten, spürte den Schmerz in ihren Oberschenkeln und das harte Ziehen der Sehnen.

Jane wurde klar, dass sie die Lage nicht beherrschte. Jemand anderer hatte die Kontrolle übernommen und war dabei, sie systematisch zu zerstören.

Auch die Spagathaltung konnte sie nicht mehr halten. Sie fiel auf den Rücken, spürte unter sich den harten Boden und schaute zur Tür hin, die sich als schwaches Rechteck abzeichnete.

Ein Fluchtweg, der ihr verschlossen geblieben war.

Jane blieb liegen. Sie gab jeden Widerstand auf. Das war besser so, sonst hätte sie nur noch härtere Attacken provoziert. Man wollte etwas von ihr, und sie musste abwarten, um welchen Gegner es sich dabei handelte.

Bill Conolly ließ sie aus dem Spiel. Er war allein gekommen und hatte diese hinterlistige Falle nicht aufgebaut. Als einzige Antwort auf ihre Frage fand sie den Namen Chandler.

Es musste der Professor gewesen sein, der gehandelt und ihr unbekannte Kräfte entgegengesetzt hatte.

Dass sich etwas tun würde, war Jane Collins klar. Man konnte sie nicht so liegen lassen, und auch die Dunkelheit musste irgendwann einmal weichen.

Es war deprimierend für die erfolgsgewohnte Hexe, sich in einer solchen Lage zu befinden. Seit sie verstoßen worden war, hatte es ständig ein Auf und Ab gegeben. Sogar John Sinclair hatte ihr das Leben gerettet. Etwas, das sie jetzt noch ärgerte, obwohl sie im Prinzip froh darüber sein konnte.

Wenn es nur nicht der Geisterjäger gewesen wäre.

Sekunden vergingen.

Jane Collins konzentrierte sich auf die herrschende Stille und auf ihre bescheidene Lage.

Nicht nur der Hals war von diesem Würgeband umwickelt worden, auch die Beine. Nur die Arme konnte sie bewegen, aber die Freiheit nutzte ihr momentan nicht viel.

Die ehemalige Detektivin wusste genau, dass etwas in der

Nähe lauerte. Da existierte eine Gefahr. Jane spürte es sehr genau. Diese Gefahr war nicht greifbar, sie besaß noch keinen Namen, aber die Hexe glaubte, sie zu kennen.

»Professor?«

Sie sprach den Namen leise aus. Es bereitete ihr zudem Schwierigkeiten, überhaupt zu sprechen, denn der Druck um ihren Hals hatte sich nicht verringert.

Keine Antwort.

»Sagen Sie etwas. Was haben Sie hier vor?«

»Ich – ich weiß nicht!«

Gequält klang die Erwiderung, und Jane wusste plötzlich, dass Chandler ihr nichts vormachte. Er musste selbst unter starkem Druck stehen. Aber wer sorgte dafür?

Jane spürte den kalten Schauer über ihren Rücken rinnen. Nicht die Situation, in der sie sich befand, empfand sie als besonders schlimm, sondern die Tatsache, den Gegner nicht zu kennen.

»Was ist los, Chandler?«

»Warum so neugierig, liebe Jane?«

Nicht Chandler hatte geantwortet, sondern eine andere Person. Und die kannte Jane Collins verdammt gut.

Früher hatte sie die Stimme geliebt.

Nun aber hasste sie das Organ.

Denn es gehörte Wikka!

Bill Conolly hatte sich von Jane Collins überrumpeln lassen, ohne etwas dagegen unternehmen zu können. Der Angriff der Hexe war einfach zu stark und überraschend erfolgt.

Die Kraft dieser Person hatte den Reporter gelähmt. Er stand bewegungslos auf der Stelle und verfolgte den Dialog zwischen Chandler und Jane.

So ganz befand sich der Professor nicht auf der Seite der Hexe, aber er war besessen von seinem Plan, den man als sein Lebenswerk bezeichnen konnte und für dessen Ziel er alles in Kauf nahm, auch den Kontakt mit einer Hexe.

Bill spürte die Schmerzen, als Jane ihm die Mündung der Waffe auf die Haut drückte.

Vielleicht hätte er auch geschrien oder sich anders bemerkbar gemacht, selbst das schaffte er nicht. Janes Kraft war einfach zu stark.

Bill hörte, wie Chandler einlenkte und sich bereit erklärte, mit Jane Collins in sein Forschungszimmer zu gehen. Der Reporter stand so, dass er die Tür sehen konnte, die beide durchschreiten mussten.

Er wusste nicht, was der Professor in diesem Raum aufbewahrte und welche Experimente er durchführte, jedenfalls musste es ungemein interessant sein, denn davon hatte John Sinclair ihm berichtet.

Chandler öffnete die Tür.

Wenig später war er in seinem Forschungsraum verschwunden, und Jane Collins folgte ihm.

Da geschah es.

Bill sah die grüne Schnur, die aus dem Dunkel des Zimmers wischte und sich um den Hals der Detektivin legte. Er wurde Zeuge des verzweifelten Kampfes und erlebte, dass Jane der anderen Kraft aus dem Dunkel des Zimmers nichts entgegenzusetzen hatte.

Da noch ein zweiter Arm hervorschnellte, wurde ihr der Boden unter den Füßen weggerissen und sie selbst in den Raum hineingezogen. Im selben Augenblick verging der Bann.

Bill wollte es zuerst nicht fassen, aber er konnte sich plötzlich bewegen.

Seine Hände, die Arme, die Beine, er brauchte nicht mehr auf der Stelle stehen zu bleiben. Nur ein leichtes Schwindelgefühl war noch zurückgeblieben.

Die Augen des Reporters strahlten. In diesem Moment wurde ihm bewusst, wie gering seine Chancen trotzdem gegen Jane Collins waren, denn sie hatte ihm schließlich die Waffe weggenommen.

Ohne Beretta richtete Bill gar nichts aus. Es sei denn, er

verließ sich weiterhin darauf, dass Jane Collins wehrlos war. Er ging ebenfalls in das Zimmer, um die Pistole wieder an sich zu nehmen.

Zunächst einmal verschwand Bill aus dem unmittelbaren Sichtbereich der Tür. Das war für ihn sicherer. Seine Blicke wieselten durch den Raum. Er suchte nach einem Gegenstand, mit dem er sich wehren konnte, aber ein Professor Chandler verließ sich nicht auf Pistolen, der kämpfte mit anderen Waffen.

Wer hatte Jane angegriffen?

Eine Antwort sollte Bill Conolly sehr bald erhalten, denn er hörte, wie die Hexe Chandler eine Frage stellte, die jedoch unbeantwortet blieb.

Dafür ergriff die Oberhexe Wikka das Wort!

Bill schloss für eine Sekunde die Augen. Mit einer solchen Wende hatte er nicht gerechnet. Seine gesamten Theorien wurden über den Haufen geworfen. Wie konnte es möglich sein, dass Wikka plötzlich erschienen war?

Er wusste einfach keine Erklärung, sosehr er sich auch abmühte und darüber nachdachte.

Irgendetwas stimmte nicht. Hier lief einiges falsch, und auch Jane musste überrascht worden sein, denn von ihr vernahm Bill Conolly ebenfalls keine Reaktion.

Er ging zwei Schritte vor und stellte dabei fest, dass er sich normal bewegen konnte. Der Hexenbann hatte bei ihm keinerlei Nachwirkungen hinterlassen.

Der Reporter hätte jetzt eine Chance zur Flucht gehabt. Er wollte nicht, seine Neugierde war zu groß. Statt zu verschwinden, presste er sich neben der Tür gegen die Wand, spitzte die Ohren und war gespannt darauf zu erfahren, wie es weiterging …

Das war auch Jane Collins!

Aber im anderen Sinne. Mit dieser negativen Überraschung hätte sie nie gerechnet.

Sie lag auf dem Boden, war gefesselt und wartete darauf, was Wikka unternehmen würde.

Noch war es so finster, dass sie nichts erkennen konnte. Dies änderte sich sehr bald, denn sie hörte, wie Wikka den Professor ansprach.

»Zünde eine Kerze an!«

Ihr Ton klang herrisch. Er ließ keinen Widerspruch zu, und Jane hörte Chandlers Schritte, die stoppten, als das Ratschen eines Zündholzes auf einer Reibfläche erklang.

Sofort zuckte eine kleine Flamme auf, erhielt Nahrung, wurde mit der Hand abgeschirmt, sodass nur ein an der Ecke verlaufender, zuckender Schatten entstand, der sich jedoch veränderte und schließlich ganz verschwand, als der Kerzendocht Feuer gefangen hatte.

Jetzt wurde die Flamme von einem leichten Windzug bewegt, der durch die offene Tür strich.

Die eine Flamme konnte den großen Raum natürlich nicht vollständig erhellen, aber Jane erkannte zumindest die wesentlichen Dinge.

Da befand sich über ihr die schwarz getünchte Decke, unter der sich der zuckende Kreis der Kerzenflamme abmalte. Auch der Boden, auf dem sie lag, war nicht normal. Wer strich schon seinen Fußboden mit einer tiefroten, an Blut erinnernden Farbe?

Hier gab es dafür einen Grund. Der Mittelpunkt des Raumes wurde von einem geheimnisvollen Fünfeck aus schwarzen Kreidestrichen gebildet, das man auch als Pentagramm bezeichnen konnte. Ein Pentagramm wurde oft von Magiern benutzt. Sowohl in der Vergangenheit als auch in der Gegenwart. Da machte Chandler keine Ausnahme.

Neben den etwa menschengroßen Seitenstrichen des Pentagramms waren geheimnisvolle Zeichen und Formeln aufgemalt. Ebenso in einem tiefen, ölig glänzenden Schwarz wie das Pentagramm selbst.

Jane war kein Lehrling mehr. Sie wusste genau, dass dieses Pentagramm eine starke magische Kraft besaß, die eventuell sogar von Wikka beeinflusst oder ausgenutzt worden war, um es für ihre Zwecke einzuspannen.

Wikka sah sie ebenfalls.

Jane musste schon die Augen verdrehen, denn die Oberhexe stand hinter ihr.

Was sie von ihr zu sehen bekam, war nicht gerade dazu angetan, ihr Herz höher schlagen zu lassen, denn Wikka sah nicht mehr so aus, wie Jane Collins sie kannte.

Sie war ein Monstrum!

Im ersten Moment glaubte Jane, sich getäuscht zu haben, weil sie es einfach nicht wahrhaben wollte, doch es stimmte. Diese langen, aus der schwarzen Stirn wachsenden Schlangen gehörten tatsächlich zu ihr. Sie lösten sich nicht wie sonst, sie waren nur mehr Bänder, die Jane Collins so hart gefesselt hatten und von Wikka selbst gesteuert wurden, damit Jane ihre Kräfte nicht einsetzen konnte.

Chandler stand im Hintergrund. Manchmal, wenn sich die Kerzenflamme durch einen leichten Windzug nach rechts hin bewegte, wurde sein Gesicht getroffen und zur Hälfte mit einem rotgelben Schein bedeckt. Die andere Hälfte verschwand in der Dunkelheit, als wäre sie von ihr aufgesaugt worden.

Wikka litt noch immer darunter, dass sie ihr früheres Aussehen nicht mehr zurückerhalten hatte. Der Hexenstein hatte dafür gesorgt, und die Oberhexe hatte schon alles versucht, wieder so auszusehen wie früher, doch es war ihr nicht gelungen.

Das waren Probleme, die sie neben den anderen mit sich führte. Die Rache an Jane Collins hatte zunächst Vorrang.

Ohne Jane Collins aus den Fesseln zu lassen, fragte sie mit höhnischer Stimme: »Wie geht es dir, Verräterin?«

»Willst du darauf eine Antwort?« Janes Stimme klang krächzend.

»Nein, eigentlich nicht. Ich sehe es ja selbst.« Wikka lachte leise. »Wie kann man nur so dumm sein und annehmen, mir entkommen zu können? Das gelingt vielleicht einmal oder auch ein zweites Mal, aber dann ist Schluss. Du weißt doch, dass ich stärker bin, und ich habe dich bei all deinen Aktivitäten nicht aus den Augen gelassen. Ich wusste immer, was du geplant und gewollt hast, war stets darüber informiert und wusste auch, dass du die Spur zum Planeten der Magier aufgenommen hast. Wenn ich auch deine Feindin bin, kann ich dir ein hochachtungsvolles Wort nicht …«

»Darauf pfeife ich!«, flüsterte Jane rau.

»Das wusste ich, aber lass dir gesagt sein, dass du dir als meine Schülerin, die noch so wenig weiß und sich von Menschen hat manipulieren lassen, zu viel vorgenommen hast. Der Planet der Magier ist eine Nummer zu groß für dich, Jane Collins.«

»Woher willst du das wissen? Du kennst ihn nicht!«

»Ich kenne so viel, von dem du nichts weißt, Jane. Glaube es mir, der Planet wird dich fressen. Er ist nicht für dich geschaffen, er gehört in eine andere Mythologie. Selbst der Teufel lässt von ihm die Finger, weil er ihn nicht stört.«

»Dann braucht es dich auch nicht zu stören, wenn ich ihm einen Besuch abstatten will.«

»Im Prinzip nicht, Jane. Aber ich habe etwas dagegen, dass du existierst. Du bist eine Verräterin, und du weißt, was wir geschworen haben. Verräter werden bei uns vernichtet, ohne Ansehen der Person. Hast du mich verstanden?«

»Ja.«

»Dann bin ich zufrieden.«

»Aber ich nicht, Wikka, denn ich will wissen, wie du mich bestrafen oder töten willst.«

Die Oberhexe lachte giftig. »Kannst du dir das nicht denken? Wie hat man in alten Zeiten die Hexen bestraft? Man verbrannte sie. Das wird mit dir auch geschehen. Ich werde dich verbrennen, Jane Collins. Aber nicht auf dem Scheiterhaufen, sondern in einem magischen Feuer, das ich anzünden und kontrollieren will. Ich freue mich, dass wir uns gerade hier befinden, denn die Magie, die der Professor erforscht hat, kommt meinen Plänen sehr gelegen.«

»Steht er auf deiner Seite?«

Wikka amüsierte sich über die Frage.

»Auf welcher Seite würdest du denn stehen, wenn die Person, um die es geht, versucht hätte, dich zu foltern?«

Da musste ihr Jane recht geben. Im Nachhinein dachte sie anders darüber, nun war nichts mehr zu ändern. Sie musste die Suppe, die sie sich selbst eingebrockt hatte, auch auslöffeln.

Die Oberhexe freute sich diebisch. »Das Schöne an dieser Situation ist, dass man die Magie hier manipulieren kann. Ich werde das Pentagramm für meine Zwecke nutzen, es aktivieren, damit du in seinem Feuer verbrennen kannst.«

»Und Chandler?«, fragte Jane.

»Was meinst du damit?«

»Arbeitet ihr zusammen?«

Wikka drehte ihren Schädel ein wenig. Da Jane mit ihm durch die beiden Schlangen Kontakt hatte, spürte sie die Bewegung und merkte, dass ihr die Luft knapp wurde. Sie stieß noch ein Röcheln aus, und die Augen drangen dabei etwas aus den Höhlen.

»Hast du mit mir gemeinsame Sache gemacht, Professor? Sie will es wirklich genau wissen.«

»Ich kannte sie gar nicht!«, lautete die schwache Antwort.

»Da siehst du es, Jane. Bist du nun zufrieden?«

»Fast.«

»Was willst du noch?« Wikka hatte ihren Schädel gedreht. Jane schnappte nach Luft und konnte wieder normaler sprechen.

»Von dir nichts«, antwortete die ehemalige Detektivin und wandte sich an den Professor. »Chandler«, sagte sie mit beschwörend klingender Stimme. »Chandler, denk daran, dass wir etwas gemeinsam haben. Vergiss die kleine Folter, sie war ja nicht schlimm. Denk nur an das große Ziel. Wir beide müssen diesen geheimnisvollen Planeten finden. Wir wären die Ersten, die ihn …«

»Gib dir keine Mühe!«, unterbrach Wikka den Redestrom.

Jane ließ sich nicht beirren. »Stell dich auf meine Seite, Chandler. Du bist stark, verdammt stark sogar. Du hast das geschafft, was kein Mensch vor dir vollbracht hat. Du kannst Wikka entgegentreten. Setze deine Magie richtig ein. Kämpfe gegen Wikka und stell dich auf meine Seite. Ich schwöre dir, dass du es nicht bereuen wirst …«

Das schrille Lachen der Oberhexe schallte durch den Raum. »Was redest du nur für einen Unsinn, Jane Collins? Meinst du nicht, dass der Professor genau abwägen kann? Glaubst du nicht, dass er längst herausgefunden hat, wer von uns beiden stärker ist? Du bestimmt nicht, Jane Collins. Nein, auf keinen Fall. Du hast keine Chancen mehr. Ich war deine Lehrerin und bin dementsprechend stärker. Oder hast du das vergessen, Jane?«

»Hör nicht auf sie!«

Chandler hatte die letzten Minuten über nichts gesagt. Nun ergriff er das Wort und schüttelte gleichzeitig den Kopf. »Ich kann dir nicht helfen, Jane Collins!«

»Was?«, brüllte die Hexe. »Willst du all das zerstören, was du in der langen Zeit aufgebaut hast?«

»Was soll er denn zerstören?«, mischte sich Wikka ein. »Rede doch nicht über etwas, von dem du keine Ahnung hast. Hier wird nichts zerstört. Im Gegenteil, er kann erleben, wie seine Magie durch die Kraft der Hexen noch aufgewertet wird. Das Pentagramm auf dem Boden ist der Eingang zum Tunnel der Zeiten oder Dimensionen. Man kann durch ihn Großes erreichen, aber auch verbrennen.«

»Professor, ich …«

»Rede nicht mehr, Jane Collins, jetzt ist Schluss. Ich habe dich, und darauf kam es mir an! Lange genug mussten der Teufel und ich dich beobachten, bis wir einen günstigen Moment herausgefunden haben. Der ist nun gekommen. Du wirst uns nicht mehr entfliehen und für deinen Verrat büßen müssen.«

Nach diesen Worten setzte sie ihr Vorhaben sofort in die Tat um. Die Schlinge legte sich wieder eng um den Hals der ehemaligen Detektivin. Jane kriegte keine Luft mehr. Sie hatte zuvor noch tief eingeatmet, musste jetzt die Luft anhalten und wurde über den Boden geschleift.

Die Richtung stand fest.

Es war das Pentagramm, das sie schlucken sollte.

»Da wirst du hineingehen!«, flüsterte Wikka und begann hässlich zu kichern. »Es wird dich schlucken. Du hast keine Chance mehr. Wir werden dich vernichten, verbrennen, atomisieren, sodass von dir nichts mehr zurückbleibt, das garantiere ich dir!«

Vergeblich stemmte sich Jane gegen den Griff. Sie war nur noch ein normaler Mensch. Ihre Hexenkräfte zählten nicht mehr, denn Wikka hatte sie ihr längst genommen. Was sie gab, konnte sie auch wieder zurückfordern.

Janes Gesichtshaut nahm einen anderen Farbton an. Sie lief rot an, die Anstrengung zeichnete sich sehr deutlich auf ihrem Gesicht ab. Verzweifelt versuchte sie, die Beine wieder zusammenzubringen, doch die Schlangenschnur hielt dort ebenso eisern fest wie an ihrem Hals.

Jane konnte dem Verhängnis nicht entgehen und wurde wie ein lebloser Gegenstand über den Boden geschleift.

Professor Chandler schaute zu. Er war beileibe kein Dummkopf, und er ahnte, dass er am Scheidepunkt seiner Forschungsarbeit stand, denn das Kommando hatte in diesem Augenblick eine andere übernommen. Sie bediente sich seiner Forschungen, und so war der Professor wirklich nicht mehr Herr seines Eigentums.

Wieder dachte er an den Vorschlag, der ihm von Jane Collins gemacht worden war.

War es für ihn nicht besser, sich auf die Seite der blonden Hexe zu stellen?

Vielleicht, aber damit paktierte er mit einer Schwächeren und würde unbarmherzig in die Mühlen dieser anderen starken Magie hineingeraten, die ihn vernichten konnte. So wandte sich letztendlich seine Arbeit gegen ihn selbst.

Jane hatte den Kopf ein wenig zur Seite gedreht. Aus ihrer

liegenden Position schaute sie hoch, damit sie das Gesicht des Professors erkennen konnte.

Auch Chandler sah sie.

Ihre Blicke trafen sich, und sie waren so verschieden wie Feuer und Wasser.

Jane wollte Hilfe. Sie gab es dem Mann durch den Ausdruck in ihren Augen zu verstehen, doch Chandler zeigte ihr an, dass er überhaupt nicht daran dachte.

Er drehte seinen Kopf weg.

Das Aus für Jane!

Wikka hatte es bemerkt. Sie freute sich diebisch und gab ihren Kommentar ab.

»All dein Reden hat nichts gebracht. Ich gebe hier das Kommando an. Und ich werde dafür sorgen, dass du Verräterin bestraft wirst!«

Jane Collins erlebte höllische Sekunden. In diesen Augenblicken empfand sie wie ein Mensch, der kurz vor dem Tod steht. Sie fluchte, schrie, kreischte und greinte. Wasser stürzte aus ihren Augen, und abermals versuchte sie, ihre eigenen Kräfte ins Spiel zu bringen.

Schockgrün hatten ihre Augen stets aufgeleuchtet, wenn sie angriff. Das war vorbei.

Wikka behielt sie nicht nur geistig voll unter Kontrolle, sondern auch körperlich.

Immer mehr näherte sich Jane Collins dem geheimnisvollen Pentagramm, das für sie zu einer tödlichen Falle werden sollte. Mit dem Kopf zuerst rutschte sie über eine der äußeren Seiten hinweg, die genau in dem Augenblick aufflammte, als die Berührung geschah.

Ein gellender Schrei durchtoste den Raum.

Janes Gesicht war grausam verzerrt. Der Flammenschein der Pentagrammseite breitete sich so stark aus, dass der Kopf der ehemaligen Detektivin durchsichtig wurde und dieser wie eine gläserne, rötlich schimmernde Masse wirkte.

Professor Chandler ballte die Hände zu Fäusten. Die Fingernägel drangen dabei in das Fleisch. Das alles spürte der Wissenschaftler nicht, denn sein Blick war starr auf die am Boden liegende Jane Collins und deren schreckliche Veränderung fixiert.

Er schaute durch den Kopf.

Dabei sah er das Gehirn, die Adern, das darin fließende Blut und auch die einzelnen Knochen.

Ein Bild des Horrors!

Erbarmungslos zog Wikka ihre ehemalige Schülerin weiter. Sie wollte Jane ganz innerhalb des Pentagramms haben, um ihr schreckliches Versprechen einzulösen.

Sobald sich der Kopf von der ersten Linie entfernt hatte, hörte diese seltsame Durchsichtigkeit auf, und das normale Gesicht war wieder zu sehen. Dafür war der Körper an der Reihe, und die Schreie der Jane Collins verstummten nicht.

Es dauerte noch Sekunden, dann lag die ehemalige Detektivin zusammengekrümmt in dem Pentagramm.

Noch immer war sie gefesselt.

Wikka wandte sich an den Professor. »Nun, mein lieber Chandler? Habe ich zu viel versprochen?«

»Das haben Sie nicht«, erwiderte der Mann mit belegter Stimme. »Sie haben es geschafft.«

»Jetzt liegt sie bereit.« Wikka lachte laut. »Was hast du mit diesem Pentagramm alles versucht?«

»Ich manipulierte die Zeiten.«

»Genauer!«, forderte Wikka.

»Ich konnte die Gegenwart und die Vergangenheit mischen. Mir gelang es, durch diesen magischen Tunnel einen Sprung in die Urzeit zu schaffen, sodass ich auf eine Gestalt traf, die Bandor hieß. Ich merkte, dass mich etwas mit diesem Mann verband – und stellte fest, dass dieser Bandor ich war, denn ich hatte schon einmal gelebt, und zwar als dieser wilde Krieger.«

»Was ist jetzt mit ihm?«

»Er existiert nicht mehr, denn er geriet in den höllischen Kreislauf der Werwolf-Magie, die schon in der Urzeit vorhanden war und immer stärker wurde.«

»Ja, das weiß ich«, sagte Wikka. »Aber was kann man noch alles beeinflussen?«

»Wieso?«

»Du wirst mir nicht erzählen wollen, dass du nur dieses eine Experiment durchgeführt hast, Professor.«

»Nein, ähem, ja, meine ich.«

»Wie denn nun?«

»Ich habe lange gerechnet und berechnet und bin wirklich nur dazu gekommen, die beiden Zeiten zu mischen. Andere Dinge habe ich nicht feststellen können.«

»Dann ist es nicht sicher, dass Jane Collins verbrennt oder den Planeten der Magier erreicht, um dort zu sterben.«

»Ich kann mich da schlecht festlegen ...«

Wikka wurde wütend. »Du bist ein Versager, Chandler. Du hättest mich warnen müssen, aber ich lasse mich nicht mehr zurückhalten. Wenn Jane Collins nicht sterben sollte, hast du es auszubaden, dann werde ich mich an dir schadlos halten! Hast du mich verstanden, Chandler? Jane Collins muss weg!«

»Ja, ich weiß!«

»Sorge dafür!«

Chandler nickte. Er hatte begriffen, was diese gefährliche Hexe von ihm wollte. So schwer es ihm auch fiel, er setzte sich in Bewegung und blieb dicht neben einer Seite des Fünfecks stehen. Wenn er den Blick senkte, konnte er in das Gesicht der Jane Collins schauen, das wie eine groteske Maske wirkte.

Schmerz und Angst zeichneten sich darin ab. Trotz der schlimmen Folter, für die Jane sich verantwortlich zeigte, tat die Frau dem Professor leid.

Bedauernd hob er die Schultern, während er langsam in die Knie sackte und wieder aufstand.

»Was hast du?«, fuhr Wikka ihn an.

»Ich schaffe es nicht!«

Ein Zittern durchlief Wikkas Gestalt. Es dokumentierte die Wut, die sie so plötzlich überkommen hatte. »Du willst sie retten!«, schrie sie. »Gib es zu! Aber mich legt man nicht rein!«

Chandlers Arm schnellte vor. Er streckte seinen Zeigefinger aus und deutete auf Wikka. »Ich belüge Sie nicht. Ich habe sofort bemerkt, dass ich es nicht schaffen kann. Etwas stört mich.«

»Und was?«

»Vielleicht sind Sie es!«

Wikka verengte die Augen, die wie weiße Kugeln in ihrem schwarz verbrannten Gesicht leuchteten. »Das hast du doch nicht im Ernst gemeint, verdammter Bastard!«

»Doch, es ist so!«

»Wie sollte ich dich stören?«, erkundigte sich die Oberhexe lauernd.

»Sie sind eine schwarzmagische Person. Mit diesen Wesen wollte ich bisher nichts zu tun haben. Ich bin stets meinen eigenen Weg gegangen, auch ohne die Hilfe der Schwarzblüter. Wenn ich Ihren Plänen folgen soll, müssen Sie verschwinden.«

»Aus dem Raum?«

»Ja.«

»Das könnte dir so passen!«, schrie Wikka. »Verdammt, das könnte dir so passen. Aber da hast du dich geirrt. Nein, ich verschwinde nicht. Ich denke nicht daran, mich von dir reinlegen zu lassen. Ich bleibe und werde zuschauen, wie Jane Collins …«

»Wenn Sie bleiben, verbrennt sie nicht!« Chandler blieb hart. »Sie können es sich aussuchen!«

»Dann werde ich sie eben auf eine andere Art und Weise töten«, erklärte Wikka.

»Das bleibt Ihnen überlassen.«

So ganz traute die Oberhexe dem Professor nicht. Sie war eine Person, die sich nur auf sich selbst verließ, und sie rechnete auch damit, dass dieser Mensch sie reinlegen wollte, aber das alles konnte sie nicht beweisen.

Wenn sie jetzt falsch reagierte, konnte das gefährliche Folgen für sie haben.

Jane Collins war ihr egal geworden. Wikka hatte sie bereits abgehakt, aber sie wollte den Professor und seine magischen Erkenntnisse für sich ausnutzen.

Dieser Mann war auch für eine Teufelsdienerin wie Wikka Gold wert. Dennoch, irgendetwas stimmte nicht.

»Ich werde den Raum nicht verlassen«, erklärte sie, »aber«, fügte sie schnell hinzu, als sie merkte, dass Chandler Widerspruch einlegen wollte, »ich lasse mich auf einen Kompromiss ein und löse die Fessel.«

»Das bleibt Ihnen überlassen!«

Es kostete Wikka nur einen kurzen Moment der Konzentration, um Jane zu befreien.

Der Professor hatte sich während des letzten Dialogs weiter zur Seite bewegt und stand dicht an der Pistole. Jane hatte die Beretta nicht mehr halten können, als sie von Wikka so malträtiert worden war. Auch Chandler wollte die Waffe nicht in seiner Nähe wissen.

Er konnte nicht mit Bestimmtheit behaupten, ob die Oberhexe Wikka über Bill Conollys Anwesenheit Bescheid wusste.

Chandler selbst hatte durch die offene Tür geschielt und Bill für einen Moment gesehen. Dabei war ihm aufgefallen, dass sich der Reporter wieder bewegen konnte und Janes Bann gebrochen war.

Ihm gehörte die Waffe. Chandler selbst wollte sie nicht haben, hob seinen rechten Fuß an, zielte genau und kickte die Beretta mit einem Tritt auf die offene Tür zu.

Die Pistole nahm Fahrt auf, rutschte über die Schwelle und gelangte in den Raum dahinter.

Wikka hörte das Geräusch und fuhr herum. »Was soll das bedeuten?«

Chandler machte ein harmloses Gesicht. »Sie störte mich. Eine Waffe ist ein Zeichen der Gewalt. Ich wollte sie nicht in meiner Nähe wissen.«

»Du bist mir zu raffiniert«, erklärte Wikka. »Glaub nur nicht, dass ich mich noch lange hinhalten lasse. Hast du mit Jane Collins einen Pakt geschlossen? Stehst du auf ihrer Seite?«

»Ich stehe für mich allein!«

Die beiden grünen Schlangen an Wikkas Stirn zitterten. Die Oberhexe überlegte. Sie war sich überhaupt nicht sicher, wie sie reagieren sollte. Alles kam ihr so seltsam vor, und sie merkte, dass ihr das Heft aus der Hand geglitten war.

Die Oberhexe wechselte das Thema. »Gut«, sagte sie. »Ich habe die Verbindung gelöst. Jetzt bist du an der Reihe. Sorge dafür, dass dieses Pentagramm mit Magie gefüllt wird, die eine Hexe wie Jane Collins vernichten kann.«

Chandler hob seine Schultern. »Ich werde es versuchen«, erwiderte er schlicht.

»Und wehe, wenn du keinen Erfolg hast.«

In diesem Augenblick richtete sich Jane Collins auf. Sie hatte den ersten Schock überwunden, ihr Gesicht aber nahm einen erstaunten Ausdruck an, als sie den Blick auf Chandler richtete. »Du willst mich vernichten, Professor?«

»Du hast gehört, was Wikka sagte.«

»Nein, du …«

»Sei ruhig, Verräterin!«, schrie Wikka. »Ich werde hier mit dir abrechnen. Es ist die zweite Abrechnung, diesmal ist keiner da, der dir hilft. Und die Magie dieses Fünfecks ist für Schwarzmagier tödlich. Das fühle ich genau!«

»Danke, dass du es mir gesagt hast, Wikka!«, vernahmen die drei von der Tür eine kalte Stimme. »Ich wäre dafür, dass du ebenfalls in das Pentagramm steigst, dann habe ich direkt zwei Fliegen mit einer Klappe geschlagen!«

Die Worte hatte Bill Conolly gesprochen. Mit schussbereiter Beretta stand er auf der Schwelle …

Die Magie des Schwertes hatte uns voll getroffen. Wir schwebten durch Raum und Zeit, wobei sich der letzte Begriff völlig verschob, denn keiner von uns konnte sagen, ob Sekunden,

Minuten oder Stunden vergangen waren. Irdische Maßeinheiten waren in diesem Fall aufgehoben.

Ich hatte den magischen Sprung stets als eine sehr kurze Spanne empfunden und wunderte mich, dass wir nicht sofort in den unmittelbaren Bereich der Steine gelangten.

Etwas lenkte uns ab …

Es fällt mir immer schwer, Gefühle zu beschreiben, die ich bei diesen Reisen empfinde. Dazu waren sie einfach zu seltsam, zu wenig fassbar, denn es existierte kein Bezugspunkt für mich.

Der Raum hatte uns geschluckt.

Aber er war nicht leer.

Ich fühlte die Kräfte, die innerhalb dieses Raumes die Kontrolle übernommen hatten, und ich wurde zu einem gewaltigen Spielball ferner, für mich nicht erklärbarer Mächte.

Diese Kraft beeinflusste meinen Willen, sie schaltete das eigene Denken aus und konzentrierte sich allein auf ein anderes Ziel.

Dann hörte ich eine Stimme.

Sie war nicht akustisch existent, sondern traf mich im Geist, aber ich wusste genau, wer gerufen hatte.

Es war Kara!

»John Sinclair, wir werden abgetrieben. Etwas hindert uns daran, an unser Ziel zu gelangen. Ich versuche alles, was in meinen Kräften steht, aber ich kann es nicht schaffen.«

Ich wollte eine Gegenfrage formulieren, aber meine Gedanken waren blockiert, so blieb mir nichts anderes übrig, als mich mit dem abzufinden, was auf mich zukommen würde.

Geschluckt von der Unendlichkeit.

Dieser Gedanke durchzuckte mich automatisch. Das Dunkel war wie ein Trichter, der uns in sich hineinzog und gleichzeitig wieder ausspie, damit wir in einem anderen Trichter landen konnten.

Angst umkrallte mich. Es war das Wissen, die Dinge nicht mehr lenken und steuern zu können und sie in den Händen eines Unbekannten zu belassen.

Jetzt waren wir hilflos!

Kara schien meine Gedanken erraten zu haben, und sie versuchte, mich auf geistiger Ebene zu beruhigen. »Deine Sorgen sind unbegründet, John. Wir werden nicht getötet. Ich versuche auszuloten, wer uns wegleiten will und wohin, vielleicht finde ich es noch heraus …«

Meine Hoffnung konnte ich nur auf Kara setzen. Alle anderen Überlegungen musste ich zur Seite stellen.

Etwas stand für mich jetzt schon fest. Die *flaming stones* würden wir wohl kaum erreichen.

Welche Kraft trieb uns ab? Und wohin? In eine andere Dimension, in eine andere Zeit?

Trotz dieser zahlreichen Fragen spürte ich kaum Angst, sondern eine gewisse Erwartung. Ich würde sicherlich etwas Neues sehen, vielleicht auch Zusammenhänge erkennen können, sodass sich möglicherweise einige Rätsel, die mich jetzt noch beschäftigten, lösten.

Diese seltsamen Reisen, das wusste ich, konnten oft genug ein abruptes Ende finden, wenn wir ans Ziel gelangten. Damit rechnete ich auch in diesem Fall.

Noch trieben wir dahin, noch hatte uns die Unendlichkeit und die Schwärze des Alls geschluckt, und nur in der Ferne, falls man den Begriff hier überhaupt verwenden konnte, tat sich etwas.

Ich hielt die Augen nicht geschlossen, starrte in das Dunkel und erkannte an einem imaginären Punkt diesen seltsamen hellen Streifen.

An diesem fernen Punkt schälte sich allmählich etwas hervor, eine gekrümmte Linie, die mich im ersten Augenblick an einen durchgeschnittenen Ball erinnerte, von dem nur mehr die obere Hälfte zu sehen war, der aber ständig höher stieg und sich allmählich in seiner gesamten Fülle zeigte.

Ein Ball?

Dieser Vergleich passte, wenn ich Planeten mit Bällen verglich. Und das war hier der Fall.

Ich sah einen Planeten.

Und ich kannte ihn.

Vor nicht allzu langer Zeit, als uns die Magie der Rakina in die Vergangenheit versetzt hatte, war er ebenfalls vor unseren Augen erschienen.

Er war genau der, den wir suchten.

Der Planet der Magier!

Mir stockte der Atem. Es fiel mir schwer, all das zu beschreiben, was ich in diesen Augenblicken empfand. Das Wort unwahrscheinlich nahm dabei die Spitze ein.

Vielleicht konnte ich mich mit den amerikanischen Astronauten vergleichen, die, losgelöst von ihrer Fähre, durch das All schwebten und all die Pracht, Herrlichkeit und Weite in sich aufnahmen. Ob sie allerdings einen gewaltigen Planeten so nahe vor sich sahen, war mehr als fraglich.

Ich sah ihn.

Suko und Kara wahrscheinlich auch, obwohl ich mit meinem Freund keinen Kontakt hatte.

Aber Kara meldete sich. Wie aus unermesslicher Ferne vernahm ich ihre Gedanken, die mich schwach und dennoch verständlich erreichten. »Es ist der Planet der Magier, John Sinclair. Wir haben es geschafft. Wir werden hingeführt. Jetzt müssen wir uns den Problemen stellen, die auf uns zukommen werden …«

Was waren das nur für Worte? Sehr deutlich hatte ich einen gewissen Unterton herausgehört, und ich begann nachzudenken.

Kara hatte uns auf irgendeine Art und Weise geleimt, dabei die Schwäche Arkonadas als Mittel zum Zweck missbraucht, denn sie dachte überhaupt nicht daran, uns zu den Flammenden Steinen zu führen. Ihr Ziel war von Beginn an der Planet der Magier gewesen.

Einen Rückzieher konnten wir nicht machen. Also mussten wir uns den Tatsachen stellen.

Und der Planet rückte näher.

Vielleicht trieben wir auch auf ihn zu und überwanden damit Entfernungen, für die es kaum Zahlen gab, nur Schätzungen. Größer und größer wurde er. Ein gewaltiger Ball, dessen Oberfläche in einem dunklen Grün schimmerte, die zudem nicht glatt, sondern zerklüftet und zerrissen war. Ein Zeichen, dass sich auf dem Planeten Berge, Vulkane und Täler befanden.

Im alten Atlantis hatte es ihn schon gegeben. Er war um den Kontinent gekreist wie der Mond um die Erde.

In der Gegenwart jedoch wusste niemand mehr etwas über diesen geheimnisvollen Planeten. Eine andere Dimension hatte ihn verschluckt. Diese metaphysische Tatsache war für uns sichtbar geworden, sodass ich allmählich ein Fazit ziehen konnte.

Kara, Suko und ich befanden uns nicht mehr in einer relativen Gegenwart, sondern in der Vergangenheit!

Atlantis, die Großen Alten, vielleicht auch der Eiserne Engel. All das schwebte mir vor Augen, als ich über dieses Phänomen nachdachte. Mein gesamtes Blickfeld wurde mittlerweile von diesem riesigen Planeten ausgefüllt.

Es war müßig, hier Entfernungen schätzen zu wollen, aber ich erkannte sehr deutlich, dass sich innerhalb des Planeten etwas tat. Da gab es eine Bewegung, und es wurde etwas in die Höhe gespült.

Zuerst konnte ich nichts erkennen, nur ein Wirrwarr, aber aus der Tiefe drang es hervor, stieg höher und höher, somit auch der Oberfläche entgegen, und im Mittelpunkt des Planeten kristallisierte sich etwas scharf und deutlich hervor.

Es hatte nicht die Rundungen wie der Planet selbst, sondern glich einem Oval.

Wie man es von einem Gesicht her kannte.

Und es war ein Gesicht!

Mein Gott, wer hätte geglaubt, dass so etwas überhaupt möglich sein konnte?

Ich am allerwenigsten!

Eine Fratze. Eine widerliche, scheußliche, völlig zerklüftete und irgendwie zerrissene Fratze, die sich da meinen Augen bot. Der Schrecken an sich, und plötzlich hatte ich das Gefühl, dieses Gesicht schon einmal gesehen zu haben.

Natürlich! Hätte ich gekonnt, ich hätte gegen meine Stirn geschlagen, um den Gedankenapparat wieder in Gang zu bringen.

Zuletzt war es mir innerhalb der mordenden Steine begegnet. So grausam, so schrecklich und abstoßend, wie es eigentlich nur einem Dämon gehören konnte.

Arkonada!

Und er sollte nach Karas Worten der Herrscher dieses gewaltigen Planeten sein.

Allmählich bekam ich doch Fracksausen. Zwar hatte Kara berichtet, dass Arkonada zurückgeschlagen worden war und er seine Kräfte zumindest teilweise verloren hatte, doch eine Wette hätte ich darauf nicht angenommen. Wenn ich dieses widerlich entstellte Gesicht anschaute und das dreckige Grinsen sah, war klar, dass Arkonada uns erwartete.

Abermals nahm Kara Kontakt mit mir auf. »Du hast ihn gesehen?« Ihre Frage schwang durch mein Hirn.

Diesmal klappte es mit der Antwort. »Ja, ich sehe ihn.«

»Dann wirst du ihm bald gegenüberstehen.«

»Darauf kann ich verzichten.«

Kara lachte leise. »Nein, das Buch des Schicksals hat die Weichen so gestellt. Du wolltest etwas tun. Jetzt musst du dein Versprechen einlösen, Geisterjäger John Sinclair ...«

Die Stimme verging. Ja, ich musste mein Versprechen einlösen. Mich gegen Arkonada stellen und damit auch gegen die Großen Alten. Ob ich das allerdings überlebte, war mehr als fraglich.

Bisher hatte ich nur das Gesicht gesehen. Doch der Planet oder Arkonada gaben mehr frei, wollten uns einiges zeigen und vielleicht auch schocken.

Wieder geriet die Oberfläche des Planeten in Bewegung. Unterhalb des Kopfes erschien eine Hand, die einen goldenen

Schimmer aufwies. Eine Erklärung konnte ich nicht finden, bis etwas aus dem Planeten hervorstach.

Es war eine Faust.

Riesig, in den Dimensionen kaum zu beschreiben. Und sie hielt einen Gegenstand fest, den ich gut kannte.

Die goldene Pistole!

Das also auch noch!

Abermals war ich wie vor den Kopf geschlagen. Arkonada hatte an alles gedacht. Er besaß nicht nur den Würfel des Unheils, sondern auch die goldene Pistole. Sie verschoss eine Ladung, die einem Vergleich mit dem Todesnebel durchaus standhielt.

Alles kam zusammen.

Man erwartete uns, und wir konnten nichts, aber auch gar nichts dagegen unternehmen, denn wir waren im Augenblick nur mehr Statisten. Dabei dachte ich an Kara. In ihr sah ich momentan die einzige Hoffnung für uns. Kara hatte uns zu diesem Planeten geführt, und sie würde sicherlich eine Möglichkeit finden, uns auch wieder wegzuschaffen.

Noch aber trieben wir durch die Unendlichkeit der Dimensionen und Zeiten.

Bis ich den Druck spürte.

Urplötzlich presste er meine Brust zusammen. Ich hatte das Gefühl, als würde sich die Schwärze um mich herum verengen und mich wie Metall umklammern, das mir die Luft abschnürte.

Es rauschte in meinen Ohren. Das Blut floss rascher durch meine Adern und schien zu kochen.

Vor meinen Augen tanzte alles. Die Schwärze wurde zerfetzt von grellbunten, visionären Farbspiralen, die mit einer rasenden Geschwindigkeit in sämtliche Richtungen jagten und von der Schwärze aufgesaugt wurden.

Auch mich packte die Gewalt.

Ich hatte ihr nichts mehr entgegenzusetzen, wurde zu einem Spielball, spürte den rasenden Schwindel, auch schmerzhafte Stiche, als wollte jemand meinen Körper zerreißen.

Weit hielt ich die Augen geöffnet!

Ich atmete! Es war ein herrliches Gefühl. Wunderbar. Vor dem Gedanken, keine Luft mehr zu bekommen, hatte ich die größte Angst gehabt, aber ich war nicht erstickt. In dieser Dimension konnte ich als Mensch überleben.

Dennoch war die Luft anders. Ich stellte Brandgeruch fest, der auf meiner Zunge lag und im Hals kratzte, sodass ich husten musste.

»Halt dir wenigstens die Hand vor den Mund, du Bauer!«, vernahm ich rechts von mir ein bekanntes Organ.

Ich drehte den Kopf.

Suko grinste mich schief an. Er hockte auf dem Boden, hatte die Beine angezogen und seine Hände um die Knie gelegt. Fehlte nur noch das Lagerfeuer, und die Romantik wäre perfekt gewesen.

»Alles überstanden?«, fragte ich und stand auf.

Suko erhob sich ebenfalls. »Ja, so einigermaßen. Wenn die Reise auch etwas seltsam war.«

»Dafür kannst du sicher sein, hier keine Touristen zu finden.«

»Höchstens Kara.«

»Und wo steckt sie?« Suko hatte mich da auf einen Gedanken gebracht.

»Ich weiß es nicht, John.«

Auch ich hatte die Schöne aus dem Totenreich noch nicht gesehen. Wenn sie verschwunden wäre, hätte man dies als fatal bezeichnen können. Doch ich wollte nicht so recht daran glauben, schließlich waren die Großen Alten, zu denen ja auch Arkonada gehörte, ihre Feinde. Und sie musste sich ihnen stellen.

»Sollen wir sie suchen?«, fragte Suko.

»Nein, lass uns mal lieber hier warten, wobei ich mir nicht sicher bin, ob Kara uns nicht geleimt hat.«

»Wie meinst du das?«

»Ich habe während dieser seltsamen Reise nachgedacht und bin zu dem Ergebnis gekommen, dass Kara uns überhaupt nicht zu den *flaming stones* hatte hinführen wollen, sondern …«

»Auf den Planeten der Magier!«, vollendete die Schöne aus dem Totenreich meine Rede und stand plötzlich hinter uns. Woher sie gekommen war, hatte keiner von uns gesehen, aber sie lächelte, als sie entschuldigend erklärte: »Damit ist nicht gesagt, dass wir nicht zu den *flaming stones* gelangen. Nur eben durch einen kleinen Umweg.«

Ich nickte anerkennend. »Raffiniert gemacht, Kara, meine Gratulation. Mit diesem Ziel hätte ich nicht gerechnet.«

Kara hatte sich bei meinen Worten umgedreht. »Es sieht noch so aus wie immer«, kommentierte sie.

»Du warst schon einmal hier?«, fragte Suko erstaunt.

»Natürlich.«

Ich lachte auf. »So natürlich ist das gar nicht, meine ich jedenfalls. Wann war das denn?«

»Es ist sehr lange her. Man kann es in Zeiten kaum erfassen. Damals besaß ich noch den Trank des Vergessens. Mein Geist löste sich vom Körper und gelangte auf diesen Planeten. Ich habe ihn ziemlich gut erforscht.«

»Dann kannst du ja unser Führer sein.«

»Ich hoffe es.«

Auch Suko und ich wollten zunächst einmal schauen, wo wir überhaupt gelandet waren, und warfen einen Blick in die Runde. Als wir noch zwischen den Zeiten trieben, hatte ich den Planeten als eine grüne, große Kugel gesehen. Dieser erste Eindruck stimmte. Wir befanden uns gewissermaßen auf einer dunkelgrünen Welt, wenigstens hatte die Luft diese Farbe, und dieses Licht strahlte auch auf die Umgebung ab.

Eine seltsame Landschaft. Zu vergleichen mit einer Vulkangegend.

Zerklüftet, rau, felsig. Ohne Wasser, Bäume und Sträucher.

Glich da nicht eine Dimension der anderen?

Schon des Öfteren war ich in fremden Dimensionen verschollen gewesen und hatte fast immer das Gleiche erlebt.

Deshalb wandte ich mich mit meiner nächsten Frage an Kara. »Sieht es überall auf diesem Planeten so aus wie hier?«

Sie gab uns keine direkte Antwort und sprach nur allgemein. »Ihr werdet euch noch wundern, Freunde.«

»Wieso?«, fragte Suko und trat dabei zwei Schritte näher. »Hat Arkonadas Macht nicht nachgelassen?«

Kara nickte ernst. »Das hoffe ich für uns. Wenn nicht ...« Sie führte den Satz nicht mehr zu Ende.

»Was ist dann?«, fragte ich.

»John, Suko!«, sagte sie und schaute uns sehr ernst an. »Dieser Planet gehört Arkonada, wie ihr inzwischen auf eurer Reise festgestellt habt.« Sie deutete in die Runde. »Jeder Stein, jeder Felsen, jedes Staubkorn atmet seinen Geist aus. Es ist Arkonadas Geist, der in allem steckt. Eine furchtbare Tatsache, aber nicht wegzuleugnen.«

»Trotz seiner Schwäche?«, fragte Suko.

»Ja, trotz seiner Schwäche. Myxin hat ihn ja nicht hier auf dem Planeten getroffen, sondern auf der Erde, wo kleine Teile dieses Planeten vorhanden waren, in denen sich sein Geist widerspiegelte. Da war er nicht so stark, aber immerhin stark genug, um Menschen oder Gegenstände aufsaugen zu können wie ein Schwamm das Wasser.«

Ich schaute Kara scharf in das von blauschwarzen Haaren umrahmte Gesicht. »Woher weißt du das alles so genau?«

»Du hast es mir erzählt, John.«

»Richtig. Aber aus deiner Reaktion schließe ich, dass du schon vorher etwas gewusst haben musst.«

»Möglich.«

»Hat es dir Myxin gesagt?«, fragte Suko.

Ich setzte die nächste Frage hinterher. »Habt ihr mittlerweile wieder Kontakt?«

Kara senkte den Kopf. »Lasst uns gehen!«, sagte sie.

Ich hielt sie an der Schulter fest. »Kara, ich will eine Antwort. Du hast uns einmal leicht geleimt, okay, das nehmen wir hin, aber nicht ein zweites Mal. Verstehst du?«

»Natürlich. Auch ich muss mich an die Regeln halten,

denn es steht Großes, Unheimliches auf dem Spiel, glaubt es mir doch!«

Wir schwiegen. Suko und ich schauten die Schöne aus dem Totenreich an. Und beide hatten wir wohl den gleichen Gedanken. Konnten wir Kara wirklich trauen? Konnten wir uns hundertprozentig auf sie verlassen, oder würde sie sich gegen uns stellen?

Sie erriet unsere Gedanken und schüttelte den Kopf. »Glaubt und vertraut mir, mehr kann ich euch nicht sagen.«

Ich nickte. »Okay, ich bin bereit.«

Suko schloss sich mir an. »Ich ebenfalls, Kara, aber einen Versuch möchte ich noch wagen.«

»Welchen?«

»Ich werde dich beim Wort nehmen. Du hast uns vorhin gesagt, dass jeder Stein, jeder Felsen und auch jedes Staubkorn Arkonadas Magie ausatmet. Habe ich recht?«

»So war es!«

»Gut, dann möchte ich hiermit die Probe aufs Exempel machen.« Suko holte die Dämonenpeitsche hervor und schlug einmal einen Kreis über den Boden. Die drei Riemen rutschten aus der Öffnung, bekamen Kontakt mit dem Grund, und wir hörten das Zischen, das urplötzlich entstand, als die Riemen den Boden berührten.

Die Magie begann zu wirken.

Das Gestein vor Sukos Fußspitzen löste sich allmählich auf und wurde zu einer flüssigen Masse, die einen scharfen Gestank absonderte, der sich in trägen Wolken ausbreitete.

»Habe ich gelogen?«, fragte Kara.

Wir schüttelten den Kopf. »Das hast du nicht. In der Tat steckt in diesem Planeten der Geist Arkonadas.«

Suko hatte gesprochen und erhielt auch die entsprechende Antwort von Kara. »Mit dieser Tat hast du Arkonada gleichzeitig eine Wunde zugefügt. Er wird es nicht vergessen.«

»Kann ich mir vorstellen. Ich werde ihm sogar eine noch größere Wunde zufügen«, sagte der Chinese, drehte sich, lief einige Schritte und schlug zu.

Die drei Riemen schienen sich selbstständig zu machen, so weit hatte Suko ausgeholt, und dementsprechend weit schleuderten sie auch vor, um gegen einen in der Nähe stehenden Felsblock zu klatschen.

Suko sprang hastig zurück. Das war auch gut so, denn der Stein begann zu rumoren und zu kochen. Plötzlich flog er auseinander, als wäre in seinem Innern eine Bombe detoniert.

Feuer fauchte in die Höhe, trieb Schlacke und heißes Gestein mit, das, als die Erdanziehung größer wurde als die Geschwindigkeit, wieder zurückfiel.

Zum Glück waren wir weit genug entfernt, auch Suko, der wie Kara und ich fasziniert zuschaute.

Die Flamme hielt sich vielleicht für Sekunden, dann sackte sie zusammen, wobei von dem getroffenen Felsen nur mehr ein wie dunkles Glas wirkender Rest zurückgeblieben war, der allmählich zu einer festen Masse erstarrte.

»Das war die zweite Wunde!«, sagte Suko und steckte die Peitsche ausgerollt in den Gürtel.

»Wenn du so weiterschlägst, wirst du bald den gesamten Planeten vernichten«, sagte ich zu meinem Freund und schlug ihm auf die Schultern. »Wir wissen schon, welche Waffe auf diesem Planeten wirkt.«

Kara gab sich weniger optimistisch. »Im Prinzip freue ich mich, dass ihr so denkt, aber zeigt nicht zu viel Vertrauen. Arkonada kann auch anders.«

»Weshalb hat er noch nicht eingegriffen?«, wollte ich wissen.

»Das entzieht sich meiner Kenntnis.«

»Wir müssen ihn finden, wenn wir ihn vernichten wollen«, stellte Suko fest. »Da frage ich mich natürlich, wo wir ihn suchen müssen. Auch möchte ich wissen, wie groß dieser Planet überhaupt ist. So groß wie die Erde – oder nur wie der Mond. Oder gar …«

Kara hob die Hand und schwieg. »Die Größe, Suko, spielt keine Rolle für uns.«

»Das verstehe ich nicht.«

»Hier herrschen die Gesetze der Magie. Was ich euch jetzt sage, merkt euch genau. Der Planet kann so groß werden wie die Sonne, aber auch so klein, dass er in eine Handfläche hineinpasst.«

Meine Augen wurden groß. Suko reagierte anders. Er versuchte zu lächeln, es wurde aber nur ein Grinsen daraus. Dann schüttelte er den Kopf und flüsterte: »Das kann doch nicht wahr sein.«

»Es stimmt aber.«

»Und wir?«, fragte ich.

»Würden uns vielleicht verkleinern, aber wer von uns merkt so etwas schon? Wie ich euch sagte, hier ist vieles anders. Es ist der Planet der Magier, denn hier hatten sie ihre Geburtsstätte.«

»Wer? Die Magier?«

»Ja, Freunde, aber es gibt auch einen anderen Namen für sie.«

Suko antwortete schneller als ich, obwohl mir die Antwort ebenfalls auf der Zunge lag.

»Die Großen Alten!«

»Genau!«

Jetzt wussten wir es, und wir hatten keinen Grund, Karas Worten zu misstrauen.

Meine Güte, die Großen Alten. Hier also waren sie entstanden. Was hatte ich mir darüber den Kopf zerbrochen, und nun wurde mir mit einem Schlag die Lösung präsentiert.

Kaum zu fassen.

Ich schluckte, wobei ich symbolisch auch meine Überraschung hinunterwürgte. »Kara«, sagte ich mit rauer Stimme, »du überraschst mich immer mehr. Was du alles weißt, ist phänomenal. Hätte ich nicht für möglich gehalten.«

Sie hob die Schultern. »Es gibt nun mal sehr komplizierte Muster in dieser seltsamen Welt. Aber darüber wollen wir uns jetzt nicht unterhalten. Wir müssen weiter.«

»Und wohin?«, fragte Suko.

»Ein Ziel suchen.«

»Welches?«

»Jeder Planet hat eine Zentrale. Auch dieser. Und diese Zentrale hat einen Namen. Arkonada!«

»Also direkt angreifen«, sagte ich.

»Genau.«

»Und wie?«, fragte Suko.

»Das ergibt sich je nach Situation und Lage«, erwiderte die Schöne aus dem Totenreich.

Kara wusste also auch nicht genau Bescheid. Wichtig für uns war, dass wir diese geheimnisvolle Zentrale des Planeten erreichten.

»Wie weit müssen wir laufen?«, fragte ich. »Tage, Wochen, Monate?«

»Überhaupt nicht.« Kara lächelte bei ihrer Antwort.

»Sondern?«

»Ich habe euch doch erklärt, dass wir auf einem Planeten der Magier sind. Hier regiert die Magie. Man muss sie nur finden und für sich ausnutzen. Zapfen wir Arkonadas Kraft an!« Kara drehte sich nach diesen Worten, zog ihr Schwert, stemmte die Spitze schräg gegen den Boden, und uns drei umgab im nächsten Augenblick ein grüner Schein.

Danach waren wir verschwunden!

Selbst Professor Chandler war überrascht, obwohl er Bill Conolly die Waffe zugespielt hatte.

Und auch Wikka zeigte einen leichten Schock. Sie stand da wie angewachsen, hatte die Augen zu Schlitzen verengt und einen lauernden Ausdruck in die Pupillen gelegt.

»Conolly«, sagte sie mit einer Stimme, die wahrlich nichts Gutes verhieß.

»Genau, Wikka, du hast dir meinen Namen sehr gut gemerkt.«

Die Oberhexe hob die Schultern. »Ich merke mir jedes Mal, wie ich Lebensmüde ansprechen soll.«

»Wäre ich das, stünde ich nicht hier«, erwiderte Bill. Er

bewegte sich einen Schritt zur Seite, streckte den Arm aus und zielte mit der Beretta auf Wikka.

Bill war sehr gespannt. Er ließ die Oberhexe und ihre beiden aus der Stirn wachsenden Schlangen nicht eine Sekunde aus den Augen, denn er wusste um die Gefahr, aber er hatte die Aufgabe, den Professor in Sicherheit zu bringen, dafür setzte er alles ein.

»Geh zurück!«, flüsterte Bill mit rauer Stimme. »Zwei Schritte reichen, dann hast du das Fünfeck betreten!«

»Was willst du damit erreichen?«, schrie Jane, die bereits innerhalb des Pentagramms lag.

»Es liegt auf der Hand. Ich möchte euch beide aus dem Weg haben. Nie war die Gelegenheit so günstig.«

Wikka begann zu lachen. »Wie kann man sich nur so überschätzen? Ich brauche nur einmal mit den Wimpern zu klimpern, und schon bist du erledigt.«

»Das stimmt«, gab Bill zu.

»Weshalb stellst du dich dann gegen uns?«

Auf diese Frage hatte der Reporter gewartet und schon so etwas wie eine Antwort parat. »Du wirst es nicht wagen, mich zu töten. Dann nämlich würde sich der Professor sicherlich nicht mehr auf deine Seite stellen, Wikka, und deine Pläne wären zunächst zerstört.« Der Reporter wusste genau, dass er ein Spiel mit dem Feuer trieb und sich sehr leicht die Finger daran verbrennen konnte. Er hoffte inständig, dass Chandler ihn nicht im Stich ließ.

Der räusperte sich.

Ein Zeichen für Wikka, sich an ihn zu wenden. »Stimmt es, was dieser Mensch da gesagt hat?«

Chandler hob die Schultern und schob seine Unterlippe vor. »Ich würde die Frage bejahen.«

Wikka war erstaunt. »Bist du denn von allen guten Geistern verlassen?«, krächzte sie und wollte es nicht fassen.

»Er hat mir das Leben gerettet«, erklärte Chandler. »Als ich gefoltert wurde, hat mir kein anderer geholfen. Und ich kenne noch so etwas wie Dankbarkeit.«

Wikka und Jane lachten.

Das regte Bill auf. »Was habt ihr?« Seine Augen funkelten. »Glaubt ihr nicht mehr an so etwas wie Dankbarkeit?«

»Nein, Bill«, erwiderte Jane. »Das gibt es nicht.«

»Bei uns Menschen ja. Leider gehörst du nicht mehr dazu. Ich sehe auch keinen Grund, dich aus dem magischen Pentagramm herauszuholen. Solltest du es dennoch versuchen wollen, werde ich schießen, so leid es mir tut.«

»Dir tut es leid?« Jane lachte. »Das glaubst du doch selbst nicht, Conolly.«

Der Reporter hatte mit Jane nichts mehr am Hut. Sie bedeutete im Augenblick das kleinere Übel. Viel wichtiger war Wikka. Trotz seiner geladenen Pistole fühlte sich Bill unsicher. Er wusste genau, dass es Wikka so gut wie nichts kostete, ihm die Waffe abzunehmen. Sie kannte einige böse Tricks, aber sie wandte sie nicht an.

Bill glaubte, den Grund zu kennen. Wikka wollte es sich mit dem Mann nicht verderben, der ihr unter Umständen noch wichtig sein konnte. Aber Chandler tat nichts. Er überließ dem Reporter die Initiative und wartete erst einmal ab, wie sich das Spiel noch weiterentwickeln würde.

»Geh in den Kreis!«, befahl der Reporter und schaute die Oberhexe hart an. »Los, rein mit dir!«

»Und dann?«

»Ergibt sich alles von selbst!«

Das schwarze Gesicht der Oberhexe verzog sich zu einem kalten Lächeln. Sie hielt sogar die Arme halb erhoben, und ihre verbrannten Klauen waren ebenfalls gespreizt.

Bill merkte die Gänsehaut auf seinem Rücken.

Die Spannung stieg …

Weshalb wartet sie noch?, dachte der Reporter. Aus welchem Grund geht sie nicht in das Fünfeck? Was hat sie vor?

»Wenn ich gehe«, sagte Wikka, »hast du noch nicht gewonnen. Das weißt du, Conolly?«

Bill hob die Schultern.

»Gib Antwort!«

»Wir werden sehen.« Sie lachte und schaute Jane Collins an. »Ich komme, meine Liebe. Wir werden gemeinsam die Magie erleben …«

Jane stemmte sich in die Höhe.

»Nein!«, kreischte sie. »Bleib stehen, komm nicht zu mir …«

»Weshalb nicht?«

»Ich will dich nicht bei mir haben. Wir sind Feinde, wir sind …«

»Das weiß ich, Jane, und ich freue mich darauf, mit dir zusammen eine Reise zu unternehmen.« Beim letzten Wort trat sie einen langen Schritt vor und stand plötzlich im Pentagramm.

Bill atmete auf.

Jane Collins war anzusehen, dass sie das magische Fünfeck am liebsten verlassen hätte, sich aber nicht traute, denn sie wusste nicht, ob Bill Conolly tatsächlich schießen würde.

Der Professor war neben den Reporter getreten.

»Es wird schwer sein«, murmelte er, »so verdammt schwer …«

»Wir müssen es versuchen. Es ist unsere einzige Chance, glauben Sie mir.«

»Ja, das kann sein.«

»Nein, es ist so!«

Chandler ging. Bill war überrascht, als der Professor in die Düsternis des Raumes tauchte. Aber er wollte nicht fragen, sonst hätte er seine Unsicherheit zugegeben. So beobachtete er den Mann nur, wie er etwas holte.

Bill konnte sich nicht genau auf den Gegenstand konzentrieren. Deshalb fragte er: »Was haben Sie da?«

»Einen Zirkel!«

»Damit will er den Kreis schließen«, erklärte Wikka und begann zu lachen.

Bill kümmerte sich nicht darum. Er war heilfroh, die beiden Hexen im Kreis zu wissen, obwohl er noch immer nicht verstand, aus welchem Grunde sich Wikka nicht wehrte.

Chandler blieb neben Bill stehen und klappte den Zirkel auseinander.

»Ich muss tatsächlich den Kreis schließen«, erklärte er. »Dafür muss ich ebenfalls in das Pentagramm.«

»Was?«

»Ja, es bleibt …« Chandler verstummte, weil Wikka gellend lachte.

»Ihr hättet es euch vorher überlegen sollen. Meine Geduld ist bald erschöpft. Noch mache ich das Spiel mit. Aber bald ist es mir egal, ob ich den Planet der Magier finde oder nicht. Mich interessiert es nicht mehr …«

»Sind Sie sicher, Professor, dass Sie etwas finden? Ich meine, den Weg zu diesem Planeten …«

»Die Koordinaten liegen woanders …«

»Weshalb machen Sie dann diesen Versuch hier?«

»Man hat mich gezwungen. Ich kann von hier aus kaum zum Ziel kommen. Ich könnte in die Vergangenheit reisen, aber das wissen Sie, Bill …«

»Ja, das stimmt.«

»Befindet sich der Planet in der Vergangenheit?«

»Keine Ahnung.«

»Na bitte.«

»Wenn ihr euch nicht einig werdet, übernehme ich die Initiative«, erklärte Wikka und bewies im nächsten Augenblick, was sie damit meinte. Weder Bill noch Chandler konnten sich gegen ihre Magie wehren. Beide wurden wie von den Kräften eines Sturmwinds gepackt, um die eigene Achse gedreht und fortgeschleudert.

Bill Conolly dachte nicht mehr daran, seine Beretta abzufeuern. Er fand auch kein Ziel, da er mit vehementer Gewalt in den Wirbel hineingerissen worden war, sich dagegen nicht anstemmen konnte und nach vorn geschleudert wurde.

Er sah Chandler.

Der Professor wirkte wie eine Puppe, wobei er unkontrolliert mit den Armen um sich schlug, die Augen weit aufgerissen hatte und einen starren Blick bekam.

Wikka stand leicht gebückt im Zentrum des Fünfecks und spielte ihre magischen Kräfte voll aus. Gellend lachte sie, als sie die Hilflosigkeit der beiden Menschen erkannte.

Plötzlich veränderten sich die magischen Zeichen am Rand des Pentagramms. Eine dunkelgrüne Farbe nahmen sie an, pulsierten, lebten, und Bill Conolly hatte das Gefühl, dass sich diese Formeln und Zeichen zu Magneten veränderten, die ihn geradewegs auf sich zuzogen.

Er prallte irgendwo gegen, hielt sich fest und merkte, dass es die Schultern der Oberhexe waren, in die er seine Finger gekrallt hatte. Das Gesicht befand sich dicht vor ihm. Die Schlangen tanzten vor seinen Augen, und er vernahm die zischende Stimme der ersten Teufelsdienerin.

»Jetzt bestimme ich das Spiel. Dir habe ich eine Chance gegeben. Nun bin ich an der Reihe. Wir werden gemeinsam eine kleine Reise unternehmen. Jane wollte mächtig werden, ich versuche es ebenfalls, denn je stärker ich bin, umso stärker wird auch die Hölle sein. Ich hole mir das, was sich Jane Collins holen wollte.«

Ein gellendes Lachen drang aus ihrem Maul, bevor sie Bill einen magischen Schlag versetzte, der ihn in die Knie trieb.

Vor den Füßen der Oberhexe brach der Reporter zusammen und blieb in einer gekrümmten Haltung sitzen. Zwar hielt er noch die Beretta fest, doch die Waffe nutzte ihm nicht viel, weil sein Wille unter der Kontrolle Wikkas stand und sie mit ihm machen konnte, was sie wollte.

»Ich gebe das Kommando!«, brüllte sie, drehte den verbrannten Schädel und wandte sich an Chandler. »Her mit dem Zirkel!«

»Nein, du machst dich …«

»Her damit!« Die Hexe griff zu. Chandler hatte ihn noch festhalten wollen, aber die Oberhexe war stärker, und der Professor spürte, wie auch Bill Conolly, die Macht dieser höllischen Person.

Auch Chandler sackte in die Knie.

Wikka aber hatte freie Bahn. Es war genau so gekommen,

wie sie es sich gewünscht hatte. Für den Moment vergaß sie ihre Rache an Jane Collins, sie sah nur die Zukunft und damit auch die Macht, die sie erreichen konnte, wenn es ihr möglich war, andere Dimensionen zu erreichen, die bisher für sie verschlossen gewesen waren.

Der Planet der Magier spukte in ihrem Schädel. Ihn musste sie finden! Mit dem Wissen einer uralten Dämonengeneration konnte es ihr gelingen, die Feinde des Teufels zu vernichten. Um dieses Ziel zu erreichen, setzte sie alles ein.

Auch Jane Collins hatte die Magie der Oberhexe getroffen. Längst stand sie nicht mehr. Wie der Professor und auch Bill Conolly war sie zu den Füßen der Oberhexe zusammengesackt und harrte der Dinge, die kommen sollten.

Nur Chandler sparte Wikka aus, weil sie von ihm noch Informationen benötigte.

»Was habe ich zu tun?«, fragte sie.

Der Professor zitterte am gesamten Leib. »Du versündigst dich, wenn du jetzt anfängst«, flüsterte er. »Lass es sein, wir werden unser Ziel nie erreichen!«

»Ich will auf den Planeten!«

»Nicht so …«

»Ja, es muss sein …«

Chandler schüttelte verzweifelt den Kopf. Er sah die Arbeit eines halben Lebens durch Wikka gefährdet. Man konnte nichts übers Knie brechen. Die Magie konnte sehr leicht ins Gegenteil umschlagen. Dies Wikka begreiflich zu machen war leider unmöglich.

»Sagst du es freiwillig?«, schrie die Oberhexe.

»Einen Kreis«, flüsterte Chandler und nickte. »Du musst einen Kreis schlagen. Mehr nicht …«

»Gut, das werde ich!«

Wikka ließ sich nicht mehr aufhalten. Sie klappte den großen Zirkel auseinander, zwang alle anderen flach auf den Boden und schlug über sie einen Kreis.

Der rechte Arm des Zirkels glitt über den Boden. Ein blutroter Kreis engte schon bald das Pentagramm ein. Er berührte auch die seltsamen Zeichen, die plötzlich anfingen zu leben.

Sie zitterten, strahlten noch intensiver als zuvor, und Wikka begleitete ihre Tat mit gesprochenen Formeln, deren Worte weder von Bill noch Chandler verstanden wurden.

Magie entstand.

Sehr schnell wurde sie intensiv, baute innerhalb des durch den Kreis eingegrenzten Pentagramms ein Feld auf, in dem sich Wikka, die Hexe, wohl fühlte, denn sie begann hart und laut zu lachen.

»Geschafft!«, rief sie. »Ich habe es geschafft! Die Magie lässt mich nicht im Stich. Ich bin dabei, ich werde …«

Noch einmal lachte sie lauthals, bevor sich plötzlich der Boden unter ihr öffnete und sie ebenso verschlang wie die anderen drei.

Jetzt gab es kein Zurück mehr …

Auch für uns nicht, denn wir befanden uns ebenfalls auf einer magischen Reise.

Ich hatte mein Denken und Fühlen ausgeschaltet, ließ mich treiben und dachte, dass dieses Gefühl eine gewisse Zeit in Anspruch nehmen würde, doch ich hatte mich getäuscht.

Wir waren blitzschnell am Ziel.

Wie hatte Kara noch gesagt? Auf dem Planeten der Magier ist alles anders. Sie hatte recht. Es war alles anders. Real und gleichzeitig irreal. Jedenfalls kam ich nicht mehr zurecht.

Lärm umschwirrte uns. Wir hörten Stimmen, das Klingen von Glocken, Musik, vernahmen Lachen und schauten uns verwirrt um.

Sukos Augen weiteten sich ebenso wie die meinen. Das durfte doch nicht wahr sein. Träumten wir? War vielleicht alles, was wir bisher erlebt hatten, nur ein Traum?

Ich zwickte in meinen Arm, spürte den Schmerz und wusste, dass es kein Traum war.

Ich erlebte es wirklich!

Da waren die bunt gekleideten Menschen, die Buden, die Zelte, der Lärm, die Stimmen, die Musik, die Gaukler, Artisten und Künstler. Fasste ich das alles zusammen, so fiel mir auch die Lösung ein.

Wir befanden uns auf einem Jahrmarkt!

Allerdings auf einem für mich fremden. So musste es auch Sindbad, dem Seefahrer, ergangen sein, wenn er irgendwo anlegte, an Land ging und die fremden Völker besuchte, denn ich hatte das Gefühl, auf einem orientalischen Jahrmarkt des frühen Mittelalters zu stehen.

Ich drehte den Kopf und schaute Kara an, denn sie war uns eine Erklärung schuldig.

»Befinden wir uns noch auf dem Planeten?«

»Ja.«

»Und was soll das hier?«

Sie hob die Schultern. »Es ist ein Jahrmarkt.«

»Das habe ich auch schon gesehen«, erklärte Suko. »Nur komme ich damit nicht ganz klar.«

Kara lächelte weise. »Lasst uns ein wenig schlendern«, erwiderte sie. »Nehmt die neuen Eindrücke auf. Alles, was ihr hier zu sehen bekommt, ist wichtig.«

»Gehört dies zu Arkonada?«, wollte ich wissen.

»Natürlich, John. Du darfst nicht vergessen, dass wir uns auf einem sehr außergewöhnlichen Planeten befinden, der mit der Erde nicht zu vergleichen ist, obwohl vieles so aussieht. Wir hätten auch in einem New York des vorletzten Jahrhunderts landen können, in der Steinzeit oder im Mittelalter. Alles ist möglich. Das ist Magie, Zauber …«

»Auch real?«

»Ja und nein.«

Kara sprach in Rätseln. Ich kam da nicht mit und beschloss, ihrem Ratschlag zu folgen, erst mal den Mund zu halten und mir alles anzusehen.

Sie fügte noch etwas hinzu. »John Sinclair – und auch du, Suko, ihr müsst begreifen, dass durch Magie alles möglich ist. Sie ist in der Lage, Träume zu erfüllen. Wenn Menschen träumen, ist es das Unterbewusstsein, das sich meldet und ihnen Bilder zeigt oder vorgaukelt. Diese Bilder, so glaubt man, sind eine Fata Morgana. Das stimmt nur bedingt. Es gibt sie real. Ihr seht sie hier. Diese Traumbilder sind alle existent, nicht in der normalen Welt, in der der Träumer lebt, sondern hier. In einer Dimension, die nicht zu errechnen und zu begreifen ist. Es ist die Dimension der Vergangenheit, der Träume, und der Planet der Magier steht dafür. Im Augenblick erleben wir ein buntes, herrliches Treiben, das sich aber schlagartig ändern kann, je nachdem, was jemand träumt.«

»Moment mal«, sagte ich und presste meinen Zeigefinger gegen die Stirn. »Du meinst, dass wir uns innerhalb eines menschlichen Traumes bewegen und der Träumer auf der Erde uns jetzt sehen kann?«

»So ist es.«

»Da komme ich nicht mit.«

»Was geschieht, wenn der Traum beendet ist?«, fragte Suko, der etwas praktischer dachte.

»Dann verschwindet das Bild hier.«

»Und wir?«

»Ebenfalls.«

»Geraten wir vielleicht in einen anderen Traum?«, wollte ich wissen.

»Das ist möglich. Wenn uns die Gedanken des Unterbewusstseins erfassen, immer.«

»Können wir auch sterben?«, hakte ich nach.

»Ja!« Kara nickte zu dieser Antwort. »Im Gegensatz zum Träumer, der uns durch sein Unterbewusstsein sieht, sind wir reale Personen und können unser Leben verlieren, da wir ja nicht durch einen Traum auf diesen Planeten gelangt sind. Die Menschen, die ihr hier seht, haben vielleicht einmal gelebt. Sie sind eigentlich tot, doch durch den Traum wurden ihre Geister wieder erweckt, und so sind die Menschen existente Gestalten, die jedoch von einem Augenblick zum anderen verschwinden können. Ich habe euch das vorhin nicht so deutlich gesagt, weil es sonst zu viele neue Eindrücke gewesen wären. Nun aber müsst ihr Bescheid wissen. Deshalb wundert euch über nichts.«

Ich lachte auf. »Das habe ich mir inzwischen abgewöhnt.«

»Könnte man Arkonada als einen Traumdämon bezeichnen?«, erkundigte sich Suko.

»Ja, fast. Er beherrschte diese Gabe schon in Atlantis. Deshalb ist er so gefährlich.«

»Wo finden wir ihn denn?«, sprach ich Kara an. »Du hast von einem Zentrum gesprochen ...«

Die Schöne aus dem Totenreich winkte ab. »Lassen wir es«, sagte sie. »Irgendjemand wird uns schon auf die Spur führen. Wir müssen zunächst einmal alles an uns herankommen lassen.«

Das schien mir auch so.

Suko stieß mich an. »Ich bin doch gespannt oder möchte gern die Person kennen lernen, die das, was wir jetzt real erleben, träumt.«

Kara hatte unsere Worte gehört. Sie drehte sich zu uns um und meinte: »Ihr würdet euch wundern, wenn ich euch die Wahrheit sagte«, flüsterte sie uns zu.

»Dann tu es!«

»Ihr erlebt dies so intensiv, Freunde, dass ihr davon ausgehen könnt, dass die Person, die diesen Traum hat, in einer engen Verbindung zu euch steht. Ist das klar?«

»Ja«, erwiderte ich und wurde gleichzeitig blass, weil mir erst jetzt die Bedeutung ihrer Worte richtig aufging. »Meinst du, dass vielleicht Shao oder meine Eltern diesen Traum haben könnten?«

»So ist es, John!«

Ich stand da und starrte ins Nichts, wobei mir eine Gänsehaut über den Rücken rann. Wenn ich näher darüber nachdachte, konnte ich es kaum fassen. Das war ja ungeheuer. »Sind die träumenden Personen unter Umständen auch in Gefahr?«

»Das kann möglich sein.«

Ich atmete tief ein und schüttelte den Kopf. Nein, es war einfach nicht zu fassen. Das konnte ich nicht. Hier wurde ich mit einer Magie konfrontiert, die im Prinzip simpel war, aber alles andere in den Schatten stellte, was wir bisher erlebt hatten.

Es fiel mir wirklich schwer, das Gehörte in eine logische Schlussfolgerung zu bringen.

Suko nahm es gelassener auf als ich. Er schlug mir gegen den Rücken. »John, wir sollten uns von Theorien nicht länger leiten lassen, sondern zusehen, was sich machen lässt. Ganz wehrlos sind wir auch nicht. Gehen wir in die Praxis, schauen wir uns einfach um. Auf einem orientalischen Markt habe ich schon immer gern sein wollen.«

»Ich eigentlich auch.«

»Dann lass uns gehen.«

Kara nahmen wir in die Mitte. Schon nach wenigen Schritten hatten wir festgestellt, dass wir in unserer anderen Kleidung überhaupt nicht auffielen. Wir bewegten uns völlig normal zwischen all den Menschen, die für unsere Begriffe fremdartig gekleidet waren.

Die Frauen hatten ihre Körper unter langen Gewändern versteckt. Und viele sogar das Gesicht hinter einem Schleier.

Die Männer kamen mir vor wie stolze Krieger. Sie schritten oder schlenderten mit hoch erhobenen Köpfen, trugen Turbane als Kopfbedeckungen oder kleine Käppis. Ihre Haut war dunkel, die Augen rollten in den Höhlen, und ein jeder zeigte seine Bewaffnung.

Schwerter, Degen, Krummdolche. Die Stichwaffen steckten zumeist in prächtig verzierten Scheiden, auf deren Außenseiten nicht selten Diamanten oder Goldplättchen blinkten.

Insgesamt gesehen, befanden wir uns in einem Bazar mit einem Jahrmarkt. Die Buden, Stände und Bühnen hatte man auf einem sonst freien Platz aufgestellt, und Künstler zeigten ihr Können.

Ich sah Schlangenbeschwörer, Schwertschlucker und

Jongleure sowie Kraftmenschen, die schon an Herkules erinnerten.

Auch Schauspieler waren vertreten. Auf einer kleinen Bühne lief ein Stück ab. In tänzerischer Gewandtheit wurde ein Schwertkampf vorgeführt, der an Artistik kaum zu überbieten war. Zwei Männer kämpften um eine Frau, die ängstlich und total verschleiert im Hintergrund der Bühne hockte und auf den Sieger wartete.

Ich wandte mich an Kara.

»Träume haben irgendwann einmal ein Ende«, sagte ich. »Ob gut oder schlecht, das möchte ich einmal dahingestellt sein lassen. Wie ist es hier, wenn der Träumer seinen Traum als negativ empfindet? Weißt du eine Antwort?«

»Dann wird es schwer für uns.«

»Wieso?«

»Wir könnten in den Strudel der Auflösung geraten. Diejenige Person, die den Traum erlebt, in dem wir uns real befinden, hat zum Glück keinen Albtraum.«

»Es könnte aber einer werden«, sagte Suko.

»Natürlich.«

»Und das alles hast du schon erlebt?«, wollte ich von der Schönen aus dem Totenreich wissen.

»Als ich noch den Trank des Vergessens besaß, konnte ich auch in diese Welt schauen.«

Unheimlich und unwahrscheinlich war das, was man uns hier präsentierte. Dabei hatte alles mit den mordenden Steinen begonnen, und ich fragte mich, wie dieses Abenteuer enden würde und ob es überhaupt für uns ein gutes Ende nahm. Dieser Planet steckte voller Rätsel und Geheimnisse, die wir wohl nie ergründen würden.

Etwas fiel mir noch auf.

Es gab keinen blauen Himmel, wie man ihn eigentlich gewohnt sein müsste, sondern über uns, wo sich normalerweise das Firmament spannt, eine seichte, leicht durchsichtige, weit gezogene, glatte, grüne Fläche. Sie leuchtete nicht so intensiv wie die Farbe des Planeten selbst, als ich ihn, zwischen den Zeiten schwebend, gesehen hatte, aber sie war vorhanden. Dies wiederum bewies mir, dass Arkonada auf irgendeine Art und Weise allgegenwärtig war.

Neben einem Schwertschlucker blieben wir stehen. Er stand auf einem breiten Stein. Der Mann war barfuß und trug nur einen Lendenschurz. Sein schwarzes Haar glänzte fettig. Es fiel bis in den Nacken und sah aus wie mit Öl eingerieben.

Neben dem Mann stand ein Behälter aus Ton. Aus der Öffnung schauten die Griffe der noch zu schluckenden Schwerter. Aus seinen dunklen Augen schaute der Artist in die Menge, griff nach einem Schwert, holte es aus dem Behälter, legte den Kopf in den Nacken und öffnete den Mund.

Vor den Augen zahlreicher Zuschauer schob er sich die Klinge tief in den Hals.

Gebannt schaute ich zu. Der Mann verdrehte die Augen und beugte den Oberkörper weit nach hinten, sodass die lange Klinge völlig in seinem Rachen verschwand.

Nur noch den Griff hielt er fest.

Die umstehenden Zuschauer klatschten Beifall, als der Schwertschlucker die Klinge wieder hervorzog. Dabei drehte er den Kopf, schaute mich für einen Moment an, und ich las in seinen Augen ein tödliches Versprechen.

Dieser Mann war mein Feind!

Aber weshalb?

»Kennst du ihn?«, fragte Suko, dem der Blick des Schwertschluckers ebenfalls nicht entgangen war.

»Nein.«

Wir gingen weiter. Auf der Bühne kämpften die beiden Männer noch immer. Sie waren abenteuerlich gekleidet und erinnerten mich an die Ninja-Kämpfer, die ich in Shimadas Begleitung erlebt hatte. Sie schlugen und stachen aufeinander ein. Die Klingen prallten mit lauten Geräuschen gegeneinander, warfen sogar Funken, wurden geschwungen, geschleudert, fintiert und stachen zu.

Beide trafen und wurden getroffen.

Im ersten Moment erschrak ich, als ich mitbekam, wie die Schwerter in die Körper der Kämpfer fuhren. Am Rücken traten sie wieder hervor, aber ich sah kein Blut an den Spitzen.

Die Hände ließen die Griffe los. Die Kämpfer kippten zur Seite, und die Frau in der Ecke erhob sich. Sie begann gellend zu schreien, während sie gleichzeitig ihren Schleier vom Gesicht riss. Noch konnten wir sie nicht erkennen, weil wir den Blick nicht direkt auf sie gerichtet hatten, und die Frau musste erst den Kopf drehen, um von uns richtig gesehen zu werden.

Wir sahen das lange, schwarze Haar, das durch eine Drehung vor das Gesicht geschleudert wurde, sodass wir die Züge nicht erkannten. Es dauerte nur Sekunden, als wir eine schlimme Bestätigung bekamen.

»Shao!«, brüllte Suko.

Bevor ich ihn daran hindern konnte, stieß er sich ab und sprang mit einem gewaltigen Satz auf die Bühne zu …

Die beiden Frauen hatten lange miteinander telefoniert und waren zu dem Entschluss gekommen, nicht allein zu bleiben. Shao, die Chinesin, hatte Sheilas Einladung gern angenommen, sich ein Taxi kommen lassen und war zu der Freundin gefahren.

Der Wagen hatte vor dem Grundstück gehalten. Shao ging den Rest zu Fuß.

Sheila stand schon an der Tür. Das warme Licht der Außenleuchte konnte die Blässe in ihrem Gesicht nicht überdecken, und die Chinesin entdeckte auch die Ränder unter den Augen der blonden Frau.

»Komm rein«, sagte Sheila, wobei sie die Tür aufdrückte.

Shao trat über die Schwelle, zog den Mantel aus und hob die Schultern. »Ich habe es leider nicht geschafft, Johnny etwas mitzubringen. Die Zeit war zu knapp. Außerdem haben die meisten Geschäfte …«

Sheila winkte ab. »Er schläft sowieso schon. Du brauchst dich nicht dafür zu entschuldigen. Komm ins Wohnzimmer.«

Dort hatte Sheila nur wenige Lampen eingeschaltet, die eine gemütliche Atmosphäre abgaben. Auf dem Tisch stand eine Flasche Rotwein. Sheila hatte bereits ein Glas getrunken, und Shao nahm ebenfalls ein Glas. Die beiden Frauen prosteten sich zu.

Ein leises Tappen ertönte. Niemand zeigte sich beunruhigt. Es war nur Nadine, die Wölfin. Sie kam, um Shao zu begrüßen. Die Chinesin versenkte ihre Finger in das glänzende, dichte Fell, hörte die zufriedenen Laute des Tieres, schaute für einen Moment in die menschlichen Augen, bevor sich die Wölfin wieder zurückzog und den Platz einnahm, den sie sich für die Nacht immer ausgesucht hatte.

Es war Johnnys Zimmer, denn Nadine wachte über den Schlaf des kleinen Jungen.

Sheila hob die Schultern, als sie ihr Glas wegstellte. »Man hat uns wieder allein gelassen. Weißt du, wo sich Suko befindet?«

»Nein, ich sprach mit ihm nur am Telefon. Er wollte eigentlich nach Hause kommen …«

»Wo sind die beiden denn hingefahren? Hast du das mittlerweile herausgefunden?«

»Auch nicht.«

»Und Glenda?«

»Sie war geschockt, wie ich dir schon erzählte.«

»Ja, Kara kam.« Sheila nickte. »Es muss ein Schock für Glenda gewesen sein, die drei plötzlich verschwinden zu sehen.«

»Da gebe ich dir recht.«

»Wobei wir davon ausgehen können, dass sich John und Suko in einer anderen Dimension befinden. So schlimm das auch ist, aber man hat wenigstens einen Anhaltspunkt. Nur Bill bleibt verschwunden.«

»Hätte er denn nicht anrufen können?«, fragte Shao.

»Natürlich. Er hätte es auch getan.« Sheila lehnte sich

zurück. Die nächsten Worte sprach sie leiser aus. »Da es nicht der Fall gewesen ist, muss ich davon ausgehen, dass Bill nicht in der Lage war und die anderen ihn überrumpelt haben.«

»Wer denn?«

Sheila hob die Schultern. »Bills Mission war ziemlich heikel. Er sollte Professor Chandler in Sicherheit bringen. John und Suko waren ja in Kanada, sie hätten es nicht geschafft.«

»Leider«, murmelte Shao und nahm einen Schluck. »Welche Gefahr hätte Bill denn drohen können?«

Sheilas Blick verschleierte sich. »Jane Collins.«

Shao atmete tief ein. »Das ist tatsächlich heikel«, gab sie zu. »Aber wird die nicht von Wikka gejagt?«

»Was hat das schon zu bedeuten? Deshalb hat sich Jane doch nicht geändert. Sie war eine Hexe, sie ist eine Hexe, und sie wird immer eine Hexe bleiben.«

»Solange der Geist des Rippers in ihr steckt!«, präzisierte Shao.

»Das vorausgesetzt.«

»Habt ihr nie überlegt, wie man das wieder ändern könnte?«, erkundigte sich die Chinesin.

»Überlegt schon, doch uns ist keine Lösung eingefallen. Es ist alles so schrecklich kompliziert.«

Da musste Shao der Freundin recht geben.

Sie sprachen noch fast zwei Stunden über Bill und die gesamte Problematik, von der sie ja nicht verschont worden waren. Der Pegel innerhalb der Weinflasche nahm weiter ab. Schließlich tranken die beiden auch noch den Rest und verfügten dann über die Schwere, um ins Bett zu gehen. Es war ausgemacht worden, dass Shao bei Sheila übernachtete. Im Gästezimmer hatte Bills Frau alles vorbereitet.

Ein Nachthemd und frische Wäsche hatte Shao mitgebracht. Die Tasche stand noch im Flur.

Dort wünschten sich die beiden Frauen auch eine gute Nacht.

Shao strich mit der Hand über Sheilas Wangen, und lächelte dabei. »Mach dir keine Sorgen, es wird schon alles klappen.«

»Das sagst du so einfach.«

»Du bist sogar aus der Hölle entkommen, Sheila. Ist das nichts?«

»Herrlich, Shao. Ich bewundere deine Art, anderen Mut zu machen. Keine Bange, ich habe mittlerweile einzustecken und mich zu beherrschen gelernt. Jetzt wird's aber Zeit. Ist schon bald Mitternacht. Ich hoffe, dass die Welt morgen ein wenig anders aussehen wird.«

»Aber nicht wettermäßig. Es bleibt trübe, und es wird Schneeregen geben.«

Zum Gästezimmer gehörte auch ein Bad. Shao betrat es zuerst, machte Licht und zog sich aus. Duschen wollte sie erst am anderen Morgen. Eine kurze Toilette musste reichen. Während sie vor dem Spiegel stehend ihr langes Haar auskämmte, begann sie zu gähnen. Die Müdigkeit nahm bei ihr zu.

Mit schleppenden Schritten verließ sie das Bad, schlug die Decke zurück und legte sich ins Bett.

Ihr Kopf versank dabei in einem herrlich weichen Kissen, dessen Ecken rechts und links in die Höhe gedrückt wurden, als wollten sie ein Dach bilden.

Die Decke wärmte ihren Körper. Shao fühlte sich wohl. Hinzu kam die Wirkung des Weins, und trotz der Sorgen, die sie plagten, schlief sie ziemlich schnell ein.

Sie merkte noch, wie ihr die Augen zufielen, dann lag sie bereits in Morpheus' Armen.

Wenig später kamen die Träume.

Shao träumte nicht sehr oft, wenn es aber der Fall war, dann jedoch stark und intensiv. Den neuen Traum erlebte sie ebenfalls mit einer bisher kaum erkannten Intensität.

Stimmengewirr umgab sie. Sie hörte das Lachen der Menschen, vernahm ihre Unterhaltungen und wunderte sich, dass sie eine fremde Sprache verstand.

Sie selbst sah sich eingekreist von zwei Männern, die dabei waren, ihr einen Schleier um das Gesicht zu legen.

»So wirst du auf die Bühne gehen«, hörte sie den einen sprechen.

»Und was ist mit dem Schleier?«

»Erst abnehmen, wenn einer von uns verloren hat.«

»Sind viele Zuschauer da?«

»Der Marktplatz ist voll.«

Shao stand hinter der Bühne. Als Vorhang diente ein großer, alter Teppich, der in der Mitte einen Spalt aufwies, durch den die Akteure schlüpfen mussten, wenn sie die vordere Seite der Bühne betreten wollten.

Shao stieg eine kleine Leiter hoch, blieb hinter dem Spalt stehen und schob ihn ein wenig auseinander.

Sie starrte über die Bühnenfläche hinweg und sah die Zuschauer. Die Menschen hatten einen Halbkreis gebildet und warteten ungeduldig auf den Beginn. Ansonsten war dieser orientalisch wirkende Marktplatz mit Leuten gefüllt, die schlenderten, schauten, kauften oder sich nur einfach an den Darbietungen erfreuen wollten.

Shao empfand diesen Traum als nicht schlimm. Im Schlaf lächelte sie, streckte dabei wohlig ihre Glieder und hoffte, dass der Traum so schnell nicht endete.

Es gab dennoch eine Unterbrechung. Als sich Shao abermals sah, befand sie sich bereits auf der Bühne.

Verschüchtert hockte sie im Hintergrund. Sie konnte durch den Schleier schauen, während andere ihre Gesichtszüge nicht sahen.

Die beiden Männer kämpften. Shao, die sich im Traum als zuschauende Person sah, erlebte den Kampf sehr intensiv mit. Sie glaubte sogar, das Klingen der Schwerter zu hören, wenn die Waffen gegeneinander prallten. Auf dem Gesicht der Schlafenden zeichneten sich die Gefühle ab, die das Unterbewusstsein in ihr hochspülte.

Angst, Erschrecken, das Hoffen, Bangen und Zittern. Auch der Körper blieb nicht mehr so ruhig im Bett liegen. Die

Schlafende bewegte ihre Arme. Sie krochen unter der Decke hervor, und Shao legte die Hände auf das Laken, wobei sich die Finger bald zu Fäusten schlossen.

Der Atem ging schwerer.

Das Gesicht zuckte. Dabei bewegten sich die Wangen, die Augendeckel flatterten, Adrenalinstöße durchströmten ihren Körper und sorgten für die ersten Schweißausbrüche. Schon bald lag ein glänzender Film auf dem Gesicht der Chinesin.

Noch intensiver erlebte Shao diesen Traum.

Sie sah sich in der Ecke der Bühne hocken. Steif und starr, bis auf den Kopf, der sich von einer Seite zur anderen bewegte, sodass Shao jeweils für die Dauer einer Sekunde die beiden Kämpfer stets in ihr Blickfeld bekam.

Sie hielt zu keinem. Das Stück sah vor, dass der Sieger dieses gewaltigen Zweikampfes die Frau als Beute bekam. Es war ein wildes, außergewöhnliches Schauspiel, wie es nur in einer ebenso wilden, harten Zeit geschrieben werden konnte.

Manchmal sprangen die beiden Kämpfer auch auseinander, um für die nächsten Attacken frischen Atem zu schöpfen. Dabei wurde die Sicht der auf der Bühne hockenden Shao nicht eingeschränkt, und sie konnte auch die Zuschauer besser erkennen.

Weiter im Hintergrund zeigte der Schwertschlucker seine Kunststücke. Überall auf dem Marktplatz herrschten Leben und Treiben. Die Menschen schoben sich von diesem Punkt aus in die schmalen Gassen und engen Straßen der Bazare, wo sie kaufen und handeln wollten.

Drei Fremde fielen der auf der Bühne hockenden »Shao« auf. Sie unterschieden sich in der Kleidung. Die Frau vielleicht nicht so, dafür die beiden Männer. Sie trugen moderne Sachen.

Die Lippen der Schlafenden zuckten plötzlich. Das Gesicht gab die Gefühle wider, die Shao jetzt empfand.

Erstaunen zeichnete sich darauf ab. Überraschung und

Nichtbegreifen. Sie kannte die Männer, die ihr da im Traum begegneten.

Die Frau mit den schwarzen Haaren und dem Schwert in der Scheide war Kara, die Schöne aus dem Totenreich. Den beiden Männern jedoch stand Shao sehr nahe.

Sie kannte sie fast besser als sich selbst, denn die beiden waren Suko und John Sinclair.

Nun träumte sie von ihnen!

Im Schlaf flüsterte Shao den Namen ihres Freundes Suko, doch er konnte sie nicht hören. Wie auch John und Kara schlenderte er allmählich näher und schaute dem Kampf der beiden Männer zu.

Sie hatten sich wieder erholt, jagten aufeinander zu und schwangen wild ihre Schwerter.

Wieder hörte sie das Klirren der Klinge, und selbst als Schlafende glaubte Shao, die Geräusche klar und deutlich zu vernehmen.

Aus den Mündern der Männer drangen heisere Kampfschreie. Sie wollten es endlich wissen und setzten alles auf eine Karte.

Jetzt musste es einen Sieger geben!

Die Frau auf der Bühne ballte die Hände. Shao tat es ihrer Traumgestalt nach.

Sie spürte sogar die Fingernägel in ihr Fleisch dringen, wurde dennoch nicht wach und erlebte das Finale wie einen mörderischen Höllensturm mit.

Die beiden Männer rannten aufeinander zu. Jetzt musste einer den Sieg erringen.

Es waren beide, die gewannen oder verloren.

Die Klingen bohrten sich durch die Körper. Kein Blut war zu sehen, aber die Männer sackten zusammen.

Auf der Bühne sprang die Person, die Shao als Träumerin erlebte, heftig in die Höhe. Sie selbst begann zu schreien. Weit hatte sie den Mund geöffnet, und der Ruf des Entsetzens schwang durch das Zimmer.

Sie sah sich dann wieder im Traum und erlebte, dass Suko auf die Bühne stürmte.

Im nächsten Augenblick verschwand das Bild. Shao öffnete die Augen, hörte sich nicht mehr schreien, sondern nur noch wimmern und vernahm das Klappen einer Tür.

Danach wurde es hell im Zimmer, und eine Gestalt stürmte in den Raum. Es war Sheila.

Sie war schnell gelaufen, das Gesicht zeigte die roten Flecken der Aufregung, das blonde Haar bildete auf ihrem Kopf einen Wirrwarr. Es war zu erkennen, dass sie mitten aus dem tiefen Schlaf gerissen worden war.

»Shao, was ist geschehen?«

Die Chinesin hörte nicht. Sie hatte sich aufgesetzt, die Arme halb erhoben und die Hände geballt. Sheila nahm sie überhaupt nicht wahr, denn ihr Blick richtete sich gegen die Wand und verlor sich gleichzeitig in imaginären Fernen.

Sheila ging langsam näher. Sie musste dabei um das Bett herum, damit sie Shaos Seite erreichte. Dabei geriet sie auch in das Blickfeld der Chinesin, aber Shao reagierte noch immer nicht.

Erst als sich Sheila auf der Bettkante niederließ und eine Hand auf die Schulter der Chinesin legte, zuckte Shao zusammen, als hätte sie einen harten Schlag erhalten.

»Ruhig, Shao, bitte, sei ganz ruhig. Es ist nichts. Alles in Ordnung. Du bist bei mir.«

»Ja, ja …« Shao atmete heftig.

Sheila war verzweifelt. Sie wusste nicht, wie sie Shao noch ansprechen sollte, deshalb schüttelte sie sie durch. »Was ist denn geschehen, Mädchen?«

Endlich drehte die Chinesin den Kopf, um Sheila ins Gesicht blicken zu können. »Ich habe so schrecklich geträumt!«, flüsterte sie. »So schrecklich …«

»Und was?«

»Das kann ich dir nicht sagen.« Sie schüttelte den Kopf. »Ich will es auch nicht.«

»Du musst reden, bitte!«

Shao hustete. »Jetzt ist alles verschwunden.«

»Soll ich dir etwas zu trinken holen?«

»Bitte.«

Sheila verließ das Zimmer. Auf dem Gang begegnete ihr Nadine, die Wölfin. Auch sie war aufgeschreckt worden und lief voller Ungeduld vor Sheila Conolly her.

Mit einem Glas Orangensaft in der Hand betrat Bills Frau das Gästezimmer. Shao hockte nicht mehr im Bett. Sie stand am Fenster, hatte das Rollo zur Hälfte hochgezogen und schaute hinaus in den Garten.

Nur eine Leuchte brannte und schuf eine blassbleiche Insel. Es regnete. Die Tropfen glitzerten wie Perlen, als sie durch den hellen Schein fielen.

»Dein Saft, Shao«, sagte Sheila leise.

Die Chinesin drehte sich um. Ihre Hand zitterte stark, als sie das Glas entgegennahm, und sie musste noch mit der anderen zufassen, um es überhaupt halten zu können.

In hastigen Schlucken leerte sie es und stellte es zwischen zwei Blumentöpfen auf die Fensterbank.

Obwohl Sheila die Fragen auf der Seele brannten, riss sie sich zusammen und wartete ab, bis sich ihre Freundin einigermaßen erholt hatte. Shao drehte den Kopf, ging zur Seite und nahm auf einem bereitstehenden Stuhl Platz.

»Kannst du jetzt berichten?«, fragte Sheila.

»Ja, ich versuche es.« Shao räusperte sich die Kehle frei, bevor sie erzählte. »Es begann mit einem Traum, den ich hatte. Ich fühlte mich so weit weg, versetzt in eine andere Zeit, vielleicht auch in eine Welt, die es gar nicht gab. Jedenfalls war ich in dem Traum eine Frau, die zu dieser Welt gehörte. Eine Schauspielerin, glaube ich …« Ihre Stimme war bei den letzten Worten leiser geworden, und Shao musste sich zusammenreißen, um weiter berichten zu können.

In den nächsten Minuten rieselte Sheila Conolly ein Schauer über den Rücken. Gesicht und Augen nahmen den Ausdruck der Ungläubigkeit an. Sie öffnete auch die Lippen, um etwas zu sagen, wobei ihr die Worte bereits im Ansatz im Hals stecken blieben, und so ließ sie Shao bis zum Ende berichten, wobei sie überhaupt nicht mehr den Versuch unternahm, die Chinesin zu unterbrechen. Zum Schluss fragte Shao: »Kannst du dir vorstellen, dass ich Kara, Suko und John im Traum gesehen habe, und zwar auf dem Marktplatz?«

»Wenn du es sagst …«

»Und Suko ist sogar noch auf die Bühne gesprungen. Das ist kaum zu begreifen. Ich hatte dabei das Gefühl, es alles selbst noch mitzuerleben. Den Traum werde ich nie vergessen.«

Daraufhin erwiderte Sheila etwas, das Shao völlig überraschte. »Vielleicht hast du die Realität geträumt?«

»Wie meinst du das?«

»So wie ich es sagte. Es ist doch möglich, dass sich unsere drei Freunde tatsächlich in dem Land oder der Dimension herumtreiben, von der du geträumt hast. Du weißt selbst, Shao, dass es so etwas gibt. Es existiert nicht nur unsere eine Erde, sondern unzählige Dimensionen, und es gibt Zeiten, Planeten, andere …«

»Hör auf, hör auf!« Shao presste ihre Hände gegen die Ohren. »Wenn das zutrifft, was du da gesagt hast, dann – nein, das wäre ja schrecklich.«

»Wir müssen uns leider darauf einrichten.«

»Du meinst wirklich, dass ich einen Wach- oder Realitätstraum gehabt habe?«, fragte Shao erstaunt.

»So könnte es gewesen sein.«

Die Chinesin schüttelte den Kopf. Sie war völlig durcheinander. »Es war Suko«, flüsterte sie. »Er sprang auf die Bühne, umfasste mein Gesicht, und weißt du, Sheila, was dann geschah?«

»Nein.«

»Mein Gesicht verging.«

Sheila erschrak. »Wieso?«

»Ja, es war nicht mehr da. Es zerbrach zwischen Sukos Händen. Ich kann dir kaum sagen, was ich dabei gefühlt habe, aber es war schlimm.«

»Das glaube ich dir«, flüsterte Sheila. »Und du hast alles gesehen, nicht wahr?«

»Ja.«
»Aber wo, Shao, bleibt Bill?«
»Das weiß ich auch nicht«, murmelte die Chinesin …

Suko war nicht mehr zu halten gewesen. Mit einem kraftvollen Sprung hatte er die Bühne erreicht, sprang über die beiden liegenden Kämpfer hinweg auf Shao zu, die sich bücken wollte, von Suko aber festgehalten wurde. Er legte seine Hände auf ihre Wangen, wollte ihr in die Augen schauen und erlebte den nächsten Horror.

Die Haut hatte sich schon nicht mehr warm und lebensecht angefühlt, sondern kalt und ein wenig starr. In diesen Augenblicken, als Suko Druck ausübte, brach das Gesicht zusammen wie das einer Porzellanfigur.

Die Züge verschwanden. Nase, Augen, Mund, dies alles wurde zu körnigem Staub, der durch Sukos Hände rieselte.

Nichts blieb mehr von Shao übrig. Auch der Körper löste sich in dieser grauenvollen Art auf. Nur die Kleidungsstücke blieben zurück, und sie sackten zusammen, da sie keinen Halt mehr bekamen. Als ein Bündel von Lumpen blieben sie auf der Bühne liegen.

Das alles hatten Kara und ich ebenfalls mitbekommen. Eine Erklärung hielten wir natürlich nicht parat, wir konnten Suko auch nicht helfen, denn die Menge war durch den Vorgang aufgeputscht worden.

In unserem Rücken vernahmen wir die ersten wütenden Schreie, sahen die zackigen Bewegungen, mit denen die Männer ihre Waffen zogen, um sie gegen uns zu richten.

Zurück konnten wir nicht. Es gab also nur den Weg nach vorn. In unserem Fall hieß das: auf die Bühne.

Um Kara machte ich mir keinerlei Sorgen. Sie wusste, wie man zu kämpfen hatte, und sie konnte hervorragend mit dem Schwert umgehen, das hatte sie in meinem Beisein mehr als einmal bewiesen.

Ich war vor Kara oben, drehte mich um, streckte meinen Arm aus und half ihr hoch.

Kaum hatte sie die Bohlen betreten, als ihre Hand schon den Schwertgriff berührte und die Klinge aus der Scheide zog.

Ich drehte mich um, denn ich vernahm hinter meinem Rücken Sukos schluchzende Stimme. Er flüsterte den Namen seiner Freundin, und erst mein Schlag gegen die Rippen riss ihn aus der Trauer.

»Reiß dich zusammen, Junge!«

Für einen Sekundenbruchteil starrte er mich an. »John, hast du es gesehen? Hast du wirklich …?«

»Es war nicht Shao!« Ich rüttelte ihn durch, während um uns herum bereits Kampfschreie aufbrandeten.

Sie und meine Worte hatten auf Suko eine gewisse Signalwirkung gehabt. Der quälende Ausdruck verschwand aus seinem Gesicht und schuf einem harten Platz. Gleichzeitig zog der Chinese seine Dämonenpeitsche, die ja schon ausgefahren war.

Ich holte die Beretta hervor. Schießen wollte ich nur im Notfall.

Nebeneinander standen wir am Rand der Bühne. Kara hatten wir wieder in die Mitte genommen. Wir starrten nach unten auf die wütende Menge, die sich vor der Bühne versammelt hatte und an eine Woge erinnerte, über die der Wind strich.

Jeder wollte der Erste sein, und ein jeder drängte oder schob seine Nachbarn zur Seite.

Selbst in diesem seltsamen grünlichen Licht blitzten die Waffen, als würden Sonnenstrahlen auf sie fallen und die Klingen zur Explosion bringen.

Es gab keinen Mann, der nicht zu den Waffen gegriffen hatte. Die sehnigen Fäuste umschlossen die Griffe der Degen, Schwerter und Messer. Wir waren Eindringlinge und hatten die Gesetze dieser Welt verletzt. Jetzt würden die anderen zurückschlagen.

»Lasst mich erst«, sagte Kara. Ihr Tonfall verriet, dass sie es ernst meinte und tatsächlich einiges in der Hinterhand hielt. Dass sie mit einem Sprung die Bühne verließ, damit hatten wir nicht gerechnet, aber die Schöne aus dem Totenreich warf ihren geschmeidigen Körper dem lauernden Volk entgegen, wobei sie hohe Kampfschreie ausstieß und die Klinge wie ein geübter Kämpfer schwang.

Es sah so aus, als wollten die Gegner Kara mit ihren Klingen aufspießen, doch es kam anders.

Ein Schrei des Entsetzens gellte durch die Menge, denn Kara bewegte während des Sprungs ihr Schwert wie einen Kreisel und behielt dies auch bei, als sie mit den Füßen den Boden berührte.

Dort blieb sie stehen, denn man hatte ihr Platz gemacht. Niemand griff an. Sämtliche Augen waren auf das Schwert gerichtet, das Kara nach wie vor über ihren Kopf wirbelte und dessen Klinge einen goldenen Schein abgab, der wie eine Aureole über den Haaren der Frau hing.

»Das Schwert des Delios!«, hörten wir sie rufen, und gleichzeitig unterbrach sie ihre Bewegung.

Für einen winzigen Moment schien die Klinge in der Luft stehen zu bleiben, bis sie, von Karas Kraft getragen, nach unten raste und mit der Spitze in den Boden hämmerte.

Wie hatte sie uns noch gesagt? Jeder Stein, jedes Staubkorn atmet den finsteren Geist des Arkonada aus.

Daran musste ich unwillkürlich denken, als ich die nächste Szene erlebte.

Die Menschen starben nicht, aber sie spürten die andere, die für sie so fremde und gegensätzlich gerichtete Magie, der sie nichts entgegenzusetzen hatten, weil sie einfach zu schwach und nur winzige Figuren in einem mächtigen dämonischen Spiel waren.

Sie lösten sich auf.

Aus dem Nichts war der Nebel plötzlich da. Ich hörte ein Schreien und Wimmern und sah geisterhafte Gestalten in die trägen Wolken hineinstoßen und sich mit ihnen vereinigen.

Kara stand wie ein Fels in der Brandung. Sie hatte ihre Hände auf den Griff gelegt, den Kopf erhoben und schaute mit starrem Blick über die allmählich vergehenden und sich auflösenden Geistwesen hinweg, die von den Wolken verschluckt wurden.

Aus der Erde schien der Wind zu stammen, der in die großen Wolken hineinblies und sie in die Höhe trieb, wo sie sich zu einer einzigen vereinigten.

Es waren Geister gewesen, zu Geistern waren sie wieder geworden, wobei sie durchaus zurückkehren konnten, wie ich annahm.

Stille umgab uns, während die Nebelwolke allmählich weitertrieb und unserem Sichtbereich entschwand.

Kara drehte sich um.

Suko und ich standen noch immer auf der Bühne, schüttelten die Köpfe und machten ratlose Gesichter.

Kein Schuss war gefallen, Suko hatte nicht einmal zuschlagen müssen, und auch Karas Schwert war nicht tötend in Erscheinung getreten. Dennoch sahen wir unsere Feinde nicht mehr. Nur noch die Gebäude standen. Leer, verlassen und mich an eine Geisterstadt erinnernd.

»Warum seid ihr noch da oben?«, fragte Kara und lächelte. »Kommt zu mir!«

Wir sprangen von der Bühne. Ich kam dicht neben Kara auf und sah die Zeichen der Anstrengung in ihrem Gesicht. Die letzte Abwehr hatte sie stark mitgenommen.

»Jetzt erzähl mir, wie du das geschafft hast«, sagte ich leise und schüttelte dabei den Kopf.

»Durch das Schwert.«

»Okay, das weiß ich. Aber nur so …«

Mit ihrer Antwort wandte sich Kara an Suko und mich. »Ihr wisst, dass diese Waffe aus dem alten Atlantis stammt. Mein Vater Delios hat sie mir überlassen, und er berichtete von geheimnisvollen Kräften, die in ihr steckten. Das Schwert ist noch gefürchtet, wie ihr selbst erlebt habt. In ihm stecken Kräfte, die mich manchmal selbst überraschen. So wie in den letzten Minuten. Ich erinnerte mich plötzlich an Bewegungen, die ich einfach durchführen musste, und ich habe Worte gesprochen, die ihr nicht hören konntet und die ich auch nicht von meinem Vater weiß.«

»Von wem dann?«

»Von einem Mann namens Nathan.«

»Moment«, unterbrach ich sie. »Nathan ist ein Begriff aus der klassischen Literatur. Nathan der Weise …«

»Ja, den gab es auch. Aber ich meine einen anderen Nathan. Den Schmied. Er hat dieses Schwert hergestellt und die Klinge im weißmagischen Feuer gehärtet.«

Ich begriff. »Dann muss er es gewesen sein, der uns praktisch geholfen hat«, folgerte ich.

»Nein, John, nicht er. Sein Geist, der in den Sphären des Lichts schwebt und sich von dort aus meldete. Du musst wissen, dass Nathan auch ein sehr weiser Mann war. Er hat das Schwert geschmiedet, damit ich mich wehre. In dieser Welt wird es möglicherweise seinen vollen Zauber entfalten, von dem selbst ich bisher noch nichts weiß. Wir müssen uns auf Überraschungen gefasst machen.«

Ich lächelte. »Aber auch auf positive.«

»Das will ich hoffen.«

»Vergesst Arkonada nicht«, warnte Suko. »Wird er die Niederlage verkraften?«

Da hob Kara die Schultern.

Ich ergriff das Wort. »Wahrscheinlich wird er eine neue Teufelei aushecken und auch weitere Träume erfinden, um uns in Schwierigkeiten zu bringen.«

Suko nickte. »Wie er es bei Shao getan hat.«

»Genau.«

»Hoffentlich hat sie es überstanden!«, flüsterte mein Freund und senkte den Blick.

Wir konnten ihm kaum etwas Tröstliches sagen, deshalb schwiegen wir, bis Kara uns aus den Gedanken riss.

»Kommt, Freunde, wir müssen weiter!«

»Und wohin?«, fragte ich.

Kara deutete in die Runde. »Dieser kleine Ort ist nicht verschwunden. Vielleicht finden wir einen Hinweis auf Arkonada. Bisher hat er sich ja nicht selbst gezeigt.«

Der Vorschlag war gut, wurde von uns angenommen, und wir kamen überein, uns zu trennen. Sollte uns eine böse Überraschung widerfahren, konnten wir uns wehren, wir waren schließlich bewaffnet.

Vom äußeren Rand des Marktplatzes aus führten mehrere Gassen in den Wirrwarr der Häuser und Geschäfte. Es war egal, welche wir zuerst durchsuchten. Als wir uns trennten, drückten wir uns aber gegenseitig die Daumen …

Die Stille umgab mich wie ein gewaltiger Schleier. Ich vernahm nur meine Schritte, ansonsten keinen Laut. Es gab weder ein Tier noch einen Menschen, wenigstens hatte ich niemanden gesehen.

Auch nicht in den Häusern. Die Höhe der Türen reichte nie für meine Größe aus, so musste ich stets den Kopf einziehen, wenn ich eines der Gebäude betrat.

Kein Raum war dunkel. Durch die Öffnungen in den Wänden drang stets genügend Licht, um mir eine Orientierung zu ermöglichen.

Ich sah tatsächlich kleine Läden oder Geschäfte. In einem Haus wurden Teppiche geknüpft, in einem anderen standen primitive Spinnräder, in einem weiteren sah ich eine kleine Schmiede.

Nur war alles leer und verlassen. Meine für mich nicht sichtbaren Freunde und ich durchschritten tatsächlich eine Geisterstadt. In der Schmiede blieb ich stehen und schaute mich um.

Es war ein interessanter Raum, ein wenig größer als die, die ich zuvor durchsucht hatte. Der Boden bestand aus festgestampftem Lehm, die Wände waren ziemlich dick. Aus zwei Fensteröffnungen drang Licht. Unter den Fenstern stand eine lange Bank, auf der die bereits hergestellten kleinen

Schmuckstücke lagen. Abzeichen, Medaillons, Ringe und schmale Ketten. Nichts Auffälliges, sondern ein gediegener Schmuck, den auch ich zu meiner Zeit verschenkt hätte.

Rechts von mir befand sich das Schmiedefeuer.

An der linken Seite des Raumes entdeckte ich einen Durchgang. Verschlossen war er nicht. Ein Perlenvorhang bedeckte die Öffnung, und die gläsernen Kügelchen schillerten in allen Farben des Spektrums.

Ich wandte mich der Esse zu. Mich interessierten die Geräte des Schmieds, denn so wie die Handwerker früher gearbeitet hatten, davon konnten sich die Menschen der Gegenwart kaum ein Bild machen.

Das leise Klirren des Vorhangs warnte mich.

Ich hatte mich schon gebückt, fuhr herum und sah die geisterhafte Stille jäh gestört.

Aus dem Durchlass sprang eine finster aussehende Gestalt. Die Perlen des Vorhangs klatschten noch auf seinen nackten Oberkörper, bevor sie weggeschleudert wurden und der Kerl freie Bahn hatte.

Ich kannte ihn. Einmal hatte er mich schon hasserfüllt gemustert. Der Ausdruck in seinen Augen war unverändert geblieben, doch es war etwas hinzugekommen.

Ein drittes Auge.

Genau auf der Stirnmitte leuchtete es, und ich glaubte, in seinem Innern die Fratze des Arkonada zu sehen.

Mehr Zeit ließ man mir nicht, denn der Mann wollte mich töten. Vorhin hatte er die gefährlichen Schwerter in seinen aufgerissenen Mund geschoben.

Nun aber hielt er zwei von ihnen in den Händen und war bereit, mir die Klingen in den Körper zu stoßen …

ARKONADAS MORD-ZYKLOPEN

Der Mann wollte mich töten!

War er ein Mensch oder ein Dämon? Ich wusste es nicht. Jedenfalls hatte er ein menschliches Aussehen, obwohl ihn etwas deutlich von einem Homo Sapiens unterschied.

Das dritte Auge!

Es saß mitten auf der Stirn. Über den beiden normalen Augen und genau zwischen ihnen. Vielleicht sah das Wesen damit oder nahm andere Empfindungen auf, ich wusste es nicht. Und auch die kleine, abgrundtief hässliche Fratze innerhalb des Auges war für mich nicht wichtig, es zählten allein die beiden Schwerter, die der Kerl mit den schwarzen Haaren in den Fäusten hielt.

Und er griff an!

Einem Schwerthieb zu entgehen ist gar nicht so einfach. Zwei Klingen auszuweichen fast unmöglich. Besonders dann, wenn sie aus verschiedener Höhe den Körper treffen wollen.

Für mich wurde es kritisch.

Zum Glück stand ich noch weit genug entfernt, sodass mich der andere nicht mit einem Sprung erreichen konnte. Als er zum zweiten ansetzte, war ich bereits zurückgewichen und mit dem Rücken gegen die Feuerstelle der Schmiede geprallt, wo ich mich sofort zur Seite drehte und einen primitiven Eisenhammer zu packen bekam, der zwischen den Werkzeugen stand. Bis an die normale Ausgangstür geriet ich und hörte das Pfeifen der Klingen, als sie mich verfehlten.

Sofort kreiselte der andere herum.

Fest stand er dann mit beiden Beinen auf dem Boden. Er wirkte ungemein stark, es würde mir schwerfallen, ihn zu besiegen.

Ich schleuderte den Hammer.

Auf seinen Kopf hatte ich nicht gezielt, der Körper bot Fläche genug. Zwar wollte der andere noch ausweichen, doch der Hammer war schneller. Er traf ihn an der Schulter.

Ich hörte das dumpfe Geräusch des Aufpralls und einen

kehligen Laut, der über dicke Lippen drang. Für einen Moment war er aus dem Konzept gebracht worden, aber er fiel nicht. Dieser Typ stand wirklich wie ein Fels in der Brandung.

Sofort setzte ich nach.

Diesmal schnappte ich mir eine Eisenstange und wuchtete sie hoch. Ich hätte auch schießen können, aber ich wollte wissen, mit wem ich es hier zu tun hatte.

Die Stange war ziemlich schwer. Ich fasste sie mit beiden Händen und wehrte Sekunden später den ersten Schwertstich ab. Die Klinge wischte an meiner Eisenstange entlang, und ich bewegte meine Waffe sofort zur anderen Seite, damit ich auch den zweiten Schwerthieb abwehren konnte.

Dann musste ich zurück, denn mein Gegner war zur Seite gesprungen und hatte dabei auf mich gezielt.

Im Zurückspringen zog ich den Kopf ein. Das war mein Glück, so wurden nur einige Haare getroffen und abrasiert.

Ich hatte sehr viel Schwung in meine Aktion gelegt und dabei nicht hinter mich geschaut. Gegen die Wand prallte ich nicht, sondern erreichte genau den offenen Ausgang, torkelte hindurch, gelangte nach draußen in den Basar, stolperte dort und fiel zu Boden.

Auf dem Rücken lag ich und sah den Dreiäugigen durch den Ausgang stürmen. Er wollte mir den Rest geben.

Ich schleuderte ihm die Eisenstange entgegen. Es war das Einzige, was ich in dieser Lage unternehmen konnte, und die Stange traf die breite Brust des Kerls, den ich einmal als Schwertschlucker erlebt hatte.

Der Hammer hatte bei ihm keine Wirkung gezeigt. Die Stange aber hielt ihn zum Glück so lange auf, bis ich auf die Beine kam.

Rasch huschte ich zurück.

Rechts und links rahmten mich die Mauern der engen Gasse ein. Es gab genügend offene Türen, sodass ich Fluchtwege hatte. Irgendwo in der Nähe, aber leider nicht sichtbar, mussten sich auch meine beiden Freunde Suko und Kara herumtreiben, doch auf ihre Hilfe konnte ich nicht zählen, ich musste allein mit dem Schwertträger fertig werden.

In der Gassenmitte hielt ich mich auf. Bisher hatte ich gezögert, die Beretta zu ziehen, das änderte sich nun, denn es ging um mein Leben. Er verstand mich sicherlich nicht, wenn ich ihn ansprach, aber ich hoffte, dass er begriff, wenn er in die Mündung schaute. Ich setzte noch einen Befehl hinterher und warnte ihn.

Für einen Moment stutzte er. Eine Pistole hatte er wohl noch nie gesehen, er konnte damit nichts anfangen, starrte in die Mündung, drehte den Kopf und schaute der Reihe nach seine beiden Klingen an.

Sie schimmerten bläulich. Es waren dieselben Schwerter, die er sich bei seiner Darbietung in den Rachen gesteckt hatte.

Jetzt wollte er mich damit killen!

Ich hielt die Beretta in der rechten Hand und hatte den Arm vorgestreckt, wobei ich das Gelenk mit der linken abstützte.

»Bleib stehen!«, fuhr ich ihn an.

Er schüttelte den Kopf. Dabei gab er mir Gelegenheit, sein drittes Auge genauer zu betrachten.

Es war größer als die beiden normalen. Vielleicht hatte es sogar die dreifache Ausdehnung. Eine Pupille hatte es nicht, denn an ihrer Stelle schimmerte eine Fratze.

Sie hatte einen Namen, mit dem ich schon öfter konfrontiert worden war.

Arkonada!

Dieses Wesen vor mir musste also ein Diener des Dämons Arkonada sein, dem hier alles gehörte.

Der Dreiäugige kam näher. Um meine Waffe kümmerte er sich nicht, sie war für ihn nicht vorhanden. Es hatte keinen Sinn mehr, ihn zu warnen, deshalb drückte ich ab.

Ein wenig hatte ich die Mündung gesenkt, denn ich wollte ihn nicht tödlich treffen.

Als der Schuss aufpeitschte, schaute ich für einen Moment in das Gesicht meines Gegners. Wahrscheinlich hatte er sich wegen des Knalls so erschreckt, die Kugel war es jedenfalls nicht. Sie steckte zwar in seinem linken Oberschenkel und hatte dort ein faustgroßes Loch gerissen, doch ich sah kein Blut.

Wie schon bei den beiden Schwertkämpfen auf der Bühne, als sich die Schauspieler gegenseitig umbrachten. Die Wesen auf diesem Planet der Magier schienen überhaupt keinen Lebenssaft zu besitzen, so wie wir ihn kannten.

Ein rätselhaftes Phänomen!

Die Irritation des anderen dauerte nicht lange an. Rasch hatte er sich wieder gefangen und vergaß das Kugelloch in seinem Bein. Durch den Körper des Schwertträgers ging ein Ruck, das Gesicht mit der dunklen Haut nahm einen noch entschlosseneren Ausdruck an, und im nächsten Augenblick stürmte er los.

Schnell bewegte er seine Arme. Die Wege der Klingen kreuzten sich, ohne dass sich die Waffen selbst berührten. Er war tatsächlich ein Meister seines Fachs.

Und er war schnell.

Vielleicht hätte ich auf das Auge schießen sollen, um den Lebensnerv zu treffen, doch dazu war es jetzt zu spät.

Ich blieb nicht in der Gasse, sondern huschte in den nächsten Eingang.

Ein schmaler, tiefer Raum nahm mich auf. Er hatte keine Fenster und war deshalb dunkel.

Ich lief durch den gangähnlichen Raum und gelangte an eine Treppe.

Sie war aus Lehm errichtet worden und hatte kein Geländer. Ich hetzte mit großen Sprüngen die Stufen hoch, stets verfolgt von dem Dreiäugigen, der keinen einzigen Laut ausstieß, sodass ich nur das Tappen seiner Füße vernahm und manchmal auch ein helles Geräusch, wenn die Schwerter sich berührten.

Die Treppe führte direkt aufs Dach.

Es war flach, rechteckig gehalten, und nicht mal eine Mauer trennte es vom Dach des Nachbarhauses.

Auch hier oben fand ich keine geeignete Waffe, mit der ich meinen Gegner hätte stoppen können.

Und er war schon da!

Die Dachbreite trennte uns, da ich mich schon an der Grenze zum Nachbarhaus aufhielt. Für einen Moment blieb mein Verfolger stehen und griff dann zu einer anderen Taktik.

Aus dem Handgelenk schleuderte er sein Schwert!

Wie eine Lanze flog es auf mich zu und hätte mich in Brusthöhe erwischt, wäre ich nicht zur Seite gesprungen.

So fuhr es an mir vorbei. Wo es verschwand, konnte ich nicht sehen, denn der Dreiäugige folgte seiner Waffe in langen Sprüngen. Sein Gesicht war jetzt verzerrt, das dritte Auge glühte, er bewegte den Kopf hektisch von einer Seite zur anderen und schlug von oben nach unten.

Der Hieb hätte mich in zwei Hälften gespalten. Ich aber unterlief ihn, bekam mit beiden Händen das Gelenk zu packen, hielt eisern fest, und für einen Moment erstarrte jegliche Bewegung.

Eiskalt nutzte ich meine Chance. Nach hinten ließ ich mich fallen, riss gleichzeitig die Beine hoch und hatte mit dem Rücken kaum den Boden berührt, als ich den Dreiäugigen bereits über meinen Kopf hinwegschleuderte.

Ich hatte sehr viel Kraft in diese Aktion gelegt, und der Schwung reichte aus, um meinen Gegner über den Rand des Daches zu katapultieren. Noch auf dem Boden liegend vernahm ich den klatschenden Aufprall unten in der Gasse.

Schwungvoll kam ich wieder auf die Beine, lief zur Dachkante und schaute nach unten.

Der Dreiäugige war dabei, sich wieder zu erheben. Gleichzeitig vernahm ich den Ruf meines Freundes Suko.

»John!« Seine Stimme klang dünn. Sie wurde von zahlreichen Mauern, die sich zwischen uns befanden, fast verschluckt. »John, wo steckst du denn?«

»Auf dem Dach!«, brüllte ich und sah, wie der Dreiäugige wieder im Hauseingang verschwand. Er hatte noch längst nicht aufgegeben.

Ich dachte an das zweite Schwert, schaute kurz in die Richtung, in die es geflogen war, und entdeckte es auf dem Dach des Nachbarhauses liegend.

Die Zeit musste ich mir einfach nehmen, rannte hin und nahm es auf. Es war leichter, als ich gedacht hatte. Es hatte eine sehr schmale Klinge, sogar noch schmaler als die des goldenen Schwerts.

Jetzt standen die Chancen besser. In dieser Zeit und Dimension konnte ich mit normalen Waffen kaum etwas ausrichten.

Wo wir uns zeitlich genau befanden, wusste ich nicht. Wahrscheinlich existierte sogar noch der Kontinent Atlantis, also mindestens zehntausend Jahre zurück.

Zeit, darüber näher nachzudenken, hatte ich nicht, denn mein Gegner tauchte wieder auf. Der Sturz hatte ihm nichts ausgemacht, auch der Treffer ins Bein nicht.

Ich verschwand durch die Dachluke des Nachbarhauses und fand eine ähnliche Treppe vor, wie ich sie schon zuvor nach oben gelaufen war.

Auf halber Höhe hielt ich so, dass die Klinge schräg in die Höhe zeigte. Jetzt konnte der andere kommen.

Bis zum Zerreißen waren meine Nerven gespannt. Und der andere kam auch.

Plötzlich tauchte er an der Luke auf. Ich sah seinen Schatten und hoffte, dass er mich nicht sofort im Halbdunkel entdeckte, denn ich hatte mich mit dem Rücken gegen die Wand gepresst.

Er sprang auf die Treppe.

Als sich der Dreiäugige noch in der Luft befand, ging ich vor und stach zu.

Diesmal erinnerte er mich an einen der beiden Akteure auf der Bühne. Nur traf ich hier allein, und die Waffe ging durch seine Deckung.

Für einen winzigen Augenblick konnte ich in das Gesicht des Wesens sehen. Aus dem dritten Auge strahlte mir das Böse entgegen, in den beiden normalen entdeckte ich Unglauben. Er konnte es wohl nicht fassen, dass er erwischt worden war. Dann wankte er zurück.

Die Treppe hatte kein Geländer. Einen Schritt konnte er noch hinter sich bringen, der zweite riss ihn bereits in die Tiefe.

Wieder hörte ich den Aufprall, als sein Körper den Boden berührte. Diesmal allerdings deutlicher, denn die Distanz war nicht so groß wie beim ersten Mal.

Wenn ich ihn ausschalten wollte, musste ich am Ball bleiben. So rasch wie möglich brachte ich die Treppe hinter mich, lief auf ihn zu und sah, wie er sich erhob.

Noch immer hielt er ein Schwert fest. Das wollte ich ändern, deshalb hämmerte ich meine Fußspitze gegen sein Gelenk. Der Arm wurde zurückgeschleudert, prallte gegen die Wand, und ich trat blitzschnell auf ihn, sodass er gegen den Boden gepresst wurde.

Dann zog ich den Dolch.

Aus dem dritten Auge starrte mich die Fratze des Arkonada an. Ein widerliches Gesicht, das dieses Wesen vor mir mit einem schrecklichen Leben erfüllte.

Ich hatte es gelernt, den Dolch zu schleudern. Genau nahm ich Maß, hob den Arm, zielte auf das dritte Auge und spürte plötzlich eine Hand auf meiner rechten Schulter …

Für einen Moment erstarrte ich!

War da noch ein Zweiter, der sich versteckt gehalten hatte und seinem Artgenossen nun zu Hilfe kommen wollte?

Sehr rasch beruhigte mich eine weiche Frauenstimme. »Lass es, John Sinclair! Dieser Griffin kann uns unter Umständen nutzen!« Kara hatte die Worte gesprochen, und ich ließ meinen rechten Arm tatsächlich sinken.

Der Flur, in dem wir uns befanden, war eng. Kara schob

mich zur Seite, damit sie an den Griffin herankommen konnte.

Im Hintergrund sah ich Suko und winkte ihm beruhigend zu. Ein Zeichen für meinen Freund, die Dämonenpeitsche wieder verschwinden zu lassen. Wir konzentrierten uns auf Kara.

Sie stand vor dem Griffin, der von meinem Schwert durchbohrt worden war. Kara hielt ihr Schwert mit der goldenen Klinge in der rechten Hand. Die Spitze wies haargenau auf die Stirn des Besiegten und damit auch auf das dritte Auge, in dem die Fratze des Arkonada lauerte.

Mein Gegner lag still. Erst jetzt stellte ich fest, dass er überhaupt nicht atmete. Auch in seinem Gesicht regte sich kein Muskel. Er blieb ruhig und starrte nur Kara an.

»Du weißt, wer ich bin?«, fragte sie.

»Nein!«

Die beiden redeten in einer Sprache, die Suko und ich nicht verstanden. Kara hat es später übersetzt.

»Man nennt mich die Schöne aus dem Totenreich, und das Schwert, das ich hier in der Hand halte, ist von Nathan geschmiedet worden. Es besitzt die Kräfte des Lichts. Es kann heilen, aber auch töten. Such es dir aus, Griffin!«

Der Mann antwortete nicht. Nur in seinem Gesicht zuckte es. Er wusste nicht, wie er sich verhalten sollte. Reden oder Schweigen, diese Frage stellte sich ihm.

»Ich würde an deiner Stelle reden«, sagte Kara und senkte ihr Schwert noch weiter seinem Gesicht entgegen. »Nur so hast du die Möglichkeit, am Leben zu bleiben.«

»Was willst du wissen?«

Kara nickte. »Du sollst mir sagen, weshalb du nicht wie die anderen verschwunden bist.«

»Arkonada brauchte mich.«

»Hat er dich geschickt?«

»Ja.«

»Und was hat er dir aufgetragen?«

»Ich soll ihm seine Feinde vom Hals halten!«

»Das hast du versucht, aber es ist dir nicht gelungen. Weißt du, wo sich Arkonada befindet?«

»Er ist überall.«

»Das kann ich mir denken, aber es muss ein Zentrum geben. Und du kennst es. Deshalb wirst du uns hinführen. Hast du verstanden, Griffin?«

»Er tötet mich.«

»Ich auch«, erklärte Kara hart.

Der Griffin überlegte. Schließlich erklärte er sich bereit.

Kara zeigte sich ebenfalls mit dem Kompromiss einverstanden, denn sie trat einen Schritt zurück, damit der andere Platz hatte, um sich erheben zu können.

Ich ließ während dieser Bewegungen sein drittes Auge nicht aus dem Blick. Nach wie vor zeichnete sich die verkleinerte Fratze des Dämons Arkonada dort ab. Aber sie bewegte sich nicht mehr. Die einzelnen Gesichtszüge waren erstarrt.

Hatte der Dämon aufgegeben?

Daran wollte ich nicht glauben. Ich rechnete stark mit einem dicken Ende.

Breitbeinig stand der Griffin vor uns. Noch immer steckte das von mir gestoßene Schwert in seiner Brust. Die zweite Waffe lag neben ihm am Boden. Er hatte sie weggelegt, ohne dass ihn Kara hätte dazu auffordern müssen.

»Wir werden jetzt dieses Haus verlassen«, erklärte sie. »Und du führst uns in Arkonadas Nähe. Hast du begriffen?«

»Ja.«

»Dann geh!«

Wir traten zur Seite, denn der Gang war ziemlich eng. So konnte uns mein Gegner passieren.

Er blickte an uns vorbei. Für ihn waren wir Luft. Dennoch traute ich dem Frieden nicht. Auf diesem verdammten Planeten war alles anders. Da wurden Gesetze auf den Kopf gestellt, und es hätte mich nicht gewundert, wenn das Wasser nach oben, anstatt nach unten geflossen wäre.

Kara blieb dicht hinter ihm. Das Schwert bildete die Verlängerung ihres Arms. Die Spitze der goldenen Klinge wies genau auf den Rücken des Dreiäugigen.

»Glaubst du an einen Erfolg?«, flüsterte mir Suko zu.

»Nein, nicht so recht.«

»Ich schätze auch, dass Arkonada über alles informiert ist. Er wird mit dem dritten Auge sehen.«

»Bestimmt.«

Bisher hatten wir uns ziemlich zurückgehalten. Wenn sich jemand hier auskannte, war es Kara, denn ihr Geist, das wussten wir, hatte den Planeten schließlich schon erforscht.

Kara und der Griffin hatten das Haus bereits verlassen, als wir uns in Bewegung setzten. Wir fanden die beiden in der Gasse beieinander stehen. Der Dreiäugige rührte sich nicht. Noch immer steckte das Schwert in seinem Körper.

Die zweite Waffe hatte Suko an sich genommen. Er hielt sie in der rechten Hand.

»Wir wollen zu Arkonada«, erklärte Kara. »Zeig uns den Weg!«

»Er ist hier!«

Es waren Worte, die uns alarmierten, doch sie trafen auf eine völlig andere Art und Weise zu, als wir je gerechnet hatten. Arkonada war zwar in der Nähe, aber er griff uns nicht an, sondern bewies uns, was er mit Verrätern anstellte.

Ich ahnte Schlimmes, als ich das grüne Glühen innerhalb des dritten Auges sah, sprang vor, packte Kara und riss sie hastig zurück.

Gerade noch im rechten Augenblick, denn dort, wo der Griffin stand, fauchte es plötzlich auf. Es waren keine direkten Flammen, die in die Höhe züngelten, sondern eine fauchende, glatte Lohe, wie sie von einem Schweißbrenner abgegeben wurde.

Nur leuchtete diese blassgrün, blieb wie eine sich öffnende Blume für Sekunden vor uns stehen und hatte die Form eines Tulpenkelchs angenommen.

Dann fiel sie zusammen.

Wir sahen nichts mehr, konnten die enge Gasse überblicken und deren leicht gebogenes Ende sehen. Von unserem Gegner war nicht einmal ein Staubkorn zurückgeblieben.

So also rächte sich Arkonada.

Schrecklich …

Ich räusperte mich, Suko schaute betreten zu Boden, und Kara war blass geworden. Sie übernahm auch das Wort.

»Eigentlich hätten wir damit rechnen müssen«, sagte sie. »Arkonada lässt es nicht zu, wenn sich seine Diener gegen ihn stellen.«

»Womit wir wieder am Anfang stehen«, meinte Suko.

»Nicht ganz«, warf Kara ein. »Schließlich befinden wir uns auf dem Planeten der Magier.«

»In der Vergangenheit?«, fragte ich.

»Kann sein.«

»Dann müsste es also noch den alten Kontinent Atlantis geben, oder irre ich mich?«

»Wenn wir uns tatsächlich in der Vergangenheit befinden sollten, würde er existieren.«

»Und damit auch du!«, sagte ich.

Kara nickte. Dabei rann ein Schauder über ihre helle Haut.

Suko fügte noch hinzu: »Womit wir das gleiche Phänomen hätten wie damals bei Chandler und Bandor. Nur hat der Professor in der Urzeit als anderer und in einer fremden Gestalt gelebt.« Suko schüttelte den Kopf. »Das sind wirklich Phänomene, die man nicht so ohne Weiteres begreifen kann.«

Keiner von uns widersprach.

Ich stellte die nächste Frage. »Was sind eigentlich Griffins?«

»Es sind die dreiäugigen Wächter des Arkonada.«

»Die wir nie zuvor gesehen haben.«

Kara schüttelte den Kopf. »Das konntest du auch nicht, John. Die Griffins leben nur hier.«

»Also auf dem Planeten der Magier.«

»So ist es.«

»Und wie kann man sie ausschalten? Gegen geweihte Silberkugeln sind sie immun.«

»Das ist wie bei einem Elefanten, den du mit Erbsen bewirfst«, antwortete Kara. »Du wirst den gleichen Erfolg erzielen. Nämlich keinen. Mein Schwert tötet die Griffins, aber es gibt auch eine andere Möglichkeit. Du musst den Kontakt zu Arkonada zerstören.«

»Also das Auge!«

»So ist es.«

Das hatte ich mir schon gedacht, nun erhielt ich die endgültige Bestätigung. »Hast du eine Ahnung, Kara, wie viele Griffins es auf diesem Planeten gibt?«

»Nein. Ihre Zahl ist mir unbekannt. Aber wir müssen uns auf zahlreiche Gegner einstellen.«

»Und auf sonst noch etwas?«

»Wie ihr schon gemerkt habt, hier ist alles anders. Arkonada kann mit uns spielen. Diese Welt steht unter seinem Einfluss, unter seiner Kontrolle, und sie gehorcht ihm. Dagegen können wir nichts machen. Es muss uns nur gelingen, die Quelle, also das Zentrum zu finden, in dem er sich aufhält. Dann können wir uns zum Kampf stellen.«

»Auf dessen Ausgang ich gespannt bin«, erwiderte Suko trocken.

»Ich auch«, fügte Kara hinzu. »Keinesfalls sollten wir die Macht dieses Dämons unterschätzen.«

Da hatte die Schöne aus dem Totenreich wahre Worte gesprochen. Wir steckten inmitten eines unbegreiflichen Abenteuers. Von einem Augenblick zum anderen waren wir durch die Magie der goldenen Klinge auf diesen Planeten gelangt und hatten von Kara Wahrheiten zu hören bekommen, die uns vom Stuhl gehauen hätten. Der Planet gehörte Arkonada. Ihm allein, und er konnte ihn auch manipulieren. Angeblich war ich schon einmal auf ihm gewesen, als ich die goldenen Pistolen entdeckte – und somit auch Professor Chandler. Das aber lag lange zurück. Zudem befanden wir uns hier in einem Gebiet, das sich von dem des anderen unterschied wie der Tag von der Nacht.

Diese Welt hing eng mit den Großen Alten zusammen. Angeblich sollten sie hier entstanden sein. Wenn es tatsächlich stimmte, hatten wir ein Zentrum schwärzester Magie entdeckt.

»Alle Wege führen nach Rom.« Suko gab sich als Philosoph aus. »Hier führen alle Wege zu Arkonada. Suchen wir ihn.«

»Vielleicht träumt wieder jemand«, bemerkte Kara.

Ich schaute sie an. »Lieber nicht. Die Sache mit Shao hat mir gereicht.«

»Kara«, sagte ich. »Auf dich kommt es an. Du hast diese Welt durchforscht. Dich kostet es nur einen winzigen Moment der Konzentration, um uns woanders hinzuschaffen. Versuch es, denn wir müssen in das Zentrum und Arkonada vernichten.«

»Es wird schwer sein«, erwiderte sie.

»Weshalb?«

»Arkonada lässt sich nicht manipulieren. Er hat eine Gegenmagie aufgebaut. Er lässt nur die an sich heran, die ihm würdig genug erscheinen. So ist es nun einmal.«

»Aber wenigstens in seine Nähe müssen wir gelangen.«

»Das könnte ich versuchen.«

»Dann los!«

Wir hatten es schon einmal erlebt. Sobald Kara mit dem Schwert den Boden oder etwas anderes auf dieser Welt berührte, wurde der Gegenstand vernichtet.

Dieser Planet bestand aus Magie. Und Magie steckte auch in dem Schwert mit der goldenen Klinge. Nur war sie stärker als der hier existierende Zauber, deshalb reagierte sie zerstörend.

»Wenn ich nur den Trank des Vergessens hätte«, murmelte Kara und hob die Schultern. »Es wird wohl immer ein Traum bleiben …«

Da hatte ich eine andere Meinung. Suko und mich hatten

Tropfen des Tranks schon in arge Bedrängnis gebracht, aber das war Vergangenheit. Hier interessierte die Gegenwart.

Kaum hatte die Schwertspitze den Untergrund berührt, begann sich die Stelle zu verändern.

Das Brodeln und Zischen kannten wir bereits und auch den Rauch, der stickig und in feinen Fäden in die Höhe stieg, wobei er sich erst in Dachhöhe verteilte.

Kara hob das Schwert wieder an. Die Geräusche verstummten, allmählich erkaltete die Masse.

»So gelingt es mir nicht«, sagte sie. »Ich kann keinen Kreis schlagen, tut mir leid.«

»Musst du denn unbedingt Kontakt mit dem Boden haben?«, wollte ich wissen.

»Es ist besser.«

»Spring über deinen eigenen Schatten!«, forderte ich Kara auf. »Nimm eine andere Chance wahr. Vielleicht sind die Gesetze hier auf den Kopf gestellt. Wir haben keine Wahl!« Beschwörend schaute ich sie an und sah das Lächeln auf ihrem Gesicht.

»Du hast eine seltsame Gabe, Menschen zu überzeugen. Möglicherweise hast du sogar recht. Ich werde es versuchen.«

»Na bitte.«

Kara kantete das Schwert hoch. Eine Hand hatte sie um den Griff gelegt, die andere fasste am Ende des Schwerts zu, dicht vor der Klingenspitze. Sie ging zwei Schritte zurück, legte den Kopf in den Nacken und bog ihren Rücken durch.

Wir kannten Karas Meditationsübungen, deshalb ließen wir sie in Ruhe, denn sie brauchte jetzt eine ungemein starke Konzentration und einen harten Willen, um sich eventuell gegen die Kräfte durchsetzen zu können, die sie hemmen wollten.

Allmählich fielen ihre Augendeckel herab. Sie schloss die Augen nicht ganz, sondern ließ sie einen Spalt offen, damit sie sehen konnte, was in ihrer Nähe geschah.

Jede Beschwörung, die Kara durchführte, kostete sie Kraft, wobei sie gleichzeitig andere Kräfte herausforderte und sie zu manipulieren versuchte.

So würde es auch hier sein, und die Anstrengung zeichnete sich auf ihrem Gesicht ab.

Zunächst begann der Schweißausbruch. An der Stirn fing es an. Als stünde sie in einer Sauna, so kam es uns vor. Das Gesicht glänzte, der Atem drang kurz und hektisch über ihre Lippen, und die Muskeln ihrer Oberarme zitterten, was wir selbst unter ihrem umhangähnlichen, weit geschnittenen Kleid wahrnehmen konnten.

Manchmal öffnete sie die Augen, doch ihre Blicke ignorierten uns. Kara war versunken. Körperlich stand sie noch bei uns, doch eigentlich befand sie sich in einer anderen Welt oder Dimension.

Es kam oft vor, dass sie über die Eindrücke, die sie empfand, auch redete. In diesem Fall schwieg sie, obwohl sie zu reden versuchte und den Mund öffnete.

»Es wird verflucht schwer für sie«, flüsterte Suko.

Ich nickte nur. Gern hätte ich Kara geholfen, doch wir mussten Statisten bleiben, denn wir hätten mehr zerstört als gerichtet.

Schließlich sagte sie doch etwas. Leise Worte schwangen uns entgegen.

»Es ist – es ist so schwer«, hauchte sie. »So ungemein schwer. Da hemmt etwas. Ich, ich komme nicht durch. Mein Geist ist gefangen …«

Ich wollte schon eine Gegenfrage stellen, doch Suko legte mir eine Hand auf den linken Arm. Das Zeichen kannte ich und hielt deshalb den Mund.

Kara atmete schwer und keuchend. Das Schwert ließ sie nicht los. Matt glänzte die Klinge im leicht grünlich schimmernden Licht, das auf diesem Planeten herrschte.

Ihr Atmen wurde zu einem Pfeifen, das abrupt stoppte. Anschließend lief ein Zittern durch die Gestalt der geheimnisvollen Frau. »Ich, ich versuche es weiter. Es muss eine

Chance geben. Und da ist auch etwas. Ja, ich komme durch …«

Unsere Spannung wuchs. Von Sekunde zu Sekunde erhöhte sie sich. Dabei standen wir auf dem Sprung, um Kara helfen zu können, falls ihre Kräfte versagten.

»Arkonada …« Dieses eine Wort stieß sie hervor. »Du verfluchter Bastard Arkonada. Ich werde dich vernichten! Ich werde dich – ich kann dich – jaaa …!« Das letzte Wort war ein Schrei.

Gleichzeitig reagierte das Schwert. Die Klinge stand plötzlich im gleißenden Feuer. Sie schien zwischen Karas Händen zu explodieren und zu einem Lichtbogen zu werden.

Wir hatten Angst, dass die gegensätzliche Kraft das Schwert zerstören konnte, doch das trat zum Glück nicht ein, denn der Mann, der diese Waffe geschmiedet hatte, musste ein Meister seines Fachs gewesen sein. Er hatte all seine Kunst und sein Wissen mit in die Waffe eingebracht.

»Ich habe ihn durchbrochen!«, keuchte Kara mit einer Stimme, die ihr nicht zu gehören schien, sondern einer Fremden. »Ich habe sie durchbrochen. Ich sehe, ich kann – nein!«

Wir starrten uns an.

Leider war es uns nicht vergönnt, ebenfalls einen Blick in Dimensionen zu werfen, wie es Kara konnte.

Entgegen aller Regeln sprach ich sie an. »Was siehst du, Kara? Was? Bitte!«

»Sie sind auf dem Weg. Sie wollten ins – nein, bitte, ich habe keine Schuld«, stammelte Kara. »Die beiden Magien haben sich gekreuzt. Sie können vernichtet werden.«

»Wer?«

Abermals hielt sich Kara mit einer direkten Antwort zurück.

»Arkonada!«, brüllte sie. »Du kannst es nicht schaffen! Du darfst sie nicht töten. Ich bin stark. Ich hole sie zurück. Ich werde dir nicht gestatten, dass du sie tötest. Niemals!«

Sie wankte zurück, schwankte dabei, und es gelang ihr nicht mehr, sich auf den Beinen zu halten.

Suko und mich hielt nichts mehr auf der Stelle. Sofort sprangen wir hinzu und stützen Kara ab.

Hätten wir sie nicht aufgefangen, wäre sie zu Boden gefallen. Jetzt lag sie in unseren Armen, und ich wunderte mich darüber, wie leicht ihr Körper war. Sie musste während ihres Zustandes sehr viel an Gewicht verloren haben, was sich aber änderte, als sie wieder in den normalen zurückkehrte.

»Es ist schon gut, ihr beiden.« Diese Worte bewiesen uns, dass Kara es überstanden hatte.

Wir drückten sie nach vorn und stellten sie auf die Beine. Ein wenig zittrig noch blieb sie stehen, schaute auf ihr Schwert, dessen Klinge wieder den normalen mattgoldenen Schein angenommen hatte.

Obwohl uns die Fragen auf den Nägeln brannten, ließen wir ihr genügend Zeit, sich zu erholen. Die brauchte sie auch unbedingt. Kara sah mitgenommen aus. Durch ihre Adern schien kein Blut mehr zu fließen. Die dunklen Augen wirkten in dem leichenblassen Gesicht noch größer, als sie ohnehin schon waren. Dabei bebten die Arme so stark, dass sie das Schwert kaum halten konnten.

»Kannst du reden?«, fragte ich sie nach einer Weile.

Sie drehte den Kopf, schaute mich an und nickte. Worte formulierte sie noch nicht.

»Arkonada ist stark«, sagte sie nach einer Weile. »Er ist einfach zu stark, John.«

»Aber du hast ihn zurückgedrängt – oder?«

»Nein, das schaffte ich nicht. Aber ich habe etwas gesehen. Ich weiß jetzt, wo sich sein Zentrum befindet.«

Suko trat etwas näher heran, weil sie sehr leise gesprochen hatte, denn nun wollte er erfahren, um was es ging.

»Ist es hier auf dem Planeten?«, fragte ich.

»Natürlich. Eine Entfernung kann ich nicht angeben. Aber es ist eine Art Stadt, wie ich sie auch von Atlantis her kenne. Hohe Mauern umgeben sie wie ein Wall. Davor liegen Hügel, und auf jedem Hügel sitzt einer seiner Wächter.«

»Griffins?«, fragte ich.

»So ist es. Sie bewachen das Zentrum. Es ist die Quelle der reinen Magie. Dort fließen die Kräfte einer uralten Vergangenheit zusammen und bilden einen breiten Strom, in dessen Mittelpunkt Arkonada steht. Aber das war nicht alles, was ich erlebte. Ich spürte eine weitere Magie, die die meine kreuzte und gleichzeitig in die Abhängigkeit Arkonadas geriet. Ich konnte den Strom abfangen, wollte die anderen noch warnen …«

»Welche anderen?«, unterbrach ich sie.

Kara schaute uns so an, dass sie Suko und mich im Blickfeld behalten konnte. »Könnt ihr euch das nicht denken?«

Ich kam im Augenblick nicht darauf und schüttelte den Kopf, während Suko die Schultern hob.

»Dann will ich euch eine Antwort geben. Die Magie von Professor Chandler …«

Plötzlich war wieder alles lebendig. Mein Telefongespräch aus Kanada mit Bill Conolly. Ich hatte ihn nach Österreich geschickt, um den Professor zu holen, damit er uns den Weg zum Planeten der Magier zeigte. Das hatte sich inzwischen erübrigt, aber Bill war in der Kürze nicht informiert worden. Er war den normalen Weg gegangen und dabei wahrscheinlich in eine Falle geraten.

Jetzt steckte er fest!

»Nur der Professor?«, erkundigte sich Suko mit leiser Stimme.

»Nein, auch andere. Ich fing Gedanken von vier Personen auf. Bill Conolly war dabei, Professor Chandler, Jane Collins und unsere gemeinsame Feindin Wikka.«

Die zweite Überraschung. Unwillkürlich ging ich einen Schritt zurück. Ein Quartett, wie es im Buche stand, wo praktisch einer des anderen Feind war. Wikka wollte Jane vernichten, Bill Conolly war kein Freund der beiden Hexen, und der Professor stand wahrscheinlich dazwischen. Ich konnte nur raten, wie sie in die Lage hineingeraten waren.

Bestimmt hatten sie Chandlers Zeittunnel benutzt, wobei sie wahrscheinlich nicht vorgehabt hatten, auf den Planeten der Magier zu gelangen, sondern was weiß ich wohin.

Nun hatte Arkonada sie erwischt.

Ich wandte mich noch einmal an Kara. »Ist es sicher, dass sich die vier auf diesem Planeten befinden?«

»Ja, im Zentrum, John.«

»Können sie dort überleben?«

»Wenn Arkonada es will.«

Gott, diese Antwort war schlimm, aber wahrscheinlich richtig. Das Schicksal der vier Personen lag in Arkonadas Hand, wobei mir Wikka egal war, denn ich wollte, dass sie vernichtet wurde, weil sie es war, die bedingungslos die Pläne des Teufels ausführte.

»Arkonada«, sagte Suko. »Ich höre stets nur Arkonada. Gesehen habe ich ihn noch nicht.«

»Dabei ist er allgegenwärtig. Auf diesem Planeten geschieht nichts, von dem er nichts erfährt. Vielleicht hat er alles unter Kontrolle, und wir bewegen uns wie Puppen an langen Bändern.« So hatte Kara gesprochen, und ich musste ihr zustimmen.

»Wichtig ist das Zentrum!«, fuhr ich fort. »Wenn wir dorthin gelangen, werden wir auf Bill, Chandler und die beiden Hexen treffen.«

»Vielleicht will Arkonada das sogar«, meinte Suko.

»Und ob ich das will!«

Die Stimme dröhnte wie ein Donnerschlag. Unwillkürlich zogen wir die Köpfe ein. Im ersten Augenblick wussten wir nicht, aus welcher Richtung sie gekommen war, aber der mächtige Dämon demonstrierte seine Macht, wobei er weiterhin aus dem Unsichtbaren sprach.

»Das Räderwerk der Magie wird euch zerreiben und vernichten!«, fuhr er fort. »Ihr habt keinerlei Chancen mehr, mir zu entkommen. Dies ist meine Welt, hier lebe ich, und ich werde den Beweis antreten …«

Das Echo seiner Worte hallte über den grünlich flimmernden Himmel und verklang irgendwo in der Ferne wie schmetternde Trompetenstöße. Gleichzeitig vibrierte der Boden unter uns.

Ein Erdbeben?

Nichts Schlimmeres konnte uns passieren, als in irgendeine Spalte zu rutschen und in einer düsteren Tiefe elendig zu verschwinden, um langsam zu sterben.

Wir warfen Blicke in die Runde.

Da erwischte uns der neue Stoß.

Plötzlich erzitterten die Häuser. Wellen liefen hindurch, Dächer brachen ein, erste Risse entstanden in den Wänden, und Staub, der gelbbraun schimmerte, wallte in die Höhe.

Da half nur Flucht.

Wir begannen zu rennen, liefen weiter nach vorn und nicht in die Richtung, aus der wir gekommen waren.

Im Boden bebte und rumorte es.

Links und rechts stürzten die Häuser in sich zusammen. Manchmal rollten Steine in die Gasse und bildeten Hindernisse. Über zwei sprang ich hinweg, ein dritter ließ mich stolpern, weil ich ihn in dem Staub nicht hatte erkennen können.

Der Länge nach fiel ich hin. Es gelang mir zum Glück, mich abzufangen. Ich wuchtete mich wieder hoch und rannte weiter, wobei Suko und Kara neben mir wie Schatten auftauchten.

»Wir müssen den Marktplatz erreichen!«, schrie Suko und hustete sich fast die Lunge aus dem Leib, weil er Staub eingeatmet hatte.

Die Strecke kam uns viel weiter vor als beim ersten Mal, und noch immer stürzten zu beiden Seiten Häuser ein.

Eine Lärmkulisse hüllte uns ein, während wir abermals die Stimme Arkonadas hörten.

»Das ist ein Vorgeschmack der Hölle!«, donnerte sie über unsere Köpfe hinweg. »Lauft, lauft, sonst werdet ihr begraben. Ha, ha, ha …« Sein Lachen dröhnte, und wir jagten wie von Furien gehetzt weiter.

Ich hörte Suko schreien, drehte den Kopf und sah meinen

Freund taumeln. Er war erwischt worden. Ein Stein hatte ihn ausgerechnet mit der Kante an der rechten Schläfe getroffen und dort eine tiefe Wunde gerissen, aus der das Blut rann.

»Kannst du noch?«, brüllte ich ihn an.

»Weiter!«, keuchte er und wischte das Blut weg.

Ich verließ mich nicht auf seine Antwort, sondern stützte ihn und merkte, dass Suko taumelte. Der Schlag musste sehr hart gewesen sein, denn Suko war ein Mensch, den so leicht nichts umwarf.

Der Inspektor hatte Mühe, seine Bewegungen unter Kontrolle zu halten. Häufig sackte er nach vorn und in die Knie, dabei riss er mich mit.

»Reiß dich noch zusammen!«, brüllte ich meinen Partner an. »Es ist nicht mehr weit!«

Das stimmte, aber jeder Schritt konnte für uns zu einer tödlichen Falle werden.

Die Mauern brachen zusammen. Auch in den engen Gassen zeigten sich tiefe Spalten und Risse im Boden. Die musste ich überwinden. Ich dachte nicht mehr an die uns umgebende Gefahr, sondern schaute nur nach vorn, um das Ziel endlich erkennen zu können.

Ja, die Gasse öffnete sich.

Durch die trüben Staubwolken erkannte ich den relativ weiten und freien Platz, wo die Buden gestanden hatten und Künstler die Menschen mit ihren akrobatischen Vorführungen begeisterten.

Den Marktplatz gab es noch. Wenn auch ein wenig verändert, denn von den Buden und Ständen war nicht mehr viel zu sehen. Nur noch Trümmer lagen herum.

Auch die Bühne war zusammengebrochen. Zersplitterte Holzteile wurden von trägen Staubwolken umwallt. Auch der Boden war nicht mehr glatt und eben, sondern aufgerissen wie das Netzmuster einer Spinne.

Wir torkelten weiter. Suko hatte sich noch immer nicht erholt. Ich musste ihn mehr schleifen, als dass er überhaupt gehen konnte.

»Verdammt, John«, keuchte er, »dass mir das passieren musste. Mein Kopf, ich …«

»Halt jetzt die Klappe, Mensch!« Ich suchte nach einem Ausweg aus der Misere, aber es sah schlecht aus, denn auch weiter vorn, wo das freie Gelände begann, war die Erde aufgebrochen.

Ich konnte die Krater sehen, die so groß waren wie Bombentrichter. Aus ihnen stieg grüner Qualm, der sich in trägen Wolken in sämtliche Richtungen ausbreitete.

Dieser Weg war uns auch versperrt.

Ziemlich erschöpft blieb ich stehen. Suko stützte sich auf meiner Schulter ab, während ich nach Atem rang. Die Luft schmeckte nach Rauch, war beißend und ätzend.

Es gab noch eine Chance für uns. Kara musste uns auf telepathischem Weg in das Zentrum schaffen. Wenn wir das schafften, waren wir ein großes Stück weiter, wenn auch nicht außer Gefahr.

Aus der weiten Ebene, die nun mit Kratern übersät war, fauchte ein Windstoß heran, vertrieb die grünlichen Wolken und gab uns sekundenlang den Blick frei.

Frei auf drei bewaffnete Griffins, für die wir leichte Beute sein sollten …

Nach den Schrecken, die hinter Bill Conolly lagen, hatte er sich bereits damit abgefunden, endgültig irgendwo im Jenseits oder zwischen den Zeiten zu landen.

Verschollen bleiben bis in alle Ewigkeiten. Dass es nicht so gekommen war, wunderte ihn, eine Erklärung hatte er nicht. Wo sie gelandet waren, war ihm ebenfalls unbekannt. Er konnte es auch nicht sehen, da sie die Finsternis umgab wie ein Mantel.

Überhaupt war es vielleicht die seltsamste magische Reise gewesen, die er je hinter sich gebracht hatte.

Bill erinnerte sich noch daran, dass ihm Wikka das Kommando aus der Hand gerissen hatte, ohne dass er sich dagegen wehren konnte. Gemeinsam waren sie in den Strudel der Zeiten geraten und von ihm verschluckt worden.

Die Schwärze war über sie hereingebrochen. Als alles überdeckende Wolke hatte sie sich auf die vier Personen gestürzt und sie umfangen. Bill hatte einen Vorgeschmack der Ewigkeit erlebt, einen Fall ins Nichts, das allerdings von Energie erfüllt war.

Bill hatte sie gespürt. Schwarzmagische Ströme, die versuchten, sich in sein Gehirn zu tasten um ihn zu beeinflussen. Dabei waren auch Bilder vor seinen Augen aufgeflammt. Schemenhaft nur, verwaschen, dennoch zu erkennen.

Besonders die Fratze.

Arkonada!

Bill hatte mit diesem Dämon direkt noch nichts zu tun gehabt, er wusste nur aus Beschreibungen, wen er da vor sich hatte. So schrecklich, so grausam und unheimlich konnte nur dieser eine aussehen.

Seine Ausstrahlungen, seine Schwingungen beeinflussten nicht nur den Reporter, sondern auch dessen Begleiter und rissen die beiden weiter, genau in eine magische Gegenströmung hinein, die Bill Conolly wieder so etwas wie Hoffnung gegeben hatte.

Zwei Ströme kämpften gegeneinander.

Zweimal Magie.

Die eine weiß, die andere schwarz.

Und Bill befand sich gewissermaßen im Schnittpunkt dieser beiden magischen Wellenströme.

Er spürte sie, sein Gehirn glich einem Filter, der fremde Gedanken in sich aufnahm.

Er hatte Schreie und Worte vernommen.

Sie waren regelrecht in seinem Gehirn explodiert, und er glaubte, eine Stimme erkannt zu haben.

Kara!

Stimme der Hoffnung?

Für Bill ja, an sie musste er denken, als er aus einem Zustand erwachte, den er als desolat bezeichnete. Es war nicht wie das Erwachen aus einer Bewusstlosigkeit. Er verspürte weder einen Schmerz im Kopf noch an anderen Körperteilen. Nur ein etwas dumpfes, drückendes Gefühl hinter seinen Schläfen, aber das kannte er auch, wenn er mal zu wenig geschlafen hatte und am Morgen ziemlich down gewesen war.

Flach lag der Reporter auf dem Bauch. Er hatte die Arme angewinkelt, streckte sie nun aus und tastete über den Boden. Es war ein glatter, fugenloser Boden, das spürte der Reporter.

Und es war dunkel.

Eine drückende, unheimliche Finsternis, die ihn umgab. Ängstliche Menschen hätten die reine Platzangst bekommen können, und auch Bill Conolly fühlte sich beileibe nicht wohl.

Licht bedeutete Wärme und Leben, aber hier war nichts. Er richtete sich in eine sitzende Stellung auf, drückte sich vom Boden ab und schob seinen Körper weiter, bis er auf einen Widerstand traf.

Einen sehr weichen Widerstand.

Da lag jemand.

Bill begann abermals zu tasten. Er fühlte unter seinen Fingerspitzen ein Bein. Seine Hand glitt höher, erreichte den Oberschenkel, und Bill folgerte aus der glatten, weichen Form, dass dies das Bein einer Frau sein musste.

Wahrscheinlich gehörte es Jane Collins.

Bills Hand zuckte im selben Moment zurück, als sich Jane bewegte und einen zischenden Laut ausstieß, der wahrscheinlich ein Fluch sein sollte.

»Okay, Jane, du lebst noch«, sagte der Reporter.

Sekunden verrannen, bis die Antwort erfolgte. Und sie war bissig, passte zu einer Hexe wie Jane. »Du leider auch.«

Der Reporter lachte krächzend. »Damit werden wir uns wohl abfinden müssen. Bevor du auf dumme Gedanken kommst, Jane, sage ich es dir jetzt schon. Wir haben gemeinsam die Reise unternommen und sind auch gemeinsam gefangen.«

»Und wo?«

»Frag mich was Leichteres. Auf jeden Fall hat die magische Reise vorerst ein Ende. Hast du denn nichts mitbekommen?«

An den raschelnden Bewegungen der Kleidung merkte Bill, dass Jane Collins sich ebenfalls aufrecht hinsetzte. Sehen konnten die beiden sich nicht. Dafür war es zu finster. Die ehemalige Detektivin ging auf Bills Frage nicht ein, sondern schimpfte weiter.

»Daran trägt nur dieses verfluchte Hexenweib Wikka die Schuld. Wäre sie nicht gewesen, hätte alles anders laufen können.«

»Du solltest deinen Hass bezähmen und deine Kräfte auf wichtigere Dinge konzentrieren«, sagte der Reporter.

»Ich lasse mir von dir keine Vorschriften machen, verdammt!«

Das war deutlich genug, und Bill hielt den Mund. Er kümmerte sich nur mehr um sich selbst.

Dabei dachte er auch an Professor Chandler und an Wikka, die Oberhexe. Von beiden hatte er bisher kein Lebenszeichen bemerkt. Waren sie vielleicht während der Reise abgetrieben worden?

Die beiden passten zusammen wie Feuer und Wasser. Wahrscheinlich hätte der Professor Höllenqualen ausstehen müssen, wäre er in die Klauen der Hexe geraten.

Denn bei ihr endete fast alles mit dem Tod.

Bill schüttelte sich, als er daran dachte, und spürte die sanfte Berührung, da Jane Collins dicht an ihm vorbeistrich.

»Wo willst du hin?«

»Frag nicht.« Sie ging weiter.

Bill traute sich nicht. Die Dunkelheit war zu gefährlich. Sie umlauerte ihn, schien zu atmen, zu leben und voller Gefahren zu stecken, die nur darauf warteten, zuschlagen zu können.

Hatte er noch vorhin auf Janes Schritte gelauscht, so waren sie nun verstummt.

Wieder umgab ihn die Stille. Erst jetzt kam Bill auf den Gedanken, sein Feuerzeug hervorzuholen. Er griff in die Tasche und hielt es kaum in der Hand, als er Wikkas Stimme vernahm.

Sie klang wie das Zischen eines geöffneten Gashahns und drang aus der Dunkelheit. »Lass es, Conolly!«

Bill verharrte in der Bewegung. Seine Stirn bildete ein Faltenmuster, ein Zeichen des Ärgers, der in ihm hochstieg. »Weshalb soll ich es lassen? Nenn mir einen Grund.« Sein Daumen berührte bereits das kleine Drehrad des Feuerzeugs.

»Weil ich es will. Ich muss mich konzentrieren. Ich ...«

Bill lachte krächzend in die Worte der Oberhexe hinein. »Du musst gar nichts, Wikka. Überhaupt nichts. Hier hast du nichts zu sagen. Wir sind alle gleich.«

Nach diesen Worten drehte der Reporter das Rädchen, der Feuerstein warf blitzend Funken, dann zuckte die Flamme auf. Blass und dünn, so hoch wie ein halber Finger, riss sie eine helle Insel aus der Schwärze.

Bill sah Wikka stehen. Eine Armlänge nur befand sie sich entfernt. Die Schlangen in ihrer Stirn schienen vereist zu sein, so starr schauten sie aus der Haut hervor. In dem hässlichen, schwarz verbrannten Gesicht saßen die Augen wie zwei Perlen. Ihr Weiß wirkte wie die Haut einer Leiche.

Wikka hatte die Arme erhoben, die Hände gespreizt, wobei die Finger an schwarze Krallen erinnerten. Sie versuchte, ihre Magie aufzubauen, doch sie hatte keinen Erfolg.

Bill sah, wie ein Zittern durch ihre Gestalt lief. Langsam sanken die Arme nach unten.

Der Reporter ahnte jetzt, aus welchem Grund die Oberhexe so gegen einen Lichtschein gewesen war. Keiner sollte ihre Schwäche merken. Aber es war bereits zu spät.

Aus dem Hintergrund meldete sich Jane.

Höhnisch klang ihre Stimme aus der Schwärze. »War wohl nichts, Wikka. Hier kann dir selbst der Teufel nicht helfen.«

»Dich schaffe ich noch immer ...«

Im nächsten Augenblick fiel die Dunkelheit wieder zusammen, denn Bill hatte die Flamme gelöscht.

Janes Schritte schleiften, als die ehemalige Detektivin näher kam. Dennoch gab es Licht, denn ein anderer entzündete sein Feuerzeug.

Professor Chandler!

Während er das Feuerzeug in der rechten Hand hielt und die Flamme mit der anderen abschirmte, lachte er leise.

»Das hätte wohl keiner von euch für möglich gehalten, wie?«

»Amüsiert dich das, Professor?«, erkundigte sich Jane.

Chandler blieb stehen. »Sicher amüsiert es mich.«

Auch Bill konnte diese Antwort nicht voll unterschreiben. »Bedenken Sie, in welch einer Lage wir uns befinden, Professor.«

»Mein Gott, Bill, nicht so naiv denken. Es hätte viel schlimmer kommen können.«

»Stimmt allerdings.«

Chandler ging weiter. Neben ihm Jane, umspielt vom Widerschein der tanzenden Flamme und Hass in den Augen, aus denen sie Wikka betrachtete. Die beiden waren Rivalinnen und noch mehr. Sogar Todfeinde. Die eine wollte die andere auslöschen, doch das Schicksal hatte seine Fäden so gezogen, dass sie sich einfach arrangieren mussten, denn in dieser Dimension durften sie sich nicht noch gegenseitig schwächen. Die Feinde ringsum waren schon stark genug.

»Bill, Sie sind an der Reihe«, forderte der Professor und löschte die kleine Flamme.

»Okay.« Bills Feuerzeug gab die gleiche Lichtstärke ab. Die vier so unterschiedlichen Personen standen zusammen und starrten sich an. Eine verschworene Gemeinschaft würden sie nie werden. Besonders zwischen Wikka und Jane Collins stand die Feindschaft wie eine unsichtbare Wand, und sie war auch von den anderen zu spüren.

»Stellt sich die Frage, wo wir hier sind«, sagte Chandler und strich mit einer gelangweilt wirkenden Geste über sein

Kinn. In seinen Augen blitzte es. Ihn schien die Situation ein wenig zu amüsieren.

Er war Wissenschaftler, ein Forscher, und er versuchte, stets neue Methoden zu entwickeln und Dinge kennen zu lernen, vor denen die meisten Menschen zurückschreckten. Deshalb kannte er kaum noch Angst. Sie hatte sich bei ihm in Neugierde umgewandelt.

»Wissen Sie es nicht?«, fragte Bill.

»Nein …«

»Und was halten Sie von der Welt, in der Sie schon einmal gefangen waren?«

Chandler hob die Schultern. »Das kann natürlich möglich sein, obwohl es an dem Ort anders aussah als hier. Deshalb kann ich Ihnen keine genaue Auskunft geben.«

»Es interessiert auch wohl keinen so recht!«, mischte sich Jane ein. »Wichtig ist, dass wir hier wegkommen.«

»Natürlich«, gab Bill zu und löschte die Flamme, da sein Finger wieder heiß wurde. »Professor, Sie …«

»Pssst!« Das scharfe Zischen unterbrach den Reporter. Jane Collins hatte es ausgestoßen. »Ich schätze, wir kriegen Besuch«, fügte sie leise hinzu.

»Ja, ich merke es ebenfalls!«, bestätigte Wikka.

»Dich hat keiner gefragt.«

Die beiden Hexen würden sich niemals einigen. Bill war es egal, auch Chandler interessierte sich nicht dafür. Wichtig waren die nächsten Vorgänge, mit denen sie sich allesamt konfrontiert sahen.

Die Flamme des kleinen Feuerzeugs hatte kaum Licht gegeben. Helligkeit erschien jedoch an anderen Stellen. Sie kroch praktisch hervor. Es war ein geheimnisvolles grünes Glühen, das aus allen Richtungen drang und die Umgebung allmählich erhellte.

So konnten die Gefangenen einer fremden Dimension endlich den Ort erkennen, an den man sie geschafft hatte.

War es eine Höhle, ein Tempel?

Vielleicht traf beides zu. Jedenfalls ein großer Raum, von

dem sternförmig mehrere Gänge abzweigten, die in ein unbekanntes Labyrinth zu führen schienen.

Doch nicht die Gänge selbst gaben das Licht ab.

Es waren die Wesen, die an ihrem Ende standen.

Griffins mit drei Augen, von denen das auf der Stirnmitte besonders hervorstach, sodass man sie schon als Zyklopen bezeichnen konnte. Sie standen da wie Statuen. Ihre Haut war dunkel, das Haar glänzte wie schwarzer Lack, und sie erinnerten Bill Conolly an die Indianer aus Nordamerika. Auch die Waffen verstärkten diesen Eindruck noch. Lanzen, Speere und Bögen hielten sie in den Fäusten, und in den Gürteln ihrer fetzenartigen Beinkleidung steckten kurze Schwerter.

Wenn nur das eine Auge nicht gewesen wäre.

Der grüne Strahl, der darin geboren wurde, fand zielsicher seinen Weg aus dem Dunkel des Hirns in die Halle hinein und erhellte sie so stark, dass sich die Anwesenden auch ohne den Lichtschein eines Feuerzeugs orientieren konnten.

Bill hatte diese seltsame Wesen noch nicht gesehen. Auch Chandler stand vor einem Rätsel, wie man ihm ansehen konnte. Er murmelte irgendetwas, wobei der Reporter überhaupt nicht hinhörte, denn ihn interessierten die Augen.

Nicht allein, dass aus ihnen der seltsam grüne Strahl drang, auch ein Gesicht war darin abgebildet. Es zeigte erschreckend grausame, fratzenhafte Züge.

Dafür gab es nur eine Erklärung.

Arkonada!

Bei dieser Feststellung wurde dem Reporter keineswegs wohler. Er bemühte sich, die Beherrschung zu bewahren und seine Gedanken nicht zur Schau zu tragen.

Es waren pessimistische und trübe Schlussfolgerungen, denn Bill war bekannt, dass Arkonada zu den Großen Alten gehörte. Und dagegen anzukämpfen, war für einen normalen Menschen ein Ding der Unmöglichkeit.

Die Bösartigkeit der einzelnen Gesichter blieb. Keines

blickte freundlich oder lächelnd. Ein Gegner sollte spüren, mit welch einer Macht er konfrontiert wurde.

In Bills Handflächen sammelte sich der Schweiß. Druck lag in seiner Kehle, sprechen konnte er so gut wie nicht. Er räusperte sich frei.

»Wissen Sie Bescheid?«, fragte Chandler leise.

»Ich glaube.«

»Wie stehen dann unsere Chancen?«

»Mehr als mies.«

»Das dachte ich mir.« Chandler lachte leise. »Für die Forschung muss man eben Opfer bringen.« Er hatte seinen Humor nicht verloren.

Bill dachte da anders. »Auf dieses Opfer kann ich gut und gern verzichten.«

»Sehen Sie es nicht so eng. Ich finde es spannend.«

»Auch wenn es uns ans Leben geht?«, fragte Bill.

»Noch ist es nicht so weit.«

»Ihre Nerven möchte ich haben, Chandler!«, mischte sich Jane ein. »Die ziehen Ihnen bei lebendigem Leib das Fell …«

Eine grollende, unheimlich klingende Stimme ließ auch die Hexe Jane Collins verstummen. Niemand kannte den Standort des Sprechers. Er schien sich überall aufzuhalten.

Bill lauschte und kam zu dem Schluss, dass die Stimme aus den Augen drang. Arkonada, der Herr dieser seltsamen Welt, sprach zu ihnen.

»Ich habe euch zu mir geholt«, sagte er, »weil ich dem Teufel einen Streich spielen will. Und ich habe auch nicht vergessen, dass jemand unter euch ist, der ein Testament gelesen hat, das seinen Augen verschlossen bleiben sollte. Es ist nicht gut, zu viel über den Planeten der Magier zu erfahren, deshalb muss ich es korrigieren. Und ich werde es auch. Eine von euch hat das Testament gelesen. Eine von euch weiß also zu viel. Wahrscheinlich hat sie sich mit euch über den Inhalt des Testaments unterhalten, was ich nicht gutheißen kann. Deshalb werdet ihr alle das Schicksal erleiden, das ich für die eine vorgesehen hatte. Was der Planet der Magier einmal besitzt, das gibt er niemals wieder her …«

Wikka stieß ein böses Knurren aus, bevor sie sich an Jane Collins wandte. »Dann haben wir es dir verdammtem Weib also zu verdanken, dass man uns vernichten will und ich in dieser Welt meine Kräfte nicht einsetzen kann, da sie blockiert werden. Aber eines garantiere ich dir, Jane. Sollte ich jemals von hier entfliehen, werde ich dich in Stücke schlagen!«

»Nimm dein Maul nicht so voll!«

»Ihr seid sehr menschlich«, hörten die vier wieder die Stimme. »Streit kann mir nur recht sein …«

Wikka und Jane schwiegen. Dafür redete Arkonada weiter und gab seine nächsten Befehle. »Ihr werdet euch jetzt trennen und in die verschiedenen Gänge eintauchen. Meine Diener, die Griffins, haben den Befehl erhalten, euch gehen zu lassen. Versucht nicht, gegen sie anzugehen, auch Hexenkräfte nutzen nichts. Ich hoffe, ich bin verstanden worden, denn auf euch wartet ein Zentrum der alten Magie. Geht jetzt!«

»Dann bis später«, sagte der Professor und grinste schief, während Bill nicht nach einem Lächeln zu Mute war.

Sie trennten sich und gingen verschiedene Wege. Bill nahm den direkten. Auf ihn wartete ein Griffin, der einen langen Speer in der rechten Hand trug.

Die Spitze zeigte auf den Reporter. Und zwar so lange, bis Bill dicht davorstand.

Dann trat der Griffin zur Seite, gab den Weg frei, und Bill Conolly tauchte ein in einen geheimnisvollen, unheimlichen und düsteren Gang, wobei er nicht wusste, was ihn an dessen Ende erwartete. Denn es gab manche Dinge, die waren schlimmer als der Tod …

Für mich waren die drei Griffins Mord-Zyklopen!

Nebeneinander standen sie und hielten ihre Waffen längst in den Händen. Schwert, Bogen und Lanze.

Sollte es die Klinge nicht schaffen, würden sie es eben mit anderen Methoden versuchen, denn der Bogenschütze hatte die Sehne bereits gespannt.

In ihrem Aussehen glichen sie dem des Schwertträgers. Sie hatten nicht nur das dritte Auge auf der Stirn, ihr Haar war ebenso schwarz, lang und fettig. Die Haut zeigte einen braunen Teint. Die Gesichter wirkten langgezogen.

Ich war durch meinen Freund gehandicapt, der sich weiterhin bemühte, die Folgen des Steintreffers abzuschütteln und dabei meine Schulter als Stütze nahm.

Suko war für die drei ein Ziel, das sie leicht treffen konnten. Mit der Beretta erreichte ich nichts, das hatte ich inzwischen festgestellt. Vielleicht musste ich mir von Suko die Dämonenpeitsche ausleihen, um die Gegner zu bekämpfen.

Arkonada hatte es in der Tat verstanden, uns allerlei Schwierigkeiten in den Weg zu legen. Wahrscheinlich wollte er nicht, dass wir das Zentrum erreichten.

Diese Gedanken schossen mir innerhalb weniger Sekunden durch den Kopf, während ich gleichzeitig nach einem Ausweg suchte. Das brauchte ich nicht mehr, eine andere Person ergriff die Initiative und stellte sich den Griffins entgegen.

Es war Kara!

An meiner rechten Seite huschte sie vorbei. Sie hatte das Schwert mit der goldenen Klinge gezückt. Wenn jemand mit einer solchen Waffe perfekt umgehen konnte, war es Kara, und das bewies sie in den nächsten Augenblicken.

Bevor die drei Griffins sich versahen, war Kara schon nahe genug an sie heran. Und nahm sich den Ersten vor. Es war der mit dem Bogen.

Er brauchte die Sehne nur loszulassen, um den Pfeil auf die Reise zu schicken.

Kara war schneller.

An dem gespannten Bogen vorbei hatte sie geschlagen und ihn voll getroffen.

Der Griffin kippte. Als Kara zustieß, schnellte die Sehne wieder nach vorn und katapultierte den Pfeil los.

Zum Glück nicht in meine Richtung, sondern in den grünlich schimmernden Himmel.

Der Griffin selbst überlebte ebenfalls nicht. Er verging in einer grünlich schimmernden Flamme, die für wenige Sekunden fauchend in der Luft stand.

»Bleib du bei Suko!«, rief mir Kara zu und kümmerte sich um die anderen beiden Gegner.

Es passte mir zwar nicht, Statist zu spielen, ich sah aber ein, dass es besser war, wenn ich Kara die Initiative überließ, sie kannte sich in dieser Welt besser aus.

Die beiden Griffins machten es ihr nicht so leicht wie der erste. Kaum war ihr Artgenosse von der magischen Flamme eingehüllt, als sie sich trennten, um Kara in die Zange zu nehmen.

Die Schöne aus dem Totenreich musste sich dabei gedankenschnell bewegen, damit die Klammer nicht so dicht werden konnte.

Einen Schwerthieb konnte sie parieren.

Spielerisch und sicher sah die Bewegung aus, mit der Kara es tat, gleichzeitig drückte sie ihren Gegner zurück, drehte die goldene Klinge und hatte Chancen, sich des Griffins zu entledigen. Aber da war noch der Zweite.

Seine Lanze wollte er schleudern. Den Arm hatte er bereits weit zurückgenommen. Eingehüllt war er in eine Staubwolke, durch die sein Gesicht wie eine schmutzige Maske schimmerte. Ich vernahm die heiseren Laute aus seinem Maul und warnte Kara durch einen Schrei.

Sie zuckte herum.

In diesem Moment warf der andere die Lanze. Zum Glück war die Distanz relativ groß, sodass Kara dieser wuchtig geschleuderten Waffe entgehen konnte.

Ein blitzschnelles Zusammensacken, und das gefährliche Wurfgeschoss zischte über ihren Kopf hinweg.

Kara blieb aber nicht auf der Stelle sitzen. Sofort drehte sie sich um, damit sie sich dem Schwertkämpfer stellen konnte. Der Lanzen-Griffin schlug einen Bogen und rannte auf seine Waffe zu.

»Kannst du dich halten?«, fragte ich Suko.

»Verdammt, lauf hin!«

Ich nahm Suko die Dämonenpeitsche ab. Das Beuteschwert hätte ich auch gern an mich genommen, aber Suko hatte es bei der Flucht als Hindernis empfunden und weggeschleudert.

Der Griffin hatte sich der Lanze genähert. Um Kara konnte ich mich nicht mehr kümmern. Dass sie kämpfte, war zu hören, denn in meinem Rücken hörte ich das Klirren der Waffen. Der dritte Griffin vernahm meine Schritte. Für einen Moment drehte er den Kopf und schaute zurück.

Sein Stirnauge leuchtete wie ein böses Mal. Arkonadas Fratze bewegte sich darin, und plötzlich hörte ich wieder ein dumpfes Grollen.

Das erinnerte mich an die andere Gefahr, die noch existierte. Arkonada hatte uns das Erdbeben geschickt. Die Häuser waren bereits eingefallen, jetzt sorgte er dafür, dass auch der Untergrund gespalten wurde. Zwei Donnerstöße krachten unter meinen Füßen. Als Folge wankte der Untergrund.

Unwillkürlich stoppte ich meinen Lauf, um nach links zu schauen, denn dort hatte sich ein gewaltiger Riss gebildet, der aus der Unendlichkeit zu stammen schien und an mir vorbeiwanderte, um irgendwo zu verschwinden.

Es blieb nicht bei dieser Breite. Andere Kräfte stießen hinzu und sorgten dafür, dass ein regelrechter Graben entstand, über den ich hinwegsprang, denn mein Gegner war auch nicht faul gewesen und erwartete mich. Seine Lanze hatte er mittlerweile erreicht. In der knochigen Rechten hielt er sie, und die lange Spitze zeigte auf mich. Wo Spitze und Schaft zusammentrafen, hatte der Griffin eine Schleife um die Stelle gewickelt. Vielleicht ein Totem oder Fetisch.

Breitbeinig baute er sich auf. In seinem dritten Auge glühte die Fratze des Dämons Arkonada. Dieses grausame Antlitz war mit allen Einzelheiten nachgezeichnet. Auch ich spürte die böse Ausstrahlung, die davon ausging.

Locker hielt ich die Peitsche. Die drei Riemen schleiften nicht über den Boden, denn ich wollte keinesfalls meine eigene Standfestigkeit verlieren.

Auch der Griffin war bereit. Er kannte sich in den Kampftechniken aus. Ein wildes, ungestümes Leben hatte ihn diese gelehrt, und er fintierte geschickt.

Immer wieder stieß er nach mir, sodass ich gezwungen war, auszuweichen. Dabei entdeckte ich noch das Messer mit der krummen Klinge in seinem Gürtel. Er war also doppelt bewaffnet.

Viermal gelang es mir, seinen Finten zu entkommen. Dann geschah etwas, das mir Angst einflößte. Plötzlich bewegte sich unter meinen Füßen der Boden.

Gleichzeitig hatte ich das Grollen aus der Tiefe vernommen. Den Griffin und mich schüttelte ein so großer Schlag durch, dass wir beide Schwierigkeiten mit dem Gleichgewicht bekamen und Mühe hatten, uns zu fangen.

Der Riss im Boden vergrößerte sich nicht nur, die unterirdische Kraft hatte es auch geschafft, den Flecken, auf dem wir standen, von der anderen Masse abzuspalten.

Ich kam mir plötzlich vor wie auf einer schwankenden Insel. Nur befand sich unter dieser Platte sicherlich kein Wasser, sondern flüssige Lava. Davon zeugten auch die Dämpfe, die aus den immer breiter werdenden Gräben drangen und zwischen mir und meinem Gegner wie dichter Nebel trieben.

Ich musste dem Kampf ein schnelles Ende bereiten, sonst kam ich nicht mehr zurück.

Dem Griffin war dies egal.

Er hatte andere Möglichkeiten und zuckte zur Seite, als ich einen Angriff startete.

Es war mein erster überhaupt, aber das Wesen bewies in diesem Augenblick seine Reaktionsschnelligkeit, denn es entging dem ersten Peitschenschlag, sodass die drei Riemen an seiner linken Seite vorbeipfiffen.

Sofort konterte er.

Bei seiner Vorwärtsbewegung behielt er die Lanze in der rechten Hand, wollte sie mir in den Körper stoßen, kam näher, und da erwischte ihn mein Rundschlag.

Die drei Riemen fanden ihr Ziel. Sie klatschten auf seinen Kopf und verschonten auch den Körper nicht. Der Griffin stoppte. Er riss auch seine normalen Augen weit auf, sodass ich darin den Schrecken sehen konnte, den er empfand.

Gleichzeitig reagierte auch das dritte, das von Arkonada gesteuerte Auge. Hatte ich bisher die Fratze des Dämons darin gesehen, so nahm die Pupille nun einen trüben Glanz an, wurde regelrecht seifig, und ich sah, wie das Gesicht verschwand.

Der Griffin brach zusammen.

Seine urigen Schreie gingen in einem weiteren Donnern unter, als der nächste Erdstoß heranfuhr und mich durch seine Erschütterung und Kraft fast von den Beinen gerissen hätte.

Ich musste von dieser schwimmenden Insel weg, sonst war ich verloren. Noch einen Blick warf ich auf meinen erledigten Gegner, der am Boden hockte und allmählich zerbrach, wobei kein Tropfen Blut aus seinen Wunden rann, sondern ein gelblicher Staub, der mich an Sägemehl erinnerte.

Von ihm drohte keine Gefahr mehr.

Rauch und Qualm vernebelten die Sicht. Es war schwer, in dieser Hölle überhaupt Luft zu holen. Schon beim Umdrehen erkannte ich die Breite des Spalts und musste mit Entsetzen feststellen, dass ich sie mit einem Schritt nicht überwinden konnte.

Ich musste springen.

Aber mit Anlauf.

Viel Platz hatte ich nicht. Zudem wankte die Platte, auf der ich stand, als würde sie von gewaltigen Wellen mitgerissen.

Für einen Moment duckte ich mich zusammen, steckte die Dämonenpeitsche in den Gürtel, maß die Entfernung ab, schnellte hoch und nahm den kurzen Anlauf, der mir blieb.

Gefährlich schnell näherte ich mich dem Rand. Wenn ich es nicht schaffte, dann …

Noch ein Schritt.

Ich lief ihn und stieß mich ab.

Es war ein gewaltiger Sprung, der mich nach vorn katapultierte, und ich befand mich noch in der Luft, als ich hinter mir ein Knirschen vernahm. Ich hatte keine Zeit, mich umzudrehen. Für mich zählte allein, dass ich von dieser verdammten Platte wegkam.

Und das schaffte ich.

Unter mir kochte, glühte und brodelte die heiße Lava, aber ich kam über den Graben hinweg und erreichte die Stelle auf der anderen Seite, die mir relativ sicher erschien.

In den Knien brach ich ein, fiel zum Glück nicht zu Boden, sondern konnte mich fangen und hetzte weiter.

Ein peitschender Schlag in meinem Rücken ließ mich stoppen. Ich drehte mich um und sah die Platte, auf der ich mit dem Griffin gekämpft hatte, auseinander brechen.

Sie verschwand endgültig. Mir war die Rettung wirklich im letzten Augenblick gelungen.

Dennoch musste ich achtgeben. Überall riss der Boden auf, und erneute Erdstöße rollten wellenförmig heran.

Aus dem Rauch torkelte jemand auf mich zu. Es war Suko mit blutverschmiertem Gesicht. Er winkte mit beiden Händen, aber Kara entdeckte ich nirgendwo.

»Wo ist sie?«, schrie ich Suko entgegen.

Mein Freund blieb stehen, atmete durch den offenen Mund, schüttelte gleichzeitig den Kopf und deutete über seine Schulter. »Irgendwo kämpft sie noch.«

»Gegen den einen?«

»Ja.«

Verdammt, das hätte ich Kara nie zugetraut. Wenn sie so große Schwierigkeiten hatte, musste dieser Griffin wirklich ein außergewöhnlicher Gegner sein, denn Kara war, was den Umgang mit dem Schwert betraf, kein heuriger Hase.

»Ich sehe nach!«, schrie ich Suko zu.

Ohne Kara waren wir verloren. Wir konnten hier aus eigener Kraft nicht fliehen. Das Erdbeben nahm an Stärke zu. Irgendwann würde der Boden so weit aufreißen, dass es keine Möglichkeit mehr gab, über Gräben oder Spalten zu springen, weil sie dann zu breit waren. Nur Karas magische Kraft konnte uns vor diesem Schicksal bewahren.

Das Klirren der Waffen wurde von den donnernden und peitschenden Geräuschen, mit denen das Gestein zusammenprallte oder riss, begleitet. Deshalb hörte ich nichts, aber ich sah schließlich die beiden schattenhaften Gestalten, die miteinander kämpften.

Kara hatte es schwer. Im Normalfall wäre der Griffin wirklich von ihr längst erledigt worden, nur hatte sie das Pech gehabt, mit dem Fuß in einer Erdspalte stecken zu bleiben.

Der Griffin attackierte sie. Immer wieder hämmerte er mit seinem Schwert zu, und Kara konnte nur abwehren. Bis jetzt war es ihr gelungen, aber sie befand sich bereits auf der Verliererstraße, weil die Wucht der gegnerischen Treffer sie immer mehr in die Knie trieb. Bei jedem Schlag gegen die goldene Klinge sackte Kara weiter zurück. Sie kam überhaupt nicht dazu, eine Gegenattacke aufzubauen.

Kara sah mich. Sie kämpfte aber weiter und gab mit keiner Reaktion zu verstehen, dass Hilfe nahte.

Der Griffin hatte dennoch etwas bemerkt. Vielleicht war es ein sechster Sinn, jedenfalls fuhr er herum, sprang dabei aus der Reichweite der goldenen Klinge und sah mich heranstürmen.

Sofort stach er seine Waffe gegen mich. Mit einem Sidestep wich ich aus und konnte von der Seite her, als ich mich mit dem Griffin auf gleicher Höhe befand, zuschlagen.

Die drei Riemen wickelten sich wie Gürtel um seine Hüften. Der Griffin erstarrte mitten in der Bewegung. Seine Augen öffneten sich, auf dem Gesicht zeichnete sich der

Schrecken ab, und die Züge schienen zu zerfließen. Durch eine Gegenbewegung löste ich die Riemen von seinem Körper, und der Griffin brach zusammen.

Wieder sah ich die tiefen Wunden in seinem Körper, aus dem die trockene, sägemehlartige Masse rann und neben ihm liegen blieb.

Ich steckte die Peitsche weg und fiel auf die Knie. Dabei war ich so dicht an Kara herangekommen, dass ich ihr aus kürzester Distanz ins Gesicht schauen konnte.

»Kommst du nicht raus?«

»Ich versuche es. Hilf mir!«

Während ich Kara festhielt, versuchte sie, ihren Fuß zu drehen. Auf ihrem Gesicht zeichnete sich deutlich die Anstrengung ab. Zum ersten Mal sah ich auch bei ihr so etwas wie Angst, und als ich den Blick senkte, schaute ich auch in das Gesicht des erledigten Griffin.

Die Fratze des Arkonada war längst aus seinem Auge verschwunden. Auch aus dieser Öffnung rann dieses seltsame Sägemehl und verteilte sich dicht neben seinem Mund am Boden.

»Ich hab's, John!« Kara gab ihrem rechten Bein einen Ruck, der durch den gesamten Körper zuckte, und sie kam frei.

Endlich!

Ich hielt sie fest. Für einen Moment ruhte sie sich aus, wobei sich ihre Züge allmählich glätteten.

»Das war im letzten Augenblick!«, keuchte sie und suchte nach dem Inspektor. »Wo ist Suko?«

»Wir müssen zu ihm!«

»Ja, es wird Zeit. Normal und zu Fuß schaffen wir es nicht, dieser Hölle zu entkommen.« Zum Glück hatte sie verstanden.

Ich nahm Kara an die Hand. Gemeinsam rannten wir weiter. Begleitet von einem unheimlichen Grollen, das aus der Tiefe der Erde drang. Wir hatten noch Glück, dass wir nur schmale Gräben und Spalten zu überspringen brauchten.

An anderen Stellen sah es viel schlimmer aus. Da war der Boden fast völlig verschwunden. Gewaltige Platten kippten.

Sie standen senkrecht oder schräg und waren dabei, in der kochenden Masse zu verschwinden.

Dieser Planet war eine Hölle. Sie gehörte Arkonada, einem der Großen Alten, und ich erlebte, wozu diese Dämonen alles fähig waren.

Dann sahen wir Suko. Er wirkte inmitten der dichten Rauchschleier wie ein Gespenst und ruderte mit beiden Armen, da er uns entdeckt hatte.

Kara verhielt ihren Schritt. Wir befanden uns an einer relativ günstigen Stelle, obwohl wir auch hier die Gefahr merkten, die sich unter der Erde zusammenbraute.

Der Boden vibrierte und zitterte. Beides übertrug sich auf uns. Ich erkannte sehr deutlich, dass Eile Not tat.

Suko war da. »Alles okay?«, fragte er.

»Ja.«

»Dann versuche ich es!«, flüsterte Kara. Im nächsten Augenblick rollte eine neue Welle heran. Wir hörten unter unseren Füßen das unheimliche Knirschen, schauten nach unten und auch in die Höhe.

Dort sah ich ein gewaltiges Gesicht.

Eine grausam entstellte Fratze, aus deren Augen das Böse leuchtete. Arkonada zeigte sich.

»Achtung, John!« Karas Stimme lenkte mich ab. Wir hatten längst den Kreis gebildet, uns angefasst und verließen uns völlig auf die Schöne aus dem Totenreich.

Einen Moment später wurde alles anders. Die brodelnde, gefährliche, kochende Welt um uns herum verschwand, und wir überließen uns anderen Kräften, von denen wir nicht wussten, wohin sie uns noch führen würden …

Shaos Nerven zitterten!

Die junge Frau war kaum in der Lage, ein Glas zu halten. Auch nach den schrecklichen Ereignissen hatte sie sich nicht beruhigt. Dafür war ihr Traum einfach zu deutlich und zu klar gewesen. Ihr war es, als hätte sie alles selbst erlebt.

Mit beiden Händen strich sie häufiger als gewöhnlich über ihr Gesicht und wurde von Sheila Conolly genau beobachtet. »Was ist nur los mit dir, Shao?«

»Ich weiß es nicht. Es ist so echt gewesen.« Shao ließ die Hände wieder sinken und schluckte. »So schrecklich echt, verstehst du nicht?«

Sheila nickte. »Doch, ich verstehe dich. Sehr gut sogar. Aber es war ein Traum.«

»Wirklich?«

»Glaube es mir doch. Du siehst völlig normal aus.« Sheila beugte sich vor und legte ihre Hand auf Shaos Knie. Die Chinesin sollte den beruhigenden Druck spüren, doch sie war innerlich zu aufgewühlt, als dass sie hätte vergessen können.

»Das waren furchtbare Minuten«, flüsterte sie und hob die Schultern, als würde sie frösteln. »Vielleicht auch Stunden. Ich weiß es nicht. Mir jedenfalls kam die Zeit so lang vor, wenn du verstehst, was ich meine.«

»Natürlich verstehe ich. Sehr genau sogar. Aber es ist vorbei. Dein Gesicht existiert nach wie vor. Es hat keinen Schaden genommen.«

Obwohl Shao nickte, klang ihre Antwort anders. »Du hättest sehen müssen, wie ich zwischen Sukos Händen zerfiel. Ich spürte selbst den Druck, den er ausübte, glaubte, seine Hände an meinen Wangen zu fühlen, und merkte, wie in meinem Kopf alles brach. So etwas ist schlimm. Das habe ich zuvor noch nie erlebt. Dieser Traum, Sheila, ist kein normaler. Er hat etwas zu bedeuten. Mein Unterbewusstsein hat mir angezeigt, wo sich Suko und John befinden. Zusammen mit Kara. Die drei habe ich sehr deutlich gesehen.«

»Hast du denn eine Erklärung für das, was vorgefallen ist?«, wollte Sheila wissen.

»Was glaubst du, wie sehr ich mir darüber schon den Kopf zerbrochen habe. Leider finde ich kein Ergebnis. Das macht mich so fertig. Wenn wir eine Spur hätten …«

»Dein Unterbewusstsein ist die Spur«, sagte Sheila leise.

»Ja, das denke ich mir auch. Nur, ich hatte das Gefühl, als würde es sich in einer fremden Hand befinden, sich unter einer anderen Gewalt ducken. Kannst du dir das vorstellen?«

»Es ist schwer«, gab Sheila zu.

»Das finde ich auch. Und deshalb frage ich mich, wer sich für diese Beeinflussung des Unterbewusstseins verantwortlich zeigt. Ich habe hin und her überlegt, zu einem Ergebnis bin ich nicht gekommen, so leid mir es tut.«

Sheila hob die Schultern und stand auf. Die beiden Frauen befanden sich im Schlafzimmer der Conollys, das praktisch aus zwei Bereichen bestand, denn eine Hälfte davon glich mehr einem Wohnraum. Hier standen eine Couch, Sessel, es gab Spiegel, einen Schminktisch und einen stummen Diener, auf dem noch Kleidung von Bill Conolly hing.

Die Zeit war auch weiter fortgeschritten. Hinter den beiden lag bereits die Tageswende.

»Es ist schrecklich, hilflos zu sein«, sagte Shao plötzlich. »Ich spüre es immer deutlicher.«

Sheila unterbrach ihre Wanderung. »Was aber willst du dagegen unternehmen?«

»Nichts.«

»So denke ich auch, und ich frage mich die ganze Zeit über, ob sich Bill auch in Sukos und Johns Nähe befindet.«

»Das wäre vielleicht sogar gut. Dann könnte einer den anderen unterstützen.«

Mit dem Rücken lehnte Sheila gegen einen Schrank. »Für mich steht jedenfalls fest, dass sich die Männer nicht mehr in unserer normalen Welt befinden, sondern in einer, die durch das Unterbewusstsein zu erreichen ist, wenn jemand schläft und unmittelbar mit den verschwundenen Personen zu tun hat.«

»Gut formuliert«, lobte Shao und ließ ein bitteres Lachen hören.

Sheila lächelte schmal. »Ich habe auch lange genug darüber nachgedacht.«

»Und? Bist du zu einem Ergebnis gelangt?«

»Leider nicht.«

»Das ist es ja, was mich so schafft.«

»Aber du, Shao, hättest größere Chancen, es herauszufinden. Viel größere als ich.«

»Wieso?«

»Erstens bist du über die einzelnen Fälle besser informiert, und zweitens ist deine Abstammung, entschuldige den nächsten Ausdruck, nicht normal.«

»Du sprichst auf meine Ahnenreihe an.«

»Genau.«

Shao runzelte die Stirn und drehte sich zur Seite. Sie sprach ins Leere, ihre Stimme klang dünn und emotionslos. »Da irrst du dich leider, Sheila. Zwar stamme ich von der Sonnengöttin Amaterasu ab, wobei ich über Details überhaupt nicht informiert bin, aber es gibt da ein großes Problem. Amaterasu und die Vorgänge, die wir hier erleben, sind zwei Paar verschiedene Schuhe. Bei Shimada und den Ninjas war es etwas anders, aber nicht hier. Wenn wir es mit einer Magie der Großen Alten zu tun haben, kann ich nichts unternehmen.«

»Wirklich nicht?«

»Nein, auch wenn du nicht locker lässt, Sheila. Ich bin ebenso rat- und hilflos wie du. Wir können nur hier sitzen und abwarten. Vielleicht auch raten, das ist alles.«

Sheila schlug mit der flachen Hand gegen die Wand. »Das will mir einfach nicht in den Kopf. Es muss eine Verbindung zwischen unseren Männern und uns geben.«

»Die ein Dämon darstellt.«

»Und welcher?«

»Ich bin auch nicht sehr gut informiert«, erwiderte die Chinesin, »könnte mir jedoch vorstellen, dass es sich bei diesem Dämon um Arkonada handelt.«

»Du kannst deine Antwort auch begründen?«

»Sicher. Erstens habe ich von Suko erfahren, um was es ungefähr bei den letzten Fällen ging, dann erinnere ich mich wieder an diesen Tätowierer Gregg. In seinen Körper ist damals der Geist des Arkonada gefahren und hat ihn beeinflusst. Wenn er das konnte, aus welchem Grunde sollte es ihm dann nicht gelingen, auch mein Unterbewusstsein zu beeinflussen? Denk darüber nach.«

Das tat Sheila. Nach einer Weile meinte sie: »Arkonada ist doch einer der Großen Alten?«

»Richtig.«

»Haben die anderen denn überhaupt eine Chance, gegen ihn anzukommen? Du kennst die Kräfte dieser Dämonen …«

»Ich kenne sie nicht. Ich weiß nur, wie gefährlich sie sind – und dass sie keine Gnade kennen.«

»Das meinte ich.«

»Bisher haben unsere Männer es immer geschafft.«

»Suko und John, ja. Sie sind besser ausgerüstet als Bill und haben auch mehr Erfahrung.«

»Bei Bill ist es nicht sicher, ob er auch mit Arkonada zusammengetroffen ist«, gab Shao zu bedenken.

»Ich habe das Gefühl, dass dort zwei Fälle ineinander greifen.« Sheila hob die Schultern. »Aber was soll's? Wir beide können nichts machen. Auch das Herumsitzen hat keinen Sinn. Am besten wird es sein, wenn wir uns wieder hinlegen und versuchen, einige Stunden zu schlafen.«

»Kannst du das?«

»Kaum. Dennoch will ich auch nicht die ganze Nacht über aufbleiben.«

Shao nickte. »Ich lasse die Tür zu meinem Zimmer offen. Wenn etwas ist, ruf bitte!«

»Geht klar, Shao. Umgekehrt aber auch.«

»Natürlich.«

Wenig später schlug die Chinesin die Bettdecke im Gästezimmer zur Seite. Es war eine hilflose Geste, mit der sie dies tat. Shao kam sich verloren vor, sogar unnütz. Sie hatte das Gefühl, kein Mensch mehr zu sein, sondern eine Maschine, die man aufgedreht hatte und die jetzt kaum noch lief.

Auf der Bettkante nahm Shao Platz, strich mit einer müde

wirkenden Geste das schwarze Haar zurück und ließ sich dann nach hinten fallen. Wieder versank ihr Kopf in den Kissen. Die Angst wollte einfach nicht weichen.

Tief atmete Shao durch. Sie versuchte, sich durch diese Atemtechnik zu beruhigen. Es war kaum zu schaffen. Stets sah sie die Bilder des letzten Traumes vor sich, besonders das eine, als ihr Gesicht zwischen Sukos Händen zerbrach. Shao wusste, dass sie in eine Magie hineingeraten waren, die so unerklärlich und schlimm war, dass es gegen sie wohl kein Mittel mehr gab.

Schlafen konnte sie nicht. Starr wie eine Tote lag sie auf dem Rücken. Die Hände befanden sich auf der Bettdecke. Shao starrte gegen die Decke, wo die brennende Lampe einen Kreis zeichnete, der an seinen Rändern verlief.

Sie dachte an Suko, an den gemeinsamen Freund John Sinclair, und eigentlich hatte sie nicht weinen wollen, doch nun, wo sie allein war, brauchte und konnte sie die Tränen einfach nicht mehr unterdrücken.

Sie glitzerten in ihren Augen und rannen an beiden Wangen entlang in Richtung Kinn.

Shao konnte einfach an nichts anderes mehr denken, nur noch an den fürchterlichen Traum.

Wenn sie den Kopf ein wenig nach rechts drehte, fiel ihr Blick auf das Fernsehgerät. Sie dachte für einen Moment daran, es einzuschalten, die Fernbedienung lag in greifbarer Nähe. Dann verwarf sie den Gedanken wieder. Da konnte kommen, was wollte, auch die bewegten Bilder lenkten sie nicht von ihren Sorgen ab.

Und so lag Shao still.

Nicht weit entfernt befand sich das Schlafzimmer der Conollys. Die Türen zu beiden Zimmern waren nicht geschlossen worden. Während die Chinesin still in ihrem Bett lag, hörte sie manchmal Sheilas Stimme. Sie konnte nicht verstehen, was gesprochen wurde, rechnete jedoch damit, dass Sheila leise vor sich hinbetete.

Der Druck nahm zu. Shao hatte damit gerechnet, dass sie

sich irgendwann beruhigen würde, das geschah aber nicht. Es fiel ihr überhaupt schwer, liegen zu bleiben. Sie spürte im Mund wieder den pelzigen Geschmack und entschloss sich, ein Glas zu trinken.

Shao schwang die Bettdecke zurück. Auf der Kante blieb sie für einen Moment sitzen. Aus dem Schlafzimmer der Conollys hörte sie nichts mehr. Vielleicht war Sheila trotz allem eingeschlafen. Obwohl Shao dies nicht gelang, gönnte sie es der Freundin.

Die Stille des Raumes zerrte plötzlich an ihren Nerven. Shao fühlte sich unwohl. Sie merkte auch die Feuchtigkeit auf ihren Handflächen. Angstschweiß hatte sich dort gebildet, und als sie mit einem Ruck aufstand, folgte der Schwindel.

Gleichzeitig begann sie zu frieren, sodass sie automatisch nach dem Morgenmantel griff, der in erreichbarer Nähe hing. Sie streifte ihn über.

Shao schritt um das Bett herum. Möglichst leise trat sie auf, weil sie Sheila nicht stören wollte. Auf einem kleinen fahrbaren Wagen in der Nähe standen noch die Flaschen und auch ein Glas. Der Saft würde vielleicht den bitteren Geschmack aus dem Mund spülen.

Shao kam nicht dazu, einen erfrischenden Schluck zu nehmen. Kaum hatte ihre Hand die Flasche berührt, als sie aus dem anderen Schlafzimmer einen Laut vernahm.

Es war ein Ruf!

»Bill!«

Für einen Moment blieb Shao stehen. Über ihren Rücken rann eine Gänsehaut. Die Hand löste sich von der Flasche, und die Chinesin lauschte, ob sich der Schrei wiederholen würde.

»Bill!«

Jetzt hielt Shao nichts mehr. Obwohl Sheila nur dieses eine Wort gerufen hatte, waren sehr deutlich die Panik und die Angst zu hören gewesen, die in der Stimme mitschwangen.

So rasch wie möglich huschte Shao aus dem Zimmer,

lief in den Gang und sah Nadine, die Wölfin. Auch sie war alarmiert worden. Mit kräftigen Sprüngen hetzte sie heran, und sie erreichte das Zimmer, in dem Sheila lag, früher als Shao.

Mit dem Ellbogen drückte die Chinesin die Tür bis zum Anschlag auf, trat über die Schwelle, machte Licht und sah Sheila aufrecht im Bett sitzen.

Steif wie eine Puppe hockte sie da. Weit geöffnet die Augen, die Hände geballt und den Blick gleichzeitig nach außen und innen gekehrt, als würde sie etwas erkennen, das außer ihr niemand sah.

»Sheila!« Shao lief um das Bett herum und wollte die Freundin an der Schulter fassen.

»Nein, lass mich …«

Ihre Stimme klang so scharf, dass die Chinesin zurückzuckte und einige Schritte entfernt stehen blieb.

Dort wartete sie gespannt, richtete den Blick auf Sheila, hoffte, dass sie weitersprach.

Das geschah nicht.

Sheila blieb stumm. Ihre Lippen hatte sie so fest zusammengedrückt, dass sie einen Strich bildeten. Nach wie vor war der Blick in eine nur für sie sichtbare Ferne gerichtet.

»Bill!« Ein leiser Ruf drang aus ihrem Mund. »Bill, ich bitte dich …«

Shao atmete tief ein. Es machte ihr Angst, die Freundin so sitzen zu sehen und sprechen zu hören. Gern hätte sie geholfen, doch Sheila musste in diesem Fall den Kampf allein durchstehen.

»Ich – habe – ihn – gesehen.« Diesen Satz sprach sie wie ein Roboter. So abgehackt, so unnatürlich, mit einer Stimme, die Shao bei ihr noch nie gehört hatte.

Jetzt hielt die Chinesin nichts mehr. Sie trat noch einem Schritt vor, geriet bis nahe an das Bett heran, beugte sich nach vorn und umklammerte die Schultern der Freundin.

»Sheila, jetzt musst du reden, bitte! Ich habe Suko gesehen, und du deinen Bill. Vielleicht kommen wir …«

»Es war schlimm, Shao.« Diesmal klang Sheilas Stimme dumpf und dunkel. »Sehr schlimm sogar. Ich konnte nichts machen, nichts tun, ihm nicht helfen …«

»Wann hast du ihn gesehen? Auch im Traum?«

»Ja.«

Quälend atmete Shao ein. Im Traum hatte Sheila ihren Bill gesehen. Shao war es mit Suko ähnlich ergangen, und die Parallelen lagen auf der Hand.

Die Chinesin merkte sehr deutlich, dass Sheila berichten wollte, deshalb löste sie sich von ihr und nahm auf einem kleinen Hocker Platz, ohne die blonde Frau allerdings aus den Augen zu lassen, während sich die Wölfin neben das Bett gehockt hatte. Shao brauchte keine weitere Frage mehr zu stellen, denn Sheila begann zu berichten.

»Das Einschlafen fiel mir schwer, aber schließlich schaffte ich es doch. Die Müdigkeit kam, mir fielen die Augen zu, aber ich merkte, dass ich nicht richtig tief und fest schlief. Es war mehr ein Dahindämmern. Manchmal wurde ich sogar wach, öffnete die Augen und sah, weil ich das Licht hatte brennen lassen, dieses Zimmer. Es war seltsam, Shao. Die Gegenstände sind zwar tot, dennoch kamen sie mir vor, als würden sie leben. Ich hatte das Gefühl, als wäre ich nicht mehr allein. Alles um mich herum wurde plötzlich anders, und ich konnte in diesem Zimmer eine andere Welt sehen, verstehst du das?« Sheila schaute Shao an und wartete förmlich auf ihr Nicken.

Shao schüttelte den Kopf. »Sorry, Sheila, aber ich komme da noch nicht mit.«

»Ja, wie soll ich es dir erklären? Ich hatte das Gefühl, als hätte sich eine andere Welt über die meine geschoben, sodass sich hier zwei vereinigten.«

»Welche Welt denn?«

»Das kann ich dir nicht sagen. Aber vielleicht die aus deinem Traum. Es war sehr schlimm, denn ich hatte das Gefühl, an dieser Welt festgeklammert zu sein. Ich kam einfach nicht los von ihr, und das seltsame Bild blieb weiterhin.«

»Was zeigte es denn?«

»Nicht das, was du gesehen hast, Shao. Eine ganz andere Szene. So grauenhaft, so schlimm. Wie in der Hölle.«

»War Bill auch da?«

»Sicher, deshalb habe ich ihn ja gerufen, doch er schien mich nicht zu hören. Er und die anderen nicht.«

»Welche anderen? John? Suko?«

»Nein, die nicht. Aber Jane Collins, Professor Chandler und auch noch Wikka!«

»Himmel!« Shao presste das Wort hervor. Sie wurde bleich und ging einen Schritt zurück. »Hast du dich nicht getäuscht, Sheila? Waren die vier Personen tatsächlich vorhanden?«

»Wenn ich es dir doch sage. Ich sah sie so deutlich, als stünden sie tatsächlich hier im Raum. Aber das war nicht alles …« Sheila senkte die Lautstärke ihrer Stimme und sprach nur mehr flüsternd weiter. »Ich konzentrierte mich vor allen Dingen auf Bill und erfuhr …« Jetzt füllten sich ihre Augen mit Tränen. Sheila wischte sie weg, bevor sie weitersprach. »Ich erfuhr, dass sie sterben sollten. Verstehst du, Shao? Alle sollen sterben, alle …«

»Bill auch?«, fragte die Chinesin.

»Ja, Shao, Bill auch.« Sheilas Kopf sank nach vorn. Beide Hände presste sie gegen ihr Gesicht und begann zu weinen …

Eine andere Stelle – dieselbe Welt!

Aber kein Erdbeben, kein Vibrieren, kein Krachen und Bersten. Eine nahezu unnatürliche Ruhe umgab uns.

Wir drei schauten uns an, und selbst der verletzte Suko lächelte. Es wirkte wie ein gewaltiges Aufatmen nach dem ersten furchtbaren Sturm, den wir glücklich hinter uns gebracht hatten, dank Karas magischer Fähigkeiten.

Daran gab es nichts zu rütteln. Ihr allein hatten wir es zu verdanken, dass wir noch existierten.

Suko griff in die Tasche und holte ein Tuch hervor. Die

Wunde blutete nicht mehr, obwohl sie ziemlich tief war. Das sah ich, als mein Freund das in der Nähe klebende Blut zur Seite gewischt hatte.

»Bist du okay?«, fragte ich ihn.

»Es haut so hin, danke.«

Auch Kara und ich hatten zum Glück nichts abbekommen. Und wir waren dort gelandet, wo wir hinwollten.

Hatte Arkonada nicht von einem Zentrum gesprochen und es sogar beschrieben?

Das, was wir in der Nähe sahen, erinnerte uns ziemlich exakt an die Beschreibung.

Wir sahen eine hohe Mauer, die irgendwelche Gebäude umschließen musste. Ferner erkannten wir die Hügellandschaft, die, wäre sie bewaldet gewesen, sicherlich lieblich ausgesehen hätte. Doch die Erde wirkte kahl, verbrannt, und der Staub hatte eine gelblich braune Farbe.

Nur von den Griffins sahen wir nichts.

Eigentlich hätten sie in der Nähe warten sollen, weil sie ja das Zentrum bewachten, doch Arkonada hatte sie zurückgezogen. Vielleicht wollte er, dass wir ungehindert sein Zentrum betraten, um uns erst jenseits der Mauern eine Falle zu stellen.

Darüber waren wir uns einig. Suko schlug vor, Arkonada nicht mehr länger warten zu lassen. »Irgendwann müssen wir ihm gegenübertreten. Je früher, desto besser.«

Da hatte der Chinese ein wahres Wort gesprochen. Das erste große Problem war die Mauer. Sie mussten wir überwinden, was gar nicht so einfach war. Sicher, Kara hätte es abermals durch ihre Magie versuchen können, aber das wäre zu viel des Guten gewesen, denn jede Beschwörung oder Konzentration kostete sie Kraft, und wer konnte schon sagen, ob sie diese Kraft nicht später nötiger gebrauchen würde.

»Keine Mauer ohne Tor«, sagte ich und kehrte den Optimisten hervor. »Los, lass uns marschieren!«

Das taten wir.

Vor uns lag dieses seltsame Hügelland in einem nahezu bedrückenden Schweigen. Nur unsere Schritte hörten wir und sahen den Staub, den die Schuhe in die Höhe wirbelten.

Die Entfernung hatte uns getäuscht. Die hohe Mauer lag weiter entfernt, als wir annahmen.

Es gab keine Sonne auf diesem Planeten. Nur die seltsam grün gefärbte Luft war überall gegenwärtig. Wahrscheinlich gab es auch keinen Tag, eine Nacht ebenfalls nicht, und so blieb alles gleich, denn Dämonen brauchen keinen Schlaf.

Ich dachte über Arkonada nach und auch über die goldene Pistole, die ich bei unserer Reise gesehen hatte. Übergroß und gewaltig hatte ihre Mündung aus dem Planeten geschaut. Bisher jedoch hatten wir keine weitere Waffe mehr zu Gesicht bekommen.

Wir hatten das Glück des Tüchtigen, denn wir entdeckten tatsächlich so etwas wie ein Tor in der Mauer. Von unserem Standpunkt aus betrachtet, wirkte es wie ein dunkles Viereck im hellen Lehmgelb der Umrandung.

Aber es war geschlossen.

»Sehr irdisch sieht das alles aus«, stellte Suko fest, als er für einen Moment stehen blieb, bevor er sich mit einer Frage an Kara wandte. »Wie ist das möglich?«

»Ich würde den Begriff irdisch nicht so ohne Weiteres unterstreichen.«

»Sondern?«

»Atlantisch, Suko. Dieses Gebäude erinnert mich an einige Bauten in meiner Heimat.« Kara hatte sehr leise gesprochen, dann wiederum übermannte sie die Erinnerung.

Ich konnte sie verstehen. Wir ließen sie mit ihren Gedanken allein, bis sie von selbst nickte und darauf bestand, den Weg fortzusetzen.

Das große Tor war ebenso hoch wie die Mauer. Aus zwei breiten Flügeln bestand es. Das Holz sah stabil aus, als wäre es für die Ewigkeit gebaut worden.

Da kamen wir nicht durch. Wir hätten schon Herkules sein und eine Ramme benützen müssen.

Ziemlich ratlos blieben wir stehen und schauten in die Höhe. Zu beiden Seiten reihten sich neben dem Tor die glatten Steinquader an- und aufeinander. Sie bildeten das Hindernis, über das wir ohne Seile und Haken einfach nicht hinwegkamen.

»Wer hat eine Idee?«, fragte Suko.

»Ich könnte es noch einmal versuchen«, erwiderte Kara. »Vielleicht …«

»Nein, nein, lass es sein.« Auch ich sprach mich dagegen aus. »Wir werden schon eine Möglichkeit finden.«

»Wie war das noch im Märchen?«, murmelte Suko. »Da sagte der Held: ›Sesam öffne dich!‹, und das Tor …«

Suko verstummte erstaunt. Auch wir schauten ziemlich ungläubig aus der Wäsche, denn kaum hatte Suko den einen Satz beendet, als Bewegung in das Tor geriet.

Der rechte Flügel begann zu zittern, dann zu knarren, bevor er sich allmählich nach innen schob.

»Sind wir hier im Märchen?«, flüsterte mein Freund.

»Sieht so aus«, erwiderte ich.

Auch Kara war überrascht. Sie kommentierte den Vorgang nicht und schüttelte nur den Kopf.

Noch trauten wir dem Frieden nicht, deshalb blieben wir vorerst stehen und schauten zu, wie der schwere Flügel unter knarrenden und ächzenden Geräuschen immer weiter aufschwang.

Wir hatten eine gespannte Haltung eingenommen. Karas rechte Hand lag auf dem Schwertgriff, während Suko seine Dämonenpeitsche festhielt. Ich besaß leider keine wirksame Waffe, denn auch mein Kreuz half mir in dieser mythologisch anders strukturierten magischen Welt nicht.

Ich musste mich auf meine Freunde und auf die Improvisationsfähigkeit verlassen.

Allmählich enthüllte sich ein großer Innenhof unseren Blicken. Wir hatten damit gerechnet, Gebäude zu sehen, ähnlich den Burghöfen, die es auf der Erde gab. Da allerdings sahen wir uns getäuscht.

Der große Innenhof war völlig leer.

Eine glatte Fläche, kein Lebewesen, nicht ein Griffin und auch nicht Arkonada.

Die Leere machte uns stutzig. Noch trauten wir uns nicht, den Innenhof zu betreten, und Suko sagte: »Das ist nicht das Zentrum, von dem Arkonada gesprochen hat. Nein, das kann es nicht sein. Oder?« Er schaute uns fragend an.

Wir waren ebenfalls seiner Meinung.

»Bist du nicht informiert, Kara?«, wandte ich mich an die Schöne aus dem Totenreich.

»Nein, ich kenne diesen Planeten zwar, aber er befindet sich in der Hand eines mächtigen Schwarzblüters, und Arkonada kann mit ihm machen, was er will.«

»Du meinst, er kann ihn verändern?«, folgerte ich.

»Natürlich. Das hat er schließlich durch das Erdbeben bewiesen. Es hat auch nichts zu bedeuten, dass wir weder ihn noch seine Griffins sehen. Sie lauern in der Nähe und beobachten uns. Davon gehe ich aus. Hier atmet jeder Stein Arkonadas Geist aus. Die Materie ist veränderbar, lasst euch das gesagt sein.«

Dieser letzte, allgemein gesprochene Satz konnte vieles beinhalten, und wir sollten ihn auch in naher Zukunft bestätigt bekommen. Noch standen wir vor dem Tor, obwohl es sich so einladend geöffnet hatte.

Kara machte den Anfang. Sie wollte nicht mehr draußen bleiben und endlich mit dem Zentrum konfrontiert werden.

Ich blieb hinter ihr und deckte ihr den Rücken. Suko deckte den meinen, da er nicht mit mir auf einer Höhe schritt.

Wir waren sehr vorsichtig. Vor uns lag schweigend der Innenhof der Burg, und als ich ebenfalls das Tor durchschritten hatte, kam ich mir vor wie in einem Gefängnis, denn nun sah ich die Mauern von innen.

So leicht, wie sich das Tor geöffnet hatte, konnte es sich bestimmt wieder schließen.

Das geschah auch.

Kaum hatten wir alle den Hof betreten, als das Knarren in

unserem Rücken aufklang, wir herumwirbelten und sahen, wie die rechte Hälfte des Tors wieder zuschwang.

Diesmal jedoch sehr schnell.

Wir kamen nicht mehr dazu, den Hinweg auch als Fluchtweg zu benutzen, denn das Tor wurde sehr schnell und hämmerte mit einem Knall zu, der an einen Kanonenschuss erinnerte.

»Das war's«, sagte Suko und schaute sich um. »Arkonada hat uns.«

»Oder wir ihn«, meinte Kara.

»Du traust dir zu, gegen ihn anzutreten?«, fragte ich sie.

Kara hob die Schultern. »Es wird mir wohl nichts anderes übrig bleiben. Wir müssen es zu einem Ende bringen. Oder siehst du es anders?«

»Nein.«

»Arkonada ist einer der Großen Alten. Was er hier tut, wird von den anderen gestützt. Da arbeitet keiner auf eigene Faust, das kann ich dir versprechen ...«

»Werden sie ihm auch beistehen?«, wollte ich wissen.

»Ich hoffe nicht«, erwiderte Kara leise. »Gegen alle sechs anzutreten ist für uns unmöglich ...«

»Hattest du nicht von sieben Großen Alten gesprochen?«

»Es ist ein Gerücht, John, mehr nicht. Aber es könnte sein«, antwortete Kara und schaute mich so an, als wüsste sie doch mehr, als sie zugeben wollte.

Es war jetzt nicht die Zeit, darüber zu diskutieren. Sollte Kara mit ihrer Vermutung recht behalten, würde ich es noch früh genug erfahren.

Im Vergleich zu den hohen Mauern fühlten wir uns winzig und irgendwie verloren. Ich hatte die Innenwände mit meinem Blick längst abgetastet und festgestellt, dass es auch hier keine Chance gab, hochzuklettern. Es waren weder Leitern vorhanden noch Einkerbungen oder Stufen im Gestein.

»Alles auf dieser Welt atmet seinen Geist«, hörte ich Kara flüstern und schaute sie erstaunt an.

Auch Suko wunderte sich darüber, dass sie jetzt mit dieser Bemerkung herausrückte.

»Was ist denn los?«, fragte er.

Karas Blick zeigte Unruhe. Sie hob eine Hand, spreizte die Finger und bewegte sie hektisch. »Ich, ich spüre etwas«, erwiderte sie flüsternd. »Da bahnt sich was an.« Sie verstummte, legte den Kopf in den Nacken und schaute in die Höhe.

Wir folgten ihrem Blick.

Kara hatte sich nicht geirrt. Es ereignete sich tatsächlich einiges. Der blasse, wenn auch leicht grüne Himmel über uns nahm eine andere Färbung an. Aus unendlichen Tiefen strömte eine seltsame Schwärze, die sich in das Grün schob und es verdunkelte, sodass über uns ein geheimnisvolles Licht entstand.

Eine Art von zwielichtiger Helligkeit, die den klaren Blick zwar beeinträchtigte, Konturen und Umrisse jedoch nach wie vor scharf nachzeichnete.

»Er meldet sein Kommen«, flüsterte Kara.

Es war klar, dass sie mit ihm den Dämonen Arkonada gemeint hatte, aber noch hielt sich dieser zurück.

Dafür erschienen seine Diener.

Diesmal wurde uns bestätigt, dass alles, was auf diesem Planeten existierte, dem großen Arkonada gehörte. Jeder Stein, aus dem die gewaltige Mauer errichtet worden war, hatte sein eigenes Leben, das nur dem Herrn dieser Welt gehörte.

Wir hatten seine Mord-Zyklopen innerhalb dieses Burghofes vermisst. Nun zeigten sie sich.

Ein unheimlicher Vorgang, wie er sich nur mit schwarzer Magie erklären ließ, lief vor unseren Augen ab. Mit Entsetzen mussten wir feststellen, dass die Mauern gar nicht tot waren, sondern Leben in ihnen steckte, und zwar in jedem einzelnen Stein.

Es erschienen Gesichter. Aus der Tiefe eines jeden Steines heraus gelangten die Fratzen an die Oberfläche, und sie füllten das Rechteck fast völlig aus.

Arkonada zeigte uns seine Mord-Zyklopen!

Grausame, unheimliche Gestalten mit drei Augen, von denen jeweils zwei fast völlig geschlossen waren, das dritte aber wie ein Oval glänzte und offen stand.

In jedem Auge sahen wir das Gesicht.

Arkonada war überall. Mir fiel ein, dass wir uns im Orwell-Jahr befanden, als ich diese schrecklichen Glotzaugen erkannte, aber wir wurden hier nicht vom Objektiv einer Kamera bewacht, sondern von Arkonada, einem der Großen Alten.

Von zwei Seiten stierte man uns an. Nur die Höhe war frei und natürlich der Boden, auf dem wir standen. Aber über uns verdunkelte sich das Licht immer mehr.

Es wurde zu einem schwarzfarbigen Grün, und die Luft erschien mir irgendwie schwerer, denn ich hatte Mühe, sie einzuatmen.

»Merkst du was?«, flüsterte Suko.

»Ja, die Luft.«

»Eben.«

»Arkonada schreitet zur Vernichtung«, sagte Kara. »Wir werden wohl einiges zu erleiden haben. Das mit den Griffins hat er verdammt geschickt gemacht. Er weiß haargenau, dass wir sie auf diese Art und Weise nicht packen können. Ich reiche mit meinem Schwert nicht überall hin.«

»Das stimmt, Kara!«, dröhnte die gewaltige Stimme des großen Dämons. Und diesmal sahen wir ihn.

Hoch über uns schwebte er. Unsere gesamte Sichtweite des dunklen Himmels wurde von dem einen Gesicht eingenommen, von dieser grauenhaften, schrecklichen Fratze, die wir unzählige Male auch in den Steinen sahen.

Doch wie harmlos wirkten diese Gesichter im Vergleich zu der am Himmel schwebenden Schreckensvisage.

Falten, Runzeln, übergroß, flächig und gleichzeitig unermesslich tief, umwirbelt von düsteren Schatten, die an zerrissene Nebelfetzen erinnerten. Sie huschten vor der Fratze hin und her, kamen von der Seite oder wischten von oben nach unten, auch umgekehrt, sodass es wirkte, als würde das Gesicht ständig neue Formen annehmen.

Ich wusste, dass der kleine Magier Myxin schon einmal versucht hatte, dass Gesicht zu zerstören. Mit Todesverachtung hatte er sich ihm entgegengestürzt, doch es war ihm nicht gelungen, die widerliche Visage auszumerzen. Selbst die goldene Klinge konnte es nicht schaffen, denn Arkonada hielt stets einen letzten Trick bereit.

Auch damals war es um Gesichter gegangen, die ein Tätowierer namens Gregg so teuflisch genau auf die Haut der Menschen zeichnen konnte. Kaum jemand hatte bis dahin geahnt, dass in Gregg der Geist eines der Großen Alten steckte, denn es war Arkonada gewesen, der damals unsichtbar die Hand des anderen geleitet hatte, damit dieser für ihn die Diener herbeiholen konnte.

Auch hier sahen wir die schaurigen Fratzen, und über allem schwebte das Gesicht, von dem das Grauen ausging.

Noch wurden wir nicht körperlich angegriffen, und ich erinnerte mich wieder an die Steine, die in London erschienen waren. Da hatte ich Arkonadas Gesicht gesehen, war von seiner höllischen Faszination in den Bann geschlagen worden und hatte mich aus eigener Kraft nicht befreien können, denn einem alten Freund und jetzigen Feind war es gelungen, Arkonada in die Flucht zu schlagen.

Myxin.

Und dieser wiederum besaß eine geheimnisvolle Totenmaske aus Atlantis, über die wir noch nicht genau Bescheid wussten.

In dieser Lage hätte uns Myxin sicherlich auch helfen können, aber er war weit, sehr weit entfernt, sodass wir mit unseren Problemen allein fertig werden mussten.

»Ihr seid gekommen!«, hörten wir Arkonadas Stimme wie einen gewaltigen Donnerhall. »Nichts anderes habe ich von euch erwartet, und ich habe es geschafft, fast alle meine Feinde zusammen auf dem Planeten der Magier zu versammeln. Ihr seid nicht die Einzigen. Aber ihr seid diejenigen, die einer ersten Hinrichtung zuschauen dürfen. Gebt genau acht, was nun geschieht …«

Arkonadas Worte hatten uns tatsächlich neugierig gemacht. Aus diesem Grunde schauten wir auch scharf hin.

Und dann tat sich der Boden auf.

Die Öffnung befand sich genau in der Mitte des Burghofs. Sie war plötzlich entstanden, nur ein seichtes Flirren und Flimmern war zuvor zu sehen gewesen, und sie erinnerte uns an einen gewaltigen Krater, in dessen Tiefe etwas lauerte.

Wir befanden uns etwa zehn bis zwölf Schritte vom Rand der Öffnung entfernt. Noch konnten wir nicht hineinschauen, doch Arkonada wollte, dass wir hinsahen und Bescheid wussten.

»Tretet näher!«, donnerte er uns aus der Höhe entgegen. »Schaut hinein, blickt in das Zentrum des Planeten und seht, was ich mit meiner Magie schaffen konnte.«

Sollten wir uns weigern?

Nein, es hatte keinen Sinn, zu dem Schluss kamen wir alle drei. Ich war es, der den Anfang machte und die ersten zögernden Schritte vortrat.

Kara und Suko rahmten mich ein. Ich schaltete bewusst meine Gedanken und Vermutungen aus, wollte nicht darüber nachdenken und mich selbst überzeugen. So wurde ich wenigstens auch nicht zu unangenehm überrascht.

Am Rand blieb ich stehen.

Neben mir verhielten Kara und Suko ihre Schritte.

Beide stöhnten wie ich auf, und Suko sprach das aus, was wir wohl alle dachten.

»Das ist doch nicht möglich …«

Bill Conolly wusste nicht, was mit seinen Gefährten geschehen war, er jedenfalls wurde von dem röhrenförmigen, unheimlichen Gang verschluckt, und seine Umrisse verschmolzen mit dem seltsamen Licht, das grünlich aus den Wänden strahlte.

Hinter ihm lauerte ein Griffin. Ohne sich umzudrehen, wusste der Reporter, dass dieses Wesen nach wie vor seine Lanze in der Hand hielt und damit auf seinen Rücken zielte.

Aber es war nur ein Griffin!

Der Reporter konnte nur vermuten, wie lang der Gang war, ein Ende war jedenfalls nicht zu erkennen, und er spielte mit dem Gedanken, den Griffin zu überwältigen.

Wenn er eine Chance hatte, dann in den nächsten Minuten. Außerdem konnte er sich bewaffnen, und wenn es nur ein Speer oder eine Lanze war, aber in der Not frisst der Teufel bekanntlich Fliegen.

Bill Conolly ließ sich äußerlich nichts von seinen Plänen anmerken. Nach wie vor schritt er langsam dahin, zeigte sogar ein Gefühl der Schwäche und Erschöpfung, weil er den Griffin in Sicherheit wiegen wollte, und das fiel ihm nicht einmal schwer, denn die magische Reise hatte an seinen Kräften gezehrt.

Noch erschien ihm die Zeit nicht günstig. Er wollte einige Schritte tiefer in den Gang eintauchen.

Bill bereitete seine Aktion gut vor. Den anderen in Sicherheit zu wiegen und überraschend zuschlagen, so lautete seine Devise.

Er lauschte auf seine eigenen Schritte. Die des Bewachers vernahm er nicht. Für ihn ein Beweis, dass sich der Griffin seiner Schrittfolge genau angepasst hatte.

Bill dachte an den Professor. Hoffentlich kam er ebenfalls durch. Chandler war gerissen und auf gewisse Art und Weise auch ein nettes Schlitzohr, der würde es schon schaffen.

Wikka und Jane Collins interessierten ihn momentan nicht. Sie konnten seinetwegen zum Teufel gehen, denn ihm hatten sie schließlich lange genug gedient.

Nachdem Bills Überlegungen ausgereift waren, begann er seine Schritte genau zu zählen.

Eins, zwei, drei, vier …

Beim sechsten Schritt zögerte er. Der Reporter setzte sein

rechtes Bein langsam und schleppender vor, wobei er gleichzeitig ein wenig einsackte und sich dann nach rechts gegen die grünlich schimmernde Wand fallen ließ.

Dabei hatte er das Gefühl, sich gegen einen Schwamm zu drücken. So weich und nachgiebig war die Wand, irgendwie eklig weich, und Bill schien es, als würden ihn zahlreiche Fingerkuppen berühren oder auch widerliche kleine Würmer.

Der Griffin hatte ebenfalls gestoppt. Er wusste für einen Moment nicht, was er unternehmen sollte, denn als Bill Conolly den Kopf drehte und ihn anschaute, sah er im dritten Auge des Wesens keine Reaktion. Obwohl Arkonadas Fratze dort lauerte, regte sich nichts, und sie schien dem Diener auch keinen Befehl zu geben.

»Ich – ich kann nicht mehr!«, flüsterte Bill, obwohl er sicher war, dass der andere ihn nicht verstand, aber der Reporter hoffte, dass er genug Erschöpfungsklang in seine Stimme gelegt hatte, um den Bewacher zu überzeugen.

Der Mord-Zyklop reagierte, wie man es von ihm eigentlich erwarten konnte. Er drehte die Lanze herum und zielte mit der Spitze auf Bill Conollys Magengegend.

Das war der Augenblick, der alles entschied und in dem Bill eiserne Nerven bewahren musste. Er ging davon aus, dass Arkonada ihn lebend haben wollte, also würde der Griffin es nicht wagen, ihn zu töten.

Bill pokerte hoch – und gewann.

Die Spitze des Speers berührte ihn zwar, sie drang aber nicht durch Kleidung und Haut. Es war nur eine Drohgebärde des Griffins, die besagte, dass Bill weitergehen sollte.

Der Reporter deutete ein Nicken an.

»Okay, Freund, okay«, flüsterte er, »ich tue dir den Gefallen und werde weitergehen.« Bill bewegte seinen Körper, streckte die Arme aus, ließ sie nach unten durchhängen und presste seine Handflächen gegen die widerlich weiche Masse der Gangwand.

Der Griffin war doch nicht so dumm, wie Bill vielleicht

hätte annehmen können. Er begriff und zog die Lanzenspitze ein wenig zurück.

Genau darauf hatte Bill gewartet!

Mit beiden Händen griff er blitzschnell zu. Es gelang ihm, den Schaft des Speers dicht oberhalb der Spitze zu packen, und er drehte seinen Körper gleichzeitig aus der Stoßrichtung.

Sofort rammte er die Waffe auf den Griffin zu. Der Dreiäugige wusste nicht, wie ihm geschah, denn einen Lidschlag später zog der Reporter den Speer bereits zu sich heran. Dieser schnellen Wechselbewegung konnte sein Feind nichts entgegensetzen. Er verlor die Lanze, die sich nun in Bills Besitz befand und von ihm nicht nur hochgekantet, sondern auch umgedreht wurde.

Gleichzeitig hob der Reporter sein rechtes Bein. Er rammte den Fuß vor, der Griffin wurde zurückgeschleudert und fiel gegen die Wand, die tatsächlich weich war und auch auf eine gewisse Art und Weise klebrig. Der Dreiäugige hatte sogar Mühe, sich von der Stelle loszureißen.

Bill Conolly hatte sofort wahrgenommen, welch gute Chance sich ihm bot. Er hielt den Speer schräg und warf sich auf den Griffin zu. Mit seinem gesamten Gewicht prallte er gegen das seltsame Wesen und drückte es noch härter gegen die weiche Wand.

Der Griffin sackte ein.

Seine Arme waren in Ellbogenhöhe bereits verschwunden, mit dem linken Bein hing er ebenfalls fest, und mit dem rechten versuchte er, nach Bill zu treten.

Der drehte sich im richtigen Moment zur Seite, sodass ihn der Tritt nur streifte.

Bill war klar, dass er, falls er überleben sollte, den Griffin ausschalten musste. Dieser nichtmenschliche Dämonendiener durfte keine Chance haben, seinen Herrn und Meister zu warnen. Das Gesicht des Reporters war vor Anstrengung gezeichnet, als er noch stärker und härter gegen den Griffin drückte, urplötzlich zurücksprang und die Lanze dabei drehte.

Bill starrte direkt in das Auge. Vielleicht für die Länge von zwei Sekunden, und noch nie hatte er dieses dritte Auge so direkt aus der Nähe gesehen.

Ein scheußliches Machwerk, wie es nur ein Dämon wie Arkonada hinterlassen konnte.

Der Reporter zielte noch einmal und stieß dann zu.

Er hatte Glück, denn der Griffin bewegte sich nicht zur Seite.

Bill gelang ein Volltreffer. Durch diesen Lanzenstich zerstörte er das dämonische Leben der Kreatur.

Als Bill Conolly den Speer zurückzog, war von Arkonadas Fratze nichts mehr zu sehen. Nur ein kreisrundes Loch befand sich mitten auf der Stirn, und dieses Loch wurde ausgefüllt mit einer seltsamen Masse, die wie Sägemehl wirkte.

Von innen her erhielt sie Druck, sodass sie in einem breiten Strahl nach draußen floss.

Bill sprang zur Seite, um von dem Zeug nicht getroffen zu werden. Er wusste nicht, um was es sich handelte, möglicherweise um den Stoff, der den Griffin neben dem magischen Einfluss des Arkonada am Leben erhalten hatte.

Conolly konnte sich nur wundern, wie viel von diesem Zeug den Körper durch die Öffnung an der Stirn verließ und sich vor den Füßen des Reporters sammelte. Im selben Maße verließ die Kraft den Griffin. Seine Haut wurde welk, trocknete aus, und er selbst wäre längst gefallen, hätte ihn nicht die weiche Gangwand gehalten.

Für Bill stand fest, dass er sich um diesen Gegner nicht mehr zu kümmern brauchte. Er schaute auf den Speer. Endlich besaß er eine Waffe. Zwar trug er noch seine Beretta bei sich, doch die Pistole würde ihm kaum etwas nutzen.

Es sei denn, er schaffte es, den dämonischen Keim bei den Griffins zu zerstören.

Eben das Auge mit dem Abbild Arkonadas!

Um das Wesen brauchte sich Bill nicht weiter zu kümmern. Er musste jetzt nach vorn sehen und versuchen, seine Chance zu nützen.

Ihm war nicht bekannt, wo der Gang endete und was dort auf ihn lauerte. Sicherlich nichts Gutes. So machte sich der Reporter auf alles gefasst, als er sich in Bewegung setzte.

Er kam ohne Schwierigkeiten voran, das seltsame Leuchten wies ihm weiterhin den Weg.

Bill hütete sich, die Gangwände zu berühren.

Die Spitze des Speers wies nach vorn. Der Reporter hatte sich die Waffe unter den Arm geklemmt. So war er bereit, einer Gefahr sofort entgegenzutreten.

Es blieb seltsam still, was Bill schon wieder beunruhigte. Auf seinem Gesicht hatte sich Schweiß gebildet. Er spürte seinen eigenen Herzschlag überlaut und glaubte, in einem mit Elektrizität gefüllten Käfig eingeschlossen zu sein.

Manchmal strich es auch kalt über seinen Rücken, vielleicht ein Schauder der Erwartung oder der Furcht. Das hielt Bill nicht so genau auseinander.

Hin und wieder blieb er stehen, um einen Blick nach hinten zu werfen. Auch dort zeigte sich kein Verfolger. Bill hatte das Gefühl, vergessen worden zu sein, und etwas Besseres konnte ihm nicht passieren.

Etwas veränderte sich.

Bill Conolly blieb stehen, weil er es genau wahrnehmen wollte. Ein wenig hielt er den Mund geöffnet, die Stirn zeigte ein Faltenmuster, und zuckend zog Bill die Nase hoch.

Da roch etwas …

Zuerst hatte er Mühe, weil er nicht wusste, was ihm da entgegenwehte.

Der Gestank war nicht sehr intensiv, und Bill ging weiter in seine Richtung, weil er damit rechnete, dass der Geruch stärker werden würde.

Er hatte sich nicht getäuscht.

Und er sah etwas.

Eine Abzweigung.

Der Gang teilte sich in zwei Hälften. Eine führte nach links, die andere nach rechts. Bill konnte sich aussuchen, welche Seite er bevorzugte, doch wenn er sich nicht allzu sehr täuschte, war der Geruch aus der rechten Gangöffnung gedrungen. Da irgendwo musste das Zentrum liegen.

Bill hatte sich bereits entschieden. Er würde die rechte Seite wählen. Und er hatte herausgefunden, was dieser Gestank, der ihm entgegenwehte, bedeutete.

Leichengeruch!

Jawohl, es handelte sich um Leichengestank. Bill schüttelte sich entsetzt.

Aber hier gab es keine alten Friedhöfe oder Grüfte. Jedenfalls konnte sich der Reporter das nicht vorstellen.

Es musste einen anderen Grund für den Gestank geben.

Bill wusste Bescheid. Und es wurde ihm nicht wohler, als er daran dachte, wer diesen ekligen Geruch verbreitete. Da gab es nur eine Gattung Dämonen.

Ghouls!

Bills Lippen verzogen sich angewidert in die Breite. Schon diese Bewegung drückte ein Gefühl des Ekels aus, und er überlegte, ob er tatsächlich den rechten Gang nehmen und damit unter Umständen in das Zentrum der Ghouls vorstoßen sollte.

Ja, es war vielleicht besser, denn wo der linke Gang ihn hinführte, ahnte er nicht einmal. Da nahm er auch keinen typischen Geruch wahr, als er hineinschnupperte.

Bill Conolly blieb bei seiner ersten Möglichkeit. Wenn es eine Gefahr gab, wollte er sie auch sehen und sich ihr vor allen Dingen stellen. Ghouls kannte er. Es waren mit die widerlichsten aller Dämonen, die Aasfresser unter den Schwarzblütern. Wie die Geier in der Natur von anderen Vögeln oft gemieden wurden, so hatten die Ghouls auch keine Freunde oder Verbündete unter den Dämonen. Sie waren allein, sie kämpften allein, und sie kannten kein Pardon.

Hatte Bill beim ersten Gang noch aufrecht gehen können, so musste er sich nun ducken, damit er mit dem Kopf nicht gegen die Decke des Stollens stieß.

Die Luft wurde immer schlechter. Sie war kaum noch zu atmen: Bill Conolly holte ein Taschentuch hervor und presste es gegen den Mund. So atmete er gefiltert, während er einen Schritt vor den anderen setzte und darauf wartete, dass ihm ein Ghoul begegnete.

Mit der Lanze würde er wahrscheinlich kaum etwas gegen dieses schleimige Wesen ausrichten können, aber Ghouls waren gegen geweihte Silberkugeln nicht resistent.

Darauf baute der Reporter.

Noch hatte er sie nicht gesehen, sondern nur gerochen, aber er merkte nicht allein am Geruch, dass sie sich in der Nähe befanden, denn der Boden unter ihm war auf eine gewisse Art und Weise rutschig geworden. Bill wollte es genauer wissen und schaute nach unten, als er seinen rechten Fuß in die Höhe hob.

Unter der Sohle blieb etwas kleben, das einen langen Faden zog, der nicht zerrissen wurde.

Schleim …

Reste oder Absonderungen eines Ghouls!

Der Reporter schüttelte sich. Hier also waren sie hergegangen oder hergekrochen. Diese widerlichen Wesen, die oft genug unter alten Friedhöfen hausten und sich Tunnels zwischen den einzelnen Gräbern gruben, damit sie stets an ihre Opfer gelangen konnten.

Plötzlich blieb der Reporter stehen.

Die Bewegung geschah abrupt, denn er hatte vor sich ein typisches Geräusch vernommen.

Ghoultypisch!

Ein Schmatzen und Schlecken, als wäre eines dieser Wesen dabei, Nahrung aufzunehmen.

Bill starrte nach vorn. Noch war nichts zu sehen. Das grüne Licht ließ keine weite Sicht zu, aber er glaubte, innerhalb des Dämmers doch etwas zu erkennen, das sich gewissermaßen in Bodenhöhe bewegte.

Das konnte ein Ghoul sein.

Und es war einer.

So wie Bill den Ghoul gesehen hatte, so hatte ihn dieser ebenfalls entdeckt.

Es dauerte nicht einmal zwei Sekunden, als er aus dem Dämmerlicht erschien. Nun können Ghouls in zahlreichen Gestalten auftreten. Meist sahen sie aus wie schleimige Klumpen, die flach und groß werden konnten, je nachdem, was für sie am günstigsten war. Bill hatte auch Ghouls kennen gelernt, die eine menschliche Gestalt hatten und bei denen nur der eklige Geruch darauf hinwies, um welche Abart von Dämon es sich bei ihnen handelte.

Diesen sah Bill in Urgestalt.

Quallig, aufgedunsen, schleimig und einen Gestank absondernd, der Bill fast den Magen umdrehte.

Am liebsten wäre der Reporter verschwunden. Er riss sich zusammen und blieb stehen. Jetzt war er einmal diesen Weg gegangen und wollte nun nicht umkehren.

Der Ghoul auch nicht. Er rollte näher.

Es sah wirklich aus, als wollte er wie eine Walze aus Schleim sein Opfer überrollen, es zunächst töten und dann mit seinem so scheußlichen Werk beginnen.

Bill kannte die Tricks. Wenn der Ghoul ihn einmal hatte, sorgte er auch dafür, dass er ersticken würde.

Wie bei einem Kraken die Tentakel, so stachen bei dem Ghoul zwei Arme hervor. Lange Schleimarme, an den Enden leicht gekrümmt. Dazwischen dieser ovalförmige Körper, in den Umrissen an eine Birne erinnernd.

Der Ghoul wollte angreifen, doch Bill Conolly kam ihm zuvor. Für einen Moment verzerrte sich sein Gesicht, die Augen leuchteten voller Wut, dann rammte er die Lanze vor.

Die Waffe fuhr genau zwischen beide Schleimarme und fand ihr Ziel.

Tief drang sie durch das schleimige Etwas, das den Ghoulkörper darstellen sollte, und sie schaffte es sogar, mit der Spitze wieder am Rücken hervorzuschauen.

Einen Schrei stieß der Ghoul nicht aus, obwohl Bill ein Geräusch hörte. Es war wohl mehr ein überraschtes Schmatzen, und der Reporter hoffte nur, dass der Lanzenstiel nicht brach, als er den Ghoul in die Höhe wuchtete, sich drehte und das widerliche dämonische Wesen gegen die Gangwand klatschte.

Dabei rutschte ihm der Ghoul von der Lanze. Er blieb für einen Moment an der Wand kleben. Er war wie ein schleimiger Klumpen, der dort festgepappt war.

In der gallertartigen Masse sah er zwei Knöpfe. Es waren die Augen des Ghouls, und er fühlte dessen Blicke auf sich gerichtet. Für einen Moment vergaß der Reporter die Gefahr, in der er trotz allem schwebte. Diese Blicke schienen ihn auslachen zu wollen. Höhnisch, triumphierend und siegessicher waren sie auf ihn gerichtet, als wollte der Ghoul damit sagen: Du kriegst mich doch nicht.

Er irrte sich.

Als Bill Conolly die Lanze fallen ließ, ahnte der Ghoul noch immer nichts, da sich seine Blicke nicht änderten.

Dann zog der Reporter die Beretta.

Ob der Ghoul Bescheid wusste, war nicht festzustellen, Bill ließ ihm nicht die Zeit und gab ihm auch keine Chance, denn er drückte ab.

Der Abschuss klang nicht einmal laut. Bill hatte das Gefühl, sich innerhalb eines gewaltigen Schalldämpfers zu befinden, der jeden Krach auf ein Minimum reduzierte.

Die Silberkugel war schräg in den Körper des Ghouls eingedrungen. Bisher hatte Bill noch keinen dieser Dämonen kennen gelernt, der einer Silberkugel widerstanden hätte. Ghoul war Ghoul, da konnte er tausend Mal in einer anderen Dimension oder einer anderen mythologischen Welt hausen.

Auch der nicht, der von Bills Geschoss getroffen wurde.

Er klebte noch immer an der Wand. Seine Gestalt ermöglichte ihm dies, hinzu kam die Beschaffenheit der Gangwand, und Bill stellte zufrieden fest, dass der Ghoul erste Auflösungserscheinungen zeigte.

Die schleimige Masse seines Körpers wurde kleiner, als würden Hände von außen dagegendrücken. Der Ghoul trocknete allmählich aus, und nur noch ein Rest blieb zurück.

Dabei schrie er.

Jedenfalls mussten es für ihn Schreie gewesen sein. Bill vernahm nur ein leises Kreischen, und es drang aus einem Loch, das sich ungefähr dort befand, wo man bei diesem Wesen den Kopf vermutete.

Der Ghoul verging und rieselte wie Staub zu Boden.

Für einen Moment blieb der Reporter stehen. In seinem Gesicht zuckte es. Man konnte es mit einem Lächeln vergleichen, denn Bill verspürte in diesen Augenblicken ein Triumphgefühl. Endlich hatte er nach all den Enttäuschungen einen kleinen Sieg errungen.

Ein Hindernis auf seinem weiteren schweren Weg war aus der Bahn geschafft worden.

Der Reporter bückte sich und nahm die Lanze an sich. Sie lag eine Armlänge entfernt. Als er den Griff mit seiner rechten Hand umschloss, war das harte Lächeln aus seinem Gesicht verschwunden. Jetzt wirkten die Züge wieder gespannt. Wo sich *ein* Ghoul herumtrieb, gab es bestimmt noch mehr, darüber machte sich der Reporter keinerlei Illusionen.

Bill rechnete damit, einem vorgeschobenen Wachtposten begegnet zu sein. Ob andere Ghouls bereits vom Ende ihres Artgenossen wussten, war dem Reporter nicht bekannt. Er war gespannt darauf, was ihn als Nächstes erwartete.

Der Boden blieb so schleimig und zäh, wie Bill ihn kannte. Er hemmte den Reporter bei jedem Schritt, und Bill fiel auf, dass der Gang nicht mehr geradeaus weiterführte, sondern in einer leichten Schräge in die Tiefe stach.

Sehr vorsichtig ging Bill weiter und blieb bereits nach wenigen Schritten stehen, als er das Blubbern und die platzenden Geräusche vernahm, die vor ihm aus der Tiefe klangen.

Er hatte das Gefühl, sich allmählich dem Zentrum zu nähern, konnte aber noch nichts erkennen, da der Gang vor ihm eine Kurve beschrieb, die Bill jegliche Sicht nahm.

Er lief etwas schneller, ließ die Kurve hinter sich und hatte freie Sicht!

Wie vom Donner gerührt, blieb der Reporter stehen. Unter ihm lag ein See.

Nicht gefüllt mit Wasser, sondern mit einer schleimigen Flüssigkeit, die an die Körper von Ghouls erinnerte. So zäh, so widerlich, und er sah auch die gewaltigen Blasen, die von der Oberfläche in die Höhe stiegen, erst runde, dann gestreckte Formen annahmen, um schließlich zu zerplatzen.

Aber nicht alle vergingen.

Es gab auch welche, die sich dem Ufer näherten und dort an Land krochen. Da blieben sie für einen Moment als Schleimklumpen liegen, bevor sie sich weiterbewegten, um irgendwo einen Platz zu finden, an dem sie sich entwickeln konnten.

Dort wurden sie praktisch zum zweiten Mal geboren, und es entstanden Ghouls!

Diese Tatsache musste der Reporter erst einmal überwinden. Er hatte also die Geburtsstätte der Ghouls entdeckt.

Genau wie John Sinclair, als dieser zum ersten Mal Professor Chandler sah.

War es dieselbe Stelle gewesen? Bill wusste es nicht.

Sicherlich gab es viele geheimnisvolle Stätten in dieser seltsamen und unheimlichen Dimension.

Bill überstürzte nichts. Er dachte nach und prägte sich auch das Gelände ein.

Der seltsame Schleimsee befand sich in einem unterirdischen Talkessel. Vom Ufer bis zu den Felswänden gab es genügend Zwischenraum, wo sich ein Mensch bewegen konnte, und Bill sah auch die Höhlen und die Eingänge in den Wänden, wobei er gleichzeitig darüber nachdachte, dass John Sinclair auf dieser Welt ja auch noch eine große Entdeckung gemacht hatte.

Die goldene Pistole!

Diese Waffe oder diese Waffen stammten von hier, und sie

waren mit einer Flüssigkeit gefüllt, die in ihrer Zusammensetzung der des Todesnebels gleichkam.

Auch sie löste bei einem Menschen oder Tier das Fleisch von den Knochen, sodass nur das Gerippe zurückblieb.

An all das musste Bill denken, als er auf diesen mit Schleim gefüllten See starrte.

Der Gang, durch den er gekommen war, endete nicht als einziger am Ufer des Sees. Es gab noch andere. Sternförmig stachen sie von allen Seiten der schleimigen Oberfläche entgegen, wobei Bill sich darüber Gedanken machte, ob nicht aus einer der anderen Öffnungen bald jemand auftauchen würde, den er kannte.

Wikka, Jane Collins oder der Professor.

Auch als er seiner Schätzung nach Minuten gewartet hatte, tat sich da nichts. Allmählich gelangte Bill zu der Überzeugung, dass die drei gezwungen worden waren, einen anderen Weg zu gehen.

Er sah keine Ghouls.

Das fiel ihm besonders auf. Eigentlich hätte hier ein Nest sein müssen. Entweder waren tatsächlich keine da, oder sie hatten sich sehr gut versteckt.

Immer wieder kehrten Bills Gedanken zu der goldenen Pistole zurück. Er wusste um die Stärke dieser Waffe und war sicher, dass er sie hier finden musste.

Vielleicht bei den Ghouls, die er bisher noch nicht zu Gesicht gekriegt hatte.

Zögernd trat Bill Conolly einen Schritt nach vorn und drehte sich gleichzeitig zur Seite. Es hatte nur dieses einen Schrittes bedurft, um etwas festzustellen.

Links von ihm befand sich die Öffnung eines weiteren Tunnels. Und aus ihm wehte dem Reporter plötzlich ein bestialischer Gestank entgegen.

Leichengeruch.

Für ihn ein Beweis, dass sich ein weiterer Ghoul näherte.

Bill hatte sich nicht geirrt.

Etwas schob sich aus dem Gang hervor, befand sich leider

noch in der Düsternis, sodass der Reporter nichts Genaueres erkennen konnte.

Eines jedoch fiel ihm auf, weil es von der übrigen dunklen Masse abstach.

Das Wesen hielt etwas in der Hand.

Eine Waffe.

Eine goldene Pistole!

Ja, es war möglich.

Wir täuschten uns nicht, denn wir sahen das Schreckliche mit den eigenen Augen.

Aus der unheilvollen Tiefe stieg etwas, das uns einen Schauer über den Rücken jagte und uns gleichzeitig erstarren ließ.

Es war ein gewaltiges Gerüst. Ein sehr hoch angebrachter Querbalken wurde von zwei Pfeilern gehalten. Das alles stand auf einem stabilen Holzgestell und erinnerte mich an die Aufbauten aus früheren Zeiten. Man hatte sie oft auf Burghöfen errichtet, manchmal auch im Freien, aber immer nur zu einem bestimmten endgültigen Zweck.

Als Stätte der Hinrichtung!

Jawohl, wir hatten uns nicht getäuscht. Vor unseren Augen schob sich aus der Tiefe ein mehrfacher Galgen hervor.

Etwas jedoch war anders als bei den üblichen Hinrichtungsstätten. Die Schlingen, die um die Hälse der Opfer gelegt wurden, bestanden nicht aus Hanf, sondern aus Feuer!

Zehn Schlingen zählte ich.

Und drei davon waren besetzt.

In diesen Augenblicken erstarrte ich und hielt den Atem an.

Das konnte nicht wahr sein, aber es gab keine Täuschung, denn drei Feuerschlingen lagen um die Hälse der Personen, die wir sehr gut kannten.

Sie standen ziemlich in der Mitte, die äußeren Schlingen baumelten noch frei.

Eine Schlinge hatte sich um den mageren Hals einer Person gelegt, die wir als unsere Feindin bezeichneten. Es war Wikka, die Oberhexe.

Sehr deutlich war ihr verbranntes Gesicht zu sehen. Es wirkte wie eine Insel innerhalb des Feuerrings. Weiß leuchteten die Augen der Oberhexe, und ich konnte mir vorstellen, was sich in ihrem Innern abspielte. Diesmal hatte sie verloren, denn in dieser Welt half ihr nicht einmal der so mächtige Teufel.

Sie hatte es also erwischt. Aber neben ihr stand jemand, der ebenfalls eine Schlinge um den Hals liegen hatte.

Professor Chandler!

Wir waren zwar ziemlich weit von ihm entfernt, dennoch sahen wir es in seinem Gesicht zucken und auch die Angst auf seinen Zügen. Chandler schien Höllenqualen auszustehen, ebenso wie die Person, die sich an seiner anderen Seite befand und ebenfalls in der Schlinge hing.

Unsere alte »Freundin« Jane Collins!

Verzerrt waren ihre Züge, ihr Mund stand offen, und wahrscheinlich drang zischend der Atem über ihre Lippen.

»Er hat sie also erwischt«, murmelte Suko neben mir. »Arkonada ist wirklich nicht zu unterschätzen.«

»Vor allen Dingen nicht in seiner Welt«, erwiderte Kara leise.

Ich ging auf dieses Thema nicht ein, denn meine Gedanken beschäftigten sich längst mit etwas anderem.

Wenn Chandler in die Klauen des Dämons geraten war, führte die Verbindung sofort zu Bill Conolly, denn ihn hatte ich schließlich gebeten, Chandler einen Besuch abzustatten.

Aber Bill war nicht zu sehen. Weshalb? Hatte er den Professor gar nicht besucht? Oder war er schon längst erledigt worden?

Diese Fragen beschäftigten mich, und ich suchte verzweifelt nach einer Lösung.

»Lass es sein, John«, flüsterte Suko, der meine Gedanken erraten hatte. »Es hat keinen Sinn.«

»Möglich. Auf jeden Fall hat sich Arkonada eine verdammt teuflische Methode ausgedacht, um jemanden zu hängen. Die Flammen werden die drei verzehren …«

»Falls sie aktiviert werden«, warf Kara ein.

Da mussten wir ihr recht geben. In diesem Augenblick leuchteten sie zwar, aber sie entfalteten noch nicht ihre Kraft. Das würde wahrscheinlich nur auf einen Befehl des Dämons Arkonada geschehen, dessen gnadenlose Augen die Szene aus der Höhe beobachteten und die eingerahmt waren von den Mord-Zyklopen.

Wohin wir auch schauten, fast nur Feinde. Selbst Wikka und Jane konnten wir dazurechnen.

»Langsam wird mir der Hundesohn zu einem Albtraum«, bemerkte Suko, »immer diese Fratzen, das kann einem schon auf den Wecker fallen, verflucht!«

»Reiß dich zusammen, Alter, das kriegen wir schon hin!«

»Toll, wie du das sagst.«

»Wahrscheinlich sind die leeren Schlingen für uns gedacht«, sagte Kara.

Die Worte hatten bei mir einen tiefen Eindruck hinterlassen. Ich hob den Arm und betastete unwillkürlich meinen Hals.

Arkonada, der uns nicht aus dem Blick ließ, hatte meine Bewegung sehr wohl gesehen und begann schallend zu lachen.

Es mündete schon in einem Dröhnen, denn nicht nur er lachte, sondern auch die Gesichter innerhalb der Steine. Sie echoten, sodass wir durch das Lachen völlig eingekreist waren und die Schallwellen gegen uns schmetterten wie Schläge.

Wir hörten noch die Echos, als bereits seine Stimme erklang.

»Du hast es mit deiner Bewegung instinktiv erfasst, Geisterjäger. Die restlichen Schlingen sind tatsächlich für euch gedacht. Ich habe euch einen besonderen Tod angekündigt. Ihr werdet so sterben, wie ihr auch auf der Erde euer Leben hättet aushauchen können. In einer Schlinge. Nur brennt in den Schlingen, die ihr hier seht, ein magisches Feuer. Es wird euch nicht nur erwürgen, sondern auch verbrennen, und ich schaue zu, wenn das, was von euch zurückbleibt, als Staub zu Boden rieselt. In dieser Welt habe ich zu bestimmen. Sie gehört mir, es ist der Planet der Magier, der große Kräfte besitzt, die auch das Unterbewusstsein eines normalen träumenden Menschen beeinflussen kann. Und das ist ja das Außergewöhnliche an der Methode. Ohne dass eure Bekannten und Freunde dabei sein werden, können sie es erleben, und zwar sehr deutlich und real. Allerdings werden sie nur träumen, wie ihr sterbt. Verstanden werden soll dies als Warnung, als Zeichen für die anderen, damit sie endlich merken, dass die Magie stärker ist. Das Aufräumen hat begonnen! Die Großen Alten lassen sich eure Feindschaft nicht mehr länger bieten, und sie wollen beweisen, dass sie nichts von ihrer Kraft verloren haben, denn ich bin dazu ausersehen, den Anfang zu machen. Ich, Arkonada, werde euer Henker sein!«

Wuchtige und gewaltige Worte, die er uns da entgegengeschleudert hatte.

Auch glaubhaft?

Sicher. Den meisten Menschen wäre dabei das Herz in die Hose gerutscht, auch wir waren nicht gerade superoptimistisch. Aber ich dachte an Situationen, die ähnlich ausweglos erschienen waren, wo wir aber dennoch immer eine Chance gehabt hatten, uns zu befreien. Hoffentlich gelang dies auch hier.

Die Voraussetzungen jedenfalls waren nicht optimal. Da brauchte man nicht mal Pessimist zu sein, um dies feststellen zu können. Natürlich standen noch Antworten offen, und ich hatte es mir angewöhnt, auch in extremen Situationen wie dieser hier meine Neugierde nicht zu zügeln.

»Ich werde ihn noch hinhalten«, flüsterte ich meinen Freunden zu, wechselte die Stimmlage und brüllte den Dämon an. »Okay, Arkonada!«, rief ich laut und deutlich. »Du hast uns erklärt, welches Schicksal uns bevorsteht. Aber weshalb hast du die Hexen und den Professor gefangen genommen? Was haben sie mit uns zu tun?«

»Sie sind ebenfalls Feinde!«

»Das glaube ich nicht«, reizte ich ihn. »Der Professor vielleicht, aber die Hexen …«

»Dienen dem Teufel«, unterbrach mich Arkonada mit lauter Stimme. »Und den Teufel zu stoppen, das ist unsere Aufgabe. Diesen machthungrigen Höllenherrscher, der sich für den Größten hält und mächtiger als die Großen Alten sein will. Das aber ist ein Irrtum, wir werden es ihm beweisen. Auch damit, indem wir seine Diener und Dienerinnen der Reihe nach vernichten. Mit Wikka und Jane Collins fangen wir an, andere werden folgen, sodass die gesamte Höllenhierarchie zerstört wird. Die Großen Alten müssen wieder die Macht übernehmen, und dabei gilt es, jeden Widerstand auszuräumen.«

Aus seiner Sicht hatte Arkonada recht. Nur gefiel mir daran nicht, dass er uns ebenfalls in den Kreislauf mit eingeschlossen hatte. Was Dämonen unter sich taten, war mir egal, auch wenn sie sich ausrotteten, aber ich wollte nicht gern in diesen verdammten Kreislauf mit hineingeraten.

»Es ist mir natürlich klar«, sagte Arkonada, »dass ihr meinen Befehlen nicht freiwillig folgen werdet. So gut kenne ich euch mittlerweile, aber das kümmert mich nicht weiter. Ich habe Mittel und Wege, euch zu zwingen. Ich will euch alle am Feuergalgen sehen, um euch der Reihe nach zu vernichten …«

Bisher hatte Kara zugehört. Für sie musste es fast unerträglich sein, diese Worte zu hören, und ich hatte mich schon gewundert, dass sie nicht eingriff.

Das änderte sich schlagartig. Kaum waren die Worte des Dämons verstummt, als sie ihren rechten Arm bewegte und die Hand auf den Schwertgriff legte.

»So leicht, Arkonada, mache ich es dir nicht!«, brüllte sie ihm entgegen und zog die Waffe.

Arkonada amüsierte sich nur darüber. »Was willst du mit dieser lächerlichen Klinge?«

»Ob sie so lächerlich für dich ist, wird sich noch herausstellen«, konterte die Schöne aus dem Totenreich. »Du wirst denjenigen selbst am besten kennen, der sie geschmiedet hat. Es ist Nathan gewesen, ein Mensch, der die Kräfte der schwarzen und weißen Magie genau kannte und sie gegeneinander abwägen konnte …«

»Hör auf, dir selbst Mut zu machen! Nathan ist Vergangenheit, er lebte nicht ewig. Und ich darf dich daran erinnern, wie du dich in meiner Gewalt befunden hast und es nicht schafftest, dich gegen mein Messer zu wehren, als ich dir mein Sigill auf die Haut tätowieren wollte. Du hast zwar alles versucht, aber es war vergebens gewesen. Auch Myxin schaffte es nicht, obwohl er mit dem Schwert angriff, das du jetzt ziehen willst. Es hat keinen Sinn, lass es stecken! Das Schwert mit der goldenen Klinge kann viel erreichen, aber nicht mich vernichten. Hier herrschen die Gesetze, die *ich* installiert habe. Auch eine Silberkugel ist eine lächerliche Waffe gegen mich, ebenso das Kreuz, auf das sich der Geisterjäger stets verlassen hat. Als dieser Planet geboren wurde, dachte man noch nicht an Menschen und auch nicht an Kreuze. Dämonische Energie hat ihn geschaffen. Eine Energie, die man nicht analysieren kann, an der sich die Wissenschaftler die Köpfe zerbrechen. Der Planet der Magier ist so etwas wie der Stein der Weisen. Er stellt die Gesetze der irdischen Physik auf den Kopf, und nur ich kann sie beherrschen.«

Arkonada hatte die Rede mit einer Sicherheit gehalten, die mich schon entsetzen konnte. Der Dämon wusste haargenau, wovon er redete. Er war kein Schwätzer.

»Versuchen wir es trotzdem?«, fragte Suko.

Ich nickte.

Kara antwortete akustisch. »Natürlich werden wir nicht aufgeben. Wir packen es schon.«

Ein gellender Schrei ließ uns umdenken. Nicht nur wir

zuckten zusammen, auch die beiden Hexen am Galgen, denn keine von ihnen hatte den Schrei ausgestoßen, sondern eine andere Person.

Professor Chandler!

Bisher hatte er still in der feurigen Schlinge gestanden. Nun bewegte er sich. Er streckte seinen Körper, stellte sich auf die Zehenspitzen und tat dies sicherlich nicht freiwillig, denn es gab eine Kraft, die ihn dazu zwang.

Die Arme spreizte er vom Körper ab, während er sie langsam in die Höhe hob. Sein Gesicht verzerrte sich. Es lag auf der Hand, was mit ihm geschah.

Der Dämon brachte ihn um.

Mein Blick irrte für einen Moment von diesem schrecklichen Bild ab, und ich schaute gegen den Himmel, der nicht zu sehen war, sondern nur die Fratze des Dämons.

Hässlich und widerlich verzogen, umtanzt von den wirbelnden, unheimlichen Schatten, die allesamt düstere Farben aufwiesen und die Züge noch mehr verzerrten.

»Arkonada!«, brüllte ich. »Du wirst …«

»Nein!« Die Antwort drang aus seinem offenen Maul, das tief in seinem Inneren einen rötlichen Schein zeigte. »Nicht ich werde, ihr werdet. Hört genau zu. Wenn ihr nicht freiwillig kommt, werde ich den Professor vor euren Augen erdrosseln.«

Mein Blick wechselte zu Chandler. Ich brauchte ihn nur anzusehen, um zu wissen, dass Arkonada nicht bluffte. Chandler war schon jetzt mehr tot als lebendig.

»Nun?«, schrie der Dämon.

»Du hast gewonnen!«, rief ich. »Lass ihn los!« Ich hoffte, damit auch im Sinne meiner Freunde gesprochen zu haben.

Arkonada hielt tatsächlich sein Versprechen. Die Schlinge ruckte, und gleichzeitig auch der Professor. Seine Beine fanden wieder festen Halt, vielleicht konnte er zum ersten Mal durchatmen, wir wussten es nicht. Uns war nur klar, dass wir uns den Befehlen des mächtigen Dämons beugen mussten.

»Wir gehen!«, sagte Suko entschlossen. »Aber wir geben noch nicht auf – oder?«

»Nein, bestimmt nicht«, erwiderte ich leise, während Kara nichts sagte und sich als Erste in Bewegung setzte.

So schritten wir drei zu unserer Hinrichtung …

Sheila Conolly hatte den Schock noch immer nicht überwunden. Sie wusste nicht, wie es weitergehen sollte. Bill war irgendwo verschollen und sollte in dieser nicht fassbaren und erklärbaren Welt den Tod finden.

Niemand konnte ihm helfen.

Diesmal war praktisch das gesamte Sinclair-Team ausgeschaltet worden, und ein mächtiger Dämon, der zu den Großen Alten zählte, wollte die Freunde vernichten.

Darüber dachte Sheila nach.

Shao befand sich in ihrer Nähe.

»Zerbrich dir doch nicht den Kopf«, sagte sie. »Du kannst doch nichts erreichen.«

»Wieso?«

»Nun, ich …«

Sheila schüttelte den Kopf. »Vielleicht gelingt es mir trotz allem, noch einmal Kontakt mit ihm aufzunehmen.«

»Und dann?«

»Kann er mir vielleicht eine Möglichkeit nennen, wie wir ihn aus dieser Falle befreien.«

»Daran glaubst du doch selbst nicht, Sheila.«

»Ich hoffe es wenigstens.« Sheila senkte den Blick. Sie wusste ja, dass sie sich auf irgendeine Weise selbst etwas vormachte, aber sie wollte es einfach nicht wahrhaben.

Beide Frauen befanden sich in der gleichen Lage, denn beide zitterten um ihre Männer. Nur hatte sich Shao besser in der Gewalt. Es war vielleicht Mentalitätssache, denn sie, die Chinesin, war es von Kind auf gewöhnt, Gefühle nicht so stark zu zeigen, sondern mehr zu unterdrücken.

Anders Sheila. Wie stark sie litt, war ihr auch äußerlich

anzusehen, denn sie machte einen erschöpften bis deprimierten Eindruck, als sie so auf der Kante des Sessels saß und dumpf vor sich hinstarrte.

»Soll ich uns einen Tee kochen?«, fragte Shao.

»Ist mir gleich.«

»Er wird uns beiden gut tun«, sagte die Chinesin, verließ das Zimmer und schritt in Richtung Küche. Aus Johnnys Zimmer, dessen Tür offen stand, hörte sie die tiefen Atemzüge des Jungen. Nadine hatte sich wieder zurückgezogen, um Wache zu halten. Auch die Wölfin vernahm Shaos Schritte, huschte zur Tür und schaute durch den Spalt. Im Vorbeigehen sah Sukos Freundin das Funkeln der Augen.

Sie lächelte knapp, betrat die Küche, machte Licht und setzte Wasser auf.

Shao war bei den Conollys wie zu Hause. Sie wusste, wo alles stand, und bewegte sich frei und ungezwungen. Rasch wurde die Schnellkochplatte warm. Shao vernahm das Summen des Wassers, wartete noch einen Moment und nahm den Kessel von der Platte, bevor das Wasser zu kochen anfing. Den Tee hatte sie bereits in die Kanne gehängt. Damit es schneller ging, nahm sie einen Beutel.

Während sie das Wasser einfüllte, färbte es sich bereits, und der Duft zog in Shaos Nase. Es war ein Ceylon-Tee mit einem leichten Anisaroma.

Auf ein Tablett stellte sie zwei dünne Tassen, auch die Kanne fand darauf Platz, und mit den Dingen ging sie zurück in das Schlafzimmer, wo Sheila wartete.

Ihre Haltung hatte sich nicht verändert, sie saß nach wie vor auf der Kante und starrte ins Leere.

»So«, sagte Shao, als sie das Tablett abstellte. »Ich habe alles. Es wird dir gut tun.«

»Ja, danke.«

Shao wartete noch ein wenig, damit der Tee richtig ziehen konnte, und schenkte dann ein.

Sehr schnell breitete sich das Aroma in dem Zimmer aus.

Es war ein guter Tee. Shao und Suko tranken ihn auch zu Hause. Vor allen Dingen putschte er nicht auf.

»So, wir können«, sagte die Chinesin und wollte Sheila eine Tasse reichen. In der Bewegung hielt sie inne, denn Bills Frau hatte sich unnatürlich steif hingesetzt. Dabei zog sie die Nase hoch, als wollte sie irgendetwas erschnüffeln.

»Was ist los?«, fragte Shao.

»Riechst du nichts?«

»Natürlich, den Tee.« Shao lächelte knapp.

Sheila drehte der Chinesin das Gesicht zu und schüttelte den Kopf. »Tee?«, fragte sie.

»Ja, ich habe Tee gekocht. Hier.« Shao deutete auf die Tassen. »Schau und rieche selbst.«

»Nein, Shao, das ist kein Tee, was ich da wahrnehme«, erwiderte Sheila Conolly mit leiser Stimme und drückte sich von ihrem Platz in die Höhe. »Das ist kein Tee ...«, hauchte sie.

Shao war verwundert. Sie stellte das kleine Gedeck wieder zur Seite und trat auf Sheila zu. Die vergangenen Ereignisse hatten Shao gewarnt. Auch Sheilas Benehmen konnte sie keinesfalls als normal einstufen. Da stimmte einiges nicht.

»Was hast du denn?«

Shao bemühte sich vergeblich um die Freundin. Sheila war in diesen Momenten nicht ansprechbar. Sie stand nur da, hatte den Kopf ein wenig zurückgelegt. Dabei bewegte sie die Nasenflügel. »Ich rieche keinen Tee, Shao, sondern etwas anderes.«

»Was denn, zum Henker?«

Abrupt drehte Sheila den Kopf und starrte Shao ins Gesicht. »Leichengeruch, Shao. Das ist Leichengeruch, den ich wahrnehme!«

Die Chinesin erschrak. Zuerst glaubte sie, sich verhört zu haben, doch Sheila wiederholte dieses schreckliche Wort noch dreimal, und Shao ging einen Schritt zurück.

»Du täuschst dich, Sheila.«

»Nein, ich täusche mich nicht. Ich rieche es tatsächlich. Er ist überall, dieser Geruch. Das ist grauenhaft und schrecklich. Ich atme ihn ein, ich nehme ihn wahr. Er macht mich fertig und wahnsinnig. Leichengeruch. So riechen Ghouls, Shao. Ja, so riechen Ghouls. Ich kenne sie doch. Die alten Friedhöfe und auch …«

»Sheila, komm zu dir!«

Aber Bills Frau achtete nicht darauf. Sie hatte andere Sorgen. Dieser Geruch, den nur sie selbst wahrnehmen konnte, zwang sie zu Handlungen, die Shao nicht begriff. Sheila setzte sich wieder auf die Bettkante. Dabei legte sie den Kopf in den Nacken, schloss die Augen und ließ sich nach hinten fallen.

Zögernd trat Shao näher und blieb am Fußende des Bettes stehen, um Sheila im Auge behalten zu können. Diesmal hielt sie die Augen geschlossen, die Lippen zuckten. Erste, stockende Worte drangen aus ihrem Mund. Sie formten sich zu einem Bericht. Sheila berichtete über das, was nur sie selbst sah.

»Ich rieche den Ghoul. Er ist gefährlich, grauenhaft. Ich sehe ihn genau vor mir, und ich sehe auch Bill. Ja, Bill. Er steht dem Ghoul gegenüber und kämpft mit ihm …«

Shao hörte gebannt zu. Sie wusste längst, dass dieses unheimliche und unerklärbare Phänomen abermals eingetreten war, und sie konnte Sheila Conolly nicht helfen. Damit musste die Frau ganz allein fertig werden, denn Shao konnte keinen Blick in die Welt werfen, die Sheila sah.

Es war alles sehr schnell gegangen. Innerhalb von Sekunden hatte sich die Haut der Sheila Conolly verändert. Sie war blass und durchscheinend geworden, schon zu vergleichen mit der einer Toten. Groß stachen die Augen aus dem schmalen Gesicht, der Atem drang schwer über die Lippen und wurde ständig durch gestammelte Worte unterbrochen, die von einer fernen, unheimlichen Welt berichteten, die nur für Sheila sichtbar war und mit der sie Kontakt hatte.

»Was siehst du?«, fragte Shao.

»Bill!«, hauchte die blonde Frau. »Ich sehe ihn. Ja, ich

bin bei ihm.« Plötzlich verzogen sich ihre Lippen zu einem Lächeln. »Ich bin bei ihm. Die Welt hat mich ebenfalls eingeladen, jetzt stehe ich sogar vor ihm …«

»Nein, Sheila, du bist hier!«

»Ich bin in der Welt. Ich erwarte ihn, aber ich rieche selbst so schlimm.«

»Wonach denn?«

»Ghoul, ich bin ein Ghoul. Ich habe Kontakt zu einer anderen Welt, und sie nahm mich auf. Ich gehöre jetzt dazu, und ich kann Bill sehen. Er ist nicht tot …«

Shao war verzweifelt. Sie hätte Sheila so gern geholfen, doch sie wusste nicht, wie sie es anstellen sollte. Andere Kräfte hielten die Frau umfangen. Sie spielten mit ihr, sie machten sie fertig und hatten sie in ihrer Gewalt.

Ein Ghoul!

Nein, Sheila war kein Ghoul, auch wenn sie es sagte. Sie befand sich vor Shao auf dem Bett liegend, da konnte Sheila kein Ghoul sein, und auch den Leichengeruch nahm die Chinesin nicht wahr. Den hatte allein Sheila gerochen.

Shao beugte sich vor und umklammerte Sheilas Schultern. »Bitte, komm zu dir, Mädchen. Das ist ein böser Traum, den du erlebst. Du bist hier bei mir im Zimmer und nicht in irgendeiner Ghoulwelt. Glaube mir endlich. Du bildest es dir nur ein. Wenn du die Augen öffnest, siehst du deine Wohnung.«

»Wenn ich die Augen öffne, sehe ich ihn, meinen Mann. Ich sehe Bill, und er sieht mich.«

»Als was sieht er dich?«

Da lachte Sheila. »Er wird sich umgewöhnen müssen, weil ich nicht mehr so aussehe wie – ich bin eine andere geworden. Ich bin kein Mensch mehr. Er sieht mich als Ghoul.«

Shao zuckte zusammen. Die Antwort hatte sie hart getroffen. Das durfte nicht wahr sein. Sheila ein Ghoul! So etwas konnte man sich einfach nicht vorstellen.

»Du bist …«

»Bill!« Es war ein Schrei, den Sheila ausgestoßen hatte. Er

schrillte durch den Raum. In ihm schwang all die Angst mit, die Sheila in diesen Momenten empfand.

»Was ist mit Bill?« Shao wollte es wissen, denn sie ahnte, dass sie sich vor einer entscheidenden Wende befand. Vielleicht sogar vor einer Katastrophe.

»Bill – er will mich töten!«, kreischte Sheila. »Nein, Bill, ich gehöre doch zu dir. Neiiinnnnn …!«

Der gellende Schrei hallte durch das Haus und trieb Shao Schauer des Entsetzens über den Rücken …

Bill Conolly blieb stehen, als hätte ihn ein harter Hieb getroffen. Er senkte den Blick und starrte auf die goldene Pistole in der Hand des Ghouls. Sie sah so aus wie die Waffe, die Suko einmal besessen hatte und die ihm dann in einer fernen Dimension beim Kampf gegen Shimada und Xorron zerstört worden war.

Bill war so auf die Existenz dieser Waffe fixiert, dass er die Umwelt einfach vergaß. Nur allmählich glitt sein Blick höher, und er sah tatsächlich die schleimige Gestalt eines Ghouls, der sich aus dieser Tunnelöffnung schob.

Schleimig und menschlich.

Bill tastete mit seinen Blicken das Wesen ab. Er sah im Moment einen Körper, wie er auch einer Frau gehören konnte. Gleich darauf aber veränderte sich die Gestalt wieder.

Mal wirkte sie dick, dann wieder langgestreckt, und auch die schleimige Klaue, in der die goldene Pistole steckte, befand sich oft genug in Bewegung, sodass die Mündung niemals nur auf einen Punkt des menschlichen Körpers wies.

Ständig wechselte sie die Zielrichtung, aber das sah Bill alles nicht. Sein Blick hatte das Gesicht dieser Person vor ihm erfasst, und der Reporter glaubte, im Erdboden versinken zu müssen.

Der Ghoul vor ihm hatte nicht nur menschliche Züge, nein,

er hatte auch ein Gesicht, das Bill Conolly kannte. Sogar sehr gut kannte. Es gehörte Sheila, seiner Frau.

Bill stand auf dem Fleck und rührte sich nicht. Hätte der Ghoul vor ihm jetzt abgedrückt, Bill hätte sich nicht mal gewehrt. Er wäre überhaupt nicht fähig gewesen, denn dieser Anblick war ein Schlag unter die Gürtellinie. Damit hätte er nie im Leben gerechnet, und es gelang ihm nicht, seine wirbelnden Gedanken zu ordnen.

War es eine Tatsache, oder erlag er einer Halluzination?

Bill wusste es nicht genau. Nur zögernd streckte er einen Arm vor, weil er die Gestalt einfach berühren musste. Er konnte es nicht hinnehmen, dass sie nur vor ihm stand und ansonsten nichts tat, sich auch nicht rührte.

Die Fingerspitzen des Reporters bekamen Kontakt. Bill fühlte, dass es ihm gelang, die äußere Haut einzudrücken. Diese Dellen blähten sich jedoch wieder auf, sodass der Körper an der Stelle, die Bill berührt hatte, wieder dieselbe Form einnahm.

»Sheila?«, hauchte er nach einer Weile, als er sich wieder gefangen hatte. »Bist du es wirklich, Sheila?«

Bill erhielt keine Antwort. Das Wesen, das seine Frau sein sollte, ging auch nicht voran, sondern blieb auf der Stelle stehen, um den Reporter anzustarren.

Sie schauten sich in die Gesichter.

Bills Blick brannte. Er saugte sich förmlich an den Zügen fest, und er sah sie hinter einer dünnen Schleimschicht. Das Gesicht verschwand hinter der gallertartigen Wabbelmasse!

Aber es war Sheila. Daran gab es nichts zu rütteln. Bill kannte seine Frau lange genug. Er sah sie jeden Tag, nichts konnte ihn täuschen.

Aber wie konnte sie zu einem Ghoul werden?

Bill Conolly schüttelte den Kopf. Er fand einfach keine Antwort. Es fiel ihm ungemein schwer, den Mund zu öffnen und ein erstes Wort zu sprechen.

»Sheila …« Nur stockend sprach er den Namen aus.

Sie gab keine Antwort. Ein schweigender Ghoul, dessen menschliche Gesichtszüge nie gleich blieben, sondern sich immer wieder verzerrten. Sie wurde einmal breit, dann wieder lang oder zusammengedrückt, aber Sheilas Gesicht blieb in den Umrissen erhalten.

Und sie näherte sich dem Reporter. Mit kurzen, leicht zögernden Schritten kam sie vor. Dabei verbreitete sie eine widerliche Wolke von Friedhofsgeruch und Verwesung, die den Reporter wie ein Hauch traf und Ekel in ihm hochspülte.

Ihm fiel ein, dass er noch immer den Speer in der Hand hielt. Wenn der Ghoul so weiterging, würde er bald mit der Spitze in Berührung kommen. Darüber dachte Bill nach, und er wusste plötzlich, dass er den Ghoul nicht am Leben lassen konnte.

Vernichten!

Jawohl, er musste ihn vernichten, auch wenn es seine eigene Frau war, deren Gesicht er sah.

Der Reporter erinnerte sich daran, in einer Welt zu sein, auf der irdische Gesetze nicht galten. Ein Planet der Magier hatte ihn gefangen, eine schreckliche Dimension, grausam und verzehrend, und in dieser Dimension war alles anders. Hier wurde die Illusion zur Realität. Bill glaubte daran, dass er seine Frau nicht wahrhaftig vor sich sah und dass sie nicht zu einem Ghoul gemacht worden war, sondern er einer Täuschung erlag.

Er schüttelte den Kopf, als er einen Schritt zurücktrat.

»Nein«, sagte er, »nein, das nehme ich dir nicht ab. Du bist nicht Sheila. Man will mich reinlegen. Du bist kein Ghoul. Du kannst keiner sein. Nicht hier, niemals. Ich will und kann es nicht glauben. Das ist nicht wahr!«, schrie er den letzten Satz.

Er hörte eine Antwort.

Nicht akustisch, sondern in seinem Gehirn aufklingend. Sie kam aus weiter Ferne, als hätte sie Lichtjahre zurückgelegt. Und sie löste in seinem Kopf einen Widerhall aus.

Es war Sheilas Stimme.

Sie quälte sich. Die Frau musste Höllisches durchmachen, als sie den Namen ihres Mannes schrie. Es hörte sich an, als hätte sie eine schreckliche Angst um ihren Gatten.

Immer wieder vernahm Bill den Schrei.

Stammte er aus einer anderen Welt? War das, was er hier zu sehen bekam, tatsächlich nur Illusion?

Der weibliche Ghoul kam wieder einen Schritt vor. Und damit auch die goldene Pistole.

Bill konnte sich alles erlauben, er durfte nur nicht zulassen, dass der Ghoul abdrückte. Dann war er verloren, denn dieser Ladung hatte der Reporter nichts, aber auch gar nichts entgegenzusetzen. Der aus der Waffe dringende Schleim würde ihn vernichten und nur mehr ein Gerippe von ihm zurücklassen.

Davor fürchtete sich Bill.

Der Ghoul sonderte Schleim ab. Zum Glück sah Bill, wie das Zeug über den Boden in Richtung seiner Schuhspitzen kroch, sie bald erreichen und an ihnen hochkriechen würde. Gleichzeitig steckte der Ghoul seine schleimigen Arme aus, damit er den Reporter umfassen konnte.

Da schlug Bill Conolly zu!

Er hatte den Speer genommen, zielte damit auf die goldene Pistole und traf sie auch. Zunächst hörte er ein metallisch klingendes Geräusch, und einen Moment später wurde dem Ghoul die Waffe aus der Hand geprellt. Sie fiel zu Boden, aber Bill kam nicht mehr dazu, sich zu bücken, denn das Schleimwesen griff an.

Wollte Sheila ihn umbringen?

Bill wollte einfach nicht daran glauben, dass es tatsächlich seine eigene Frau war, die ihn da in der Gestalt eines Ghouls bedrohte.

Nein, das konnte nicht sein, da musste es noch eine andere Möglichkeit geben.

Der Ghoul streckte seinen Körper. Er machte ihn dabei so lang, dass es ihm ohne Mühe gelingen würde, den vor ihm stehenden Menschen zu umfassen.

Da schoss Bill.

Zu verfehlen war der Ghoul nicht. Bill hatte auch, als er abdrückte, die Augen geschlossen, denn er wollte einfach nicht hinsehen, wie das geweihte Silbergeschoss seine Frau traf.

Es hieb tief in den schleimigen Körper hinein, blieb stecken, und der Reporter trat einen Schritt zurück, wobei er seine Augen wieder öffnete, um sich vom Erfolg seiner Aktion überzeugen zu können.

Ja, er hatte es geschafft.

Vielmehr die Kugel. Sie strahlte ihre Magie aus, und der Mittelpunkt dieser weißmagischen Kraft befand sich genau dort, wo das Geschoss stecken geblieben war.

Von dieser Stelle aus begann es mit der Zerstörung des Ghoulkörpers. Von innen her wurde das Wesen ausgetrocknet, und der Schleim zog sich zusammen, damit er ein Zentrum erreichte, wo er schon kristallisierte und dann zu Staub wurde.

Bill überwand sich selbst und ließ das Gesicht nicht aus den Augen. Würde Sheila vergehen?

Ja, auch ihre Züge krampften sich zusammen. Der langgezogene Kopf wurde zerdrückt, und gleichzeitig verschwanden auch die Gesichtszüge der Frau. Zurück blieb ein Ghoul, der seiner endgültigen Vernichtung nicht mehr entgehen konnte.

Als völlig trockenes Wesen sackte es ein, blieb auf der Erde liegen und rührte sich nicht.

Zuletzt blieb nur ein kristalliner Rest zurück, den Bill Conolly zertreten konnte. Er hörte unter seinen Sohlen das hässliche Knirschen, als hätte er sprödes Glas zerdrückt.

Der Reporter schüttelte sich.

Sein Innerstes war aufgewühlt. Er spürte, wie seine Beine zu zittern anfingen, und er konnte sich kaum noch auf den Füßen halten. Pudding breitete sich in seinen Knien aus, das Herz spielte verrückt, es hatte seine Schlagzahl verdoppelt, und Bill musste sich gegen die weiche Wand des Stollens lehnen, um sich für einen Moment auszuruhen. Er dachte nach.

Allmählich ging es ihm besser. Tief atmete er durch. Auch wenn die Luft noch so schlecht und mies war, frischere bekam er nicht, und an den Gestank hatte er sich mittlerweile gewöhnt.

Es war schlimm für ihn. Dennoch durfte er den Sinn für die Realitäten nicht verlieren. Wieder dachte er daran, wo er sich befand. Auf einem Planeten der Magier. Es war ihm etwas vorgegaukelt worden, und Bill glaubte fest daran, dass er nicht in Wirklichkeit seine eigene Frau getötet hatte.

Nein, das war ein Zerrbild gewesen, um ihn in den Wahnsinn zu treiben. Er senkte seinen Blick und sah die goldene Pistole auf dem Boden dicht vor seinen Füßen liegen.

Für einen Moment trat ein harter Glanz in Bills Augen. Die Lippen verzogen sich zu einem Lächeln. Einen großen Vorteil hatte er trotz allem erreicht.

Die goldene Pistole!

Damit konnte Bill Conolly auch in dieser Welt etwas anfangen. Ob sie ihm gegen die schleimigen Ghouls etwas nutzte, war fraglich, aber andere Gegner würden sich wundern.

Bill steckte die Waffe ein. Er hatte die hinter ihm liegenden schrecklichen Vorgänge aus seinem Gehirn verbannt, nun schaute er allein nach vorn und dachte daran, was ihm unter Umständen noch alles bevorstehen konnte.

Nicht weit entfernt sah er den Schleimsee, aus dem wahrscheinlich die Ghouls hervorkrochen und irgendwo in den Gängen dieses seltsamen Labyrinths verschwanden. Bills Meinung nach lag es in der Tiefe dieser Dimension. Es musste auch eine Möglichkeit geben, wieder an die Oberfläche zu gelangen.

Aber wo?

Bisher war Bill einen Weg gegangen, der ihn zu einem Zentrum geführt hatte. Er wollte diese Strecke nicht mehr nehmen, sondern dachte daran, dass der Ghoul mit Sheilas Gesichtszügen aus einem anderen Stollen gekrochen war.

Und er hatte die goldene Pistole gehabt.

Konnte es möglich sein, dass Bill, wenn er diesen Stollen nahm, auf ein Ziel traf, wo es die goldenen Pistolen gab?

Eine Waffe war gut. Eine zweite und dritte wäre besser gewesen. So rechnete Bill, als er sich entschloss, in den Stollen zu gehen, aus dem »Sheila«, entschlüpft war.

Den Speer nahm Bill dennoch mit. Seine beiden Waffen, die Beretta und die goldene Pistole, steckte er in den Gürtel. Und er fühlte sich auf irgendeine Art und Weise viel besser, denn das schaurige Erlebnis hatte er bereits verkraftet und dachte nur noch sehr realistisch darüber.

Der Gang war wesentlich enger als der erste, den Bill hinter sich gelassen hatte. Auch niedriger, sodass der Reporter den Kopf einziehen musste.

Er war stets darauf gefasst, auf irgendwelche Ghouls zu treffen. Deshalb stand er auch unter einer permanenten Spannung, und der Schauer auf seiner Haut wollte einfach nicht weichen.

Sehr vorsichtig setzte Bill seine Schritte. Manchmal war der Boden weich und klebrig. Ghouls hatten hier ihre Schleimreste hinterlassen, und Bill spürte, wie der Schleim an seinen Füßen kleben blieb.

Schritt für Schritt tauchte er in die Düsternis, die wohl nie den Strahl der Sonne gesehen hatte.

Plötzlich vernahm er ein Geräusch.

Es passte überhaupt nicht in diese Welt des Schweigens und des Grauens, denn die bedrückende Stille wurde von einem seltsam anmutenden hellen Hämmern unterbrochen.

Bill konnte sich keinen Reim darauf machen, was da vor ihm geschah. Er nahm sich vor, es herauszufinden, und beschleunigte seine Schritte. Der Gestank hatte ein wenig nachgelassen, sodass er jetzt besser atmen konnte.

Noch geschah nichts.

Weiter ging der Reporter, geduckt, angespannt, wie auf dem Sprung stehend. Und das Geräusch verstärkte sich. Ein Zeichen, dass sich Bill allmählich der Quelle näherte.

Auch begann sich die Luft vor ihm zu bewegen. Es entstanden Schatten, die zuckend von einer Seite zur anderen huschten und am Gang sowohl die Wände als auch einen Teil der Decke ausfüllten.

Wo Schatten tanzten, gab es auch Licht.

Davon ging der Reporter aus und schritt weiter. Schon bald wurde er von den Schatten erreicht. Sie warfen ein bizarres Muster über seinen Körper. Wenn er nach vorn schaute, sah er bereits den helleren Schimmer.

Rötlich gelb, dabei dennoch ein wenig dunkel. Dieser Schimmer wurde von Fackeln abgegeben. Sie erhellten am Ende des Ganges eine fast runde Höhle mit düsteren Wänden und warfen ihr Licht auf einen Käfig, der von der Höhlendecke hing und etwa kniehoch über dem Boden schwebte.

Der Käfig war ziemlich groß. Er enthielt eigentlich alles, was auch in einer Schmiede vorhanden ist. In ihm brannte ein rotblau schimmerndes Feuer. Es befand sich in einer breiten Schale, die von einigen Werkzeugen eingerahmt wurde.

Das alles war für Bill zweitrangig. Ihn interessierte mehr der Mensch, der in dem Käfig hockte.

Aber war es überhaupt ein Mensch?

Bill konnte nur staunen. Zumindest war es ein menschenähnliches Wesen, wenn auch viel kleiner als ein durchschnittlich Gewachsener. Ein Zwerg hockte am Boden. Sein weißes Haar war fast so lang, dass es bis zu den Brustwarzen reichte. Der übrige Körper glänzte schweißnass, und nur um die Hüften hatte der Mensch ein altes Tuch gewickelt.

Bill hatte seinen Schritt gestoppt. Er starrte und staunte, denn der Zwerg hielt etwas in seinen unverhältnismäßig langen Fingern, das Bill sehr genau kannte.

Es war eine goldene Pistole!

Vor Überraschung hielt der Reporter den Atem an. Er fragte sich, welchem Geheimnis er nun wieder auf die Spur gekommen war. Ferner wunderte er sich darüber, dass dieser Zwerg bisher überhaupt keine Notiz von ihm genommen hatte. Schließlich musste er bemerkt haben, dass sich ein Fremder näherte.

Plötzlich hob er den Kopf.

Bill sah, dass der Gnom nicht nur sehr langes Haar hatte, sondern auch einen schlohweißen Bart, der fast die gleiche Länge besaß wie das Haar. Tief fiel er bis auf die Brust, ließ von dem Gesicht nur wenig erkennen, aber Bill glaubte, zahlreiche Runzeln und Falten zu sehen, die sich tief in die Haut eingegraben hatten und wie kleine Gräben wirkten.

Sein Blick erreichte den oberen Teil des Gesichts. Es war schwer, die Augen auszumachen. Als Bill sie jedoch tief in den Höhlen entdeckt hatte, erkannte er trotz der schlechten Lichtverhältnisse die Bläue der Pupillen. Ihm kam es vor, als würden sie ein Licht aussenden. Das jedoch täuschte. Die Augen blickten nur weise. Vielleicht auch ein wenig verzweifelt oder deprimiert, aber darüber dachte Bill nicht näher nach, ihn interessierte nur mehr der Mann im Käfig.

Plötzlich ging dem Reporter ein ganzer Kronleuchter auf. Wie gut, dass er den Weg gegangen war. Er hatte ihn genau ins Zentrum geführt. Denn hier stellte jemand die so gefährlichen Waffen her. Sie stammten also nicht, wie John Sinclair angenommen hatte, von einem fernen Sternenvolk, nein, sie wurden von einem Zwerg gebaut.

Vorsichtig trat Bill näher.

Der alte Mann musste ihn gesehen haben. Er hielt in seiner Arbeit inne und schaute Bill direkt ins Gesicht.

Der Reporter wagte kaum, laut aufzutreten. Irgendwie kam ihm die Stille andächtig vor, und er wollte auch nicht stören. Dennoch brauchte er Informationen.

Leise stellte er die Frage, wobei er hoffte, dass dieser Zwerg ihn auch verstand.

»Wer bist du?«

Der Gnom zögerte seine Antwort hinaus. Bis er schließlich sagte: »Wer ich bin, fragst du? Meinen Namen habe ich fast selbst vergessen in der langen Zeit der Gefangenschaft. Aber wenn du willst, kannst du mich Nathan nennen. Nathan, das ist der Schmied aus dem alten Atlantis …«

Alles hatte Bill Conolly erwartet, nur diese Antwort nicht. Ein Wesen aus Atlantis, ein Mensch wie Kara. Einer der brillanten Handwerker, die Waffen herstellen konnten und deren Fähigkeiten mit Worten kaum zu beschreiben waren.

Und er sorgte für die Produktion der goldenen Pistolen. Daran hätte Bill nie gedacht. Er schüttelte den Kopf, weil er die Antwort nicht fassen konnte.

»Du glaubst mir nicht?«

»Doch, schon, aber es ist zumindest sehr schwer für mich, wie du sicherlich begreifen kannst.«

»Ja, für einen Nichtatlanter.«

»Ich habe viel von diesem Kontinent gehört. Aber er ist versunken. Schon vor Tausenden von Jahren. Es gibt ihn nicht mehr. Nur wenige haben überlebt und sich retten können. Gehörst du auch zu ihnen, Nathan?«

»Ja, ich zähle dazu«, erwiderte der Schmied, »aber ich wollte, es wäre nicht so.«

»Du bist ein Gefangener?«

»Siehst du das nicht, Fremder?«

»Entschuldige. Ich wusste gleich, dass du nicht hierher passt. Deshalb werde ich dich befreien.«

Da lachte der Zwerg. Es waren seltsam hohe Laute, die aus seinem Mund drangen.

»Nein, Fremder ohne Namen, was willst du hier in dieser Dimension? Ich gebe dir einen guten Rat. Lauf weg, flieh aus diesem Reich, wenn dir dein Leben lieb ist. Oder willst du, dass es dir ebenso ergeht wie mir? Sie haben noch genug Käfige, und du wirst bis in alle Ewigkeiten gefangen bleiben.«

»Weshalb hat man dich denn dort hineingesteckt?«, wollte Bill Conolly wissen.

»Man brauchte meine Künste.«

»Hast du so Großes geleistet?«

»Ja, das kann ich sagen, obwohl es unbescheiden klingen mag. Ich war in Atlantis derjenige, der Waffen für Könige und Herrscher schmiedete. Auf mich hat man sich verlassen. Wer Nathan kannte, war damals sehr angesehen.«

»Hast du auch Schwerter geschmiedet?«, fragte Bill, denn er wollte auf ein ganz bestimmtes Thema hinaus.

»Darin bin ich und war ich ein großer Meister.«

»Dann möchte ich dich fragen, ob auch das Schwert mit der goldenen Klinge aus deiner Hand stammt?«

Nathan zuckte zusammen. Er hob den Kopf. Interesse glomm plötzlich in seinen Augen. »Du weißt von dieser Waffe?«

»Ja, ich kenne sie.«

»Aber du stammst nicht aus Atlantis.«

»Nein, das muss man nicht.«

»Woher kennst du sie dann? Ich habe sie dem großen Weißmagier Delios geschmiedet …«

»Er ist tot!«

Nathan nickte. »Ja, er war schon sehr alt, als er mir den Auftrag gab, die Waffe zu schmieden. Er bat mich, all meine Künste einzusetzen, denn das Schwert sollte nicht nur eine Waffe gegen die finstere Dämonenwelt werden, sondern auch ein besonderes Erbstück, das Delios einmal seiner Tochter überlassen wollte. Ich weiß leider nicht, ob sie es bekommen hat oder nicht.«

»Sie hat es bekommen«, erklärte Bill.

»Dann weißt du von ihr?«

»Natürlich.«

Ein tiefer Atemzug weitete die Brust des Zwergs. »Hast du sie auch gesehen? Hat sie überleben können, wie ihr Vater es wollte?«

Bill nickte. »Du kannst beruhigt sein, Nathan. Sie hat überlebt. Kara und ich sind befreundet.«

Der Schmied, der sich sonst so einfach nicht aus der Ruhe bringen ließ, wurde plötzlich aufgeregt und wischte sich übers Gesicht.

»Dann ist ja vieles anders«, flüsterte er und atmete tief aus. »Ich habe die Hoffnung aufgegeben.« Er schlug gegen seine Brust, öffnete die Faust, und die goldene Pistole fiel auf den Käfigboden. »Sie hat es also geschafft«, hauchte er, »dass ich dies nach all den Jahren der Gefangenschaft erfahren durfte, gibt mir Mut, obwohl ich so große Schuld auf mich geladen habe.« Er richtete seinen Blick wieder auf den Reporter. »Aber wer bist du, dass du es geschafft hast, zu mir zu kommen? Wie ist dein Name?«

»Bill Conolly.«

Der Zwerg lauschte dem Klang der beiden Worte, dann schüttelte er den Kopf. »Nein, es tut mir leid, aber diesen Namen habe ich noch nie gehört. Er klingt so anders.«

»Ich komme auch aus einer anderen Zeit.«

»Aus der Zukunft?«

»Wenn du es so nennen willst, ich habe nichts dagegen. Für dich bin ich ein Mensch aus der Zukunft, der durch Magie in die Vergangenheit oder eine andere Dimension verschlagen worden ist. Befinden wir uns tatsächlich auf dem Planeten der Magier?«

»Ja, das stimmt. Es ist der große Zufluchtsort zahlreicher Dämonen gewesen. Hier hatten die Urdämonen ihre Geburtsstätte, bevor sie ihren grausamen Terror verbreiteten.«

»Du sprichst von den Großen Alten?«

Nathan lachte leise. »Ich wundere mich, über was du alles Bescheid weißt, Bill Conolly.«

Der Reporter erwiderte das Lachen. »So ganz ohne Grund hat man mich nicht in diese Welt geschafft.«

»Das habe ich bemerkt. Auch mich hat man vor dem großen Untergang verschleppt, weil man von meinen Fähigkeiten wusste. Die Dämonen der Finsternis haben sich für mich eine schreckliche Strafe ausgedacht. Ich darf nicht sterben. Ich soll ewig leben. Weißt du, was es bedeutet, einfach nicht sterben zu können?«

Bill schüttelte den Kopf. »Nein, das weiß ich nicht. Ich kann es mir auch nicht vorstellen.«

Der Schmied senkte seine Stimme. »Es ist der Schrecken an sich. Nicht sterben zu dürfen ist eine grauenhafte Qual. Man verliert den Sinn für Zeit, man erlebt die Ewigkeit, die so grausam und schrecklich ist, dass man es nicht fassen kann. Nicht zu sterben ist die schlimmste Strafe, und mich hat sie erwischt. Ich weiß nicht genau, wie lange ich hier bereits sitze und das tun muss, was man von mir verlangt. Ich habe sie angefleht, ich habe gebettelt, gedroht, getobt, geweint. Sie ließen sich nicht erweichen und kannten kein Erbarmen. Ich wurde gezwungen, für sie zu arbeiten, und ich stellte die goldenen Pistolen her, eine Erfindung, die allein mein Geist geschaffen hat.«

»Und die lange Zeit später erst von den Menschen wiederentdeckt wurde«, sagte Bill.

»Hatte man in deiner Zeit auch Pistolen?«

Anstatt eine Antwort zu geben, holte Bill Conolly die Beretta hervor und zeigte sie dem Schmied. »So sehen heute die Pistolen aus. Schau sie dir an!«

Bill ging noch einen Schritt näher, aber er gab die Beretta nicht aus der Hand.

Nathan taxierte die Waffe. »Sie ist fast so wie meine«, flüsterte er. »Da gibt es nur wenige Unterschiede.«

»Du warst deiner Zeit halt schon weit voraus.«

»Aber was nutzte es alles? Als der Kontinent unterging, reagierten die Dämonen und verschleppten mich auf diesen Planeten. Er gehörte zu Atlantis, und er wurde nicht vernichtet, während das Land von den Urkräften verwüstet wurde. Ich bin und bleibe ein Gefangener. Die anderen haben genau gewusst, was sie wollten.«

»Hat dich Arkonada verschleppt?«

»Ja, Bill. Ihm gehört der Planet. Er hat dafür gesorgt, er hält ihn durch seine schreckliche Magie unter Kontrolle. Arkonada ist gefährlich, sehr gefährlich. Er kennt weder Gnade noch Rücksicht. Wenn es Feinde gibt, löscht er sie aus oder bringt sie in seinen Bann. Bei mir hat er darauf verzichtet. Er weiß, dass ich von hier nicht entfliehen kann, und hat mich nicht zu einem seiner Diener gemacht. So sieht es aus, Mensch aus der Zukunft.«

»Hast du nie versucht, dich zu befreien?«

Nathan lachte. »Wie denn?«

»Du besitzt Werkzeug. Du hättest versuchen können, die Gitter des Käfigs zu zerschneiden …«

»Natürlich. Aus deiner Sicht hast du recht. Ich hätte es zerstören können, aber was wäre damit erreicht worden? Nichts, gar nichts. Ich wäre von *einer* Gefangenschaft in die andere geraten, denn auf dem Planeten leben nicht nur die Ghouls, sondern auch die Mord-Zyklopen, die Griffins. Sie sehen und hören alles. Sie sind das Auge des Arkonada.«

»Ich habe die Griffins kennen gelernt«, sagte Bill, »und es gelang mir, einen von ihnen zu töten.«

Nathan erschrak. »Hast du das wirklich getan?«

»Weshalb sollte ich dich belügen?«

»Dann bist du des Todes. So etwas lässt ein Herrscher wie Arkonada nicht zu.«

Bill winkte ab. »Ich wäre so oder so verloren gewesen. Arkonada hat meine Freunde und mich längst auf seine Liste gesetzt.«

»Du bist nicht allein?«, fragte der Schmied erstaunt.

»Nein, ich bin mit Freund und Feind auf diesen Planeten gelangt.«

»Das musst du mir berichten.«

Bill hatte zwar nicht viel Zeit, aber die Minuten wollte er sich nehmen. Und so erzählte er Nathan, wie es gekommen war, dass man ihn, den Professor und die beiden Hexen verschleppte.

Der Schmied schüttelte den Kopf.

»Ich kann es nicht fassen«, flüsterte er. »Ich kann es nicht fassen …«

»Vielleicht sind noch andere Menschen auf diesem Planeten«, fügte Bill Conolly hinzu.

»Wer noch?«

Bill hob die Schultern. »Du wirst sie kaum kennen. Es

sind zwei Männer dabei, die aus deiner Sicht betrachtet, die Dämonen der Zukunft so bekämpfen, wie deine Freunde und du es in der Vergangenheit getan haben. Einer von ihnen heißt John Sinclair und ist ein berühmter Geisterjäger.«

»Nein, seinen Namen höre ich jetzt zum ersten Mal.«

»Dann ist noch Suko dabei. John Sinclairs Freund. Ein Chinese …«

»Was ist das?«

Bill winkte ab. »Du wirst sie vielleicht einmal kennen lernen, dann kann er es dir selbst erklären. Aber was ich dir noch sagen wollte ist, dass beide Männer von einer Frau begleitet werden, die dir ein Begriff sein sollte. Kara, die Schöne aus dem Totenreich!«

Mit allen anderen Erklärungen zuvor hatte Bill Conolly den Schmied nicht überrascht wie mit der letzten Antwort. Nathan schnellte in die Höhe. Der schwere Käfig begann zu schwanken und zu zittern.

Nathan umklammerte die Eisenstäbe.

»Was hast du da gesagt?«, hauchte er.

»Kara ist wahrscheinlich hier.«

»Wie kann das sein?«, schrie er. Sehr laut klang seine Stimme, und er war völlig durcheinander. »Wie kann sie es wagen, in diese Welt zu gehen? Auch noch freiwillig? Nein, das …«

»Es stimmt, Nathan. Kara müsste hier sein, und unsere Chancen stehen gar nicht mal so schlecht.«

Der Zwerg starrte den Reporter an. Zwei menschliche Wesen standen sich gegenüber. Beide hatten Köpfe, Körper, Arme und Beine, doch beide trennten Jahrtausende. Aber sie waren Freunde, kämpften auf derselben Seite und wollten das Böse vernichten.

»Unsere Chancen stehen nicht einmal so schlecht«, wiederholte Bill, und Nathan starrte ihn fragend an.

»Was heißt Chancen?«

Er kannte das Wort nicht. Bill wollte es auch nicht erklären. Er war froh, dass sie sich überhaupt verständigen konnten, und er wollte zusehen, dass Nathan aus diesem Gefängnis entkam. »Wir können später über vieles reden, du allerdings solltest zusehen, dass du hier rauskommst. Ich werde dir helfen.«

Der Schmied schüttelte den Kopf. »Nein, Bill, es gibt keine Chance für mich.«

»Mal sehen.« Bill trat bis dicht an das Gitter. Er schaute in den Käfig hinein.

Drei goldene Pistolen sah er dort. Zählte er seine dazu, waren es vier. Nur wusste er nicht, ob die Waffen innerhalb des Käfigs geladen waren und funktionierten.

Er fragte Nathan danach.

Der Schmied hob die breiten Schultern. »Ich weiß nicht, was mit den Waffen geschehen soll«, erklärte er. »Ich stelle sie nur her …«

»Sie sind grausam«, sagte Bill. »Sie werden mit einer Flüssigkeit gefüllt, die Menschen vernichten kann.«

»Wieso?«

»Es wird eine Ladung Schleim in sie hineingepresst, und dieser Schleim schafft es, den Menschen die Haut von den Knochen zu lösen, sodass sie zu Skeletten werden oder sich ganz auflösen. Es sind furchtbare Waffen, die du herstellst.«

Die Augen des Schmieds nahmen einen erschreckten Ausdruck an. »Das wusste ich nicht. Wirklich nicht.«

»Man kann nichts daran ändern. Es ist eben so.«

»Aber was kann ich tun?«

»Nichts«, erwiderte Bill. »Überhaupt nichts. Ich werde versuchen, dich zu befreien, Nathan.«

Der Schmied lachte. »Und wie?«

»Hiermit«, erwiderte Bill Conolly, griff unter seine Jacke und zog die goldene Pistole.

Es gab nichts daran zu rütteln. Wir schritten unserer Hinrichtung entgegen!

Wir konnten Arkonada nicht stoppen, da dieser verfluchte

Dämon mit Professor Chandler einen Trumpf in der Hand hielt, der für ihn zu einem Super-Joker geworden war. Er brauchte keine Henkersknechte, sondern konnte die Schlingen kraft seiner ungemein starken Magie bewegen.

Und es war eben das Fatale an der ganzen Sache.

Wohl war mir in meiner Haut nicht, als ich die ersten Schritte setzte. Meinen Freunden erging es nicht anders. Links neben mir ging Suko, die Augenbrauen ein wenig zusammengezogen, nur hin und wieder bewegten sich zuckend seine Mundwinkel.

Rechts ging Kara. Stolz erhoben den Kopf. Ihre Hand lag noch immer auf dem Schwertgriff. Glatt war ihre Haut, der Mund bildete fast nur einen Strich, und die Augen hatten einen starren Blick angenommen. Keiner wusste oder ahnte etwas von ihren Gedanken, aber sie beschäftigten sich bestimmt mit dem Wort Flucht.

Wir mussten den Klauen des Dämons entkommen und ihn gleichzeitig vernichten.

Das Wie war die große Frage.

Die Hälfte der Strecke hatten wir bereits zurückgelegt. Ich spürte in meinen Knien ein leichtes Zittern. Es war auch für mich nicht einfach, diesen Weg, der mein letzter werden konnte, zu gehen.

Aus zahlreichen Augen wurden wir beobachtet. In der Stirn der Griffins waren sie abgebildet. Stechend und lauernd die Blicke, gemein und hinterhältig.

Aber auch triumphierend. Und diesen Ausdruck sah ich ebenfalls im Gesicht des Arkonada, als ich wieder einmal in die Höhe schaute. Noch immer umtanzten Schatten sein Gesicht. Ein lautloses Wirbeln, das von einer Seite zur anderen zuckte und die gewaltige Fratze des Dämons wie hinter einem Vorhang erscheinen ließ.

Das Gerüst hatte eine Leiter. Vor ihr blieben wir für einen Moment stehen.

Es dauerte Arkonada zu lange, denn er schrie: »Los, geht weiter! Ich will euch in den Flammen hängen sehen.«

»Okay«, sagte Suko und machte den Anfang.

Automatisch zählte ich mit. Es waren genau fünf Stufen, die hoch zum Podest führten.

Ich hatte ein wenig Zeit, mir die Flammenringe genauer anzusehen. Jede Schlinge bestand aus einem zuckenden Feuerring, der sich haargenau der Form des Halses anpasste.

»Jetzt du, Kara!«

Die Schöne aus dem Totenreich hatte den letzten Befehl Arkonadas vernommen. Zielsicher schritt sie die Stufen hoch und wirkte überhaupt nicht wie eine Todeskandidatin.

Sie stellte sich neben Suko auf.

Der Inspektor hatte zwischen sich und Wikka eine Schlinge frei gelassen.

Sollte sie für mich sein?

Okay, ich entschied mich dafür, hinter dieser Schlinge meinen Platz einzunehmen.

Ich stieg die Treppenstufen hoch. In meinem Magen breitete sich allmählich ein dumpfes, drückendes Gefühl aus.

Das Podest war aus Holz gebaut worden. Meine Schritte warfen Echos auf die Planken, und jedes hohle Geräusch brachte mich dem Tode um einen Yard näher.

Schließlich hatte auch ich meinen Platz eingenommen und sah dicht vor meinen Augen die feurige Schlinge, die überhaupt keine Wärme abgab und uns dennoch verbrennen konnte.

Bevor einer der anderen das Wort ergreifen konnte, hörte ich neben mir ein hämisches Kichern.

Wikka hatte es ausgestoßen, und sie fügte noch etwas hinzu.

»Das habe ich mir immer gewünscht!«, geiferte sie. »Neben dem berühmten Geisterjäger John Sinclair zu sterben. Einen schöneren Tod kann es doch überhaupt nicht geben – oder?«

DIE TOTENMASKE AUS ATLANTIS

Wikka, die Oberhexe, triumphierte.

Ich schwieg, und das schien sie noch weiter anzuspornen.

»Na, kannst du nicht reden? Hat es dir die Sprache verschlagen?« Schrill lachte sie auf. »Geisterjäger John Sinclair am Galgen! Das ist doch was. Dämonenheere würden viel dafür geben, wenn sie es sehen könnten!«

Sicherlich hatte sie recht. Unsere Lage war wirklich bescheiden. Die Gegenseite hielt alle Trümpfe in der Hand. Als Gegenseite bezeichnete ich Arkonada sowie seine dreiäugigen Helfer, die Griffins. Es war diesem Dämon tatsächlich gelungen, uns in die Falle zu locken, nachdem er uns auf den Planeten der Magier geschafft hatte. Nun sollten wir hängen.

Wir, das waren Kara, Suko und ich. Arkonada hatte sich diese teuflische Methode ausgedacht. An einem Galgengerüst hingen mehrere feurige Schlingen. Drei davon für uns, die anderen drei für Wikka, Jane Collins und Professor Chandler.

Arkonada hatte uns gezwungen, die Plätze auf dem Galgengerüst einzunehmen, wo wir nun auf den Tod warteten. Noch schaukelten die Schlingen vor unseren Gesichtern wie Ovale aus Feuer.

Ich konnte durch die Kreise blicken und sah einen Teil der Innenmauern dieser klotzigen Burg auf dem Planeten der Magier. Nichts war an den Steinen mehr normal. In jedem einzelnen sahen wir das schreckliche Gesicht eines Griffin. Diese Wesen waren die Wächter des Dämons Arkonada.

Es war für mich in diesen Augenblicken schwer, meine Gefühle zu beschreiben.

Angst hatte ich, das stand fest, dennoch auch das Gefühl einer gewissen Erwartung, da wir unsere Trümpfe noch nicht voll eingesetzt hatten. Zudem besaßen wir noch unsere Waffen.

Zwar half mir mein Kreuz nichts, auch mit der Beretta kam ich gegen die Griffins nicht an, aber Karas Schwert war ebenso eine wertvolle Hilfe wie die Dämonenpeitsche meines Freundes Suko.

Wir standen wie Zinnsoldaten, stramm, den Rücken durchgedrückt und auf die Befehle Arkonadas wartend.

Die ließen nicht lange auf sich warten. Aus der Höhe donnerte uns seine Stimme entgegen. Das Gesicht des Brüllenden wurde von zahlreichen Schattenmustern umspielt, sodass es ständig einen anderen Ausdruck annahm.

Mal kalt, hart und böse, dann wieder verzerrt und bis zur Unkenntlichkeit verändert.

Eine Fratze, die Angst verbreitete …

»Ich habe euch hier an diesen Galgen geführt, um euch zu vernichten. Auch wer auf der Seite des Teufels steht, wird Arkonadas Fluch nicht entgehen. Ihr habt gesehen, was geschieht, wenn ihr euch weigert. Solltet ihr auch jetzt versuchen, aus dieser Klemme zu entkommen, wird es der Professor zu büßen haben, das garantiere ich euch. Deshalb gebe ich euch jetzt den Befehl: Legt euch die Schlingen selbst um den Hals. Und zwar sofort!«

Darauf hatten wir gewartet. Mir wurde es noch flauer in der Magengegend. In den Knien verspürte ich ein starkes Zittern. Wenn unsere Trümpfe jetzt nicht stachen, waren wir tatsächlich verloren, denn Arkonada hatte bei Professor Chandler bewiesen, wie grausam er sein konnte, als er ihn vor unseren Augen mit der Schlinge hochzog.

»Ihr könnt sie ruhig anfassen«, sprach Arkonada weiter, »denn ihr werdet euch nicht verbrennen. Das geschieht erst dann, wenn die Schlingen um euren Hals liegen.«

Links neben mir kicherte Wikka. Ich kümmerte mich nicht um sie, sondern warf einen Blick in die andere Richtung, wo Kara und Suko ebenso stocksteif standen wie ich.

In ihren Gesichtern rührte sich nichts. Sie zeigten auch keine Angst, aber ich kannte den lauernden Gesichtsausdruck bei meinem Freund Suko und ahnte, was er vorhatte.

Während ich automatisch nach der Schlinge griff und trotz

des seltsamen Feuers glaubte, normalen Hanf zwischen den Fingern zu spüren, bewegte Suko die rechte Schulter. Mein Verdacht wurde zur Gewissheit, er würde es auf seine Art versuchen.

Wikka konnte es noch immer nicht lassen, während Jane Collins und der Professor schwiegen. Vielleicht wollte Wikka auch durch die Hetzparolen ihre eigene Unsicherheit überspielen, denn sie hatte feststellen müssen, dass ihre Hexenkräfte auf diesem Planeten überhaupt nichts galten.

Mit beiden Händen hielt ich die Schlinge. Meinen Körper bewegte ich ein wenig vor und tat damit das Gleiche wie Kara, denn ich schielte zur Seite.

»Nur nicht so langsam, Geisterjäger!«, zischelte die Hexe. »Beeil dich mal was. Du sollst baumeln.«

»Aber nach dir, Wikka«, presste ich hervor und tat so, als wollte ich den Hals in die Schlinge schieben.

So weit war Suko noch nicht. Er entwickelte sich zu einem blendenden Schauspieler, denn er tat so, als wäre er zu klein. Dann sprang er, um den Feuerstrick um seinen Hals legen zu können.

So lenkte er Arkonada von seinem eigentlichen Plan ab. Und dann griff er an!

Ich bekam gar nicht mit, wie Sukos Hand unter die Jacke rutschte und den Gegenstand hervorholte, auf den wir alle unsere großen Hoffnungen setzten.

Es war der geheimnisvolle Stab, der vor urlanger Zeit einmal dem Gott Buddha gehört hatte.

Die Schlinge lag nicht um meinen Hals, sondern an meinem Kinn. So lief ich nicht Gefahr, mich bei irgendwelchen Reaktionen selbst zu strangulieren.

»Topar!« Ein Urschrei aus Sukos Mund.

Laut, gellend, hallend und markerschütternd. So stark, dass er auch von Arkonada gehört werden musste.

Plötzlich war alles anders!

Wenn Suko dieses eine Wort rief, hielt er für fünf Sekunden die Zeit an. Dabei spielte es keine Rolle, ob er sich auf der Erde oder innerhalb einer anderen Dimension befand. Ob die fünf irdischen Sekunden auch der Zeit auf einem fremden Planeten entsprachen, das wussten wir nicht, da die Zeit ja eine relative Größe ist. Es konnte weniger, aber auch mehr sein oder überhaupt nicht funktionieren.

Doch es funktionierte. Alles, was sich in Rufweite der Stimme befand, erstarrte zur Bewegungslosigkeit. Auch Arkonada und seine grausamen Griffins. Ebenfalls Kara und ich. Bis auf Suko!

Noch standen wir vor den Schlingen, konnten uns nicht rühren und bekamen nicht mit, wie Suko handelte, denn als Einziger war der Besitzer des Stabs in der Lage zu reagieren und zu agieren.

Das stellte mein Freund in den nächsten Sekunden unter Beweis. Er musste schnell sein, höllisch schnell, und Suko, dieser austrainierte Karate-Kämpfer, war es auch.

Er tauchte unter der feurigen Schlinge hinweg, drehte sich dabei und hetzte hinter Kara und mir vorbei, um zu den drei anderen zu gelangen, die ebenfalls in den Schlingen hingen.

Und hier war der Professor am wichtigsten. Seine Lage war wirklich nicht beneidenswert, denn er stand auf den Zehenspitzen und versuchte, so lange wie möglich am Leben zu bleiben. Sein Gesicht war bleich, die Züge verzerrt von der Anstrengung, und der Mund stand offen wie der eines Toten, der gerade seinen letzten Atemzug getan hatte.

Mit beiden Händen griff Suko zu. Er legte sie um die Hüften des Professors und hob ihn an. Plötzlich verlor Chandler den Boden unter den Füßen. Suko drehte ihn noch in der Luft und holte ihn so aus der Schlinge.

Wie eine Puppe stellte er den Professor zur Seite und hätte damit seine Aufgabe eigentlich erledigt, aber er tat noch etwas anderes.

Zwei weitere Personen hingen noch in den Schlingen. Die Oberhexe Wikka und Jane Collins.

Konnte man Jane noch als Hexe bezeichnen, obwohl sie mittlerweile zu Wikkas Todfeinden zählte? Im Prinzip ja, denn der Geist des Rippers war noch nicht aus dem Körper von Jane Collins gedrängt worden. Er steckte nach wie vor darin, und deshalb reagierte Jane nicht so, wie es ein normaler Mensch getan hätte.

Wenn Suko sie jetzt in der Schlinge hängen ließ, war er aller Sorgen ledig.

Für einen Moment zögerte er. Fünf Sekunden hatte er nur Zeit. Drei waren bereits vergangen. Er konnte sich jetzt umdrehen, und alles wäre gelaufen.

Er tat es nicht.

Mit einem Satz schnellte Suko auf die Person zu, die er retten wollte.

Es war Jane Collins!

Mein Freund und Partner hatte sich für und nicht gegen sie entschieden. Auch wenn er damit unter Umständen einen Fehler beging.

Jane Collins besaß wertvolle Informationen über den Planeten der Magier, denn ihr war es gelungen, ein Testament zu lesen, in dem einiges über diese Welt geschrieben stand.

Suko legte seine Hände um die Taille der ehemaligen Detektivin und hievte Jane hoch. Gleichzeitig zog er sie nach hinten, sodass ihr Kopf aus der Schlinge rutschte.

Geschafft.

Als er Jane auf die Füße stellte, konnte sie sich ebensowenig halten wie Professor Chandler. Sie kippte zur Seite, schlug auf den Boden, und das dabei entstehende dumpfe Geräusch klang genau in dem Augenblick auf, als die Zeit abgelaufen war.

Alles war wieder normal.

Bis auf eine winzige, aber unendlich wichtige Kleinigkeit. In der Schlinge hing nur noch eine Person.

Das war Wikka!

Suko hatte sie bewusst dort belassen. Wenn Arkonada seine Rache wollte, sollte er sie an Wikka erfüllen, denn sie war eine Dienerin des Teufels und ging für den Höllenherrscher über Leichen. Tod und Elend hatte sie auf ihrem Weg hinter sich gelassen, sie hatte nichts anderes verdient, als in der Hölle zu schmoren.

Auch ich konnte mich wieder bewegen. Kara und den anderen erging es ebenso.

Als ich nun den Kopf drehte und von dem feurigen Oval zurückdrängte, stellte ich fest, dass sich einiges verändert hatte.

Zwei vorhin besetzte Schlingen waren leer. Und nur noch Wikkas Gesicht schaute aus dem Flammenkreis.

Ich zuckte zurück, wich bis an den hinteren Rand des Podestes zurück, wo sich Jane Collins in diesem Augenblick erhob, an ihren Hals fasste und sich darüber wunderte, dass sie freigekommen war.

»Das hast du Suko zu verdanken!«, zischte ich ihr zu, bevor ich mich auf Arkonada konzentrierte.

Der hatte natürlich bemerkt, wie grundlegend sich die Situation verändert hatte. Das Gesicht über uns nahm einen noch böseren Ausdruck an, wenn man davon überhaupt sprechen konnte. Er öffnete sein Maul. Ein wütendes Fauchen schwang uns entgegen, und mit wahrer Stentorstimme brüllte er: »Ihr habt es tatsächlich gewagt und euch gegen mich gestellt?«

»Das siehst du ja!«, schrie Kara zurück, während sie gleichzeitig ihr Schwert zog. Die Schöne aus dem Totenreich war bereit, den Kampf gegen den übermächtigen Gegner aufzunehmen. In ihren Augen funkelte der eiserne Wille, die Lippen waren fest zusammengepresst. Scharf und kantig traten die Wangenknochen hervor. Sie stand breitbeinig auf dem Fleck, bereit, alles zu verteidigen.

Ich kümmerte mich nicht um sie, denn als Einziger bewegte ich mich in diesen Augenblicken.

Chandler raffte sich soeben auf. Er hielt sich den Hals, der Blick zeigte Überraschung und Unverständnis, während ich ihn fragte: »Sind Sie okay?«

»Ja, ja, aber …«

»Dann ist ja alles im grünen Bereich. Kommen Sie und bleiben Sie in meiner Nähe. Und du auch, Jane!«

Die ehemalige Detektivin gab keine Antwort. Sie starrte auf Wikkas Rücken.

Die Oberhexe hing nach wie vor in der feurigen Schlinge. Ich konnte Suko verstehen, dass er sie nicht befreit hatte. Wikka hatte zu viel Schuld auf sich geladen, für die sie jetzt büßen sollte.

Und sie versuchte es.

»Arkonada!«, wollte sie wahrscheinlich schreien, aber es drang nur ein Krächzen über ihre Lippen. »Arkonada, jetzt siehst du, wer deine wahren Feinde sind. Nicht ich bin es, sondern die anderen. Lass mich frei, nimm diese verdammte Schlinge weg, dann werden wir gemeinsam kämpfen.«

»Nein«, brüllte der Dämon, »du wirst hängen!«

»Ich …« Wikkas Schrei verstummte in einem Gurgeln. Arkonada hatte sich entschieden, und er setzte seine Magie ein, die alle Zeiten überstanden hatte.

Sie war stark, so stark, dass Wikka ihr nichts entgegenzusetzen hatte. Vor unseren weit aufgerissenen Augen vollendete Arkonada seine Rache und sorgte dafür, dass der Name Wikka endgültig ausgelöscht wurde.

Sie starb.

Und wir mussten zuschauen. So erlebten wir in den nächsten Sekunden das Schicksal, das uns ebenfalls zugedacht worden war.

Die Schlinge bewegte sich. Sie ruckte in diesen Augenblicken an und riss Wikka vom Boden hoch.

Im selben Augenblick breiteten sich die Flammen der Schlinge aus. Wikka wurde nicht stranguliert, Arkonada machte es schneller und sicherer. Er verbrannte sie.

Im Nu sahen wir an der Stelle, wo Wikka in der Schlinge hing, eine magische Feuerwand. Sie fauchte, loderte und puffte, war klar, fast durchsichtig, und wir sahen, wie sich der Körper der Hexe vor unseren Augen zusammenzog und immer kleiner wurde, denn die Hitze presste ihm die Flüssigkeit aus den Zellen.

Als die Flamme verlosch, hing Wikka noch immer in der Schlinge, die ihren feurigen Schein verloren hatte.

Schon vor ihrem Tod hatte sie nicht mehr so ausgesehen wie früher. Ihr Gesicht und ihr Körper waren schwarz gewesen, der Hexenstein hatte dafür gesorgt. Nun war sie noch immer schwarz, aber die Beine hingen in halber Höhe über dem Boden, so stark war ihr Körper geschrumpft.

In der Schlinge pendelte keine normal große Hexe Wikka mehr, sondern eine Mumie.

Und die verging auch. Sie bestand praktisch nur aus leichten Aschestoffen. Als die Schlinge schaukelte, rutschte der Kopf heraus und fiel zusammen mit dem Körper auf den Boden des Gerüsts.

Den Aufschlag hörten wir alle. Er klang zudem unnatürlich laut in der erwartungsvollen Stille. Kaum hatte der Körper die Holzbohlen berührt, da fiel er auseinander.

Zurück blieb schwarzer Staub oder dunkle Asche, die zudem noch fettig glänzte.

Das war einmal Wikka gewesen.

Wir alle hatten sie irgendwie gekannt. Jane Collins vielleicht am besten. Auch Suko und ich hatten oft genug mit ihr zu tun gehabt, nur Chandler war in gewisser Hinsicht ein Neuling, hatte aber inzwischen sicherlich mehr über sie erfahren.

Tat es mir leid? Spürte ich Bedauern? Nein, keines von beiden. Dafür hatte Wikka zu viel auf dem Gewissen, wenn man bei ihr überhaupt davon sprechen konnte. Sie hatte keine Rücksicht gekannt, wenn es um ihre Ziele ging. Zahlreiche Leichen hatte sie auf ihrem Weg zurückgelassen, und sie hatte immer nur eines gewollt: die Macht. Schließlich stand sie an der Spitze, war die Anführerin der Hexen und wollte, dass sie wieder die Bedeutung erhielten, die sie vor Jahrhunderten einmal gehabt hatten, obwohl damals die entehrten und geschändeten Frauen unschuldig gewesen waren.

Bei Wikka jedoch hatte es anders ausgesehen. Sie gehorchte dem Teufel, sie hatte ihm immer bedingungslos gehorcht. Nun war dies vorbei. Endgültig, für immer.

Schräg hinter mir vernahm ich ein seltsames Geräusch. Es begann mit einem Glucksen, nur schwer zu hören, weil Jane Collins den Mund noch verschlossen hielt.

Ich drehte mich um, schaute sie an und sah ihr Mienenspiel. Deutlich war ihr der Triumph anzusehen, denn in ihren Augen lag ein Glanz, den man einfach nur mit diesem Wort umschreiben konnte. Wikka hatte sie als Verräterin hinrichten wollen. Nun hatte es die Oberhexe selbst erwischt.

Jane Collins aber lebte!

Diese Worte, die eine unumstößliche Tatsache bildeten, spukten in meinem Kopf herum. Ja, sie lebte, und damit musste ich mich zunächst einmal abfinden. Und auch mit den Folgen. Noch steckte in der ehemaligen Detektivin der Geist des Rippers und ließ sie unmenschlich reagieren. Sie würde den Gesetzen der Hölle folgen, sodass sie bestimmt damit rechnete, den Platz der verstorbenen Oberhexe einzunehmen.

Sah ich das falsch, oder beschäftigten Jane bereits die gleichen Gedanken und Schlussfolgerungen wie mich, gerade weil sie so seltsam lachte? Sie öffnete jetzt den Mund.

Ich sah in ihren Augen den wissenden, gleichzeitig lauernden und triumphalen Ausdruck und ahnte, dass ich mit meiner Vermutung gar nicht mal so daneben lag. Vielleicht hatte Suko uns sogar einen Bärendienst erwiesen.

Jane lachte.

Ja, nun konnte sie ihren Triumph nicht mehr verbergen. Sie hielt den Mund weit offen, und das höhnische Siegesgelächter schallte nicht nur uns entgegen, sondern auch Arkonada, dessen Fratze sich deutlich über uns abzeichnete.

Jane Collins schüttelte den Kopf. Die langen, blonden Haare flogen dabei hin und her. Die Augen leuchteten, und in das Lachen stieß sie die Worte, die bestimmt aus ihrem tiefsten Herzen kamen.

»Tot, sie ist tot! Es gibt keine Wikka mehr! Sie ist vernichtet …«

Noch nie hatte ich Jane so schreien hören. Ihre Stimme hallte über den seltsamen Burghof, wurde von den Mauern als Echo zurückgeworfen und erreichte unsere Ohren doppelt und dreifach. Wir alle konnten ihren großen Triumph und den Sieg miterleben.

»Ich habe gewonnen, sie ist tot!«

Jane verlor die Kontrolle über sich. Sie hob die Arme, ließ sie fallen, ging gleichzeitig in die Knie und schlug sich auf die Schenkel.

»Vernichtet, ich habe gewonnen, endlich! Arkonada, ich danke dir, dass du mir diesen Gefallen getan hast, wirklich. Du hast mir eine große Freude bereitet!«

»Es wird deine letzte gewesen sein«, grollte der Dämon, »denn auch du dienst dem Teufel, und der Teufel ist ein Feind der Großen Alten. Er will uns die Macht streitig machen, das jedoch lassen wir nicht zu. Wir werden den Satan und seine Hilfstruppen vernichten, wo wir sie antreffen. Dazu gehörten auch Wikka und du, Jane Collins …«

»Das würde ich auch sagen«, wandte ich mich an die ehemalige Detektivin. »Dein Triumph kann zu einem Bumerang für dich werden. Da bin ich mir sogar sicher.«

»Wenn ich vernichtet werde, John, wird es dich auch treffen. Wir kämpfen also Seite an Seite. Tu was, zeig mal, was in dir steckt, wo du doch der große Geisterjäger bist. Oder hast du bereits resigniert? Hast du eingesehen, dass Arkonada stärker ist?«

»Dies ist meine Welt, dies ist mein Planet. Was hier geschieht, das bestimme ich!«, donnerte Arkonada.

»Nicht mehr lange!«, hielt Kara ihm entgegen. »Wenn du willst, stell dich, Arkonada.«

Ich verstand Kara nicht. Wollte sie ihn noch mehr reizen? Sie wusste doch, dass Arkonada schon einmal ihrem Schwert entkommen war, deshalb war es unmöglich, die Klinge ein zweites Mal gegen ihn einzusetzen. Er würde darüber nur lachen.

»Ich habe euch gesagt, dass sich dieser Planet in meiner Hand befindet. Ich kann ihn lenken, ich kann ihn beeinflussen. Seine Kräfte, die tief in ihm verborgen sind, gehorchen mir allein, und das werde ich euch beweisen. Ihr braucht nicht mehr zu hängen, aber ihr werdet in einem Regen aus Flammen untergehen. Wenn ich es will, kann ich Feuer vom Himmel fallen lassen und auch Wasser, das es löschen wird. Schaut her!«

Er hatte die Worte kaum ausgesprochen, als genau dort, wo sich sein Gesicht befand, der Himmel zu explodieren schien.

Ein gewaltiger, unheimlich anzuschauender Feuerkranz löste sich im nächsten Moment auf, und Hunderte kleiner Flammen regneten dem Burghof entgegen, die auch uns erreichen und verbrennen würden.

Ich schaute Kara an.

Ohne dass ich eine Frage gestellt hatte, schüttelte sie den Kopf, und ich verstand die Antwort.

»Nein, im Moment weiß ich kein Mittel!«

»John, wir müssen uns etwas einfallen lassen«, sagte Suko, und seine Stimme wurde drängend.

Er hatte recht.

Nur, was sollten wir gegen die Flammen unternehmen, die so provozierend langsam zu Boden regneten?

Chandler kam zu mir. Ich spürte seine Hände an meinem Arm. »Verdammt, wir müssen hier weg!«

»Das weiß ich selbst. Aber wohin?«

»Ich könnte es versuchen«, sagte Kara. »Kommt her.«

Es war wirklich die einzige Chance, wenn wir uns auf Karas Kräfte verließen.

Dazu sollte es nicht kommen. Wieder war es Professor Chandler, der den Anstoß gab und auf eine Gestalt deutete, die plötzlich auf dem Burghof erschienen war.

»Da!«, rief Chandler und streckte den rechten Arm aus. »Da, wer ist das? Schaut hin!«

Wir drehten die Köpfe.

Klein, verloren und irgendwie deplatziert wirkte der Mann vor dem Gerüst. Er stand da und sah aus wie immer. Eine grünlich schimmernde Haut hatte er, trug einen langen Mantel und hatte die Hände in den Taschen vergraben.

Wir kannten ihn.

Es war Myxin, der Magier!

Langsam senkten sich die Feuerzungen unseren Köpfen entgegen. Die Hälfte der Strecke hatten sie bereits hinter sich gelassen, doch das interessierte mich im Augenblick nicht. Ich hatte nur Augen für Myxin, den Magier. Und den Verräter!

Ja, er hatte uns verraten und war auf die andere Seite gewechselt. Den Anstoß dazu hatte eigentlich Arkonada gegeben, als es ihm gelang, die *flaming stones* unter seine Kontrolle zu bringen.

Da hatte Myxin eingesehen, dass sein Weg, den er ging, nicht der richtige war. Deshalb sein Wechsel auf die andere Seite, denn er wollte wieder zu dem werden, was er in Atlantis einmal gewesen war.

Ein Schwarzmagier.

Wir waren nicht enttäuscht, denn Myxins Wechsel war radikal vor sich gegangen. So wie er damals auf unserer Seite gestanden und für uns gekämpft hatte, so stellte er sich nun gegen uns und hätte mich sogar mit der goldenen Klinge geköpft, wenn Kara nicht eingegriffen hätte.

Ich hatte Myxin bereits abgeschrieben, Suko und meine anderen Freunde ebenfalls. Selbst Kara hatte uns nichts über seinen Sinneswandel sagen können oder wollen.

Im Gegensatz zu Myxins Verrat stand allerdings eine Reaktion, die mich zweifeln ließ.

Er hatte mir gegen die mordenden Steine geholfen. So sah ich den kleinen Magier inzwischen in einer Doppelfunktion, und ich hatte auch die Totenmaske aus Atlantis gesehen, die Myxin ins Spiel brachte und vor der sich selbst ein Dämon wie Arkonada zu fürchten schien.

Kara und Myxin waren immer zusammen gewesen. Ich hatte die Frau oft genug gefragt, doch nie eine konkrete Antwort von ihr erhalten, obwohl ich sicher war, dass sie mehr wusste, als sie uns gegenüber zugeben wollte.

Nun würde es sich entscheiden.

Nicht nur ich hatte den kleinen Magier gesehen, die anderen und Kara natürlich auch.

Sie streckte den Arm in die Höhe und stach die goldene Klinge in die Luft, während sie den Namen ihres ehemaligen Partners rief.

Myxin hörte es. Er blieb stehen und drehte ein wenig den Kopf, sodass er uns anschauen konnte.

»Du bist zur rechten Zeit erschienen!«, rief Kara und lachte laut auf. »Schau nach oben, da ist dein Erzfeind. Sorge dafür, dass er vernichtet wird. Wir wollen ihn nicht mehr sehen!«

Myxin erwiderte nichts.

Ich schaute in die Höhe.

Unwillkürlich duckte ich mich dabei, denn die verdammten Flammen waren schon ziemlich nahe. Wenn Myxin nicht auf Karas Bitte reagierte, würden wir hier elendig verbrennen.

»Verdammt, weshalb tut er denn nichts?«, hörte ich hinter mir Janes Stimme.

Auch die ehemalige Detektivin stand unter Stress. Sosehr sie sich über Wikkas Tod gefreut hatte, nun geriet sie, wie auch wir, fast in die gleiche Lage.

Der kleine Magier dachte überhaupt nicht daran, uns Rede und Antwort zu stehen. Er wandte sich an Arkonada, seinen Erzfeind, und rief ihm entgegen: »Stopp die Flammen!«

»Und wenn nicht?«

»Ich will mit dir sprechen!«

Wie würde sich Arkonada entscheiden? Erlaubte er sich diese Blöße, die schon fast einer Niederlage gleichkam, wenn man es aus seiner Sicht betrachtete?

Ich hatte meinen Kopf schräg gelegt und schielte nach oben. Allmählich wurde mir mulmig zumute, und auch mein Freund Suko sah nicht gerade optimistisch aus.

Nur Kara blieb gelassen. Um ihre Mundwinkel hatte sich sogar ein leichtes Lächeln gelegt. Sie vertraute voll und ganz der Kompromissbereitschaft des Dämons.

Ich sah es anders …

»Ich warte nicht mehr lange«, sagte Myxin laut und deutlich. »Stopp die Flammen, dann werden wir …«

»Es ist gut, Magier aus Atlantis. Ich werde die Flammen anhalten und mir deine Worte anhören, bevor dich dieser Planet verschlingt.«

Mir fiel ein Stein vom Herzen. Als ich hoch blickte, sah ich in der Tat, dass die Feuerzungen angehalten hatten. Ich versuchte, die ungefähre Entfernung zwischen ihnen und meinem Kopf zu schätzen.

Das war nicht mehr als eine Armlänge.

Verdammt wenig …

Auf meinem Gesicht spürte ich den Schweiß. Die letzten Minuten waren hart gewesen, so etwas konnte man als Mensch nicht so einfach verkraften oder wegstecken.

Pfeifend drang mein Atem über die Lippen. Suko hatte es gehört und drehte den Kopf. »Das war im letzten Augenblick.«

»Sicher.«

»Sie hätten uns alle vernichtet«, hörten wir Professor Chandler flüstern. Er schielte in die Höhe und sah das, was auch wir vor Augen hatten.

Einen gewaltigen, zuckenden Flammenteppich, der über uns den gesamten Burghof überspannte.

Tief holte ich Luft.

Für den Moment war die Gefahr gebannt worden. Ich war gespannt, wie es weitergehen und ob sich Arkonada auf einen Kompromiss einlassen würde. Vor allen Dingen interessierte mich sein Verhältnis zu Myxin, denn die beiden bekämpften sich bis aufs Messer.

»Rede, Myxin!«, rief Arkonada. »Weshalb bist du gekommen? Aus welchem Grund hast du dich in meine Welt gewagt? Du weißt, dass ich hier das Sagen habe und jeden vernichten kann. Natürlich auch dich. Seit wann willst du dich selbst umbringen?«

»Davon kann nicht die Rede sein«, vernahmen wir die Antwort. »Ich werde mich hüten, ohne Rückendeckung zu kommen, aber wie du sicherlich weißt, steht zwischen uns eine alte Rechnung offen …«

»Da sind viele noch nicht beglichen.«

»Natürlich, wenn man die Zeit des alten Atlantis hinzurechnet. Aber ich meine eine andere. Sie liegt noch nicht lange zurück. Ein Mensch würde sagen: über ein Jahr. Es geht um die Flammenden Steine.«

Arkonada begann zu lachen. Er konnte sich nicht mehr beherrschen. Aus seinem Maul drangen furchtbare Laute, die mich an das Grollen eines Donners erinnerten. Plötzlich versiegte das Lachen. »Ich kann mir gut vorstellen, Myxin, dass dich so etwas geärgert hat. Ja, ich nahm dir den großen Stützpunkt weg. Ich sah zu, dass die Verbindung, die du durch die Steine zu anderen Welten hattest, auf mich überging. Das musste so sein, denn es gehörte zu meinen Plänen. Ich hatte lange genug warten müssen. Endlich ist es soweit. Unsere Feindschaft hat die Jahre überdauert. Daran können auch Zeiten nichts ändern, und ich sehne mich nach der Stunde der Abrechnung. Einmal ist dir die Flucht gelungen. Ich gebe zu, dass es nur ein halber Sieg war, doch die andere Hälfte werde ich hier, in meiner Welt, vollbringen.«

»Deshalb bin ich hier!«

»Du hast dich also freiwillig gestellt?«

»Wie du siehst, Arkonada.«

»Kompliment, wo du doch verloren hattest.«

»Das wird sich noch herausstellen.«

»Bist du nun als Schwarz- oder Weißmagier gekommen, Myxin?«, fragte Arkonada, ohne auf die Bemerkung zuvor einzugehen.

»Such es dir aus. Jedenfalls als Gegner. Und ich will dafür sorgen, dass die *flaming stones* endgültig zurück in meinen Besitz gelangen.«

»Dafür müsstest du mich vernichten.«

»Das werde ich auch.«

Ein Dialog, der spannend geführt wurde. Mir kamen die beiden wie zwei Boxer vor, die sich zunächst einmal gegenseitig belauerten, sich abtasteten und nach einem schwachen Punkt des jeweiligen Gegners suchten. Es hatte sich hingezogen, das musste ich zugeben, und Jane Collins dauerte es zu lange.

»Sie sollen kämpfen!«, zischte sie. »Ich will sehen, ob der Kleine es tatsächlich schafft.«

»Was hättest du davon?«, fragte ich.

»Das wird sich noch herausstellen.« Jane ließ sich nicht aus der Reserve locken.

Sollte es uns tatsächlich jemals gelingen, diesem Planeten zu entkommen, würde ich ein waches Auge auf die ehemalige Detektivin haben, das nahm ich mir vor. Auf keinen Fall sollte Jane das Erbe der Oberhexe Wikka übernehmen.

»Kommen wir auf deinen Wunsch zurück«, dröhnte es aus dem verzogenen Mund der Fratze. »Einen verständlichen Wunsch, denn auch ich würde dich gern vernichten. Nur besitze ich die nötigen Mittel und Waffen, während du hier arm und waffenlos stehst.«

»Bist du dir sicher?«

»Fast.« Arkonada lachte spöttisch. »Es sei denn, du beweist mir das Gegenteil.«

»Das kannst du haben«, erwiderte Myxin mit ruhiger Stimme und ließ seine Hand im oberen Ausschnitt des Mantels verschwinden. Für einen Moment blieb sie dort. Ein jeder auf dem Galgengerüst hielt den Atem an. Wikkas Ende war längst vergessen, uns interessierte nur noch der Kampf zwischen den beiden.

Myxin machte es wirklich spannend. Sehr langsam, auf eine beinahe provozierende Art und Weise zog er das hervor, was der Mantel bisher verborgen hatte.

Mein Blick glitt von ihm zu Kara. Sie stand lauernd da und hatte ein wissendes Lächeln um die Mundwinkel gelegt. Anscheinend schien sie mehr zu wissen.

Endlich hatte Myxin seinen geheimnisvollen Gegenstand oder die Waffe hervorgezogen. Ich konnte sie leider nicht genau erkennen, sah nur ein grünliches Etwas zwischen seinen Fingern, aber Kara klärte das Rätsel.

»Die Totenmaske aus Atlantis«, flüsterte sie. »Ja, genau, das ist sie …«

Die Schöne aus dem Totenreich hatte die Worte nicht laut gesprochen. Wir verstanden sie trotzdem, und ich merkte deutlich, welche Ehrfurcht in diesem Satz mitschwang.

Die Totenmaske aus Atlantis!

Sie musste etwas ungemein Wertvolles, etwas Besonderes sein, wenn Kara so redete. Woher die Maske stammte, wer sie entworfen hatte, das wusste ich nicht, aber ich wusste, dass sie stark war und vielleicht sogar Arkonada vernichten konnte.

Auf seine Reaktion war ich gespannt. Deshalb wandte ich meinen Blick von Myxin ab, um allein auf den Dämon starren zu können. Auf ihn kam es jetzt an.

Sein gewaltiges Gesicht schwebte über uns. Es hatte sich verzerrt, war in die Breite gelaufen, und ich glaubte, in den Höhlen der Augen so etwas wie Überraschung zu lesen, außerdem Furcht.

War es tatsächlich möglich, dass dieser Dämon Angst vor der Maske zeigte?

»Sieh dir die Maske genau an!«, rief Myxin. »Schau hin, und du wirst sie erkennen können, nicht wahr?«

»Ja, es ist die Totenmaske.«

»Gut beobachtet, Arkonada. Du siehst, dass ich nicht waffenlos auf deinen Planeten gekommen bin, und du kennst auch ihre Kraft. Hätte ich sie damals schon besessen, wäre es dir nicht gelungen, die Flammenden Steine in Besitz zu nehmen. Leider musste ich sie erst suchen und habe eine wahre Odyssee hinter mich bringen müssen. Nun aber besitze ich die Maske und hole mir durch ihre Hilfe das zurück, was mir einmal gehört hat. Auch du kannst mich daran nicht hindern, Arkonada.«

»Wer hat sie dir gegeben?«, schrie der finstere Dämon und war außer sich. »Rede, Myxin! Wer? Sie war lange verschollen, sie …«

»Ich weiß, du hast danach gesucht, denn du wolltest sie auf irgendeine Art und Weise vernichten, weil es einem Gegner dann nicht mehr möglich gewesen wäre, sie gegen dich einzusetzen. Aber ich bin dir zuvorgekommen. Ich musste einen langen, einen schrecklichen Weg gehen, der sich letztendlich für mich gelohnt hat, denn nun befindet sich die Maske in meinem Besitz, und ich denke nicht daran, sie je wieder herzugeben. Alles, was du dir aufgebaut hast, kann ich durch diese Maske zerstören, das weißt du genau, Arkonada. Deshalb wird es dir auch nicht mehr gelingen, die Menschen hier zu vernichten. Du bist derjenige, der sein Leben lassen muss. Schon einmal habe ich dich mit dieser Maske in die Flucht geschlagen, aber da standen wir uns nicht direkt gegenüber, weil dein Geist in einem Stein steckte. Hier ist es etwas völlig anderes. Wir können den Kampf, den du so herbeigesehnt hast, an Ort und Stelle austragen, und es wird nur einen Sieger geben.«

»Willst du das sein?« Arkonadas Stimme klang längst nicht mehr so sicher wie zuvor.

»Ja.«

Ich war überrascht. Mit einer solchen Wendung hätte ich nie im Leben gerechnet. Obwohl Myxin mich nicht direkt angesprochen hatte, konnte ich seine Erklärungen dahingehend interpretieren, dass er sich nicht mehr auf die Seite der Schwarzblüter stellen wollte und dies nur getan hatte, um die Maske zu finden.

So sah es also aus, und ich blickte nicht mehr allzu pessimistisch in die Zukunft. Suko hatte es auf seinem Platz nicht mehr ausgehalten. Er schlenderte auf mich zu. Auf seinen Lippen lag ein Lächeln. Es wirkte auf mich erlösend. Auch dem Inspektor war ein schwerer Stein vom Herzen gefallen.

Professor Chandler stand mit offenem Mund da und konnte nur noch staunen. Manchmal schüttelte er den Kopf und bewegte dabei die Augenbrauen. Für uns ein Zeichen, dass er scharf nachdachte, doch die Lösung des Rätsels nicht fand. Er hatte viel geforscht und wichtige Zusammenhänge zwischen Mathematik und Magie erkannt, aber diese Wendung in dem Fall überraschte ihn nicht nur, sie warf ihn fast aus der Bahn.

Auch Jane Collins war gespannt. Die Hexe stand auf dem Fleck wie eine sprungbereite Katze. Sie schien auf ein bestimmtes Ereignis zu warten, um an- oder eingreifen zu können.

Karas Lächeln hatte sich verstärkt. Ich sah den gelöst wirkenden Zug auf ihrem Gesicht, als hätte sie mit einer so radikalen Wendung des Falles gerechnet. Wahrscheinlich war sie über Myxins Umkehr informiert gewesen und hatte uns nur nichts gesagt.

»Du weißt, was geschieht, wenn ich die Magie der Maske einsetze?«, fragte Myxin.

»Es geht mich nichts an.«

Der kleine Magier lachte. »Das sollte es dich aber. Schließlich haben die Stummen Götter die Maske nicht umsonst geschaffen.«

Ich horchte auf. Da hatte ich abermals eine Neuigkeit erfahren. Die Stummen Götter also waren für die Existenz der Maske verantwortlich. Ich kannte sie. Es waren mächtige Dämonen, so mächtig wie die Großen Alten, nur standen die Stummen Götter auf der anderen Seite. Eine schreckliche Magie hatte sie zu Wesen degradiert, die in einer Schlucht gefangen waren und dort nicht mehr freikamen. Mehr als einmal hatte ich der Schlucht am Rande der Ewigkeit einen Besuch abgestattet. Zusammen mit dem Eisernen Engel, der ein Sohn der Stummen Götter war.

Und genau sie hatten die Totenmaske erschaffen, die eine Gefahr für die Großen Alten werden konnte.

Mir fiel abermals ein Stein vom Herzen, denn oft genug

hatte ich daran gedacht, dass es überhaupt keine Waffe mehr geben würde, mit der die Großen Alten zu schlagen waren. Wenigstens nicht mit den mir bekannten Waffen.

Nun wurde Stück für Stück das Rätsel gelüftet, und ich merkte, wie mich ein gutes Gefühl überkam.

»Ja, Myxin, du hast die Maske!«, rief Arkonada. »Ich sehe sie genau, ich weiß auch, wie gefährlich sie ist. Aber die Stummen Götter brauchst du hier nicht anzuführen. Sie befinden sich in einem ewigen Schlaf. Niemand wird in der Lage sein, sie zu wecken, das wollte ich dir erst einmal sagen. Und da ich wusste, dass mir die Totenmaske aus Atlantis gefährlich werden konnte, habe auch ich Gegenmaßnahmen getroffen. Du weißt es vielleicht nicht, aber John Sinclair müsste es wissen. Nicht wahr, Geisterjäger?«

Ich war für einen Moment irritiert. Das sah Arkonada mir auch an, denn er lachte. »Hast du so ein schlechtes Gedächtnis?«

»Ich weiß im Augenblick nicht, wovon du redest …«

»Erinnere dich, Geisterjäger. Denk an zwei Hände, an eine Pyramide, an einen Würfel …«

Fast hätte ich einen Schrei ausgestoßen. Im letzten Augenblick konnte ich ihn zurückhalten.

Ja, Arkonada hatte recht. Er hatte ja so verdammt recht. Es gab ein Gegenmittel, man hatte es mir selbst damals gesagt, als ich das Orakel von Atlantis lösen wollte und erfahren musste, dass genau der Würfel des Unheils dieses Orakel war.

Und es befand sich in der Hand eines Dämons.

In Arkonadas Hand!

Daran hatten wir nicht mehr gedacht. Der Würfel des Unheils, das Orakel von Atlantis, eine mächtige Waffe, die wohl nicht zu zerstören war, obwohl die Stummen Götter mit der Pyramide des Wissens eine Gegenwaffe erfunden hatten.

Die Kräfte jedoch hoben sich auf. Das alles hatte mir jemand berichtet. Ein Geist, den der Eiserne Engel als seinen Vater bezeichnet hatte.

»Nun?«, hörte ich Arkonadas Stimme. »Erinnerst du dich jetzt, John Sinclair?«

»Ja, in der Tat.«

»Man darf eben Dinge nicht vergessen, die man einmal erlebt hat. Irgendwo laufen sie alle zusammen, und ich werde euch beweisen, dass das Orakel von Atlantis nicht zu Unrecht erschaffen wurde. Wenn es eine Waffe gegen die Totenmaske gibt, dann ist es der Würfel des Unheils. Den besitze ich, Arkonada …«

Es war ein schauriges, heulendes Lachen, das uns im nächsten Moment entgegenhallte, bevor sich die Szene schlagartig veränderte …

Bill Conolly starrte durch die Gitterstäbe in das zerfurchte, weißbärtige Gesicht eines Menschen, den man als Zwerg bezeichnen konnte. Und dieser Zwerg hatte das handwerkliche Geschick des wahren Meisters.

Er war Schmied. Ein Schmied mit Geschick und viel Fantasie, wenn es darum ging, Waffen der weißen Magie gegen das Böse zu schmieden. Auf seiner abenteuerlichen Odyssee durch das Innere eines fremden Planeten war Bill Conolly nicht nur in ein Labyrinth und an eine Geburtsstätte für Ghouls gelangt, sondern auch zu einem Menschen, der seit Ewigkeiten gefangen gehalten wurde.

Eben Nathan, der Schmied.

Er stammte aus dem alten Atlantis, einem Kontinent, der von den Wassermassen verschlungen wurde, nachdem er explodiert und in zahlreiche Teile zerrissen worden war. Doch Nathan hatte, wie auch einige wenige andere Atlanter, überlebt, war aber in die Gefangenschaft eines Schwarzmagiers geraten und vegetierte in einem Gitterkäfig dahin. Zeit und Alter waren für ihn bedeutungslos geworden. Solange der Planet nicht zerstört wurde, blieb auch Nathan.

Ein besseres Gefängnis hätte sich Arkonada für ihn nicht aussuchen können. Nathan befand sich in einem von der

Decke herabhängenden und über dem Boden schwebenden Gitterkäfig, der ähnlich wie ein großer Vogelbauer aussah.

Die Maße des Käfigs reichten aus, um für Nathan einen Arbeitsplatz zu schaffen. Es war eine kleine Schmiede. Das Feuer loderte in einer flachen Schale, die auf dem Boden des Käfigs stand, und Werkzeuge waren ebenfalls vorhanden.

Sogar welche, mit denen sich Nathan hätte befreien können. Aber das wollte er nicht.

»Du musst hier raus, Nathan!«, wiederholte Bill zum fünften Mal.

Nathan schaute ihn nur an. In seinem Gesicht, dessen Haut wie das Flechtwerk eines Baumes wirkte, verschwanden die Augen fast in den kleinen Höhlen. Bill musste schon sehr genau hinschauen, um sie erkennen zu können.

Nathans Blick zeigte Trauer. »Ich weiß selbst, dass ich hier nicht länger bleiben will, mein Freund. Aber was hat es für einen Sinn? Wir werden unseren Feinden in die Arme laufen, und man wird uns töten. So seltsam es klingt, in diesem Käfig fühle ich mich wesentlich sicherer. Hier bin ich zu Hause.«

»Das mag für dich allein zutreffen, aber jetzt bin ich da und stehe an deiner Seite. Ich werde uns gegen Griffins und Ghouls verteidigen, darauf kannst du dich verlassen.«

»Es sind zu viele, Bill.«

Der Reporter zeigte ein schnelles Grinsen. »Natürlich, wenn sie uns gemeinsam angreifen.«

»Das findest du spaßig?«

»Bestimmt nicht, Nathan. Aber sie werden es nicht tun. Sie greifen nicht konzentriert an. Zu zweit sind wir stärker. Ich brauche dich, Nathan.«

Der Schmied lachte. »Wie kann ich dir helfen?«

»Indem du mein Führer bist. Ich will raus aus diesem verdammten Labyrinth. Wir müssen die anderen finden, und vielleicht triffst du dabei auf Kara.«

Der Schmied hob den Kopf. Sein schlohweißer Bart bewegte sich, als er die Lippen zu einem Lächeln verzog.

»Kara«, flüsterte er. »Es wäre wie ein Traum ...«
»Der in Erfüllung gehen kann.« Bill blieb am Ball.
»Das hoffe ich.«
»Dann stimme bitte zu.«
Nathan nickte. »Du hast mich überzeugt, Bill. Wir werden gemeinsam gehen.«
Der Reporter verdrehte die Augen. »Endlich hast du begriffen.«
»Aber wie komme ich hier heraus?«
»Wie hat man dich denn aus dem Käfig geholt?«, erkundigte sich der Reporter.
»Man schloss ihn auf.«
»Und wo?«
Ein Finger des kleinen Schmieds deutete nach unten. »Dort gibt es eine Klappe. Du kannst sie aber nur sehen, wenn du sehr genau hinschaust.«
»Moment.« Bill trat noch dichter an die Gitter, und Nathan ging zur Seite. In der Tat entdeckte Bill nach genauer Kontrolle etwa in der Mitte des Käfigs ein Rechteck, das sich fast fugenlos in den Boden einfügte.
Einen Hebel oder Griff entdeckte der Reporter nicht. »Wie ist denn die Klappe geöffnet worden?«
»Von unten.«
Bill starrte seinen neuen Freund an, als wäre er ein Aussätziger. »Und das sagst du erst jetzt?«
»Ja. Wieso?«
»Schon gut.« Der Reporter winkte lässig ab, schüttelte den Kopf und bückte sich, um unter den Käfig zu kriechen. Er schob sich über den feuchten Boden. Ekliger Gestank drang in seine Nase. Die Ghouls hatten überall ihre Spuren hinterlassen, und Bill schüttelte sich.
Als nur noch seine Beine unter dem Käfig hervorschauten, drehte er sich um und blieb auf dem Rücken liegen. Leider war es zu dunkel, um Einzelheiten erkennen zu können. Bill hob die Arme ein wenig an, tastete sich mit den Händen vor und fand plötzlich einen Widerstand.

Es war ein kräftiges Stück Holz, an einer Seite gebogen, sodass es einen rechten Winkel zeigte.

Auch ohne Beleuchtung wusste der Reporter, um was es sich handelte. Es war ein Riegel. Ein simpler Holzriegel, der den Schmied Nathan von der Freiheit trennte.

Bill Conolly musste zweimal ziehen, bis sich der Riegel endlich löste. Dann drückte Bill mit der flachen Hand gegen die Luke, und es gelang ihm, sie in die Höhe zu schieben.

Freie Bahn.

Er hörte die Stimme des Schmieds. »Ja, ich kann aus dem Käfig.« Nathan selbst half mit, das aus dem Boden gedrückte Rechteck zur Seite zu legen.

Bill räumte seinen Platz und wartete auf Nathan, der sogar an die drei goldenen Pistolen gedacht und sie in seinen Gürtel gesteckt hatte.

Bill reichte seinem neuen Freund die Hand, um ihm auf die Füße zu helfen.

»Danke«, sagte Nathan nur.

Bill winkte ab. »Nicht der Rede wert. Hauptsache, dass wir uns aufeinander verlassen können.« Er bückte sich und nahm seinen Beutespeer wieder in die rechte Hand.

Im Gegensatz zu Nathan war Bill vollends angezogen. Der Schmied trug nur einen Lendenschurz, kaum breiter als sein Gürtel, in dem die drei goldenen Pistolen steckten.

Bill schaute sich um, während er sagte: »Ich habe dir geholfen, Nathan, und ich hoffe, dass du mir ebenfalls hilfst.«

»Wie kann ich das?«

Bill schaute nach unten. Der Schmied war wirklich klein. Er reichte dem Reporter nur bis zur Brust. Bill las in den kleinen Augen Zweifel, die er gleich darauf zerstreute.

»Es geht mir darum, dass du uns aus dieser verdammten Welt hinausführst. Das ist alles. Kennst du dich aus?«

Nathan hob die breiten Schultern. »Auskennen ist zu viel gesagt, aber ich weiß, dass es einen Ort gibt, an den sich Arkonada des Öfteren zurückzieht. Es ist gewissermaßen das Herz dieses Planeten.«

»Und wo befindet sich der Ort?«

»Hier in der Nähe.«

»Dann suchen wir ihn.«

»So leicht kommt man nicht an ihn heran, Bill. Arkonada hat ihn abgesichert, denn er bewahrt dort etwas sehr Kostbares auf.«

»Worum handelt es sich?«

»Du wirst es nicht kennen ...« Der Zwerg winkte ab.

»Sag es trotzdem.«

»Es ist ein geheimnisvolles Orakel. Man hat es das Orakel von Atlantis genannt, und es lässt sich leider formen. Das heißt, in der Hand eines bösen Menschen reagiert es so wie der ...«

»Man hat ihm auch einen anderen Namen gegeben«, unterbrach Bill den Gnom mit leiser Stimme.

»So? Wie denn?«

»Es ist der Würfel des Unheils«, erwiderte Bill.

Nathan schauderte. Bill sah sehr deutlich die Gänsehaut, wie sie über den Körper lief. »Du kennst auch ihn?«, fragte der Schmied mit flüsternder Stimme.

»Ja, ich kenne ihn.«

»Hast du ihn schon besessen?«

Bill lachte auf. »Leider nicht. Es wäre wirklich ein Traum von mir, ihn zu bekommen.«

»Arkonada hat ihn.«

»Moment mal«, sagte Bill und tippte mit dem linken Zeigefinger gegen die Stirn. »Wenn Arkonada ihn besitzt und du weißt, wo er sich befindet, müsste es uns doch gelingen, den Würfel zu übernehmen. Oder nicht?«

Der Zwerg lachte hell. »Du bist ein Träumer. Aber es wäre herrlich, wenn wir es schafften.«

»Was hindert uns daran?«, fragte Bill.

»Die Umstände.«

Der Reporter winkte ab. »Die räumen wir aus dem Weg.« Seine Augen blitzten. »Nathan, zu zweit sind wir unschlagbar. Da!« Er drückte dem Gnom seine Beutelanze in die Hand. »Du kannst sie nehmen, vielleicht musst du dich wehren.«

Nathan schaute auf die Spitze. »Ich habe sie geschmiedet, das erkenne ich genau. Wie gern würde ich damit einen schleimigen Ghoul aufspießen.«

»In die Verlegenheit wirst du sicherlich bald kommen. Los, wir wollen keine Zeit mehr verlieren! Wenn du mich wirklich zum Würfel des Unheils führst und ich ihn an mich nehmen kann, verdammt«, Bill schlug sich gegen den Kopf, »das wäre ja überhaupt nicht auszudenken. Wir könnten damit die Macht übernehmen.«

»Ja, das wäre gut.«

Nach diesem Satz des Zwergs machten sich die beiden ungleichen Freunde auf den Weg.

Sie nahmen den Weg, den Bill Conolly gekommen war, denn einen anderen gab es nicht.

Jetzt passten zwei auf und nicht nur einer. Obwohl es Bill eilig hatte, zügelte er seine Schritte. Mit jedem Yard, den sie zurücklegten, spürten sie den intensiven Ghoulgestank. Ein Beweis dafür, dass sie sich dem Schleimsee näherten.

Ghouls waren ihnen bisher nicht begegnet und auch keine Griffins, was den Reporter misstrauisch machte.

Er wies den Zwerg darauf hin.

Nathan hob die Schultern. »Ich habe auch keine Erklärung. Vor allen Dingen nicht für die Griffins. Sie sind normalerweise immer sehr angriffslustig.«

»Mir scheint es, als würden sie zurückgehalten«, murmelte der Reporter. »Aber ohne Grund?«

»Den wird es sicherlich geben«, erwiderte Nathan.

Bill hob die Schultern. Er hatte im Augenblick keine Lust, weiter darüber nachzudenken. Viel stärker interessierte er sich für den Würfel des Unheils, auch das Orakel von Atlantis genannt. Sollte es ihm tatsächlich gelingen, ihn in die Hände zu bekommen, nicht auszudenken, mit welch einer Machtfülle er dann ausgestattet war. Die gesamte Dämonenwelt würde zittern, denn bisher hatte sie sich ruhig verhalten, weil sie den Würfel in guten Händen wusste.

Der unheimliche Tunnel hatte die beiden so unterschiedlichen Männer regelrecht verschluckt. Aufgesaugt waren sie von der Röhre, deren Wände das geheimnisvolle grüne Licht abgaben und deren Boden mit einer widerlichen Schleimschicht bedeckt war, die zäh an ihren Sohlen klebte. Bei jedem Schritt zogen sich lange Fäden.

Nathan trug keine Schuhe. Seine Haut unter den Füßen konnte man schon fast mit Leder vergleichen, so hart war sie im Laufe der Zeit geworden.

Bill und Nathan erreichten die nächste Höhle. Vor ihren Augen befand sich der See aus Schleim.

Der Ghoulgestank war kaum zu ertragen, und Bill Conolly atmete nur mehr flach durch die Nase, während seine Gesichtshaut allmählich an Farbe verlor.

Nathan bemerkte es und lachte leise, bevor er sagte: »Das, was du erlebst, habe ich längst hinter mir. Irgendwann einmal gewöhnt man sich an den Gestank.«

»So lange will ich aber nicht bleiben«, erwiderte Bill und beobachtete den Schleimsee.

In seinem Innern hatten sich Gase gebildet, die nach oben drängten, auf der Oberfläche Blasen bildeten und zerplatzten. Schleimtropfen flogen in die Luft.

Das war die Regel.

Und doch gab es eine Ausnahme. Bills Blick saugte sich an einem besonders dicken Schleimtropfen fest, der aus der Tiefe stieg, den See überflog und an dessen Rand niederplatschte.

Ein schleimiges Etwas, das sich bewegte, eine andere Form annahm und sich sogar aufstellte.

Als menschenähnlich konnte man die Form nur mit viel Fantasie ansehen, aber Bill wusste genau, wen er vor sich hatte.

»Verdammt, ein neuer Ghoul.« Er tippte Nathan auf die Schulter. »Du wolltest ihn doch haben, Freund. Jetzt zeig mal, was du kannst.«

»Das werde ich auch.«

Der kleine Schmied schlich näher. Der Speer war viel zu lang für seine Größe, und der Mann kam Bill Conolly vor wie eine Figur aus dem Märchen Schneewittchen und die sieben Zwerge.

Die Entstehung des Ghouls war beendet. Er hatte sich vom Boden erhoben und wirkte nun wie ein schleimiger, graugrün schimmernder, aufrecht stehender Kegel, dessen obere Verdickung so etwas wie einen Kopf darstellen konnte.

Ghouls wollen Menschen. Ghouls wittern Menschen, das geschah auch hier.

Nathan war mittlerweile so nahe an den widerlichen Dämonendiener herangekommen, dass dieser ihn wahrnehmen konnte. Schwerfällig drehte sich der Ghoul um und richtete seinen Blick auf den Schmied.

Die Lanze stach vor. Sprungbereit stand der kleine Mann. Jede träge Bewegung des Ghouls vollzog er mit seiner Waffe genau nach, sodass ihn das Schleimwesen nicht mehr überraschen konnte.

Bill Conolly gönnte ihm einen Sieg. Nathan hatte einfach zu lange in dieser Welt dahinvegetiert, er benötigte deshalb ein Erfolgserlebnis. Darin unterschied er sich in nichts von den Menschen der modernen Zeit.

Und der Ghoul versuchte es. Er ließ sich überhaupt nicht beeindrucken, sondern schob seinen schleimigen Körper vor.

Bill gab seinem neuen Freund Rückendeckung. Er hatte die Beretta gezogen. Sollte der Ghoul es schaffen, wollte der Reporter mit einer Kugel die Existenz des Leichenfressers auslöschen.

Er hatte sich schon ziemlich weit seinem menschlichen Gegner genähert. Aus dem Körperklumpen lösten sich zwei tentakelartige Arme, um nach Nathan zu greifen.

Der reagierte sofort.

Aus seinem Mund drang ein lauter Ruf, als er dem Ghoul entgegensprang und dabei die Lanze vorstieß. Sie traf das Wesen dicht unter dem Kopf, bohrte sich schräg und tief in den Körper, und die schleimige Masse begann zu zucken.

Sie zuckte auch noch, als es Nathan schaffte, den Ghoul

in die Höhe zu wuchten, wobei der Schleimklumpen an der Lanzenspitze wabbelte und zappelte.

»Geh zur Seite!«, schrie der Zwerg Bill Conolly zu und begann sich zu drehen.

Immer schneller wurde er. Die Fliehkraft hätte ihm fast die Lanze aus der Hand gerissen, doch Nathan hielt eisern fest.

Dann war es so weit.

Die Fliehkraft löste den Ghoul von der Lanzenspitze, wirbelte ihn durch die Luft, und Bill Conolly zog den Kopf ein, da der Ghoul gefährlich nahe über ihn hinwegstrich und hinter Bill mit einem satten Geräusch gegen die Wand klatschte.

Der Reporter drehte sich um.

Zuerst erinnerte ihn der Ghoul an einen breiten, nassen Fleck, der sich ausbreitete, der Anziehungskraft folgte und allmählich dem Boden entgegenrann.

Nathan lachte. »Ich glaube, dass ich ihn vernichtet habe«, sagte er mit zufrieden klingender Stimme.

Bill winkte ab. »Ghouls sind zäh, ich habe da so meine Erfahrungen gemacht.«

»Aber wie hast du ihn getötet?«, fragte der Schmied.

Der Reporter hielt seine Beretta hoch. »Hiermit!«

»Kann man ihn nicht auch mit der goldenen Pistole …?«

Bill schüttelte den Kopf. »Auf keinen Fall kann man das. Die Flüssigkeit, die sich darin befindet, wird kaum in der Lage sein, einen Ghoul zu vernichten.«

Nathan schwieg. Er hatte wohl eingesehen, dass er Bills Worten glauben musste.

Dafür schauten beide Männer zu, wie der Schleim an der Wand nach unten rann, sich dort sammelte, regelrecht aufpumpte und ein neues Wesen vor ihren Augen entstand.

Der Ghoul regenerierte sich.

Bill verzog angewidert die Mundwinkel, während Nathan bestätigend nickte: »Ich wusste es«, sagte er. »Ich wusste es genau. Dieser Ghoul ist nicht von mir und auch nicht von dir zu töten. Da können wir machen, was wir wollen. Wir …«

»Einen Moment«, sagte Bill, drehte sich ein wenig und streckte den rechten Arm aus.

In der Hand hielt er die Beretta und drückte ab.

Die weichen Wände schluckten einen Großteil des Schalls. Dennoch erschrak Nathan bis ins Mark, denn die Funktion einer solchen Waffe hatte er noch nie erlebt.

Er sah das kurze Mündungsfeuer, konnte dem Verlauf des Geschosses allerdings nicht folgen und sah nur den Einschlag.

Wuchtig hieb das vorn spitz zulaufende Geschoss in die weiche Schleimmasse und riss ein Loch hinein, das sich allerdings sofort wieder füllte. Zum ersten Mal hörte Nathan, dass der Ghoul ein Geräusch von sich gab. Nicht das Schmatzen oder Schlürfen, wie man es sonst von ihm gewohnt war, sondern ein hohes Quieken, wie man es von Schweinen her kennt.

Der Ghoul verging.

Zuerst breitete er sich wie eine Lache aus. Sie blieb neben der Wand liegen und begann auszutrocknen.

Aus dem Schleim wurde eine helle kristalline Masse, die knirschte, als Bill mit dem Fuß auf sie trat.

Das war also der Rest.

»So macht man das«, sagte der Reporter und nickte dem kleinen Atlanter zu.

Nathan schüttelte den Kopf. Diesmal wirkten seine Augen wesentlich größer, ein Zeichen dafür, wie sehr ihn das Erstaunen überfallen hatte. Er konnte es kaum fassen, ging selbst hin, trat auf die Überreste und vernahm ebenfalls das Knirschen.

»Er existiert nicht mehr«, sagte Bill.

»Ich glaube es dir.«

Am jenseitigen Ufer des Ghoulsees entstanden abermals Geschöpfe. Diesmal war es nicht nur ein Ghoul, sondern gleich mehrere. Sie krochen als Klumpen an Land, wo sie sich sofort in die Höhe drängten und Figuren bildeten.

Bill machte Nathan darauf aufmerksam. »Komm, wir müssen weg, bevor sie uns erreichen. Außerdem will ich Kugeln sparen.«

»Kugeln?«

Bill winkte ab. »Du weißt ja nicht genau, was das bedeutet.«

»Für Schleudern.«

»Dafür gab es sie auch. Vergessen wir dies. Nathan, wohin müssen wir, um in Arkonadas Reich zu gelangen? Wo hält er den Würfel versteckt?«

Nathan lachte bitter auf und deutete nach vorn. »Dort hinein«, erklärte er.

Bill Conolly stand da wie ein Denkmal. Er starrte nach vorn auf die schleimige, sich bewegende Fläche, wo zahlreiche Blasen zerplatzten und einen widerlichen Gestank absonderten. Irgendwann einmal schüttelte er den Kopf und begann leise zu reden. »Das ist doch unmöglich. Das kann nicht wahr sein. Wir sollen ...?«

»Wir müssen hindurch.«

»Und dann?« Bill senkte den Kopf und schaute den Zwerg fragend an.

»Werden wir den Würfel finden.«

»Falls wir vorher nicht ertrunken oder von den Ghouls getötet worden sind, wobei irgendwann einmal dieser See unsere bleichen Knochen an die Oberfläche spülen wird.«

»Das ist deine Meinung.«

»Hast du eine andere?«

»Gewiss.«

»Und die wäre?«

»Dieser See ist nicht gefährlich, hat man erst seine Vorurteile überwunden. Das wirst auch du merken. Wenn du hineintauchst, kann dir kein Ghoul etwas antun. Sie entstehen erst, wenn Schleimmassen aus dem See an das Ufer geschleudert werden ...«

»Wie ist das möglich?«

Der Zwerg lachte leise. »Willst du auf dem Planeten der Magier noch Fragen stellen?«

»Eigentlich nicht.«

»Eben, dann folge mir in den See. Ich war zwar sehr lange gefangen, doch meine Kräfte und mein Wissen habe ich behalten. Das konnte mir niemand nehmen. Wer weißmagische Waffen geschmiedet hat, muss sich auch mit der weißen Magie auskennen. So ist das nun einmal.«

Bill nickte. »Möglich, dass du recht hast.«

»Dann folge mir, bevor die Ghouls uns erreicht haben, denn wir sind bereits von ihnen gesehen worden.«

Es war viel, was der Schmied da von Bill Conolly verlangte, aber der Reporter erinnerte sich daran, dass es auch einen John Sinclair in diese Dimension verschlagen hatte. Der Geisterjäger hatte Bill davon berichtet und nicht vergessen zu erzählen, wie es ihm gelungen war, Professor Chandler zu befreien.

Da hatte der Professor ebenfalls in einem solchen See aus Schleim gesteckt, an einen Pfahl gefesselt, und aus dem See war noch das Monster Xorron erschienen.

Ihn gab es nicht mehr. Demnach konnte Bill davon ausgehen, es bei dem Versuch nur mit Ghouls zu tun zu kriegen.

Allein hätte er es nicht gewagt. Aber er dachte an den Schmied und auch daran, was das Ziel war.

Wenn er den Würfel des Unheils tatsächlich bekommen konnte, war dies einen hohen Einsatz wert, der allerdings nicht über den des eigenen Lebens gestellt werden durfte.

»Hast du dich entschieden?«, fragte der Schmied.

Bill Conolly nickte. »Ich werde an deiner Seite bleiben und dir auch vertrauen.«

»So wie ich dir vertraut habe.« Nathan nickte, schaute noch einmal zu den drei Ghouls und setzte sich in Bewegung.

Er ging als Erster. Bill Conolly schaute zu, wie er gemessenen Schrittes dem Rand des Sees entgegenging und schon bald die ersten Schleimwellen seine nackten Füße umspielten.

Als bestünde die Flüssigkeit aus reinem Wasser, so schritt der Zwerg weiter und kümmerte sich um nichts.

Schon bald reichte ihm der Schleim bis an die Hüften, und der nächste Schritt brachte das graugrüne Zeug bis in die Nähe seiner Brust. Es würde nicht mehr lange dauern, dann schlug es wie eine gewaltige Welle auch über dem Kopf des Atlanters zusammen.

Bevor es dazu kommen konnte, blieb der Zwerg stehen und drehte sich noch einmal um.

Er hob seinen rechten Arm und winkte mit dem Speer. »Komm, Bill, es ist nicht schlimm, du musst dich überwinden.«

Bill spürte das drückende Gefühl vom Magen in die Höhe steigen. Es erreichte seinen Hals und raubte ihm fast die Luft, so eng wurde ihm alles.

Er glaubte sogar, selbst in den Kniekehlen den Schleim zu spüren, so weich waren sie.

Dennoch ging er schneller, denn die Ghouls kamen stetig näher. Bill hörte bereits ihr Schmatzen und Schlürfen. Eiskalt rieselte es über seinen Rücken.

Der erste Schritt in den See. Sein rechter Schuh verschwand in der schleimigen Masse. Bill stellte fest, dass das Zeug weder kalt noch heiß war, sondern handwarm. Auf ihn wirkte die Temperatur irgendwie unangenehm.

Das Ufer lief zwar flach aus, dennoch stieg die schleimige Fläche nach jedem Schritt, den Bill Conolly zurücklegte, und schon sehr bald reichte sie ihm bis zu den Knien.

Die Ghouls blieben hinter Bill zurück. Sie hielten sich am Ufer auf und warteten darauf, dass Bill entweder umkehren oder vom Schleimsee verschlungen würde.

Zwischen ihm und dem Zwerg zerplatzte eine dicke Blase. Spritzer wurden gegen den Reporter geschleudert und trafen sein Gesicht. Sie bissen wie Säure.

Bill schüttelte den Kopf und wischte das Zeug von seinen Wangen. Zum Glück war ihm nichts davon in den Mund gelaufen.

Der Gnom wartete auf ihn. Nathan hatte den Mund zu einem breiten Grinsen verzogen, als er Bill anschaute. »Du traust dich noch immer nicht richtig, wie?«

Der Reporter nickte. »Natürlich. Denkst du wirklich, es wäre für mich ein Vergnügen, in das Zeug hineinzutauchen?«

»Das kann ich mir vorstellen, aber dir bleibt keine andere Wahl, tut mir leid. Außerdem …« Er verstummte.

»Was ist mit außerdem?«

»Lass mich das nur machen.«

»Meinetwegen.« Bill setzte seinen Weg fort. Er hatte Mühe, die Beine zu bewegen. Die Masse war zäh. Sie schien aus Tausenden von weichen, aber dennoch zielsicher greifenden Händen zu bestehen, die sich um den unteren Teil seines Körpers schmiegten.

Bill Conolly wunderte sich über die Sicherheit des kleinen Atlanters. Der Gnom schien genau zu wissen, was er wollte.

»Wir werden bald die Kraft dieses Sees erleben«, erklärte er mit ruhiger Stimme. »Wundere dich über nichts, mein Freund.«

Bill lachte auf. »Das habe ich mir längst abgewöhnt.«

»Ist auch gut so.«

»Was geschieht denn?«

Nathan schüttelte den Kopf. »Stell bitte keine Fragen, sondern halte dich an mich! Leg deine Hand auf meine Schulter und lass mich nicht los, was immer auch geschieht.«

»Tauchen wir gemeinsam ein?«

»Ja.«

Bill Conolly hob die Schultern. Nathan hatte mit einer so großen Sicherheit gesprochen, dass dem Reporter nichts anderes übrig blieb, als dem Wunsch des Gnoms nachzukommen. Er streckte den rechten Arm aus und drückte ihn gleichzeitig schräg nach unten, damit er die Hand auf Nathans Schulter legen konnte.

So hatten die beiden Kontakt.

Bill bewegte die Finger. Er fühlte unter der Haut die Muskeln des Gnoms. Sie waren kräftig, gestärkt, und man spürte, dass dieser kleine Mensch nicht so leicht zu besiegen war, denn er konnte sich wehren, wie Bill glaubte.

In der rechten Hand hielt Nathan den Speer. Die Spitze verschwand bereits im Schleimsee. Dicht vor Nathans Brust drängte wieder eine dicke Blase an die Oberfläche, bekam von innen Druck und zerplatzte, wobei sie den Zwerg mit einem dünnen Regen aus Schleim übergoss, der an Nathans Körper nach unten rann, bevor er sich wieder mit dem See vereinigte.

Am anderen Ufer entstanden weitere Ghouls. Zwei große Schleimklumpen waren auf den Streifen geschleudert worden, bewegten sich, schoben sich in die Höhe und nahmen allmählich Gestalt an.

»Fertig?«, fragte Nathan.

»Ja, du kannst gehen.« Bills Stimme klang rau. Er stand vor einem verdammt schweren Weg, und er wusste genau, dass es für ihn kein Zurück mehr gab.

Sie schritten los.

Der Boden fiel jetzt stärker zur Seemitte hin ab, und urplötzlich war Nathan verschwunden.

Bill verzog das Gesicht, als er sah, wie der Schleim über dem Kopf des kleines Mannes zusammenschlug. Ekel packte den Reporter, er musste daran denken, dass ihm das gleiche Schicksal bevorstand.

Nathan war auf einmal nicht mehr zu sehen. Bill hatte sich weiter vorbeugen müssen, um den Kontakt zu seinem Führer halten zu können. Wo sich Nathan genau bewegte, sah er daran, dass auf der Oberfläche des Sees Wellen entstanden.

Die nächsten Schritte.

Auch bei Bill stieg die Flüssigkeit ständig höher. Mittlerweile hatte sie schon seine Brust erreicht, und bei der nächsten Bewegung reichte der Schleim bis an Bills Kinn.

Das Herz des Reporters schlug schneller als gewöhnlich. Bill spürte die Angst, die ihn festhielt. Der Gedanke daran, das Zeug unter Umständen trinken zu müssen, bereitete ihm einen solchen Ekel, dass sein Magen hochgedrückt wurde.

Noch einmal holte er Luft. Im Gegensatz zum Schleim kam ihm die faulig riechende Luft fast wie reiner Sauerstoff vor.

Der letzte Schritt.

Bill rutschte weg, wäre fast gefallen, hielt den Zwerg allerdings fest, sah die schwappende Schleimwelle dicht vor seinem Gesicht, schloss die Augen, hielt die Luft an und spürte, wie das Zeug über seinem Kopf zusammenschlug.

Das war's!

Der See hatte die beiden Männer buchstäblich geschluckt. Bill Conolly presste die Lippen so fest zusammen, dass kein Tropfen in seinen Mund gelangte. Zudem hielt er den Atem an und spürte nur vor sich und unter seiner rechten Hand die Schulter des Schmieds Nathan.

Hoffentlich hatte sich dieser Mann, in den Bill sein ganzes Vertrauen setzte, nicht verrechnet. Zwar kannte Nathan diese Welt, aber wusste er tatsächlich, welches Grauen und welche Überraschungen der Planet der Magier noch bereithielt?

Sie sanken tiefer, denn Nathan blieb nicht stehen, und Bill musste ihm folgen. Er erschrak, als er keinen Grund mehr unter den Füßen spürte und innerhalb des Schleimsees schwebte.

Das war kein normales Schweben oder Schwimmen. Von einem Moment zum anderen wurde er von nicht kontrollierbaren Kräften gepackt und herumgeschleudert.

Er fühlte sich plötzlich wie in einer Zentrifuge.

Der Schleim um ihn herum geriet in einen rasenden Wirbel. Bill riskierte es, er öffnete die Augen.

Hätte er den Mund nicht fest verschlossen gehabt, er hätte sicherlich einen Schrei der Überraschung ausgestoßen, denn was er da zu sehen bekam, war unwahrscheinlich. Bill hatte das Gefühl, sich nicht mehr in einem Schleimsee zu befinden, sondern in einer Röhre, die sich um die eigene Achse drehte und beide Menschen mitriss.

Conolly musste dem Zwerg Abbitte leisten. Er hatte wirklich mehr gewusst und den Reporter in keine Falle geführt.

Der Schleimsee verschlang sie, doch er spie sie wieder aus, nachdem er ihnen den Weg in die Tiefe gezeigt hatte.

Die Drehungen wurden schneller. Der Reporter kam sich wie in einem Wirbel vor, und er konnte auch nicht mehr länger die Lippen verschlossen halten.

Bill öffnete den Mund.

Er hatte eigentlich damit gerechnet, dass ihm eine erstickende Schleimwolke zwischen die Zähne gedrückt würde. Das geschah nicht. Bill konnte ungehindert atmen.

Er pumpte die Luft in seine Lungen, während er sich weiter und sogar noch schneller drehte.

Plötzlich vernahm er eine Stimme, und er musste zweimal hinhören, um die Worte zu verstehen.

Nathan sprach: »Du bist mir gefolgt und hast dich auf mich verlassen. Es soll nicht zu deinem Schaden sein …«

»Wo sind wir hier?« Bill hatte Mühe, die Frage zu formulieren.

»Wir nähern uns dem Zentrum.«

»Und wie ist es möglich?« Bill stellte die Frage, obwohl er Nathan nicht sah, denn beide wirbelten mit einer ungeheuer starken Geschwindigkeit um die eigene Achse und tauchten tiefer. Bill glaubte daran, dass sie irgendwann einmal den Grund des Schleimsees erreichen würden, doch das geschah nicht, er blieb in diesem vakuumähnlichen äußeren Zustand und wurde ständig weitergezerrt.

Wo befand sich das Ende?

Verzweifelt beschäftigten sich Bills Gedanken damit, während die äußeren Eindrücke schattenhaft auf ihn zustürmten und er sie nur am Rande wahrnehmen konnte.

Manchmal explodierte die Welt um ihn herum zu grellen Farbkaskaden, dann verschwamm sie wieder in einem eintönigen Grau, und für einen winzigen Moment sah er hin und wieder mal den Körper des Gnoms vor sich erscheinen, konnte aber nie in das Gesicht sehen, denn der Zwerg war sofort wieder verschwunden.

Bill riss sich zusammen. Er wollte mehr wissen, trotz seiner bescheidenen Lage.

»Wo?«, schrie er voller Verzweiflung. »Wo sind wir gelandet, wo werden wir hinkommen?«

»Es ist der Tunnel der Zeiten!«, hörte er die Stimme des Schmieds. »Und er hat ein Ziel!«

»Welches?«

»Das Ziel ist dort, wo Arkonada seinen Würfel versteckt hält.«

Abermals wurde Bill von grauen Schatten regelrecht überrannt, und die nächste Frage wollte nicht über seine Lippen dringen. Es dauerte, bis er sie formulieren konnte.

»Wo denn?«

»Im alten Atlantis!«

Myxin hatte für diese Veränderung gesorgt. Vielleicht war ich der Einzige, der seine Bewegung bemerkte, denn urplötzlich riss er die rechte Hand hoch und presste die Maske vor das Gesicht. Noch immer konnte ich sie nicht genau erkennen, ich sah nur eine grüne Fläche, mehr nicht. Aber diese Fläche bewies in den nächsten Augenblicken, welch eine Macht in ihr steckte, und sie dokumentierte auf ihre Art und Weise die Stärke einer Waffe, die sich jetzt in Myxins Hand befand.

Zuerst glaubten wir an einen Wirbelsturm. So scharf und heulend fauchte er heran. Wir wurden gepackt und in die Luft geschleudert, und der gesamte Burghof wurde zu einem Schattenmuster, in dem die zahlreichen Augen der Griffins wie glühende Linien leuchteten.

Hier konnten wir überhaupt nichts mehr tun. Wir waren mit Kräften konfrontiert worden, die kein Mensch kontrollierte und die sich in Urzeiten aufgebaut hatten.

Von irgendwoher vernahm ich einen hellen Schrei. Er klang nach einer Frauenstimme. Wahrscheinlich hatte ihn Jane Collins ausgestoßen, und ich erhielt gleichzeitig einen Schlag in den Rücken, der mich noch weiter nach vorn warf.

Ich kippte vom Gerüst.

Ich wollte den Flug in eine Rolle übergehen lassen, um den Fall zu dämpfen, doch das gelang mir nicht. Aber ich fiel auch nicht auf den harten Boden, sondern geriet in einen Schwebezustand.

Nach wenigen Augenblicken hatte ich mein Erschrecken überwunden, drehte den Körper, was sehr gut gelang, und konnte in die Höhe schauen, wo ich Arkonada hätte sehen müssen.

Die Fratze war verschwunden.

Vielleicht in Umrissen noch zu ahnen, mehr aber auch nicht. Der Magie der Totenmaske war es tatsächlich gelungen, Arkonada aus unserem Bereich zu schleudern.

Ich fiel.

Nein, ich schwebte.

Dabei kam ich mir vor wie ein Raumfahrer im All. Arme und Beine hatte ich ausgebreitet, schaute in die Tiefe und sah etwas, das ungemein weit entfernt wirkte, aber dennoch irgendwie nahe war, denn Umrisse waren für mich zu klar zu erkennen.

Ich sah ein Land.

Weit, fast unbegrenzt. Mit hohen Bergen, Tälern, Städten, Meeren und weiten Ebenen sowie riesigen Sümpfen und düsteren Wäldern. Ein Land, das auf mich eine magische Anziehungskraft ausübte. Ein Land, das es möglicherweise überhaupt nicht gab.

Eine Illusion, eine Halluzination?

»Es ist meine Heimat«, hörte ich eine Stimme. Sie war nicht akustisch vorhanden, sondern nur in meinem Kopf, aber ich erkannte genau, wer gesprochen hatte.

Myxin, der Magier!

Auf telepathischem Weg hatte er sich mit mir in Verbindung gesetzt. Er brauchte nichts weiter zu sagen, denn ich wusste, was mit seiner Heimat gemeint war.

Atlantis!

Durch die Magie der Totenmaske waren wir in die fernste Vergangenheit geschleudert worden, ins alte Atlantis, das breit gefächert unter mir lag.

Ich dachte an den gewaltigen Zusammenhang zwischen dem Würfel des Unheils, dem riesigen Kontinent und meinem ersten großen Abenteuer in Atlantis, als ich hautnah miterleben konnte, wie sich der Untergang dieser einst so hochstehenden Kultur anbahnte.

Wenn ich jetzt über die weite, leicht gekrümmte Fläche schaute, war von einem Untergang nichts zu spüren. Unter mir lag Atlantis so, wie es vor der Vernichtung ausgesehen hatte.

Mit all seinen Stärken, Fehlern und Schwächen. Mir kam ein verrückter Gedanke.

Wenn wir vielleicht dort landeten, wo einst Kara gelebt hatte, konnte es durchaus sein, dass sich die beiden gegenüberstanden.

Oder?

Nein, so weit wollte ich nicht folgern, sondern nur abwarten, und mittlerweile genoss ich diesen herrlichen Flug, zu dem uns Myxin verholfen hatte. Wenn ich mich nicht getäuscht hatte, stand er wieder auf unserer Seite.

Gott, es war alles viel zu kompliziert und schwierig, als jetzt noch länger darüber nachzudenken! Mit den Tatsachen würde ich früh genug konfrontiert werden und hoffte, dass Myxin nach der Landung so manches Rätsel klären würde.

An meine Gefährten verschwendete ich keinen Gedanken, rechnete stark damit, dass sie die seltsame Reise ebenfalls so gut überstehen würden wie ich, und meine Erwartung wuchs, je länger und intensiver ich auf das Land unter mir schaute.

Ein Himmel ohne Wolken, eine Sonne, die verschwunden war. Kein Vergleich zur Erde, obwohl Atlantis auf der Mutter Erde gelegen hatte, bevor es unterging.

Ja, wenn wir landeten, würden wir uns nicht mehr auf dem Planeten der Magier befinden, sondern auf der Erde. Nur eben um mehr als zehntausend Jahre in die Vergangenheit zurückversetzt.

Ein Phänomen, das man kaum erklären, sondern einfach hinnehmen musste.

Dann ging alles gedankenschnell.

Plötzlich verschwamm das Land vor meinen Augen. Ich glaubte, es wäre hinter einer grauen Wolkendecke verschwunden. Meine Angst wurde größer, ich dachte an die Hilflosigkeit, in der ich mich befand, und glaubte zu spüren, wie unsichtbare Reifen aus Eisen meinen Brustkorb allmählich zusammendrückten.

Hatte Myxin gelogen? War alles nur eine lang vorbereitete, groß angelegte Falle, um uns endgültig auszuschalten, damit Myxin, der Magier, freie Bahn hatte?

Daran änderte dann auch nichts, dass er sich gegen Arkonada gestellt hatte, denn ihre Feindschaft war eine persönliche Sache und hatte mit der unsrigen nichts zu tun.

Die Urkraft eines alten Kontinents packte mich, als wäre ich nur ein loser Gegenstand, und trieb mich tatsächlich bis dicht an den Rand der Ohnmacht. Dank meiner großen Willenskraft gelang es mir, bei Bewusstsein zu bleiben und mich gleichzeitig auf die Realität zu konzentrieren.

Bis ich Luft holte und ein scharfer, ätzender Geruch in die Lungen drang.

Ich musste husten.

Der Anfall war so stark, dass ich meinen Körper nach vorn krümmte und zwischendurch verzweifelt nach Luft schnappte. Aber er zeigte mir auch, und das war die positive Seite daran, dass ich noch lebte.

Wenn auch in der Vergangenheit!

»Das darf doch nicht wahr sein! Wir sind tatsächlich in Atlantis und weg von diesem verfluchten Planeten.« Als ich die Stimme hörte, durchzuckte mich ein Strahl der Freude, denn kein Geringerer als mein Freund Suko hatte diese Worte gesprochen.

Ich drehte mich um.

Jetzt stand er vor mir. Lächelnd und ein Funkeln in den Augen, das auf Erleichterung schließen ließ. Die Dämonenpeitsche hielt er schlagbereit in der Hand.

»Willkommen in der Ur-Antike«, gab ich ebenso locker zurück. »Ich hoffe, der Herr fühlen sich wohl.«

»Bis auf die Luft kann man es aushalten.«

Da hatte Suko ein wahres Wort gesprochen, aber darüber wollte ich mir vorerst keine Gedanken machen. Für mich zählte, dass wir uns auf die neue Lage einstellen mussten, und das galt auch für meine Freunde. Dabei schloss ich sogar die Hexe Jane Collins mit ein.

Sie alle waren da.

Zunächst sah ich Kara. Sie hielt das Schwert mit der goldenen Klinge in der rechten Hand, wobei die Spitze zu Boden zeigte. Auf ihrem Gesicht lag ein seltsames Leuchten. Es wurde tatsächlich von einer Aura der Freude umgeben, und Kara sprach auch das aus, was sie dachte.

»Ich bin wieder zu Hause.«

Diese vier Worte trafen haargenau ihre Situation. Ich wusste, dass sich Kara eigentlich nie so recht wohl auf der neuen Erde gefühlt hatte. Ihre Heimat war nun einmal das alte Atlantis, und sie war auch nie richtig gestorben, denn ihr Geist, der lange Zeit Dimensionen durchwandert hatte, war wieder in einen Körper gefahren, der von dem ersten überhaupt nicht unterschieden werden konnte.

Kara war so wiedergeboren worden, wie sie auch in Atlantis ausgesehen hatte.

Ein Phänomen!

Chandler, der Professor, zeigte sich ein wenig beunruhigt und auch durcheinander. Er fuchtelte mit den Armen herum, hatte sie erhoben und fuhr sich innerhalb weniger Sekunden des Öfteren durch seine grauweißen Haare.

»Träume ich oder …?«

»Nein, Sie träumen nicht, Professor«, erwiderte Suko.

Er schaute den Chinesen an. »Dann befinden wir uns tatsächlich in Atlantis?«

»So ist es.«

»Und damit auch in der Vergangenheit.«

»Was für Sie ja nichts Neues sein dürfte«, mischte ich mich in das Gespräch ein. »Denken Sie mal an die Urzeit und an Ihr Leben als Bandor.«

Er nickte. »Ja, das lag alles noch vor Atlantis. Dennoch.« Er raufte sich abermals die Haare. »Ich kann es noch immer nicht fassen, weil es einfach zu unwahrscheinlich ist. Wir erleben hier etwas, für das Historiker Jahre ihres Lebens geben würden, und wir stellen fest«, so dozierte er weiter, »dass Atlantis tatsächlich existiert hat. Wenn ich je wieder auf meine Burg zurückkehren sollte, werde ich sofort damit beginnen, ein Buch über meine Erlebnisse zu schreiben und der Welt damit klar machen, dass Atlantis kein Hirngespinst ist.« Er schüttelte den Kopf. »Einfach herrlich, fantastisch. Das glaubt mir kaum jemand, und wenn das Buch einmal erschienen ist …«

»Wird es Ihnen auch keiner glauben, Professor«, sagte ich trocken. »So sind die Menschen nun einmal. Ist es nicht viel schöner, mit Spekulationen zu leben, als ständig mit der Wahrheit konfrontiert zu werden, Professor?«

Sebastian Chandler schaute mich an. Dabei runzelte er die Stirn, bevor er nickte. »Im Prinzip haben Sie recht. Dennoch, die Welt und die Menschen müssen einfach erfahren, dass nicht sie allein die Weisheit mit Löffeln gefressen haben und es vor ihnen schon andere Hochkulturen gegeben hat. Das wird die Arroganz mancher vielleicht dämpfen.«

Chandler hatte sich in Fahrt geredet, doch Kara, Suko und ich hörten nicht mehr hin, denn es gab wichtigere Dinge zu erledigen, so dozierte der Professor allein.

Jane Collins!

Sie stand abseits und schaute mich starr an. Ich bemerkte kein Vertrauen in ihren Augen, eher eine gewisse Feindseligkeit, und als ich langsam auf sie zuging, nahm ihr Körper eine gespannte Haltung an, als wollte sie damit ihre geringe Kompromissbereitschaft dokumentieren.

Zwei Schritte trennten uns, als ich stehen blieb.

»Sei froh, dass du noch existierst«, sprach ich sie an.

»Soll ich dir dankbar sein?«

»Nein, ich wollte es dir nur gesagt haben«, erwiderte ich lächelnd.

»Außerdem hast du Wikka nicht vernichtet«, hielt sie mir

entgegen. »Das war Arkonada. Wer weiß, ich hätte mich möglicherweise mit ihm einigen können, wenn nicht dieser Magier gekommen wäre und …«

»Ist es nicht so besser?«

»Verschollen in Atlantis? Weit ab vom Schuss? Das kannst du doch nicht meinen. Ich wüsste zu gern, wie Asmodis reagiert, wenn er vom Tod seiner großen Dienerin erfährt, und was er unternehmen wird. Doch durch eure Magie ist mir das nicht möglich.«

Ich hob die Schultern. »Widersprechen kann ich dir nicht, Jane. Versuche trotzdem, einmal wie ein Mensch zu denken. Vergiss deinen Zustand als Hexe, auch wenn es dir schwer fällt. Aber hier herrschen andere Gesetze. Du kannst sie mit denen auf der normalen Erde nicht vergleichen. Wenn du nicht völlig allein dastehen willst, halte dich an uns. Wir sind für dich das kleinere Übel. Außerdem hätte dich Suko auch in der Schlinge hängen lassen können. Arkonada wäre das sicherlich mehr als recht gewesen, das glaube mir.«

Janes Mund zeigte harte Linien, als sie antwortete: »Ich weiß schon, was ich zu tun habe. Deine Ratschläge brauche ich nicht.«

»Es war nur ein Hinweis.«

»Verzichte!«, zischte sie böse.

Ich hob die Schultern und drehte mich um. Jane Collins war nicht zu belehren, und ich fragte mich, wie das mit ihr noch alles enden sollte.

»Verlassen und verflucht ist diese Gegend!«, hörte ich ihre Stimme in meinem Rücken. »Trostlos und …«

Jane hatte recht. Den Eindruck bekam ich auch, wenn ich mich umschaute. Wir waren wirklich in einer Gegend gelandet, für die der Begriff trostlos mehr als treffend war. Die schlechte Luft, die wir atmen mussten, drang aus einer bestimmten Richtung gegen uns. Es waren Schwaden, die über ein brettebenes Gebiet in dicken Wolken lagen, träge von kaum zu spürendem Wind fortbewegt wurden und uns entgegentrieben.

Der Boden unter unseren Füßen war weich. Bei jedem Schritt sanken wir ein paar Zentimeter ein.

Nein, hier konnte man schlecht leben.

Kara hatte mein Gespräch mit Jane ebenfalls verfolgt. Sie kam zu mir, blieb stehen und nickte. »Ich kann Jane Collins sogar verstehen. Wir befinden uns tatsächlich in einer Gegend, die man als öde und verlassen bezeichnen kann. Genau dort, wo die Nebel liegen, befindet sich der so genannte Höllensumpf, ein furchtbares Gebiet, in das sich kaum ein Atlanter traute, denn der Sumpf bildete die Grenze zwischen schwarzer und weißer Magie.«

»Wohnen Monster in ihm?«, fragte ich.

»Das kann sein. Die Legenden berichten, dass der Schwarze Tod hier im Höllensumpf entstanden sein soll.«

Mir lief es kalt über den Rücken, als Kara einen meiner Erzgegner erwähnte. Ich hatte den Schwarzen Tod erledigen können, das aber war in der Gegenwart gewesen. Wir jedoch befanden uns in der Vergangenheit, und da konnte er durchaus noch existieren. Es war also nicht unmöglich, dass wir noch einmal auf ihn treffen würden, wie ich es bereits kurz vor dem Untergang des Kontinents erlebt hatte.

»Das gefällt dir nicht, John, wie?«

Ich schüttelte den Kopf. »Nein, Kara, du weißt selbst, wie ich zu diesem Dämon gestanden habe.«

»Ja, das habe ich noch in Erinnerung. Hier müssen wir leider auf alles gefasst sein, so leid es mir tut. Aber mach dir deswegen keine Gedanken, wir schaffen es schon.«

Es war gut, den optimistischen Klang ihrer Stimme zu vernehmen. Außerdem kannte sie sich in Atlantis aus, weil sie dort viele Jahre sehr intensiv gelebt hatte, denn durch ihren Vater Delios war sie mit der weißen Magie in Kontakt gekommen. Es war sogar möglich, dass sie als Wiedergeborene ihren eigenen Vater traf, da er zu dieser Zeit bestimmt noch gelebt hatte. Möglicherweise auch noch gar nicht geboren war. Das musste sich alles noch herausstellen.

Ich wandte mich mit einer Frage an sie. »Kannst du

ungefähr den Zeitpunkt bestimmen? Du verstehst, was ich meine?«

»Ja, natürlich. Es ist sehr schwer. Wären wir in einer Stadt, könnte ich dir sagen, ob wir in der Zeit dicht vor dem Untergang gelandet sind. So aber kann ich nur Vermutungen anstellen, was im Endeffekt nichts bringt, höchstens neue Probleme aufwirft.«

Da hatte Kara recht. Außerdem würden wir hier nicht stehen bleiben. Es musste sich einfach etwas ereignen, und noch fehlte derjenige, dem wir diese seltsame Reise verdankten.

Myxin!

»Was ist mit Myxin?«, sprach ich Kara an. »Wo hält er sich auf? Weshalb zeigt er sich nicht? Und aus welchem Grund hat er uns, seinen Feinden, eigentlich geholfen?«

Die anderen hatten meine Fragen ebenfalls vernommen und traten interessiert näher. Nur Jane hielt sich zurück. Sie fühlte sich zu uns nicht hingezogen.

»Das waren viele Fragen auf einmal«, sagte Kara, »und ich kann sie kaum beantworten.«

»Versuche es.«

»Ich kann mich nicht in Myxins Pläne hineinversetzen, John. Deshalb weiß ich nicht, was er vorhat und wann er sich zeigen wird.«

»Du bist nicht informiert?« Meine Stimme klang skeptisch.

»Nein, er ist seinen eigenen Weg gegangen. Du erinnerst dich an die Zeiten, als er mit Mandraka zusammenarbeitete …«

Mein Gesicht nahm einen düsteren Ausdruck an. »Ja, ich erinnere mich sehr gut, als er versuchte, mich mit deinem Schwert zu töten.«

Kara überging meine Antwort kurzerhand. »Und wie er uns helfen will, kann ich dir auch nicht sagen. Für ihn war wichtig, die Totenmaske zu bekommen. Die hat er ja jetzt.«

Die nächste Frage stellte Suko. »Welche Bedeutung hat sie für ihn und Atlantis?«

»Ich bin nicht genau darüber informiert, Freunde. Ihr dürft

nicht vergessen, dass Myxin und ich in Atlantis auf zwei verschiedenen Seiten gestanden haben. Wir waren damals keine Freunde, sondern Feinde!«

»Hast du denn niemals etwas von dieser Totenmaske gehört?«, stellte ich wieder eine Frage.

»Das schon …«

»Aber?«

»John«, sagte Kara und lächelte, »gib es auf. Quäl nicht mich mit Fragen, sondern wende dich an Myxin.«

»Falls er kommt«, warf der Professor ein.

»Er wird kommen«, erklärte Kara.

»Das hoffe ich sehr, denn er kann für mich eine wertvolle Hilfe sein, wenn ich mein Buch über die Eindrücke eines modernen Menschen im fernen Atlantis …«

Ich verdrehte die Augen. Fing Chandler schon wieder damit an. Er brabbelte vor sich in, schüttelte ein paarmal den Kopf und versuchte, schon jetzt einen zugkräftigen Titel für sein Buch zu finden. Für Chandler war dies hier die neue Erfahrung in seinem Leben.

Wir schauten wieder hinüber zum Sumpf. Er lag zwar noch ein ganzes Ende weg, dennoch spürten wir die Gefahr, die von diesem Gebiet ausging. Man konnte sie schlecht fassen oder in Worte kleiden, sie war einfach da, und ich sah ihn mittlerweile als eine Geburtsstätte der schwarzen Magie an.

Über ihm wallten die dichten Schleier, als wären sie eine ewige Tarnung für schreckliche Vorgänge, die tief im Verborgenen lauerten. Der Höllensumpf wurde er genannt.

Hier also sollte der Schwarze Tod entstanden sein.

Ich konnte es nicht glauben und hätte wirklich seine Geburtsstunde gern miterlebt.

Vielleicht war es irgendwann mal möglich.

Nicht den Schwarzen Tod sahen wir, sondern einen anderen Magier. Es war Myxin.

Seine kleine Gestalt schälte sich aus den wallenden Schwaden hervor, und er sah so, wie er auf uns zukam, direkt harmlos aus. Aber das täuschte. Gerade ich wusste, welch ein riskantes und gefährliches Spiel Myxin mit mir getrieben hatte.

Wir alle waren gespannt. Man sah es unseren Gesichtern an, die sich verändert hatten, denn nun konzentrierten sich die Blicke auf den langsam näher kommenden Myxin.

Niemand sprach. Ein jeder wartete darauf, dass der kleine Magier das Wort übernehmen würde.

Er enttäuschte uns nicht. Eine Armlänge entfernt verhielt er seinen Schritt.

Dann sprach er einen folgenschweren Satz aus, wobei ich besonders auf das letzte Wort achtete.

»Willkommen in Atlantis, Freunde!«

Atlantis!

Dieses eine Wort hatte den Reporter völlig aus der Fassung gebracht und hämmerte in seinem Hirn, wobei es sich ständig wiederholte.

Der Kontinent, von dem Bill so fasziniert war, denn er wusste bisher nur aus Erzählungen von ihm. Nun sollte er die Chance erhalten, ihn kennen zu lernen, falls ihn Nathan nicht belogen hatte, was diesen Tunnel der Zeiten anging.

Es gab ihn also, und Bill fragte sich, weshalb Nathan nicht schon längst diesen Weg genommen hatte, um dem Planeten der Magier zu entfliehen. Der Reporter konnte sich selbst schlecht eine Antwort auf die Frage geben, deshalb wartete er ab. Vielleicht würde Nathan reden.

Bill musste sich treiben lassen. Er fühlte überhaupt nichts mehr, seitdem er sich den anderen Kräften überlassen hatte. Manchmal glaubte er, auf dicken Wattebäuschen zu liegen, dann fiel er wieder abrupt in eine Tiefe, um im nächsten Augenblick abermals hochgeschleudert zu werden. Ein ewiges Hin und Her der Kräfte. Genaueres konnte Bill nicht sagen. Er fand auch keine Erklärung. Für ihn war nur wichtig, dass er noch lebte.

Zwischen dem Planeten und dem versunkenen Kontinent existierte ein Tunnel der Zeiten. Bill, der darüber nachgedacht hatte, kam zu dem Ergebnis, dass er durch diesen Tunnel in die Vergangenheit geschleudert wurde. Atlantis wartete auf ihn.

»Vorsicht, Bill, wir übertreten die Schwelle!«

Die Warnung des Schmieds erfolgte ein wenig spät. Da griffen bereits Kräfte nach dem Reporter, über die er keinerlei Kontrolle besaß und die mit ihm machten, was sie wollten.

Bill hatte das Gefühl, in einen Flaschenhals gepresst zu werden. Sein Körper wurde zusammengedrückt, er kriegte kaum Luft, riss den Mund auf, atmete röchelnd und voller Verzweiflung, während Kräfte auf ihn einströmten, die ihn überwältigten, sodass er für einen Moment das Bewusstsein verlor.

Wirklich nur für eine kurze Zeitspanne, wie Bill meinte, denn er spürte einen Druck auf seiner Schulter und gleichzeitig auch auf der rechten Wange.

»Öffne die Augen!«

Die Stimme klang so beruhigend und wenig feindselig, dass der Reporter nicht anders konnte, als ihr zu folgen. Er bewegte seine Lider und starrte in die Höhe.

Über ihm schwebte ein Ballon. So jedenfalls kam ihm das Gesicht im ersten Augenblick vor, bis er erkannte, dass der Schmied Nathan auf ihn niederschaute. Sein schlohweißer Bart fiel so weit nach unten, dass die Spitzen über das Kinn des Reporters strichen.

»Bist du ein Geist?«, fragte der Reporter.

»Nein, mich gibt's wirklich.«

»Und wir befinden uns tatsächlich in Atlantis?«

»Davon können wir ausgehen, denn wir haben den Tunnel der Zeiten verwendet.«

»Wieso eigentlich wir? Aus welchem Grund hast du den Tunnel nicht selbst benutzt?«, wollte der Reporter wissen. »Du hättest schon längst verschwinden können …«

»Nein, Bill. Ich steckte in einem Gefängnis«, erklärte Nathan. »Es war niemand da, der mich hätte befreien können. Von allein schaffte ich es nicht oder wollte es nicht schaffen. Nie hätte ich so viel Glück gehabt wie wir auf unserem Weg zum See der Ghouls. Die Griffins waren woanders. Arkonada musste sie an einem bestimmten Ort konzentriert haben. Bei mir war dies früher nie der Fall gewesen. Du bist genau zum richtigen Zeitpunkt erschienen.«

Bill stemmte sich in die Höhe. Topfit fühlte er sich nicht. Nach wie vor schwindelte ihm, aber das ließ sich ertragen.

Ein wenig wacklig blieb er stehen, schaute sich um und runzelte die Stirn. »Wo befinden wir uns eigentlich hier?«

»In Arkonadas Reich.«

»Und das sieht so düster aus?«

»Ja.«

Bill drehte sich um. Viel erkennen konnte er nicht. Aus einer unheimlich wirkenden Schwärze schoben sich undefinierbare graue Schatten hervor. Es konnten durchaus Mauern oder ähnliche Gebilde sein.

»Siehst du mehr als ich?«, fragte der Reporter, dem auffiel, dass er den Schmied seltsamerweise gut erkennen konnte.

»Nein.«

»Aber was ist das für ein seltsames Licht? Es ist dunkel, ich kann in der Nähe etwas sehen, und ein Stück weiter starre ich wieder in die Schwärze. Das habe ich noch nie erlebt.«

»Hier ist eben alles anders. Man hat uns in Schatten eingehüllt, wenn du verstehst …«

»Nein, eigentlich nicht.«

Bill hörte Nathan tief atmen. »Wir alten Atlanter haben dieser Welt einen Namen gegeben. Es ist Arkonadas Schattenreich. Hier herrscht die ewige Dunkelheit, und die helleren Streifen, die du zu sehen bekommst, sind ebenfalls nur Schatten.«

»Wer hat sie geschaffen? Von wem stammen sie?«

»Vielleicht die Seelen der Dämonen oder der Diener Arkonadas. Mehr kann ich auch nicht sagen.«

»Aber die gehören dem Spuk!«

Nathan zeigte sich überrascht. »Du kennst ihn?«

»Ja, ich hörte von ihm und habe auch meine bösen Erfahrungen mit ihm gemacht. Der Spuk ist Herr im Reich der Schatten. Wie kann ihm Arkonada dieses Ziel streitig machen?«

»Darüber weiß ich nicht Bescheid. Wahrscheinlich hängen beide zusammen und haben sich verbündet. Wenn Dämonen gleiche Interessen verfolgen, geschieht so etwas schon mal. Besonders dann, wenn es um den Würfel des Unheils geht.«

»Und den wollen wir finden.«

»Sehr richtig.«

Die beiden hielten sich durch Gespräche nicht mehr länger auf, sondern begannen damit, die sie umgebende, unheimliche Welt zu durchforschen. Es war eigentlich egal, in welche Richtung sie schritten, sie fanden auch nirgendwo Widerstand, und Bill Conolly musste seine Meinung über die angeblichen Mauern, die er zu sehen geglaubt hatte, radikal ändern, weil sie einfach nicht vorhanden waren.

Sie konnten gehen.

Und sie schritten durch eine Welt der Beklemmung. Selten zuvor im Leben hatte der Mensch Bill Conolly aus der normalen Zeit es so stark empfunden.

Die Schatten waren nicht einmal dünn und gestaltlos, nein, dem Reporter gelang es, sie zu fühlen. Als dies zum ersten Mal geschah, blieb er überrascht stehen. Er streckte seinen linken Arm aus, öffnete die Hand zur Kralle und fasste in den Schatten hinein. Halten konnte er ihn nicht, es war auch kein direkter Widerstand, der sich da zwischen seinen greifenden Fingern befand, und dennoch wurde er das Gefühl nicht los, dass etwas rasch durch seine Hand wischte.

»Bill?« Seltsam dumpf und irgendwie gefiltert vernahm der Reporter die Stimme des Schmieds. Nathan hatte von Bills Stopp nichts bemerkt und war weitergegangen.

»Was ist los?« Der Klang der Stimme bewies, dass Bill Conolly nicht so recht bei der Sache war.

»Weshalb kommst du nicht?«

»Moment, ich will etwas feststellen.« Während dieser Worte hatte er schon in die Tasche gegriffen und sein Feuerzeug hervorgeholt. Er drehte das kleine Rädchen, Funken sprühten, und die Flamme fand die gasförmige Nahrung.

Sie flackerte auf.

Der Reporter schaute nicht auf die ihn umgebenden Schatten, sondern auf seine linke Hand, weil er das Gefühl nicht loswurde, dort eine Veränderung zu spüren.

In der Tat.

Zwar zeigte die Fläche keine Verletzung, aber die Haut hatte dennoch einen seltsamen Glanz angenommen, als hätte jemand mit einem kleinen Pinsel Ölfarbe darüber gestrichen.

Bill vernahm die Schritte des Schmieds. Der kleine Mann blieb neben ihm stehen und schaute in die Höhe. »Was hast du?«

»Es ist so seltsam«, erklärte der Reporter. »Ich habe einen Schatten angefasst, und das hier ist davon zurückgeblieben.« Bill präsentierte Nathan die offene Handfläche.

Nathan musste den Arm heben, um mit dem Finger über den Ballen fahren zu können.

»Was stellst du fest?«, fragte Bill.

»Es ist nass.«

»Ja, so kann man es sagen. Ich würde meinen, dass ich es hier mit Öl zu tun habe. Die Schatten sind existent und ölig. Das habe ich noch nicht erlebt. Gibt es eine Erklärung?«

Der Schmied hob die Schultern. »Ich wüsste im Moment keine, Freund.«

»Kennst du die Welt überhaupt nicht?«, erkundigte sich Bill zweifelnd.

»Ich hörte nur von ihr, denn ich bin wirklich zum ersten Mal hier. Ich weiß nicht genau, was die Schatten bedeuten. Vielleicht werden wir es erfahren, wenn wir weitergehen.«

»Das hoffe ich.«

Sie blieben dicht zusammen. Der kleine Mensch hielt nach wie vor den Speer in der Hand. Die Spitze stach nach vorn, und Bill war bereit, auf die Schnelle seine Beretta zu ziehen.

Sie befanden sich in Arkonadas Reich, das es auch in Atlantis gegeben hatte. Dieser Dämon hatte sich nicht getraut, den Würfel des Unheils auf seinem Planeten zu verstecken. Er hatte ihn in die Vergangenheit geschafft und musste demnach in der Lage sein, ihn jederzeit zurückholen zu können.

Als Bill darüber nachdachte, beschleunigte er unwillkürlich seine Schritte, denn er wollte so rasch wie möglich an ein Ziel gelangen, ohne allerdings zu wissen, wo es sich befand.

Sie mussten schon Glück haben, wenn sie es finden wollten.

»Keine Griffins, kein Arkonada«, sagte Nathan. »Das wundert mich. Es muss etwas passiert sein, von dem wir nichts wissen.«

»Hast du vielleicht eine Ahnung?«, fragte Bill.

»Nein, überhaupt nicht.«

»Vielleicht waren meine Freunde doch stärker als Arkonada«, sagte der Reporter.

»Stärker als er?« Nathan wollte es nicht glauben, das hörte Bill aus dem Tonfall der Stimme.

»Ja.«

»Wenn die Menschen schon wieder so weit wären, bräuchte niemand Angst um sie zu haben!«, flüsterte der Schmied. »Dann können sie ihr Schicksal selbst in die Hand nehmen, ohne sich von anderen Mächten leiten zu lassen. So sehe ich es.«

»Dennoch gibt es genug Probleme in meiner Zeit. Hier ist nicht der richtige Ort, um sie aufzuführen«, erwiderte Bill. Er fügte auch nichts mehr hinzu, und beide Männer überließen sich ihren Gedanken.

Die Schatten blieben. Sie begleiteten sie. Aus allen Richtungen strömten sie herbei und ließen auch die Körper der einsamen Wanderer nicht aus. Bill fühlte sie über sein

Gesicht streichen und zuckte bei jeder kleinen Berührung zurück, denn daran konnte er sich einfach nicht gewöhnen. Er hatte stets das Gefühl, als wären es fettige Fingerspitzen, die sich an seiner Haut entlangtasteten.

Dabei gelangte er immer mehr zu der Überzeugung, dass es nicht dieselben Schatten sein konnten, die der Spuk unter Kontrolle hielt. Die des Spuks waren völlig gestaltlos, man konnte hindurchgreifen, ohne das Gefühl zu haben, irgendetwas angefasst zu haben.

Bill war eben von einer rätselhaften Welt in eine andere hineingeschleudert worden.

Er fragte sich, wann sie endlich ihr Ziel erreichten und ob sich der Würfel des Unheils überhaupt in dieser seltsamen Schattenwelt befand. Allmählich kamen ihm Zweifel.

Zum Glück gestatteten die Schatten eine normale Atmung, wenn die Luft auch sehr träge wirkte, doch daran hatte sich Bill inzwischen gewöhnt.

In dieser Welt schien es überhaupt keine Richtung zu geben. Also spielte es auch keine Rolle, wohin die beiden Männer die Schritte lenkten. Irgendwann, so hofften sie, würden sie ihr Ziel erreichen.

Der Atem einer fernen, unheimlich anmutenden Vergangenheit umwehte sie. Bill saugte ihn ein und spürte, wie das Andere, das Unheimliche, ihn umgab und er sich daran zu gewöhnen begann. Das wunderte ihn, denn er wollte keinesfalls in den Bann dieser gefährlichen Welt geraten, sondern dagegen ankämpfen.

Im Kopf fühlte Bill ein seltsam dumpfes und auch leicht drückendes Gefühl. Er merkte, wie ihm das Denken schwer fiel, und er war auch nicht mehr so sicher auf den Beinen.

Ein erster taumelnder Schritt …

Nathan wurde aufmerksam. Sofort blieb er stehen und stellte eine besorgte Frage: »Was ist denn geschehen?«

Bill wischte sich über das Gesicht. Auf der Haut fühlte er den öligen Film. »Nichts«, sagte er schwer atmend. »Nur ein momentanes Unwohlsein, wenn du verstehst.«

»Kannst du denn noch gehen?«

»Natürlich!« Fast schroff klang die Antwort. Bill gab sich einen Ruck und marschierte weiter.

Aber er hatte Mühe. Schon wenig später fühlte er sich wieder matt und zerschlagen.

»Die verdammten Schatten!«, flüsterte er. »Sie sind doch stärker, als ich dachte. Wie ein schleichendes Gift kommen sie herbei und ergreifen von den Menschen Besitz.« Seine Hand fand die Schulter des rechts neben ihm gehenden Zwergs. »Spürst du nichts, Nathan?«

»Nein.«

»Verdammt, weshalb nicht?«

»Ich bin vielleicht durch meine lange Gefangenschaft daran gewöhnt. Das ist möglich ...«

»Kann sein ...« Bill kniff kurz die Augen zusammen und starrte dann nach vorn. Dabei hatte er das Gefühl, auf einem schwankenden Schiff zu stehen, um das die Schatten wie Fledermäuse herumtanzten.

Und Bill vernahm die Stimme. Nur für ihn war sie zu hören, stach wie ein Messer in sein Gehirn, und Bill identifizierte sie auch.

Es war Arkonada!

»Hast du wirklich geglaubt, du würdest mir, dem großen Dämon, entkommen, du Narr? Nein, so einfach mache ich es meinen Gegnern nicht. Vom Planeten der Magier seid ihr geflüchtet und in die Vergangenheit gelangt, aber auch hier hole ich euch ein. Was ich einmal in den Klauen gehalten habe, das ...«

Bill hörte nichts mehr. Nur noch ein schweres Ächzen und Wimmern, aber es klang sehr weit entfernt auf.

Der Reporter war längst stehen geblieben. Stoßweise drang der flache Atem über seine Lippen. Er schüttelte zwar den Kopf, stellte jedoch fest, dass es ihm jetzt besser ging und sein Gedankenapparat wieder funktionierte.

»Was hast du, Bill?«, fragte Nathan.

»Nichts mehr. Es ist vorbei.«

»Wirklich?«

»Ja, ich glaube schon.« Bill war mit seinen Gedanken ganz woanders. »Ich habe seine Stimme gehört.«

»Welche Stimme?«

»Arkonadas.«

Mit dieser Antwort überraschte Bill Conolly den Schmied. »Du bist dir sicher?«

»Natürlich. Er warnte mich oder uns. Und meinte, dass wir noch nicht gewonnen hätten, obwohl es uns gelungen ist, seinem Planeten zu entfliehen.«

»Da könnte er recht behalten.«

»Aber was ist passiert?«, rief Bill und schlug auf seine Schenkel. »Weshalb greift er uns nicht an?«

»Du hast mit ihm gesprochen, Bill?«

»Natürlich, das stimmt. Aber ...« Der Reporter holte tief Luft. »Ich habe auch keine vernünftige Antwort erhalten. Uns muss jemand geholfen haben, ohne dass wir es wissen. Eine andere Möglichkeit gibt es für mich nicht. Und Arkonada ist schwer erwischt worden. Der wird kaum noch Zeit haben, sich zu erholen, das sage ich dir, Nathan.«

»Er behält uns aber unter Kontrolle.«

»Möglich.«

»Kannst du gehen?«

»Sicher. Glaubst du, ich würde aufgeben? Vielleicht stehen wir dicht vor dem Ziel. Und das Auffinden des Würfels ist für mich Motor genug. Außerdem habe ich mich auf Arkonada eingestellt. Ich weiß, dass er in unserer Nähe lauert.«

Auch in den folgenden Minuten drehten sich Bills Gedanken um Arkonada und den Würfel des Unheils. Was hätte er dafür gegeben, ihn zu finden!

Plötzlich verhielt der Zwerg seinen Schritt. Auch Bill blieb stehen, wollte den Grund des plötzlichen Stopps wissen.

Nathan berührte ihn am Bein. »Da ist etwas, Bill!«, hörte der Reporter die flüsternde Stimme. »Schau nach vorn!«

Da der Zwerg den Speer ausgestreckt hatte, blickte Bill Conolly über die Spitze hinweg. In der weiteren Verlängerung sah er tatsächlich etwas. Und zwar ein seltsames Leuchten. Bill konnte es mit der Farbe Violett umschreiben und fragte: »Ist es der Würfel?«

»Möglich.« Ebenso leise war die Antwort gesprochen worden, und Bill spürte auf dem Rücken die Gänsehaut. Vielleicht stand sie für ein Gefühl der Ehrfurcht oder der Beklemmung.

War er einem lang ersehnten und kaum erhofften Ziel wirklich schon so nahe?

Er wollte seine Schritte beschleunigen, doch der Gnom hielt ihn zurück. »Sei vorsichtig«, sagte er, »vielleicht hat Arkonada Fallen eingebaut. Zuzutrauen ist ihm alles.«

»Schon verstanden.«

Bill zog seine Beretta, und beide Männer schlichen näher. Auch hier tanzten die Schatten, sie waren allgegenwärtig und schwangen manchmal schwerfällig durch die Luft.

Wieder wischten sie über das Gesicht des Reporters, und abermals zuckte Bill zurück.

Der Gnom aus Atlantis war vorgelaufen. Urplötzlich blieb er stehen, bevor er sich umdrehte.

»Er ist es!«, rief er Bill Conolly zu. »Bei allen Göttern, er ist es. Wir haben das Orakel von Atlantis gefunden!«

Bill Conolly wusste nicht, ob er lachen oder weinen sollte. Vielleicht wäre beides angebracht gewesen, jedenfalls wurde er von einer wahren Sturmflut von Gefühlen überwältigt, stand da, schluckte und richtete seinen Blick auf den Würfel.

»Willst du nicht näher kommen?«, fragte Nathan.

Bill nickte. Es kostete ihn Überwindung, einen Fuß vor den anderen zu setzen. Er zitterte, war noch immer von der Erkenntnis des Augenblicks überwältigt und näherte sich mit steifen Gehbewegungen dem geheimnisvollen Gegenstand.

Nathan sagte nichts. Er sah es Bill trotz der miesen Lichtverhältnisse an, welche Gefühle ihn beherrschten, und er schaute zu, wie die Entfernung zwischen Bill Conolly und dem Würfel immer mehr schrumpfte.

Jetzt waren es nur noch fünf Schritte, noch vier, drei, zwei …

Bill atmete geräuschvoll aus. Einen Schritt noch, dann hatte er den Würfel erreicht. Und dann überwand er auch die letzte Distanz!

Der Würfel des Unheils! Auch das Orakel von Atlantis genannt. Zum Greifen nahe befand es sich vor dem Reporter.

Wenn mich jetzt John oder Suko sehen könnten, dachte er, *würden sie mich beneiden?*

»Was ist?« Nathan sprach ihn an. »Weshalb tust du nichts, Bill? Nimm ihn, fass ihn an!«

Bill schüttelte den Kopf, obwohl er keine Verneinung wollte.

»Einen Moment noch«, flüsterte er. »Ich muss mich erst daran gewöhnen, den Würfel vor mir zu sehen. Fassen kann ich es noch immer nicht.«

Der Zwerg lachte leise. »Ich verstehe dich, Freund aus der Zukunft. Hier greifen große Dinge ineinander und schließen sich zu einem gewaltigen Kreis.«

Bill hörte nicht auf die Worte des anderen, sein Blick war starr auf den Würfel gerichtet.

Ja, es war der echte.

Man hatte ihm keine Imitation untergeschoben. Er stand hier vor dem echten Würfel. Wer ihn besaß, konnte viel beeinflussen. In diesem Würfel steckten Kraft und Magie.

Er schwebte in der Luft.

Über dieses Phänomen wunderte sich der Reporter. Allen Kräften zum Trotz benötigte er keinen Halt, und er sah auch aus wie immer. Die Seitenwände schienen aus einem dunklen milchigen Glas zu bestehen. Man konnte hindurchschauen und sah im Innern dieses violette, fahle Leuchten, dessen Schein Bill schon zuvor aufgefallen war. Hinter den Wänden flimmerte und fluoreszierte es wie ein Gegenstand, der voll potenzieller Energie steckte, die darauf wartete, in kinetische, in Bewegungsenergie umgewandelt zu werden.

Noch hatte Bill keinen Kontakt zum Würfel. Er musste ihn erst berühren, um ihn für seine Zwecke einspannen zu können. Erst dann würde ihm der Würfel gehorchen.

»Zögere nicht zu lange«, hauchte der Schmied. »Nimm ihn an dich. Du wolltest ihn doch …«

»Ja!« Bill Conolly stöhnte die Antwort. »Ja, ich will ihn auch. Und ich will ihn jetzt.« Er streckte die Arme aus. In seinen Augen lag ein hartes Leuchten. So dicht vor dem Ziel konnte er sich nur darauf konzentrieren.

Bis er die Stimme hörte.

»Lass die Finger davon, oder du bist verloren!«

Im ersten Augenblick dachte Bill daran, sich verhört zu haben. Die Stimme musste Einbildung sein, denn er hatte niemanden gesehen, der sich zu ihnen gesellt hätte, und auch Arkonada war gestaltlich nicht vorhanden.

Wer also hatte gesprochen?

»Weg!«, zischte die Stimme wieder. »Verschwinde vom Würfel! Du darfst ihn nicht nehmen!«

Bill hörte hinter sich hastige Schritte. Er dachte nicht daran, dem Befehl Folge zu leisten, aber ein anderes Geräusch lenkte ihn ab. Ein erstickter Laut drang an seine Ohren, dann vernahm er einen Fall und einen Fluch.

Jetzt gab es für den Reporter kein Halten mehr. Er ließ den Würfel stehen, drehte sich um und sah dort, wo sich der Schmied aufgehalten hatte, zwei Gestalten.

Eine davon war Nathan.

Die andere, wesentlich größer, hielt sämtliche Vorteile in ihrer Hand. Ein klatschender Laut erklang, als die Faust des Größeren den Schmied mitten im Gesicht traf.

Bevor Bill eingreifen konnte, war es dem Gegner gelungen, Nathan den Speer zu entreißen.

Für einen Moment sah es so aus, als wollte der andere die

Waffe in die Brust des Schmieds rammen, doch Bill Conolly war bereits zu nahe, deshalb wich der Angreifer zurück und schlug gleichzeitig die Lanze von der Seite her gegen Bill Conolly.

Der bekam seinen rechten Arm nicht so schnell aus der Gefahrenzone. Er wurde in Höhe des Gelenks erwischt. Der Treffer war so hart, dass es ihm nicht mehr gelang, die gezogene Beretta zu halten. Sie rutschte ihm aus der Hand und blieb am Boden liegen.

Sofort bückte sich Bill danach. Er hatte kaum die Knie gekrümmt, als er in der Bewegung verharrte.

Sein Gegner hatte vorzüglich reagiert. Dicht vor Bills Hals war die Spitze der Lanze zur Ruhe gekommen. Der andere brauchte sie nur um eine Idee nach vorn zu drücken, um den Hals des Reporters durchbohren zu können.

Bill schielte über den Lanzenschaft hinweg. Es waren keine guten Sichtverhältnisse innerhalb dieser seltsamen Welt, zudem war der Stiel auch ziemlich lang, dennoch sah Bill, wie dahinter eine Gestalt in die Höhe wuchs. Sie war dunkel gekleidet, sodass sie sich kaum von der übrigen Beleuchtung unterschied. Das Gesicht war mehr zu ahnen, ein etwas hellerer Fleck, in dem aber etwas Weißes schimmerte.

Ein Gebiss.

Vampirzähne!

Bill erfasste es in diesen Augenblicken überdeutlich. Vor ihm stand ein Dämon besonderer Art.

Ein Blutsauger!

Damit konnte der Reporter überhaupt nichts anfangen. Wieso verirrte sich ein Vampir in das alte Atlantis? Was hatte er hier zu suchen, und weshalb wollte er nicht zulassen, dass Bill den Würfel an sich nahm? Stand er zu ihm in einem besonderen Verhältnis?

Es kostete Bill Überwindung, sich wieder zu fangen und eine erste Frage zu stellen.

»Wer bist du, Blutsauger?«

Ein hohl klingendes Lachen schwang ihm entgegen. Bill

hatte dabei das Gefühl, als würden die Töne auf dem Lanzenstiel tanzen.

»Wer ich bin? Ein Vampir, da hast du schon recht. Aber ein besonderer. Ich bin Mandraka, der Schwarzblut-Vampir. Und da ich nur das Blut von Dämonen trinke, werde ich dich auch auf eine andere Art töten, und zwar so!«

Im nächsten Moment stieß Mandraka die Lanze vor!

Freunde, hatte Myxin gesagt. Tatsächlich Freunde. Nein, das konnte ich kaum glauben. Es war nicht zu fassen. Er, der mich hatte töten wollen, bezeichnete mich plötzlich als einen Freund.

Ich bohrte meine Blicke in seine Augen. Plötzlich schien es nur uns beide zu geben, alles andere war mit einem Mal uninteressant geworden. Nur Myxin und ich existierten.

Starr sah ich ihn an. Versuchte dabei, ein Zeichen der Hinterlist und Falschheit in seinen Augen zu entdecken. Unter Umständen auch ein Zucken seiner Wangen oder ein verlogen wirkendes Lächeln.

Nichts dergleichen sah ich. Klar und geradeheraus schaute mich der kleine Magier an. Ohne die geringste Spur von Falschheit.

Und dabei hatte er mich töten wollen.

Mir kam es vor, als wäre es erst gestern gewesen. Ich hatte auf einem Stuhl gesessen. Myxin stand hinter mir, hatte das Schwert mit der goldenen Klinge gedreht und hielt es schlagbereit in der Hand. Mit einem Hieb hätte er mir den Kopf vom Rumpf trennen können.

Er hatte es nicht getan. Aber nicht aus Gründen der Humanität oder aus irgendeinem Gefühl des Mitleids heraus, sondern weil Kara von der Ferne her, dank ihrer magischen Kräfte, eingegriffen und einen Mord an mir verhindert hatte.

Sollte nun alles vergessen sein? Ich war mittlerweile schon wankend geworden, dennoch, so einfach wollte ich es auch einem »Freund« wie Myxin nicht machen.

»Freund hast du gesagt?« Diesmal sprach ich meine Gedanken aus. »Wie kannst du dich mir gegenüber so bezeichnen? Oder hast du schon alles vergessen?«

»Nein, John!«

»Dann sehe ich dich auch nicht als einen Freund an.«

Myxin bewegte sich. Ich hörte, wie ein gequälter Laut über seine Lippen drang. Da sah ich schon den rechten Arm auf mich zukommen, wobei die Hand ausgestreckt war, damit ich einschlagen konnte. Myxins Daumen zeigte nach oben. Genauso reichte man einem Menschen die Hand, wenn man ihn begrüßen wollte.

Aber ich konnte nicht einschlagen. Nein, ich brachte es einfach nicht über mich, schüttelte den Kopf und presste die Lippen zusammen.

Die anderen waren sehr nahe herangekommen. Sie umstanden uns, ich spürte ihre Nähe, aber niemand sagte auch nur ein Wort. Das war eine Sache zwischen Myxin und mir.

Der kleine Magier zog die Hand nicht zurück. Stattdessen sagte er mit leiser Stimme, aber so laut, dass ihn alle verstehen konnten: »John, ich begreife, was in dir vorgeht, aber gib mir eine Chance, dir alles zu erklären.«

»Auch einen Mord?«

»Bist du gestorben?«

»Nein, ich lebe, aber du hattest den Vorsatz, mich umzubringen, Myxin. Das kann ich nicht vergessen.«

»So sah es aus. Aber denke nach. Hätte ich nicht schon sehr oft danach die Chance gehabt, dich zu töten, wenn ich es nur gewollt hätte? Erinnere dich. Denke an die Träne des Teufels und auch an den Planeten der Magier. Ihr wärt Arkonada niemals entkommen, hätte ich nicht eingegriffen.«

»Das sind Ausreden, Myxin. Die Lage hat sich eben geändert. Es ist nach deinem Verrat einiges in Bewegung geraten. Wikkas Ende, zum Beispiel.«

»Es sind keine Ausreden, John!« Diesmal hatte nicht Myxin die Worte gesprochen, sondern Kara. Sie löste sich von den anderen, schritt an mir vorbei und blieb neben ihrem Partner stehen, als Beweis dafür, dass beide zusammengehörten.

»Du wusstest Bescheid?«, fragte ich nur.

Sie nickte mit ernstem Gesicht. »Ja, ich war eingeweiht und informiert. Alles, was wir danach erlebten, John, das war eine Täuschung.«

Ich lachte hart auf und unterbrach die Schöne aus dem Totenreich. »Die dir verdammt gut gelungen ist, Kara.«

»Sie musste sein, John!«

»Wirklich?«, höhnte ich. Nein, ich konnte es einfach nicht fassen und fühlte mich bis auf die Knochen blamiert. Was hatte ich mir für Gedanken gemacht! Wie hatten wir uns gequält, und ich war tatsächlich auf Karas Schauspielkunst hereingefallen. Suko war es nicht anders ergangen, und nun mussten wir feststellen, dass wir geleimt worden waren. Wie kleine Kinder reingelegt.

»Es musste einfach so geschehen«, sagte Myxin leise.

»Auch der Mordversuch?«

»In gewisser Weise schon, denn es ging nicht um dich. Du warst, das gebe ich ehrlich zu, nur ein Mittel zum Zweck. Für uns ging es um andere Dinge.«

»Und um welche?«

»Denk an die Flammenden Steine, John Sinclair. Mit ihnen und Arkonada hat es begonnen. Ich habe erlebt, wie die Magie der Steine vernichtet und umgewandelt wurde. Man hat mich dieser mächtigen Kraft beraubt, und ich wusste wirklich kein anderes Gegenmittel, um dagegen anzukämpfen, als es mit einem großen Täuschungsmanöver zu versuchen, auf das auch die Mächte der Finsternis hereinfielen.«

»Und ich war dabei das erste Opfer«, erklärte ich.

Myxin schüttelte den Kopf. »Du kannst dich nicht als Opfer sehen«, erwiderte er.

»Doch, ich sehe mich so.«

Myxin nickte. »Gut, meinetwegen, aber lass mich weiter berichten. Wir mussten die gesamte Dämonenwelt täuschen, um nicht unterzugehen. Ich will noch einmal auf die Flammenden Steine zu sprechen kommen. Sie waren für uns der Ausgangspunkt. Sie funktionierten nicht mehr, gehörten nicht mehr zu Kara und mir, denn sie gehorchten plötzlich den Gesetzen eines anderen, eben des Arkonada. Mir war klar, dass Arkonada durch die Steine ein Machtmittel in der Hand hielt, wie es für einen Dämon wie ihn einmalig ist. Ich aber musste etwas dagegensetzen. Erst einmal der große Bluff und meine durchaus spektakuläre Trennung von euch.«

Noch immer hatte er mich nicht so recht überzeugt. Vielleicht war ich auch einfach wütend und wollte ihn reizen, denn ich musste Dampf loswerden. Zu viel lag hinter uns, und zu schwer hatte die Enttäuschung dabei gewogen.

»Die ich auch im Nachhinein als zu hart empfinde«, hielt ich dem kleinen Magier vor.

»Sicher, ich verstehe dich, John …«

»Und Mandraka? Plötzlich standest du auf seiner Seite.«

»Es war klar. Nach der Trennung suchte ich einen Verbündeten. Da war Mandraka ideal. Ein Schwarzblut-Vampir, ein Wesen, das sich vom Blut der Dämonen ernährte. So etwas fehlte in meinen Plänen, und ich verbündete mich mit ihm, denn er war gleichzeitig Schwarzblüter und ging seinem unheilvollen Drang nach, indem er sie bekämpfte, das heißt, sie jagte und deren Blut trank.«

»Du wolltest nur die Totenmaske?«, fragte ich.

»Ja, ich erinnerte mich wieder an sie. Die Maske ist eine sehr mächtige Waffe, John. Wenn es überhaupt eine Chance für mich gab, dann eben durch die Maske, deren Funktion und Sinn ich dir später erklären möchte. Aber lass mich weiter berichten.«

»Bitte …«

»Während Kara zurückbleiben musste, wir hatten uns schließlich offiziell getrennt, begab ich mich auf die Suche nach der Maske. Ich konnte sie nur dort finden, wo sie einmal hergestellt worden war, und zwar im alten Atlantis. Nun, ich gelangte dorthin, hatte einige Mühe, sie zu finden, doch die

Suche lohnte sich. Die Maske fiel mir in die Hände, und ich hatte gewonnen. Erinnere dich an London, John Sinclair. Wie war es denn, als du auf der Straße gelegen hast und bedroht wurdest? Du hättest den Steinen wohl kaum entkommen können, bis ich mit der Maske eingriff. Da hat sie auch dir einen großen Dienst erwiesen. Ihr gelang es letztendlich, einen mächtigen Dämon wie Arkonada zu vertreiben. Er hat Angst vor der Totenmaske, aber ich wollte mehr, denn ich wusste genau, dass Arkonada über das Orakel von Atlantis wachte. Man kann es auch den Würfel des Unheils nennen. Er darf nicht länger in dämonischer oder schwarzmagischer Hand bleiben, wir müssen ihn in unseren Besitz bringen.«

»Und du weißt, wo er sich befindet?«, fragte ich.

Myxin nickte. »Natürlich weiß ich das. Wären wir sonst hier, John Sinclair?«

Ich hob die Hand. »Moment mal. Heißt das, dass wir den Würfel hier finden können?«

»Ja, er befindet sich in Atlantis.«

»In der Vergangenheit?«

Myxin nickte. »So ist es. Arkonada brauchte ein Versteck für den Würfel. Er wusste selbst, wie stark gewisse Kräfte hinter ihm her waren. Und ihm fiel nur Atlantis ein. Das Atlantis der Vergangenheit, in das er immer zurückkehren konnte, weil sein Platz auf dem Planeten der Magier war. Er gehört ihm schließlich, und dieser Planet hatte ihn stets begleitet, gewissermaßen als eine Sprungbasis. Von dort konnte er ständig in das alte Atlantis reisen und sich den Würfel anschauen.«

»Ist er jetzt auch hier, oder hast du ihn vernichtet?«, wollte ich wissen.

»Wie kommst du darauf, John?«

»Durch die Totenmaske. Das Letzte, was wir vom Planeten der Magier zu sehen bekamen, war die Szene, in der du dir die Maske vor dein Gesicht gehalten hast. Dann war alles anders, und wir erwachten hier in Atlantis. Also müsste Arkonada zerstört sein, wenn die Maske für ihn tödlich ist.«

»Eigentlich ja«, gab Myxin zu.
»Aber er ist es nicht.«
»Wahrscheinlich nicht, vielleicht doch, wir wissen es nicht, aber wir werden es herausfinden.«
»Dann suchen wir ihn!«
»Ja und nein. Falls er sich tatsächlich hier aufhält und ihm zuvor die Flucht gelungen ist, gibt es meines Erachtens nur einen Platz, wo wir ihn finden können.«
»Beim Würfel des Unheils.« Diesen Satz sagte Suko. Er erntete von Myxin dafür ein Lächeln und ein Nicken.
»Ja, da wird er sein.«
»Dann lassen Sie uns hingehen«, sagte Professor Chandler. »Für mich war das zwar alles neu, aber ich habe sehr viel gelernt, das will ich Ihnen sagen.«
»Atlantis ist groß«, unterbrach Kara ihn. »So einfach werden wir es nicht haben.«
Chandler winkte ab. »Was gäbe es Interessanteres, als sich in einer fremden Dimension oder in einer unbekannten Vergangenheit umzuschauen. Es war schon immer mein Traum. Er hat sich erfüllt, deshalb bin ich bereit, mich dieser Welt zu stellen.« Chandler schaute uns nach diesen Worten an und nickte.
Selbst Myxin lächelte. »Es dauert noch etwas, bis wir uns auf den Weg machen. Ich will erst sicher sein, dass auch alles so stimmt, wie ich es gesagt habe.«
»Und wie erfahren Sie das?«
»Die Totenmaske wird mir den Weg zeigen.«
»Kann ich sie mal sehen?«, fragte ich.
Myxin schaute mich skeptisch an. »Ich gebe sie nicht gern aus der Hand«, erwiderte er.
»Dann traust du mir nicht?«
Der kleine Magier lachte. »John, du fängst es raffiniert an. Natürlich traue ich dir, und als Beweis meines Vertrauens darf ich dir die Maske für einen Moment geben. Du kannst sie dir genau anschauen. Sie ist schlicht, aber auf eine gewisse Art faszinierend.«
Ich war so froh, dass Myxin wieder zu uns hielt. Dabei

hatte er eigentlich nie die Seiten gewechselt. Er war also kein Verräter gewesen, aber das hätte man mir auch sagen können. So waren meine Freunde im Dunkeln gelassen worden, und Kara hatte so perfekt mitgespielt, dass es uns überhaupt nicht auffiel.

Myxin griff wieder unter seinen Mantel, der, ebenso wie die grünlich schimmernde Haut, bei ihm so etwas wie ein Markenzeichen war. Er bewegte sich nicht schnell. Ich hatte das Gefühl, dass er, wenn er die Maske hervorholte, immer an etwas Besonderes dachte und diesen Vorgang auch in seinen Bewegungen würdigte.

Für einen Moment hielt er sie in der rechten Hand.

Ich streckte meinen Arm aus. »Du hast es mir versprochen, Myxin. Bitte, gib sie!«

Der kleine Magier lächelte hintergründig, bevor er die Totenmaske abgab und hinzufügte: »Werte es als Zeichen des Vertrauens, John.«

Zum ersten Mal sah ich sie aus der Nähe. Ich wusste nicht, aus welch einem Material sie bestand, jedenfalls war sie nicht weich oder biegsam, sondern bestand aus einem harten Stoff. Vielleicht Holz.

Interessiert traten die anderen näher. Auch Jane versuchte, einen Blick über meine Schulter zu erhaschen und sah ein grünes Fünfeck.

Mehr war die Maske nicht. Fünfeckig mit einem spitz zulaufenden Kinn. Darüber befand sich ein gekrümmter, dünner Mund, der wie ein Strich wirkte. Es war nur ein Ausschnitt innerhalb der Fläche, und über ihm sah ich die Nase, die ein wenig vorstand. An ihrer Oberseite wurde sie rechts und links von den Augenlöchern eingegrenzt, und ich fand beim Betrachten nichts Besonderes.

Ich wog sie in der Hand.

»Sie gefällt dir nicht, wie?«, fragte Myxin.

Ich hob die Schultern. »Viel kann ich damit nicht anfangen«, gab ich ehrlich zu. »Hätte ich sie gefunden, wäre mir an ihr wohl nichts aufgefallen.«

»Sie ist dennoch etwas Besonderes«, sagte der kleine Magier, »denn die Maske kann unter anderem auch sehen.«

»Wieso das?«

»Schau dir die Ecken an.«

Das tat ich auch. Ich musste schon sehr genau hinsehen, um die etwas dunkleren Stellen zu erkennen.

»Meinst du die etwa?«, fragte ich.

»Ja.«

»Die sagen mir nicht viel, wirklich nicht.«

»Es sind Augen.«

Überrascht runzelte ich die Stirn. »Augen, sagst du?« Ich schüttelte den Kopf. »Tut mir leid, die sehe ich nicht.«

»Es stimmt, was ich behauptet habe. Die Maske ist ein Fünfeck. So wie dein Kreuz an den vier Enden die Zeichen mächtiger Geister des Guten besitzt, ist die Totenmaske mit Augen ausgestattet. Fünf Augen zählt sie, die sich momentan in einer Ruhestellung befinden. Jedes Auge hat eine andere Bedeutung und auch eine andere Farbe.«

»Wie denn?«, fragte Chandler. »Was kann man damit anstellen? Es muss doch einen Grund dafür geben.«

»Der existiert«, gab der kleine Magier zu.

»Dann nenne ihn.«

Myxin schüttelte den Kopf. »Es ist ein wenig kompliziert, die Funktion der Maske zu erklären, deshalb möchte ich es im Moment sein lassen. Vielleicht später, Freunde. Ich wisst, dass ich nicht geblufft habe.« Er lächelte und fügte noch zu mir gewandt hinzu: »Diesmal nicht. Andere Dinge sind jetzt wichtiger. Wir können uns jedoch voll und ganz auf die Maske verlassen.«

»Welche Dinge?«, fragte der Professor.

Ich wusste die Antwort, aber Suko kam mir zuvor, indem er von Arkonada sprach.

»Genau.« Diesmal gab Kara die Antwort. »Wir wissen noch nicht, was mit Arkonada geschehen ist. Ob er noch lebt, angeschlagen oder vernichtet ist. Das ist die große Frage. Und wir müssen herausfinden, was mit ihm geschah.«

»Wobei es ein Problem gibt«, sagte Myxin.

Ich war seinem Blick gefolgt, und er schaute genau die Person an, die er als Problem ansah.

Jane Collins!

Auch die ehemalige Detektivin merkte etwas. Sie ging einen Schritt zurück. »Was wollt ihr von mir, zum Teufel?«

»Zum Teufel sollten Sie gehen«, mischte sich Chandler ein. »Dort wären Sie besser aufgehoben.«

Myxin wandte sich mit der nächsten Frage an mich. Er hatte die Maske wieder an sich genommen und sie sicherheitshalber weggesteckt. Sie würde er hüten wie einen kostbaren Schatz.

»Was ist mit ihr, John? Suko hat sie gerettet, während er Wikka in der Schlinge ließ. Kannst du ihr wieder vertrauen? Hat sie es überstanden?«

Jane lachte girrend und unterbrach Myxins Fragen damit. »Man kann mir ebenso vertrauen wie dir, Magier.«

Er schaute mich an. »Stimmt das, John?«

Ich schüttelte den Kopf. »Nein, das glaube ich nicht. Jane Collins ist noch immer eine Hexe.«

»Das dachte ich mir.«

Jane sah sich in die Enge getrieben.

»Er lügt«, wandte sie sich an Myxin. »Verdammt, er lügt! Wikka war meine Todfeindin. Sie hat mich jagen lassen. Ich wusste nicht mehr ein noch aus. Sie war gefährlich, sie wollte mich eiskalt vernichten. Ich habe eine Hölle erlebt, das kann ich euch sagen, verdammt!«

»Was nichts an deinem Zustand ändert«, fuhr ich ihr in die Parade. Einen Schritt ging ich in ihre Richtung. »Wikka hat dich gejagt, aber nur aus dem Grund, da sie dich als Verräterin einstufte. Sie hat dir deine Hexenkräfte nicht genommen. Du reagierst wie eine Hexe, du denkst wie eine Hexe, du bist eine Hexe!«

Ihr Gesicht verzerrte sich. »Was willst du von mir, John Sinclair? Verdammt, was willst du eigentlich?«

»Ich sage nur die Wahrheit!«

Sie nickte heftig. Die langen Haare flogen dabei und fielen auch vor ihr Gesicht. »Du sagst also die Wahrheit, Geisterjäger, okay. Dann frage ich mich, weshalb du mich nicht in der Schlinge hast hängen lassen?«

»Das war Suko.«

»Hättest du denn anders gehandelt?«

Ich gab eine ehrliche Antwort. »Wahrscheinlich nicht.«

»Na bitte. Dann sag mir endlich, weshalb ihr eine echte Hexe vor dem Tod gerettet habt?«

Ich hob die Schultern. »Nenne es meinetwegen Dummheit oder Sentimentalität, denn, ob du es glaubst oder nicht, Jane, ich habe noch immer Hoffnung, was dich betrifft.«

Sie lachte schrill. »Wie toll, John Sinclair. Wie edelmütig von dir. Da muss ich mich ja bei dir bedanken – oder?«

»Das kannst du halten, wie du willst, Jane. Ich für meinen Teil verzichte gern darauf.«

»Wenn ihr sie nicht ausschalten wollt«, bemerkte Myxin, »müssen wir sie mitnehmen und uns mit ihr belasten. John, entscheide dich. Sie ist schwach, du hast die Chance. In dieser Welt scheinen ihre magischen Kräfte nicht zu funktionieren.«

Ich hörte Myxins Worte kaum. Aber den letzten Satz hatte ich sehr deutlich verstanden.

Die magischen Kräfte funktionierten nicht in dieser Welt.

Konnte und sollte ich diese Schwäche ausnutzen? Diese Frage stellte sich mir in den nächsten Augenblicken. Es kam allein auf mich an, ob Jane weiterhin leben würde oder nicht.

Ich starrte sie an.

Auch sie versenkte ihren Blick in mein Gesicht. Glatt war die Haut. Die weichen Linien waren im Laufe der Zeit kantig geworden, die Lippen kamen mir schmaler vor. Kein äußeres Zeichen deutete darauf hin, was sie dachte.

»Nun?« Myxin wollte, dass ich mich schnell entschied.

Eine Antwort konnte ich ihm nicht geben, weil ich ständig in Janes Augen starrte.

Und dort sah ich so etwas wie ein menschliches Gefühl. Da war die Härte gebrochen, denn ich glaubte, tief in ihren Pupillenschächten die Angst zu sehen.

Ja, Jane hatte Angst um ihr Leben! Die heftige Antwort vorhin entstammte einer reinen Trotzreaktion, sie war nicht aus der Überzeugung geboren. Die Angst in ihren Augen ließ mich wankelmütig werden.

Dabei brauchte ich nur die Beretta zu ziehen und zu schießen. Auf uns würde verdammt viel zukommen. Die Zukunft sah nicht rosig aus. Gab es keine Jane Collins mehr, hatten wir ein großes Problem weniger.

Ich dachte an Suko und vergegenwärtigte mir noch einmal die Szene am Galgen. Mein Freund hatte Wikka hängen lassen und Jane Collins gerettet. Auch er wusste über die Schwierigkeiten Bescheid, die sie uns unter Umständen bereiten konnte. Sollte ich unmenschlicher reagieren als mein chinesischer Freund?

Nein, das konnte ich nicht!

Mochte sie sein, wie sie wollte. Mochte man mich für den letzten Idioten halten, ich brachte es nicht fertig, die Waffe zu ziehen.

Ich drehte mich zur Seite, senkte den Kopf und schaute zu Boden. »Wir nehmen sie mit.« Meine Stimme klang rau. Vielleicht hatte ich auch gegen meine eigene Überzeugung gesprochen, aber niemand kann aus seiner Haut, auch ein Geisterjäger nicht.

Meine Freunde hatten bewusst nicht eingegriffen und mir die Entscheidung überlassen. Auch nach den Worten sagten sie nichts. Die Stille umgab uns wie eine Decke. Sie wurde nur durch ein Zischen unterbrochen, das Jane Collins ausgestoßen hatte.

Auch einer Hexe konnte ein Stein vom Herzen fallen.

»Nun ja«, sagte Myxin, »du hast dich entschieden, John Sinclair. Und wir akzeptieren es. Allerdings warne ich dich. Sie wird versuchen, uns Steine in den Weg zu legen, deshalb müssen wir auf der Hut sein.«

Ich schaute Jane an. Nichts zeichnete sich in ihrem Gesicht ab. Ich schüttelte den Kopf. »Das glaube ich kaum, dass sie es so weit treiben will. Sie wird nicht so dumm sein und das tun. Es wäre eine Behinderung, die sich im Endeffekt negativ auf sie auswirken könnte. Nicht wahr, Jane Collins?«

Die ehemalige Detektivin hob nur die Schultern. Ich hätte an ihrer Stelle nicht anders gehandelt. Sie wusste schließlich, dass wir auf zwei verschiedenen Seiten standen, was sollte sie also anderes tun? Dann lieber den Mund halten.

»Schließen wir das Problem ab«, sagte Myxin, »und konzentrieren wir uns auf das nächste Problem. Arkonada.«

»Du vermutest ihn in der Nähe des Würfels?«, fragte Suko.

»Ja. Denn er weiß, falls er noch existiert, dass der Würfel ihm Kraft geben kann.«

»Könnte er angeschlagen sein?«

Myxin nickte mir zu. »Das hoffe ich, John. Ich wünsche es mir, denn wenn er seine vollen Kräfte besitzt, kann es gefährlich werden. Erinnere dich daran, dass es auch Kara nicht geschafft hatte, ihn mit ihrem Schwert zu besiegen. Arkonada ist stark, ich hoffe, dass er nicht stärker als die Kraft der Totenmaske ist.«

»Wie kommen wir denn hin?«, mischte sich Chandler ein. »Atlantis ist doch groß. Wir …«

»… werden uns der Magie dieses geheimnisvollen und herrlichen Kontinents bedienen«, erklärte der kleine Magier schlicht, holte wieder die Maske hervor und presste sie gegen das Gesicht.

Für einen Moment wirkte er auf uns alle wie eine Figur aus dem Fasching oder Karneval. Jeder hütete sich, auch nur ein leises Lächeln anzudeuten, dafür war die Lage einfach zu ernst.

Die Maske schien mit Myxins Gesicht verwachsen zu sein, denn wir sahen nichts von seiner leicht grünlichen Haut. Nur eben die Maske.

Und dann die Augen.

Für einen winzigen Moment entdeckte ich sie. An den Enden leuchteten sie auf, bildeten fünf farbige Ovale mit dunklen Pupillen, die wie tiefe Schächte aussahen.

Sie griffen nach uns.

Wir konnten nichts tun, gar nichts.

Nur hoffen …

Und das auch nicht mehr, denn da wurden wir von der Magie der Totenmaske gepackt …

Minuten zuvor hätte Bill Conolly nicht so rasch reagieren können. In diesem Fall tat er das einzig Richtige. Er nahm blitzschnell den Kopf zur Seite, damit die Speerspitze seinen Hals nicht durchbohren konnte.

Dennoch erwischte sie ihn.

Zwar nicht direkt in der Mitte des Halses, doch an der rechten Seite. Die Haut wurde eingerissen.

Bill fühlte den scharfen Schmerz, biss die Zähne zusammen und warf sich zu Boden. Mochte die Wunde noch so gefährlich sein, er hatte keine Zeit mehr, sich darum zu kümmern. Dieser Schwarzblut-Vampir war wichtiger.

Durch den Stoß war Mandraka nach vorn getrieben worden. Er musste an Conolly vorbei, und Bill gelang es, einen Fuß zwischen die Beine des Monsters zu schieben.

Mandraka begann zu taumeln, dann stolperte er, und Bill hatte in diesem Augenblick Pech. Mit der rechten Fußspitze berührte Mandraka die Beretta und stieß sie tiefer in die Düsternis hinein, sodass sie für Bill unerreichbar wurde.

Der Reporter musste mit bloßen Händen gegen seinen Widersacher angehen, und er kannte die Gefährlichkeit der Vampire. Sie besaßen die Kräfte der Hölle. Schläge richteten gegen sie nichts aus. Man konnte sie damit vielleicht zurücktreiben, aber sie würden es immer wieder versuchen. Und dieser Vampir wollte nicht einmal Bills Blut, sondern ihn einfach nur umbringen.

Der Reporter stemmte sich hoch. Er warf dabei einen Blick

zur Seite und sah Nathan, den Schmied, am Boden hocken. Der kleine Mensch hielt sich den Unterleib, dort mussten ihn die Schläge des anderen erwischt haben.

Bills Hals brannte, als hätte man ihn in Feuer getaucht. Jeder Herzschlag pumpte neues Blut aus dem tiefen Wundspalt, wobei Bill befürchtete, dass eine Ader in Mitleidenschaft gezogen worden war.

Die Wunde musste so rasch wie möglich verbunden werden, aber vor dieser Tat stand noch der Vampir als Hindernis.

Er besaß die verfluchte Lanze.

Breitbeinig baute sich Bill auf. Sein Blick war starr auf den Gegner fixiert. Trotz der schlechten Lichtverhältnisse suchte er in dessen Gesicht nach einer Regung, nach einem Zeichen, das auf einen plötzlichen Angriff hinwies.

Mandraka hielt sich zurück.

Er taxierte und wog ab. Dabei blieb er nie ruhig, sondern stieß stets die Lanze nach vorn. Finten zwar, aber Bill Conolly musste leider auf sie reagieren, und er zuckte mal nach links, dann wieder nach rechts oder sprang zurück.

Der Schwarzblut-Vampir wusste genau, wie er mit seiner Waffe umzugehen hatte, und er trieb den Reporter immer mehr in die Enge. Er wollte ihn so lange täuschen, bis er zustechen konnte.

Das Gesicht des Feindes war verzerrt. Bill glaubte auch, einen rötlichen Schimmer in ihm zu sehen. Er konnte sich aber wegen der miserablen Lichtverhältnisse auch täuschen.

Wie kam der Vampir zum Würfel des Unheils?

Diese wichtige Frage stellte sich der Reporter immer wieder, trotz der schlechten Ausgangslage, in der er sich befand. Und er wollte eine Antwort haben.

»Was wolltest du von dem Würfel?«, fragte er und wich wieder geschickt zur Seite.

»Ich bewache ihn!«

»Für Arkonada?«

»Nein. Ich bin durch einen magischen Prozess hierher

gekommen. Arkonada ist lächerlich. Ihn gibt es nur noch in verschiedenen Teilen. Aber das weißt du ja.«

Bill war überrascht. »Nein«, sagte er im Zurückweichen, »das weiß ich nicht.«

Mandraka lachte. »Er ist hier, du bist ihm begegnet. Siehst du nicht die dicken Schatten?«

Der Reporter verstand. Auf seinem Gesicht breitete sich dennoch Unglaube aus. »Das soll Arkonada sein?«

»Ja!«, flüsterte der Schwarzblut-Vampir heiser. »Das ist Arkonada oder das, was von ihm übrig geblieben ist. Hast du das nicht gewusst?« Er lachte schrill und hoch. »Arkonada wurde zerstört. Es gibt ihn zwar noch, aber nur als Schattenteile.«

»Wie ein Puzzle«, sagte Bill und musste lachen, weil er mit einer solchen Wendung des Falls nicht gerechnet hatte.

Mandraka dachte, eine Chance zu haben. Er wuchtete die Lanze vor.

Blitzschnell tauchte der Reporter weg, unterlief den Stich und rannte gleichzeitig nach vorn.

Er wollte Mandraka umstoßen, aber der Vampir war schlau und auch reaktionsschnell. Er drehte die Lanze, riss gleichzeitig ein Bein hoch, und Bill musste beide Treffer hinnehmen.

Er ging trotzdem nur leicht in die Knie, sah, dass der andere die Waffe drehte und zustoßen wollte.

Jetzt wurde es kritisch.

Mandraka freute sich, und sein Siegeslachen sollte Bill Conolly in den Tod begleiten.

Da wischte etwas durch die Luft!

Es war eine der goldenen Pistolen, und Nathan hatte die Waffe geschleudert. Er wollte Bill zur Seite stehen, hatte sich jedoch nicht anders zu helfen gewusst, denn er fühlte sich zu schwach, um selbst angreifen zu können.

Zielen konnte der Zwerg. Die Waffe traf ins Schwarze.

Sie prallte gegen Mandrakas Schädel, kurz bevor er zustieß. Diesen Schlag konnte er nicht ausgleichen. Sein Kopf wurde zur Seite gedrückt, er selbst geriet aus dem Rhythmus und gab dem Reporter somit Gelegenheit, sich wieder zu fangen.

Bill jagte hoch.

Jetzt, wo er der unmittelbaren Gefahr entronnen war, entfaltete er wieder volle Aktivitäten. Er huschte wie ein Schatten herbei, schleuderte die Arme vor, wobei er die Hände zu Fäusten geballt hatte.

Er traf.

Mandraka bekam den Hammerhieb gegen die Brust, und die Wucht schleuderte ihn noch weiter. Er ruderte mit den Armen. Durch diese unkontrollierten Bewegungen tauchte der Speer dicht vor Bill Conollys Gesicht auf. Aber nicht mit der Spitze, sondern verkantet. Der Reporter ließ sich die günstige Gelegenheit nicht entgehen. Mit beiden Händen griff er blitzschnell zu, umklammerte den Schaft und riss mit einem Ruck die Lanze aus den Händen des Schwarzblut-Vampirs.

Mandraka heulte vor Wut auf.

Jetzt waren die Verhältnisse umgekehrt worden, und Bill Conolly setzte sofort nach.

Er dachte an die Gefährlichkeit des Vampirs und spürte auch wieder das mörderische Brennen seiner Halswunde. Für ihn gab es nur eine Möglichkeit.

Bill holte aus.

»Ja, wirf sie!«, schrie der Zwerg.

Das dumpfe Echo seines Schreis begleitete den Weg der Lanze, die haargenau ins Ziel traf.

Mit einem dumpfen Schlag erwischte sie die Brust des Vampirs, und Mandraka konnte diesen Treffer nicht ausgleichen. Er taumelte weiter in die Dunkelheit hinein, sodass er aus Bills Sichtweite verschwand. Hinzu kamen die tanzenden, dicken Schatten, die ein genaues Sehen erschwerten, sodass der Reporter schon nachsetzen musste, um den Vampir zu erwischen.

Er stürmte hinter ihm her.

Mandraka hatte sich wieder gefangen. Selbst dieser harte Treffer hatte ihn weder von den Beinen holen noch stoppen können. Das wunderte Bill. Welch eine Kraft musste in diesem Wesen stecken!

Er sah ihn wieder.

Mandraka schüttelte sich. Genau dort, wo ihn die Waffe getroffen hatte, war nicht nur seine dunkle Kleidung zerfetzt, auch die Brust zeigte ein großes Loch, und die Lanze war tief in den hageren Körper des Blutsaugers gedrungen, ohne aber an seinem Rücken wieder herausgetreten zu sein.

Der Schwarzblut-Vampir gab nicht auf.

Bevor Bill sich versah, packte der Dämon den Schaft und zog die Lanze aus seinem Körper. Dabei drang ein gellendes Lachen aus seinem Maul.

Bill wurde für einen Moment starr. War dieser verfluchte Unhold denn überhaupt nicht zu töten?

Mandraka weidete sich an der Überraschung seines Gegners und ging vor.

»So nicht«, sagte er. »So nicht …«

Unwillkürlich wich Bill zurück. Seine Gedanken suchten fieberhaft nach einer Möglichkeit, Mandraka trotz allem zu besiegen. Mit der Hacke seines rechten Fußes stieß Bill gegen ein im Weg liegendes Hindernis. Er schaute schnell zur Seite und sah die goldene Pistole.

Da kam ihm die Idee!

Vier Pistolen besaßen Nathan und er. Drei davon waren nicht geladen.

Dafür die, die Bill bei sich trug.

Sie war seine Chance.

Der Reporter griff blitzschnell zu. Bisher hatte er mit dieser Waffe noch nie geschossen, er kannte die Funktion und die Wirkung nur vom Hörensagen.

Wenn es jemand schaffte, den Vampir zu vernichten, war es die goldene Pistole.

Bill zögerte keine Sekunde länger. Er richtete die Mündung auf den herankommenden Vampir und drückte ab.

Zu verfehlen war er nicht.

Kein Abschussknall drang an Bills Ohren. Er sah nur eine dicke, zähe und schleimige Flüssigkeit aus der Mündung schießen, die haargenau ihr Ziel fand.

Mandraka wurde erwischt.

Das Zeug klatschte gegen ihn. Er stieß einen röchelnden Schrei aus, der sich verteufelt nach Angst anhörte, und wankte zurück, während sich die Flüssigkeit, kaum dass sie Kontakt mit dem Ziel bekommen hatte, blitzschnell verdoppelte und verdreifachte.

Sie hüllte den Körper ein, blähte sich auf und breitete sich aus, sodass sie eine Kugel bildete, die den Schwarzblut-Vampir wie ein Ballon umgab.

Gleichzeitig wuchsen aus dem unteren Teil der Kugel zwei dünne Beine, sodass sich dieses Geschöpf auch bewegen konnte.

Zum ersten Mal erlebte Bill mit eigenen Augen die Wirkung dieser unheimlichen Waffe, und er ging näher an die Kugel heran, um Details zu sehen, obwohl ihm eine Gänsehaut über den Rücken jagte und er am liebsten verschwunden wäre.

Mandraka war eingeschlossen, hatte aber nicht aufgegeben, denn er kämpfte verzweifelt, um sich aus seiner schrecklichen Lage zu befreien. Zudem besaß er noch die Lanze.

Die Kugel bewegte sich auf ihren stelzenartigen, dünnen Beinen. Sie schaukelte, und diese Bewegung übertrug sich auch auf den gefangenen Mandraka. Es gelang ihm nur mühsam, das Gleichgewicht zu bewahren. Seinen linken Arm hatte er ausgestreckt. Die gespreizten Finger berührten die Innenwand, während er den rechten Arm benötigte, um die Lanze zu halten.

Aus dem rechten Augenwinkel bemerkte Bill Conolly, dass sich Nathan erhoben hatte und näher kam, damit er dem Schauspiel zuschauen konnte.

Mandraka wehrte sich.

Er hatte die Lanze. Seine einzige Waffe, die er gegen die Blase einsetzen konnte.

Mandraka schwankte und kippte von einer Seite auf die andere, während er versuchte, sich so in Positur zu bringen, dass er mit der Spitze der Lanze die Haut durchstechen konnte.

Er holte stets aus, wuchtete sich nach vorn, hatte mit dem Gleichgewicht zu kämpfen und schaffte es trotz der Schwierigkeiten, die Spitze der Waffe gegen die Haut zu drücken.

Aber die hielt!

Die Lanze, die einen Menschen hätte durchbohren können, brachte es nicht fertig, die so dünn aussehende Haut der Blase zu zerstören. Sie prallte stets ab, zuckte immer wieder zurück. Drückte durch die Gegenbewegung den Vampir nach hinten, der es dennoch ständig weiter versuchte und immer wieder an der widerstandsfähigen Haut scheiterte.

Bill und Nathan schauten gespannt zu. Der Zwerg schüttelte den Kopf, er öffnete den Mund, und die nächsten Worte flossen träge über die Lippen.

»Das kann doch nicht wahr sein.«

»Du kennst die Wirkung der goldenen Pistole nicht?«, erkundigte sich Bill Conolly.

»Nein, ich …«

Sie schauten weiter zu und mussten mit ansehen, wie der Vampir sich nicht mehr halten konnte, denn die tötende Blase hatte durch eine schnelle Bewegung dafür gesorgt.

Mandraka sackte in die Hocke. Auf der zwar widerstandsfähigen, aber dennoch weichen Haut schaukelte er nach. Es gelang ihm nicht mehr, wieder auf die Beine zu kommen. Die Blase war für ihn zu einem endgültigen Gefängnis geworden.

»Was wird denn jetzt weiter geschehen?«, wollte der Zwerg wissen.

»Ich glaube, dass sie ihn tötet«, murmelte Bill.

»Wie?«

»Schau hin, dann werden wir es erleben!«

Bill hatte den Satz kaum beendet, als die Kugel eine weitere Kraft ausspielte.

Der Reporter kannte es bisher nur aus den Erzählungen seines Freundes John Sinclair. Nun sah er es mit eigenen Augen, denn über dem gefangenen Vampir zog sich die Haut zusammen und sonderte gleichzeitig einen Schleim ab, der in handgroßen Tropfen nach unten fiel und das Ziel nicht verfehlte.

Der erste Tropfen klatschte auf Mandrakas Schädel, verteilte sich dort und rann an seinem entsetzt verzogenen Gesicht nach unten. Kaum hatte die Flüssigkeit Kontakt, als sie damit begann, die Haut von den Knochen zu lösen.

Es musste schrecklich sein.

Wahrscheinlich schrie der Schwarzblut-Vampir, aber die beiden entsetzten Zuschauer hörten ihn nicht, weil die Haut auch die lauten Schreie schluckte.

Sie sahen es nur an dem verzerrten Gesicht des Vampirs, dass er ungemein starke Schmerzen haben musste.

Er wand und wälzte sich am Boden, während Tropfen auf Tropfen nach unten fiel, auf Mandrakas Rücken klatschte und sofort mit dem zerstörerischen Werk begann.

Durch eine Schaukelbewegung der Kugel gelang es Mandraka, sich wieder herumzuwälzen.

Nathan und Bill sahen das Gesicht des Schwarzblut-Vampirs. Es war keines mehr. Dieses Etwas, das ihnen da entgegenstarrte, war ein Gebilde aus bleichen Knochen. Nur an einigen Stellen noch hingen Fetzen lappiger Haut, doch auch sie lösten sich weiter in Säuredämpfe auf.

Zurück blieb das, was eigentlich immer der Rest eines Schwarzblüters war. Knochen oder Staub!

Bill musste sich räuspern. Selbst die Lanze hatte der unheimlichen Säure nicht standhalten können. Das Holz und die Metallspitze waren einfach aufgelöst worden.

John Sinclair hatte mit seinen Beschreibungen recht gehabt. Die Flüssigkeit reagierte tatsächlich so schlimm. Bill schüttelte sich.

»Wie der Todesnebel!«, flüsterte er. »Verdammt noch mal, wie dieser Nebel.«

»Was sagst du da?«, fragte der Schmied.

»Du kennst den Todesnebel nicht, Nathan?«

»Nein, ich ...«

Bill winkte ab. »Vergiss es und vergiss ihn. Er ist schrecklich, das kann ich dir sagen.«

Der Bann der letzten Sekunden hatte sich von Bill Conolly gelöst. Prompt kehrten die Schmerzen zurück. Zum ersten Mal kam er dazu, seine Wunde zu betasten. Er hob den Arm an und zuckte zusammen, als er den klaffenden Spalt in der Haut am Hals berührte. Als er seine Finger anschaute, waren sie blutig.

»Du musst die Wunde verbinden«, sagte Nathan. »So rasch wie möglich.«

»Das weiß ich auch. Aber womit?« Bill hatte die Frage kaum ausgesprochen, als er ein Tuch aus der Tasche holte und es sich dort gegen den Hals presste, wo das Blut hervorquoll. Bill drückte das Taschentuch so fest, dass es hielt.

Er hatte dabei zwangsläufig nicht auf die Kugel achten können und spürte plötzlich den schon schmerzhaften Klammergriff des Schmieds an seinem Gelenk.

»Weg hier!«

Bill schaute auf. Seine Augen weiteten sich, und er sah, wie recht der Schmied hatte.

Die Kugel war nicht aufzuhalten.

Ein Opfer hatte sie sich geholt, aber sie war gierig und wollte auch ein zweites und ein drittes haben.

Nathan zog Bill zurück. So gerieten die beiden wenigstens aus der unmittelbaren Gefahrenzone.

Sie hatten einige Sekunden Zeit, um nach Atem zu ringen.

»Wie kann man die Kugel vernichten?«, fragte Nathan.

Der Reporter hob die Schultern. »Ich weiß es nicht.«

»Aber du kanntest die Bedienung der Pistole.«

Bills Augen weiteten sich. Mit starrem Blick schaute er den Zwerg an. »Das ist die Idee!«, flüsterte er.

»Was?«

»Na, die Pistole. Ich glaube, sie muss irgendeine Funktion oder einen Mechanismus haben, der dieses Gebilde auch wieder zerstört.«

»Das lässt sich doch herausfinden.«

Bill schaute sich die Waffe an. Noch war die Kugel weit genug entfernt, doch von einer Sekunde zur anderen schaukelte sie näher, während in ihrem Innern die Knochen hin- und herrutschten.

Fieberhaft untersuchte der Reporter die Waffe. Er drehte sie von einer Seite auf die andere, aber er fand nichts, was auf eine gegensätzliche Funktion hingedeutet hätte. Mit dieser Waffe konnte man nur den Schleim verschießen.

Hätte er mehr Zeit gehabt, wäre es ihm vielleicht gelungen, die zweite Funktion zu finden, so aber musste Bill resignieren und steckte die goldene Pistole wieder weg.

Er schaute an der Kugel vorbei, und sein Blick fiel wieder auf den Gegenstand, um den sich alles drehte.

Es war der Würfel!

»Mit ihm!«, flüsterte er. »Verdammt, man kann ihn doch manipulieren.« Scharf schaute er den Schmied an. »Nicht wahr, so ist es doch? Er ist ein Zwitter, gehorcht dem Bösen und auch dem Guten. Wenn ich ihn jetzt an mich nehme …«

»Du willst ihn wirklich …?«

»Siehst du eine andere Möglichkeit?«

»Nein.«

»Dann werde ich es tun. Darauf kannst du dich verlassen«, sagte der Reporter. Er setzte sich in Bewegung.

Einen Bogen schlug er um die wandelnde Kugel, denn er wollte auf keinen Fall in deren Nähe gelangen.

Auch der Schmied zog sich zurück. Er beobachtete aus der Distanz das Vorgehen seines neuen Freundes.

Nach wie vor schwebte der Würfel irgendwie unbeteiligt in der Luft. Bill Conolly hatte nur ein paar Schritte zu gehen, um ihn zu erreichen. Auf die Schatten achteten weder er noch Nathan.

Das sollte sich als fatal herausstellen.

Bill hatte nur Augen für den Würfel, sein Herz klopfte bis zum Hals. Er hielt die Arme bereits ausgestreckt, um das kostbare Orakel umfassen zu können.

Da griffen die Schatten ein.

Bill sah, dass etwas vor seinen Augen von oben nach unten wischte und sich um seinen Hals legte, eine enge Schlinge bildete und Bill Conolly zurückzog.

Die Hände des Reporters griffen ins Leere, und im selben Moment wurde ihm die Luft knapp …

Auch Nathan hatte es erwischt!

In diesen Augenblicken mussten beide Männer begreifen, dass Arkonada noch nicht völlig vernichtet war. Man hatte ihn seiner ursprünglichen Gestalt beraubt, aber leider nicht ausschalten können.

Der Schmied spürte den Hauch, er wollte sich noch wegducken, da war es leider zu spät.

Die Klammer zog sich zu.

Zielsicher hatte der Schatten den Hals des Mannes gefunden und sich darum gewickelt. Es war zu einer Würgeschlinge geworden, in der eine magische Kraft steckte, der auch der Schmied nichts entgegensetzen konnte.

Weit riss er die Augen auf. Es wirkte so, als läge ein Schal um seinen Hals, und er hob beide Hände, um sich davon zu befreien. Nathan konnte zwar seinen Hals ertasten, aber er fühlte auch den öligen Schatten, den er nicht lösen konnte.

Eisenhart klammerte er sich fest.

Nathan kämpfte. Noch hatte er Kraft, und die setzte er auch ein. Er bückte sich, sein langer Bart streifte dabei über den Boden, dann schwang sich der kleine Mann blitzschnell wieder hoch, drehte sich und versuchte abermals, den würgenden Schatten von seinem Hals zu lösen.

Er hatte den gleichen Erfolg wie zuvor.

Arkonada hielt ihn in den Klauen.

Nathans Kopf wurde nach hinten gedrückt, aber das war nicht mal das Schlimmste. Aus weit aufgerissenen und hervorquellenden Augen schaute er auf die alles verschlingende Kugel, die sich auf ihren beiden stelzenartigen Beinen näherte.

Ein Opfer hatte sie schon. Jetzt würde sie sich ein zweites holen!

Die bleichen Knochen des Schwarzblut-Vampirs bewegten sich von einer Seite auf die andere. Sie fielen aufeinander, bildeten ein Wirrwarr und zeigten Nathan an, welches Schicksal ihm bevorstand, falls es der Kugel gelang, ihn aufzusaugen.

Der Einsatz der goldenen Pistole erwies sich für die beiden Männer als tödlicher Bumerang.

Der Zwerg kämpfte.

Immer wieder versuchte er, sich aus der würgenden Schlinge zu befreien, doch sein Bemühen war vergebens, und allmählich verließen ihn auch die Kräfte, zudem wurde ihm die Luft immer knapper. Wenn es so weiterging, würde er elendig ersticken.

Die Kugel näherte sich immer mehr. Sie nahm bereits mit ihrem Umfang den gesamten Blickwinkel und das Sichtfeld des Schmieds ein. Nathan konnte nicht mehr sehen, was Bill Conolly tat und ob es ihm gelungen war, sich aus der Schlinge zu befreien. Er dachte nur mehr an die doppelte Todesgefahr, in der er schwebte.

Der Schmied konnte das Ende nur mehr hinauszögern, es leider nicht verhindern.

Er ging zurück.

Noch hielt er sich auf den Beinen, doch es waren keine normalen Schritte mehr, die ihn zunächst von der Kugel wegbrachten. Bei jeder Bewegung knickte er in den Knien ein. Überhaupt ein Wunder, dass er noch nicht gefallen war.

Wie ein Roboter folgte die Kugel. Ihre Beine bewegten sich gleichförmig, sie dachte nicht daran, zu stoppen oder auch nur die Geschwindigkeit zu verringern.

Der Schmied brach zusammen.

Die Schwäche, resultierend aus dem Mangel an Luft, zwang ihn dazu. Er stürzte nicht nach hinten, sondern fiel nach vorn auf die Knie, und die dämonische Welt, in der er sich befand, begann plötzlich vor seinen aus den Höhlen quellenden Augen zu tanzen.

Auch der Boden kam ihm wie ein Meer mit hohem Wellengang vor. Es fiel ihm schwer, noch etwas zu erkennen.

Vielleicht zwei oder drei Schritte trennten die Kugel von ihrem Opfer, das in einer schwarzen Würgeschlinge hing.

Wie ein gewaltiger Planet erschien sie dem Schmied. Ein Planet, der alles fraß.

Auch ihn …

Bill kämpfte ebenfalls.

Es war ein verzweifeltes Ringen gegen die Zeit. Falls es ihm nicht gelang, Atem zu schöpfen, war es vorbei. Zwangsläufig dachte er daran, wie lange wohl ein Mensch die Luft anhalten konnte.

Vielleicht eine Minute, möglicherweise auch zwei?

Bill schlug um sich. Er reagierte genauso wie der Gnom, aber er erreichte nichts damit. Zu stark war die würgende Schattenklammer um seinen Hals.

Auch er konnte sich nicht mehr halten und sackte in die Knie. Sein Oberkörper wurde zurückgebogen, der Kopf machte diese Bewegung mit, aber Bill stemmte sich dagegen. Aus den weit geöffneten Augen sah er, wie Nathan gegen die schattenhafte Würgeschlinge kämpfte. Auch er lag am Boden, war zusammengebrochen und kämpfte um sein Leben.

Durch die graue Dunkelheit trieben weiterhin die langen, wellenförmigen Schatten, aber kein anderer griff den Reporter an. Es reichte eben der eine.

Bill Conolly verzweifelte fast. Sollte alles umsonst gewesen sein? Erwischte es ihn so dicht vor dem Ziel dennoch, und war sein Leben damit ausgelöscht?

Sollte es Arkonada, obwohl er eine Niederlage erlitten hatte, trotzdem gelingen, seine Feinde zu töten?

Alles wies darauf hin, und Bill stellte mit Entsetzen fest, dass sich die verfluchte Kugel den Schmied als Ziel ausgesucht hatte.

Dieser Mann sollte doppelt sterben!

Bill verfluchte seine eigene und die Hilflosigkeit des Schmieds. Abermals riss er die Arme hoch, tastete an der Kehle entlang und versuchte verzweifelt, die würgende Klammer zu lösen. Seine Finger rutschten ab, die Arme fielen wieder nach unten, und mit den Gelenken streifte der Reporter die goldene Pistole.

Durch den Druck kippte sie nach vorn und fiel zu Boden.

Bill stierte sie an.

Die Waffe musste doch funktionieren. Es gab eine Lösung: Die Waffe verschoss nicht nur den verfluchten Schleim, sondern konnte ihn auch vernichten. Davon hatte man ihm erzählt.

Aber wie funktionierte der Mechanismus? Und wo befand er sich?

Bill packte die Waffe mit beiden Händen. Sie verschwamm bereits vor seinen Augen, so sehr litt er unter den Qualen des Würgeschattens.

Der Reporter hatte den Mund weit geöffnet. Die Zungenspitze schaute hervor. Röchelnde Laute drangen über seine Lippen. Speichel floss am Kinn entlang und tropfte auf die Kleidung.

Die Waffe hielt er nur noch wie zur Dekoration in der Hand. Vor seinen Augen tanzte die Umgebung, bis der Faden auf einmal riss, sodass Bill für einen Moment klar denken konnte.

Die Kugel war verdammt nahe an den Schmied herangekommen. Vielleicht noch zwei, drei Sekunden, dann war es um Nathan, den Schmied aus Atlantis, geschehen.

Noch immer hielt der Reporter die goldene Pistole fest. Unkontrolliert huschten seine Finger über die beiden Seiten der Waffe, fanden den Abzugsbügel, aber den brauchte Bill nicht. Er wollte nicht noch einmal den Schleim verschießen.

Plötzlich zuckte die Waffe in seiner Hand, ohne dass er etwas dazu getan hätte.

Bill konnte nicht erkennen, was genau geschehen war, er sah nur die Folgen.

Wie ein Stern, der in die gewaltigen Kräfte einer galaktischen Explosion geraten war, so platzte die Kugel auseinander. Es gab nicht einmal einen Knall oder eine Verpuffung, fast lautlos detonierte die Kugel aus Schleim.

Im ersten Moment glaubte der Reporter an eine Halluzination, denn die verfluchte Kugel war weg, einfach verschwunden, und er dachte nicht mehr an seine eigene Misere.

Bei normalem Bewusstsein und auch bei normaler Aufnahmefähigkeit hätte er vielleicht einen kleinen blauen Pfeil erkannt, der aus der Waffe gehuscht war und das Ziel getroffen hatte.

Am Boden lag der Zwerg!

Und die verdammte Schlinge würgte ihn weiter, ebenso wie es bei Bill der Fall war.

Der Reporter konnte nicht mehr. Plötzlich wurde alles anders, so hell, so grell, und das gesamte Weltall schien vor Bills Augen auseinander zu fliegen.

Irgendwo in der Ferne glaubte er noch einen Schrei zu vernehmen und hörte seinen Namen heraus.

Dann kippte er nach vorn …

Ich hatte Myxins Worte gehört und sie auch behalten. Und ich schenkte dem kleinen Magier wieder mein volles Vertrauen. Er hatte ein gewaltiges Spiel gewagt, einen Bluff, wie er ihn wohl kein zweites Mal riskieren konnte, aber er hatte gewonnen.

Jedenfalls wies alles darauf hin. Arkonada schien vernichtet worden zu sein.

Und damit einer der Großen Alten, von dem ich einmal

gehört hatte, dass er eigentlich nur ein Diener sein sollte. Ob das stimmte, interessierte mich in diesen Augenblicken nicht, ich wollte nur, dass es ihn nicht mehr gab und die Welt somit von einer weiteren Qual und Pein erlöst wurde.

Und wir wollten den Würfel!

Das war im Endeffekt unser großes Ziel. Wenn wir ihn erreichten, hatten wir viel gewonnen.

Myxin wusste, wo er sich befand. Er würde uns hinführen, und wir brauchten nur zuzugreifen.

So hoffte ich!

All diese Gedanken schossen mir durch den Kopf, während uns die geheimnisvolle Magie der Totenmaske leitete. Über sie war ich mir auch nicht im Klaren, doch ich nahm an, dass Myxin mir irgendwann ihr Geheimnis erklären würde.

Wir gelangten ans Ziel.

Es war kaum ein Übergang festzustellen, ich spürte nur harten Boden unter den Füßen. Die Augen hatte ich weit geöffnet, schaute mich um und sah plötzlich, wie eine gewaltige Kugel zerplatzte.

Im ersten Augenblick hatte ich wieder das Gefühl, in die Vergangenheit geschleudert zu werden, denn das Platzen einer solchen Kugel hatte ich schon einmal erlebt, und zwar bei den Ghoul-Parasiten.

»John, da muss jemand eine goldene Pistole haben!«

Suko, der ansonsten nicht so leicht aus der Ruhe zu bringen war, hatte den Satz gerufen.

Ich fuhr herum. »Verdammt, da ist Bill!«

Suko hatte unseren gemeinsamen Freund schon früher gesehen als ich und startete schon.

Auch ich rannte los und erkannte, in welch einer Lage sich unser Freund befand.

Am Rande bemerkte ich noch, dass sich der Würfel des Unheils tatsächlich in greifbarer Nähe befand, sah Karas blitzende Schwertklinge und vernahm ihren Ruf, denn sie hatte den Namen eines Menschen gerufen, der sich so ähnlich wie Hatan oder Watan anhörte.

Für mich im Augenblick uninteressant, ich hatte nur Augen für Bill Conolly.

Suko war schon bei ihm. Die Dämonenpeitsche hatte er gezogen, schlug einmal einen Kreis über den Boden und ließ die drei Riemen aus der Öffnung rutschen.

Dann schlug er auf Bill ein.

Im ersten Moment wollte mir der Herzschlag stocken, als ich dies erkannte, denn die drei Riemen wickelten sich um Bills Hals und rissen ihn ein Stück zur Seite.

Gleichzeitig, als Suko dabei war, die Riemen wieder zu lösen, zerflatterte dicht über dem Kopf des Reporters ein schwarzer Streifen und verging. Das also war es gewesen. Ein schwarzer Schatten. Einer dieser Schatten, die wir überall sahen und die auch dicht an meinem Kopf vorbeihuschten wie die sich heftig bewegenden Flügel einer Fledermaus.

Sehr weit entfernt, als lägen Lichtjahre zwischen uns, hörten wir eine Stimme und einen Ruf.

»Noch bin ich nicht erledigt, noch nicht!«

Arkonada hatte gesprochen.

Ich war neben Bill und Suko stehen geblieben. »Verdammt, wo kann dieser Dämon stecken?«

»Keine Ahnung.« Suko bückte sich bereits, um den Reporter zu untersuchen.

Bill hatte es arg erwischt. Er musste Höllisches durchgemacht haben. Wir entdeckten in seiner rechten Hand die goldene Pistole, sprachen aber nicht weiter darüber und kümmerten uns um den Freund.

Der Atem war zu spüren, wenn auch schwach. Wir mussten uns schon sehr konzentrieren.

Leicht schlug ihm Suko gegen die Wangen. Mehr ein Tätscheln, während ich auf meinen Freund einsprach.

»He, Bill, mach keinen Mist! Wir sind es. Willst du schlafen?«

Dem Reporter musste man mit solchen Formulierungen kommen. Falls noch ein Funke Leben in ihm steckte, wurde er auf diese Art und Weise geweckt.

Seine Augendeckel flatterten. Dann öffnete er sie und sah uns. Der Mund verzerrte sich, vielleicht sollte es ein Lächeln sein. Die nächsten Worte bewiesen, dass Bill nichts passiert war.

»Im Himmel kann ich nicht sein«, sagte er. »Da wärt ihr nicht …«

Wir lachten.

»Alles wieder klar, du alter Ausreißer?«, fragte ich.

»Fast. Der Würfel, John …«

»Das geht schon in Ordnung, Bill. Mach dir keine Sorgen, wir schaffen es.«

Und das war nicht nur so dahingesagt. Jetzt, wo ich Myxin wieder vertraute, sah ich die Welt mit völlig anderen Augen. Um den Reporter brauchten wir uns nicht zu kümmern, ihn konnten wir liegen lassen. Bill würde sich schon erholen.

Kara kämpfte ebenfalls. Nach unserer Ankunft hatten wir uns getrennt, und die Schöne aus dem Totenreich hatte einen Menschen gesehen, von dem sie annahm, dass es ihn überhaupt nicht mehr gab.

Nathan, der Schmied!

Innerhalb von Sekunden zuckte ungemein viel durch ihren Kopf. Sie dachte an ihr erstes Leben und daran, dass Nathan von ihrem Vater Delios den Auftrag erhalten hatte, das Schwert zu schmieden.

Und plötzlich sah sie den Mann, dem sie diese Waffe verdankte, in höchster Lebensgefahr.

Kara war schnell.

Die Kugel war kaum zerplatzt, als sich die Schöne aus dem Totenreich bereits auf den Weg machte. Nathan ging es sehr schlecht. Er lag auf dem Boden. Sein Hals wurde von einem düsteren Schatten gewürgt.

Mit den Händen konnte Kara Nathan nicht befreien. Aber sie hatte die Klinge. Diese Waffe, die ihr einst der Schmied hergestellt hatte, sollte ihm jetzt das Leben retten. So erhielt er aus der Zukunft und in der Vergangenheit noch seinen »Lohn«.

Die Schöne aus dem Totenreich hatte es gelernt, mit dem Schwert umzugehen. Sie schlug zu.

Und sie traf den Schatten.

Um Haaresbreite wischte die Klingenspitze am Hals des Schmieds vorbei. Sie berührte nur den öligen Schatten, und ihre Magie reichte aus, um ihn zu zerstören.

Er platzte auseinander. In mehrere Teile wurde er zerrissen, die hochwirbelten und davonflatterten.

Der Schmied war gerettet.

Oder?

Kara verspürte plötzlich Angst. Nathan lag wie tot vor ihr auf dem Boden. Sie starrte in sein Gesicht, sah die großen Augen, die weit aufgerissen waren, und einen Mund, dessen Lippen zuckten.

Ja, sie zuckten.

Kara legte das Schwert neben sich. Plötzlich hatte sie Tränen in den Augen. Es war eine Reaktion der Freude und Erleichterung. Sie legte die Hände unter den Hinterkopf des Schmieds und flüsterte seinen Namen. »Bitte, Nathan, bitte …!«

Der Schmied stöhnte. Die Schöne aus dem Totenreich strich mit ihren Fingerspitzen über die Gesichtshaut des Freundes, und sie hätte einen Jubelschrei ausstoßen können, als sie erkannte, dass Nathan die Augen öffnete.

Ihre Blicke trafen sich.

Plötzlich gab es nur die beiden auf der ganzen Welt. Es war ein Hineintauchen, ein Erkennen, ein plötzliches Wissen und die große Überraschung.

»Kara?«, hauchte Nathan.

»Ja, ich bin es.«

»Dann hatte er doch recht.«

»Wer?«

»Bill. Er sprach von dir und auch dem Schwert mit der goldenen Klinge.«

»Das habe ich tatsächlich«, erwiderte Kara. »Und ich habe dich damit gerettet.«

»Ich danke dir!«, flüsterte der völlig Erschöpfte. »Ich bin dir so dankbar, aber Arkonada war zu stark, obwohl er schon nicht mehr der war, den ich kannte. Es hat ihn zerrissen. Nur seine Schattenteile waren vorhanden.«

»Haben sie dich gewürgt?«

»Ja, meinen Freund auch. Aber dann kamst du mit dem Schwert. Er muss schwach gewesen sein, dass du ihn so ohne Weiteres in die Flucht schlagen konntest.«

»Das stimmt, Nathan. Einmal habe ich es nicht geschafft. Oder vielmehr Myxin …«

»Myxin, der Magier?«

»Ja, ich bin hier!«

Ohne zuvor bemerkt worden zu sein, war der kleine Magier näher gekommen. Er erschien im Blickfeld des Schmieds. Nathan war natürlich nicht darüber informiert, was sich inzwischen ereignet und alles verändert hatte, deshalb gab er sich so verwundert, ihn auf Karas Seite zu sehen.

»Wir sind jetzt zusammen«, erklärte Kara. »Myxin hat lange geschlafen, zehntausend Jahre. Dann wurde er erweckt und stellte sich anschließend auf die andere Seite. Er hat dem Bösen abgeschworen und bekämpft es. Die Chancen stehen gut, denn wir besitzen inzwischen die Totenmaske.«

»Die gab es noch?«

»Ja«, erwiderte der kleine Magier. »Die gab es tatsächlich. Ich habe lange gesucht«

»Wo hast du sie gefunden?«

»Die Geschichte kann ich dir jetzt nicht erzählen, mein Freund. Sei versichert, dass ich die Maske besitze. Sie wird uns helfen.«

»Hilf mir hoch!«, bat Nathan die schöne Kara.

Sie stützte den Schmied ab, sodass sich dieser wenigstens hinsetzen konnte. »Ich musste die goldenen Pistolen herstellen«, flüsterte er, »aber ich wusste nicht, dass sie so schrecklich sein würden. Wir haben es erlebt, Bill hat geschossen, er traf einen Vampir …«

»Das war Mandraka« sagte Myxin.

»Vielleicht. Er wollte uns umbringen …«

Kara schaute den kleinen Magier scharf an. »Was hast du noch mit ihm zu tun?«

Myxin hob die Schultern. »Jetzt nichts mehr. Aber ich musste Mandraka loswerden und habe ihn, als ich versuchte, euch zu retten, in diese Welt geschafft, damit er ein Auge auf den Würfel hält. Ich glaubte ja nicht daran, dass wir hier Bill Conolly und Nathan finden würden. Das ist selbst mir ein Rätsel.« Er schaute den Schmied fragend an. »Wie seid ihr hergekommen?«

»Später«, sagte Kara und deutete auf die Knochenreste am Boden. »Ist das Mandraka?«

»Ja.«

Myxin ging hin. Er schaute sich die Knochen an, suchte etwas Bestimmtes, hatte es gefunden und hob einen skelettierten Schädel in die Höhe, den er den anderen zeigte. »Das ist er.«

»Sein Kopf?«, fragte Kara.

»Ja.« Myxin kam näher. »Sogar die beiden Vampirhauer sind noch zu erkennen.« Er gab etwas mehr Druck. Knackend brach der Schädel in verschiedene Stücke. »Damit wäre das Kapitel Mandraka abgeschlossen«, erklärte er. »Ich brauche ihn nicht mehr.«

Es knirschte weiter, als Myxin einen stärkeren Druck ausübte. Dann rann Staub in einer langen Fahne zu Boden und verteilte sich dort.

»Dafür hat die goldene Pistole gesorgt«, flüsterte der Schmied. »Bill schoss.«

»Dann war sie geladen?«

»Ja, Kara. Aber ich habe es nicht getan. Ich weiß auch nicht, wer und womit dies genau geschah. Die anderen drei, die ich besitze, sind leer.«

Myxin rieb sich den letzten Staub von den Händen. »Darum sollten wir uns jetzt nicht kümmern. Für mich ist wichtig, dass wir unser Ziel fast erreicht haben.«

»Was heißt fast?«, fragte Kara.

»Den Würfel haben wir, Arkonada ist so gut wie vernichtet. Seine Schattenreste interessieren mich im Augenblick nicht mehr. Du kannst sie ja zerschlagen, und ich brauche nicht mehr weiter den Verräter zu spielen. Wir werden das alte Atlantis wieder verlassen.«

»Und wohin reist ihr?«, fragte Nathan.

»Zurück in unsere Zeit, die wir als Gegenwart bezeichnen«, erklärte Kara. »Wir sind ja zu dir als Besucher aus der Zukunft gekommen, das darfst du nicht vergessen.«

Der Schmied schüttelte den Kopf. »Tut mir leid, Kara. Für mich ist das nichts. Ich werde bleiben.«

»Wo?«, fragte Myxin.

»Hier in der Vergangenheit.«

»Dann erlebst du alles noch einmal.«

»Nein«, sagte Nathan. »Ich bin nicht gestorben. Ich habe auch keinen anderen Körper gefunden. Ich habe die Zeiten überlebt. Als Gefangener auf dem Planeten der Magier. Und durch Magie sind Bill und ich von ihm in das alte Atlantis gelangt. So sieht es aus, meine Freunde. Ich habe lange Zeit gelebt und kehre jetzt dorthin zurück, wo ich damals schon existierte. In das Atlantis kurz vor dem Untergang. Nicht als Geist, sondern als Mensch. Das ist doch was. Wer kann sein Leben noch einmal erleben?« Nathan schaute die beiden an. »Doch wohl kaum jemand – oder?«

Kara nickte. »Das stimmt. Und ich wünsche dir, Nathan, alles Gute. Vielleicht treibt uns der Wind des Schicksals wieder einmal zusammen. Die Vergangenheit mag zwar manchmal tot erscheinen, aber sie ist es nicht. Wir haben sie noch längst nicht begraben, und sie spielt in der fernen Zukunft eine größere Rolle, als die meisten Menschen überhaupt glauben wollen. Ich wünsche dir viel Glück!« Ihre Stimme hatte bei den letzten Worten belegt geklungen. Sie beugte sich nieder und umarmte den Mann, dem sie so viel verdankte.

»Gib auf das Schwert acht«, flüsterte Nathan. »Es ist wirklich mein Meisterwerk geworden.«

»Das werde ich.«

Im selben Augenblick, die beiden hatten sich noch nicht getrennt, stieß Myxin einen lauten Ruf aus.

Ärger, Überraschung und Wut schwangen darin, denn er hatte etwas Schreckliches gesehen, das mit einem Schlag all ihre Hoffnungen zerstören konnte …

Auch Jane Collins und Professor Chandler hatten die seltsame Reise in Arkonadas Reich mitgemacht. Sie waren beide überrascht worden und mussten sich erst auf die neuen Gegebenheiten einstellen.

Jane gelang dies schneller als dem Professor. Das hatte die ehemalige Detektivin gelernt, denn oft musste sie von einem Augenblick zum anderen Entscheidungen treffen.

Sie sah Bill Conolly und einen bärtigen Mann von zwergenhaftem Wuchs in höchster Gefahr schweben, und sie bekam mit, wie sich John Sinclair, Suko, Kara sowie Myxin um die beiden kümmerten.

Sie und Chandler hatte man vergessen.

Und das war gut so …

Ein kaltes, gefährliches Lächeln umspielte ihre Lippen, als sie das direkt vor sich sah, was für die anderen so ungemein wichtig war. Darum hatten sie gekämpft und alles gegeben, doch in diesen Augenblicken kümmerte sich niemand um ihn.

Es war der Würfel des Unheils!

Starr wie ein Denkmal schwebte er in der Luft. Eine geometrische Figur, gefüllt mit konzentrierter Magie. Er wartete nur darauf, weggenommen zu werden.

Jane hatte lange genug an John Sinclairs Seite gekämpft, um genau zu wissen, welche Kräfte er entfalten konnte, wenn man ihn beeinflusste.

Wer ihn besaß, der konnte die Welt verändern und hatte auch die große Macht.

Das wusste Jane, das hatte sie registriert, und sie nahm ihre Chance eiskalt wahr. Wenn sie jetzt nicht zugriff, trug sie selbst die Schuld. Sie wusste, dass auch mit der Vernichtung

Wikkas ihre Verfolgung nicht beendet war. Andere würden kommen und sie jagen. An der Spitze der Teufel, der Wikkas Tod sowieso nicht hinnehmen und ihr, Jane Collins, die Schuld geben würde.

Wenn sie aber den Würfel besaß, konnte sie dem Satan ganz anders entgegentreten.

Was hinderte sie daran, ihn an sich zu nehmen?

Eigentlich nur einer.

Der Professor!

Chandler hatte seinen Blick allein auf den Würfel gerichtet. Die übrigen interessierten Chandler nicht. Für ihn musste es wie ein Geburtstag sein, den Gegenstand vor sich zu sehen, um den sich so viel gedreht hatte.

Was um ihn herum geschah, kümmerte ihn nicht. Er stand da, schaute den Würfel an und hatte die Augen weit aufgerissen. Dabei bewegten sich seine Lippen, doch Worte drangen nicht über sie. Der Professor redete mit sich selbst.

Auch Jane interessierte ihn nicht, die Hexe konnte frei schalten und walten.

Dennoch war sie vorsichtig.

Noch einen Blick warf sie in die Runde. Für ihre Aktionen war die Luft rein. Niemand kümmerte sich um sie, deshalb bewegte sie sich zwei lautlose Schritte vor und gelangte in den Rücken des Professors.

Chandler merkte nichts. Er wurde auch nicht aufmerksam, als Jane ihren rechten Arm hob und mit der Handkante den ungeschützten Nacken des Professors anpeilte.

Ihn musste sie genau treffen.

Jane schlug zu.

Vielleicht vernahm Chandler noch das leise Geräusch, doch reagieren konnte er nicht mehr.

Jane traf ihn voll.

Es war ein wuchtiger Hieb, der Chandler in die Knie zwang. Aus seinem Mund drang ein seltsames Geräusch, und er fiel dem Boden entgegen, als hätte ihm jemand beide Beine weggeschlagen.

Jane fing den Mann auf. Alles musste möglichst lautlos über die Bühne gehen.

Sie legte ihn vorsichtig zu Boden, ging einen kleinen Schritt nach vorn und streckte die Arme aus.

Im nächsten Augenblick lagen ihre Handflächen an zwei Würfelseiten, und sie spürte schon jetzt die Kraft, die in diesem magischen Gegenstand steckte. Ein Gefühl der Stärke und der Macht überschwemmte sie wie eine große Woge. Endlich hatte sie ein großes Ziel erreicht. Zum Teufel mit Wikka, der Würfel war wichtiger.

Und wie leicht er sich heben ließ! Jane war plötzlich aufgeregt. Sie wusste im ersten Augenblick nicht, wie sie ihn einsetzen konnte. Vielleicht gegen John Sinclair und seine Freunde?

Mächtig genug war der Würfel ja.

Jane drehte sich um.

In diesem Augenblick schaute Myxin hoch und sah, wie sehr sich die Lage verändert hatte …

Auch Suko und ich hörten den Warnruf des kleinen Magiers. Gemeinsam schwangen wir herum, mussten uns erst orientieren und sahen die Bescherung, die Jane angerichtet hatte.

Sie besaß den Würfel!

Und wir Trottel hatten es nicht verhindert.

Vorwürfe? Sie kamen natürlich. Gleichzeitig auch die Entschuldigungen. Denn Bill Conolly und der zwergenhafte Mensch waren wichtiger gewesen.

Leben ging immer vor.

Es änderte jedoch nichts an der Tatsache, dass die Hexe den Würfel in den Händen hielt. Darüber sahen wir ihr Gesicht. Die Züge zeigten den Triumph, den Jane empfand. Sie hatte uns alle reingelegt, und dies dokumentierte auch ihr hartes Grinsen.

»Verdammt!«, zischte Suko so leise, dass nur ich es verstehen konnte. »Ich hätte sie doch hängen lassen sollen.«

Darauf erwiderte ich nichts, sondern sprach Jane Collins

an, während Myxin und Kara allmählich näher kamen, wobei der kleine Magier die Totenmaske in der Hand hielt.

Würde er sie gegen den Würfel einsetzen? War sie ebenso stark wie er?

Ich versuchte es im Guten.

»Jane!«, rief ich laut. »Lass ihn, du kannst ihn nicht beherrschen!«

Bei der Antwort kippte ihre Stimme fast über. »Glaubst du das wirklich, John Sinclair? Nimmst du tatsächlich an, dass ich schwächer bin als Arkonada? Nein, ihr werdet es erleben, wie mir der Würfel gehorcht. Was Wikka mir nicht geben konnte, habe ich mir selbst geholt. Die Macht! Sie habe ich durch ihn bekommen!«

Da hatte sie recht.

Myxin war schneller geworden. Er hob die Maske an. Gleichzeitig reagierte auch Jane.

Ihr Gesicht verzerrte sich noch mehr. Es musste die Spiegelung der schrecklichen Gedanken sein, und ich sah plötzlich Feuer aus dem Boden schlagen.

»Die Hölle!«, schrie Jane Collins. »Ich zeige euch die Hölle! Der Würfel macht es möglich!«

Ihre Stimme kippte noch einmal über, dann verschwand sie mit dem Würfel, und auf uns raste eine gewaltige Feuerlohe zu …

Wo Licht ist, da gibt es auch Schatten!

Dieses alte Sprichwort war mir schon oft bestätigt worden. Hier ebenfalls, denn Jane besaß jetzt den Würfel, aber Myxin die Totenmaske. Die setzte er ein.

Ihre Magie konzentrierte sich auf uns. Und wie schon einmal schaffte sie uns weg, bevor die Flammenwand über uns zusammenschlagen konnte. Ob Chandler, Bill, Kara oder ich, keiner wurde verschont, und die Reise, die man wegmäßig überhaupt nicht erfassen konnte, endete in der Gegenwart. An einem Ort, den wir alle, bis auf Chandler, gut kannten.

Bei den Flammenden Steinen!

Kalte Luft, Atemfahnen vor den Lippen, das war der Winter in England. Verschneite Bäume und ein magisches Quadrat, das Myxin dank der Totenmaske zwischen den Steinen hatte aufbauen können.

Es dauerte Minuten, bis wir unsere Überraschung überwunden hatten. Dann begann das große Aufatmen, und es war Myxin, der die ersten Worte sprach.

»Arkonada hat es nicht geschafft, Freunde! Mein Bluff war gut. Die Steine gehören wieder mir!«

Wir gönnten es ihm, und wir schauten zu, wie sich der kleine Magier und Kara in die Arme fielen.

Nur Chandler lag am Boden. Er hatte die Reise in tiefer Bewusstlosigkeit hinter sich gebracht.

Suko und ich schauten uns an.

»Wie fühlst du dich?«, fragte mein Partner.

»Nicht besonders«, gab ich ehrlich zu.

»Weshalb? Wir sind gerettet!«

»Und der Würfel des Unheils?«

Suko hob die Schultern.

»Irgendwie ist es meine Schuld«, sagte er. »Aber hättest du Jane Collins in der Feuerschlinge hängen lassen? Ehrlich, John. Ich muss die Antwort wissen.« Er schaute mich mit einem zweifelnden Blick an.

»Eine ehrliche Antwort kannst du haben, Suko. Ich hätte sie auch nicht ihrem Schicksal überlassen.«

»Danke, John.«

Ich schaute zum Himmel. Klar spannte er sich über uns. Ein prächtiger Winterhimmel, angefüllt mit dem Heer blitzender Sterne. Ein unglaubliches, ein fantastisches Abenteuer lag hinter uns. Es hatten sich einige Dinge verändert. Wikka und Mandraka existierten nicht mehr.

Leichter würde es für uns trotzdem nicht werden …

ENDE